Wolfgang Bellmer – Schöne Grüße von Olga

Wolfgang Bellmer

Schöne Grüße von Olga

Roman

Bibliographische Information der Deutschen Nationalbibliothek
Die Deutsche Nationalbibliothek verzeichnet diese Publikation in der Deutschen Nationalbibliographie; detaillierte bibliographische Daten sind im Internet über www.d-nb.de abrufbar.

INDIGO-Edition
im REPRINT-VERLAG-LEIPZIG
www.reprint-verlag-leipzig.de
ISBN 978-3-8262-0240-7

Lektorat: Andreas Bäslack, Leipzig
Einbandgestaltung und Typographie: Jens Röblitz, Leipzig
Schutzumschlagfoto: Danny Rimpl
Gesamtherstellung: Westermann Druck Zwickau GmbH

Handelnde Personen

Henrik Billhardt	Schriftsteller
Jean-„Jesus“ Pickert	Land-Art-Künstler
Olga Pickert	Jeans Ehefrau
Anna Pickert	Pickerts Tochter
Wolfgang Pickert	Jeans Vater
Thomas Pauly	Annas „Verlobter“
Werner Schnipkoweit	Detektiv
Thyophylos Meinott	Sektenprediger
Elvira und Hubert von Aalen	Henriks Tante und Onkel
Dr. Stefan Zunn	neuer Inselarzt, Chirurg
Lisa Gräfe	Praxishilfe
Gerhard Gräfe	Lisas Ehemann
Fred Zurmöhle	Henriettes und Richards Erbe
Heinrich Ambrosius	Bauunternehmer i.R.
Alexander Monz	Gymnasiast, Heimbewohner
Wilhelm Monz	Alexanders Vater
Elisabeth Monz	Alexanders Mutter
Freda Schreyer	Haushaltshilfe
Malte Hinrichs	Alexanders Mitbewohner
Ingo Herrlich	Mitschüler
Ernst Vogt	Heimlehrer
Rudolf Reese	Schulleiter
„Dornkaat-Lily“	Reeses Ehefrau

HOLLAND 2006

1

DIE UNBEKANNTE FRAU

Dass an Bord der Boeing etwas nicht in Ordnung war, merkte Henrik Billhardt erst, als der Dicke neben ihm eine Pistole zog. Der Mann duckte sich, bedeckte die Waffe mit der Hand und blickte angestrengt nach vorn, wo drei bärtige Männer im Gang zwischen den Toilettentüren standen. Sie versperrten einer Stewardess den Weg.

In der ersten Reihe erhob sich langsam ein Pfarrer und strich mit beiden Händen über seinen schwarzen Talar. Eine Narbe verlief quer über seine Wange. Sie leuchtete rot im blassen Gesicht.

Billhardt spürte, wie eine ungewisse Spannung von den Passagieren Besitz ergriff. Die Unruhe lief von Sitzreihe zu Sitzreihe, wie ein Windhauch als Vorbote des Sturms über Büsche und Bäume streift und die Blätter zum Wispern bringt. Plötzlich gab es niemanden mehr, der las oder schlief. Einige Reihen hinter Billhardt saß eine Mutter mit vier Kindern. Eines von ihnen schrie.

Zwei Männer in blauen Mänteln gingen im Gang nach vorn. Hinter ihnen erhob sich ein hagerer Jüngling und nestelte am Verschluss der Handgepäckablage. Er trug einen Trainingsanzug und spitzte die Lippen zu einem stummen Pfeifen.

Dann ging alles sehr schnell.

Der dicke Mann sprang mit vorgehaltener Waffe auf die Bärtigen zu. Die Stewardess strampelte sich frei und lief schreiend in die Pantry.

Billhardt saß wie erstarrt. Er schrieb Filmszenen wie diese, doch nun saß er selbst mittendrin. Noch richtete sich die Bedrohung nicht direkt gegen ihn, aber, eingesperrt in der Enge des Flugzeuges, war er ihr ausgeliefert. Angst überflutete ihn. Und

Wut. So wie damals auf der Insel, als auch niemand weglaufen konnte ... Er duckte sich unwillkürlich, als es hinter ihm krachte.

Der Jüngling packte einen der blauen Mäntel und riss ihren Besitzer zu Boden. Der andere Mann rannte weiter. Instinktiv streckte Billhardt einen Fuß in den Gang. Er spürte, wie sich die Beine an seinem Knöchel verhakten. Die Finger des Mannes griffen nach einem Halt, rissen in Billhardts Haaren, aber dann warf ihn sein Schwung nach vorn, und er knallte mit dem Kopf gegen das Gestell eines Sitzes, wo er regungslos liegenblieb. Trotz seiner Verkrampfung musste Billhardt grinsen. Gar nicht so schlecht, die alten Reflexe ...

Eine Frau stöhnte. Das Kind hatte aufgehört zu schreien. Der Jüngling kam heran, nickte Billhardt kurz dankend zu, hockte sich auf den Liegenden und drehte ihm die Arme auf den Rücken.

Vorn gab der Dicke den Bärtigen ein Zeichen mit der Waffe. „Hinlegen! Down!", befahl er, während er sich den in eine Speckfalte vergrabenen Kragen seines schweißnassen Hemdes lockerte. Die Männer sanken langsam in die Knie und legten sich fluchend auf den Boden, die Arme noch immer ausgestreckt. Der Pfarrer eilte hinzu und nahm Handschellen aus seinem Talar. Blitzschnell legte er sie um die Handgelenke der Gefangenen, trat einem von ihnen wie zur Bestätigung der Machtverhältnisse in die Seite und sah erwartungsvoll zum Dicken hinüber. Dieser lehnte inzwischen entspannt an einem Sitz und blickte auf die Passagiere, die stumm zu ihm aufsahen. Er zückte flüchtig einen Pass oder etwas, das so aussah wie ein Pass, klappte ihn auf und gleich wieder zu und sagte: „Okay, Leute. Das wars's. Wir sind die Guten."

Entspann dich, befahl sich Billhardt, aber nun lähmte Misstrauen seine Muskeln. Hatte er womöglich den Falschen geholfen? Die wirklich Guten traten wehrlosen Männern nicht zwischen die Beine. Und diesem dicken schwitzenden Mann würde er auch kein Auto abkaufen. Und heutzutage behauptete jeder von sich, er sei von den „Guten".

Ein Jüngling mit Hornbrille, der aussah wie Woody Allen

früher einmal ausgesehen haben mochte, fragte mit piepsiger Stimme: “Und nun?“

Der Dicke lächelte ihn väterlich an. „Ich denke, wir werden umkehren müssen nach Amsterdam.“ Er blickte hinter sich aus dem Fenster und nickte. „Unsere Begleitung ist schon da.“

Henrik Billhardt folgte seinem Blick. Ein Düsenjäger mit holländischem Hoheitszeichen schwebte neben der Boeing. Gott sei Dank, einer von uns, schoss es Billhardt durch den Kopf. Dann hob sich die Tragfläche ihrer Maschine, und sie kippten in eine weite Kehre. Tief unter ihnen rutschte die dunkle Ebene vor Amsterdam mit ihren beleuchteten Gewächshäusern ins Bild. Henrik lehnte sich zurück. Also noch eine Nacht in Holland. Heute würde es nichts mehr werden mit seiner Fahrt auf die Insel, wo SIE vergebens auf ihn wartete. SIE würde sauer sein. Wie immer, wenn etwas nicht nach ihrem Willen ging. Wie konnte sie sich aufregen! Er lächelte und fragte sich, ob sie sich sehr verändert hatte nach all diesen Jahren.

Er dachte daran, wie ihr Anruf ihn vor einer Woche am Set in San Franzisko erreichte, gerade als er die letzten Regieanweisungen für seinen Film mit Clint Eastwood ins Drehbuch schrieb und Stuntmänner ihre Pkws in einer wilden Verfolgungsjagd auf dem Asphalt kreiseln ließen. Im Lärm der quietschenden Reifen war ihre Stimme zunächst nicht zu verstehen. Dann aber kehrte die alte Vertrautheit überraschend schnell zurück. Und die Skepsis.

„Wir müssen uns treffen.“, sagte sie, „Es ist wichtig.“

Für sie war immer alles wichtig. Für ihn nicht, er wollte sie nicht sehen.

„Wo?“, hörte er seine Stimme fragen.

„Unsere Insel natürlich.“

Natürlich.

Die schöne Insel. Wangerooge. Schaumige Wellen um ein paar Dünen herum. So winzig, so weit weg von San Francisco.

„Ich weiß nicht, ob das so klug ist. Nachdem, was wir erlebt haben“, sagte er unbeholfen. Er spürte, wie seine Kopfhaut juckte.

Sie lachte dieses herausfordernde Lachen, das er so gut kannte. „Du hast Angst, gib es zu."

„Ich gebe es zu. Immer mal wieder liege ich nachts wach, wenn die verdammten Narben mir den Atem abschnüren."

Er lauschte in sein Handy, aber sie sagte nichts.

Er fuhr fort: „Wenn ich so daliege und an die Decke starre, dann frage ich mich manchmal, warum die Dinge so schnell über uns hereingeschlagen sind. Es begann so unschuldig. Die Liebe ..."

„Es beginnt immer mit der Liebe. Das müsstest du als Meister aller Drehbuchautoren eigentlich wissen."

„Ich liebte dich wirklich."

„Was ihr Männer so Liebe nennt."

„Oder Leidenschaft, aber es sind die Frauen ..."

„Du machst es dir immer noch einfach." Sie kicherte. "Du wirst immer ein großer Junge bleiben."

„Ist doch wahr, von der Liebe ist es nur ein kurzer Weg zum Misstrauen ..."

„Und zum Verrat."

„Zum Kampf."

„Und zum Mord, sag es ruhig."

„Wir hatten alle unsere Vergangenheit, als wir auf die Insel kamen."

„Eine brisante Mischung."

Er seufzte erleichtert. „Egal, wie auch immer. Es ist vorbei."

„Glaubst du."

Er mochte den Ton ihrer Bemerkung nicht.

„Glaube ich", sagte er trotzig, aber er spürte, wie Unbehagen sein Rückgrat emporkroch, und fügte hinzu: „Kannst du mir sagen, wie du das meinst?"

„Es ist am besten, du kommst hierher. Und zwar schnell."

„Das ist keine Antwort."

„Das ist eine gute Antwort. Es gibt Probleme. Dicke Probleme. Die Probleme betreffen mich, aber eigentlich uns alle. Ich brauche deine Hilfe, wir brauchen deine Hilfe. Manchmal müssen die

Dinge zu einem Ende gebracht werden, auch wenn es unangenehm sein sollte."

Unangenehm! Was zum Teufel bedeutete *unangenehm*?

„Ich komme nicht."

„Mach dir nichts vor. Ich kenne dich. Im Mittelalter wärst du mit Robin Hood in die Wälder gezogen, um den Bedrängten zu helfen. Also wirst du auch jetzt kommen."

Schmeichelhafte Worte. Verbargen sie eine Falle? Eine Falle aus Samt? Sei es, wie es sei, dachte er resigniert, die Falle ist sofort zugeschnappt. Wie kam es, dass die Frauen in ihm wie in einem Buch lesen konnten?

Er schrak auf, als das Fahrwerk der Boing herausrumpelte. Die Terroristen lagen noch immer bewegungslos am Boden. Erstaunlicherweise berührte es ihn nicht mehr. Es war, als habe die gerade überstandene Angst ihn erst sensibel gemacht für die Ängste und Gefahren, die in Wangerooge auf ihn lauern mochten.

Würden die anderen kommen? Und als er die Frage bejahte, wurde ihm klar: der wirkliche Showdown lag erst noch vor ihm!

Er würde nicht weglaufen.

Billhardt lehnte sich zurück. Plötzlich erschien es ihm sinnvoll, noch einmal darüber nachzudenken, welches Muster allem zugrunde lag. Wann zum Teufel hatte alles begonnen?

Es war 1989.

Ein sonniger Junimorgen auf der Insel.

Das Drama begann ganz unschuldig, als Onkel Hubert und Tante Elvira sich wie die Kesselflicker stritten ...

2

DER IGEL IM KARNEVAL

Henrik Billhardt wachte davon auf, dass Onkel Hubert und Tante Elvira sich wie die Kesselflicker stritten. Ihre aufgebrachten Stimmen waren dumpf durch die Wände zu hören. Henrik hatte von der Kneipenschlägerei geträumt, bei der gestern Abend beinahe sein Akkordeon zu Bruch gegangen wäre, und vermischte wahrscheinlich für einige Sekunden lang Doornkaat-Lilys Geburtstag mit dem Traum. Er konnte nicht hören, worum es da drüben in der Küche ging, aber es endete damit, dass einer der beiden das Schlachtfeld verließ und die Haustür hinter sich zuschlug.

Als Henrik sich auf den Ellbogen stützte und aus dem schmalen Fenster schaute, konnte er sehen, dass es Hubert war. Er sah, wie sich sein Onkel die Baseballkappe aufsetzte und die Straße hinunter Richtung Sportplatz lief. Ein massiger Mann im Trikot eines deutschen Kugelstoßmeisters der Senioren. Trotz seiner fünfundfünfzig Jahre ging er noch jeden Tag zum Training. Immer von zehn Uhr morgens bis zwölf. Immer im endlosen Kampf um die letzten Zentimeter jenseits der Fünfzehn-Meter-Marke.

Er hat es gut, dachte Henrik. Sein Leben ist einfach. Kugelstoßer müsste man sein.

Und nicht Schriftsteller.

Henrik hustete. Diese verdammten Bronchien! Er stand auf und blickte auf seine Schreibmaschine. Die eingespannte Seite war fast voll geschrieben. Aber das war sie auch schon gestern gewesen. Seitdem haderte er mit sich und dem Text. Irgendetwas stimmte daran nicht. Aber was?

Es klopfte. Seine Tante Elvira kam herein. Sie klopfte immer, wartete aber nie ab, bis er antwortete.

„Ihr habt euch gezofft“, sagte er.

„Er wird immer wunderlicher mit dem Alter“, fauchte sie. „Und dreckiger. Ich soll seine Hose nicht waschen. Der Strom sei zu teuer. So ein Quatsch. Es liegt kein Segen drauf, wenn der Mann so viel älter ist.“ Sie schnaufte. „Aber das wusste ich dämliche Kuh ja vorher.“

Der Ausbruch hatte sie beruhigt. Sie stellte ein Tablett mit Tasse und Teekanne auf seinen Schreibtisch und blickte missbilligend auf die Flasche Bier und die Pfefferminzschokolade, die neben dem Bier lag. Er mochte keinen Tee, erst recht keinen Kräutertee. Pfefferminzschokolade und Bier, das war etwas anderes, das war toll. Aber das verstand kaum jemand. „Danke“, sagte er gequält, „Du bist lieb.“

Tante Elvira nickte geschmeichelt. „Was tut man nicht alles für einen großen Dichter. Wenn du erst mal in deinem ersehnten Hollywood sitzt und Drehbücher für all die großen Filme schreibst, dann denkst du an mich. Machst mir vielleicht eine Widmung in eines deiner Bücher. Der lieben Elvira, die in Wangerooge immer für mich sorgte, als ich noch arm und unbekannt war und an meinem ersten Roman schrieb, der mir den Durchbruch bringen sollte. So oder so ähnlich.“

Henrik lächelte. „Versprochen. Aber es sieht eher nicht nach Durchbruch aus.“

„Du bist nicht zufrieden?“

„Irgendetwas stimmt nicht.“

„Darf ich mal sehen?“

Er hatte es schon in der Bremer Lokalredaktion gehasst, wenn andere in seinen Manuskripten herumlasen. Er spürte ihre Hände auf seinen Schultern und fühlte ihren weichen vollen Busen, als sie sich über ihn beugte, und roch ihr warmes Parfüm. Ihre Haare kitzelten ihn an der Wange. Er wollte zur Seite rücken, aber ihre Hände hielten ihn fest, während sie las:

Blitze zuckten über den Himmel. Das Unwetter kam zurück. Etwa sieben Meilen voraus, in der Fahrrinne nach Wilhelmshaven, lagen drei

Tanker auf Reede. Die Kabinen waren beleuchtet. Jörg stellte sich vor, wie die Seeleute an der Reling standen und sehnsüchtig herübersahen.

Die Blitze kamen näher. Jörg fühlte sich einsam und allein.

Die Tür hinter ihm öffnete sich. Rosi sah herein. Sie trug einen hellblauen mit Bordüren besetzten Bademantel, der sich über ihren fülligen Körper spannte. Die Ansätze ihrer Brüste schimmerten durch das pinkfarbene Nachthemd, das sie unter dem Bademantel trug.

„Du solltest ins Bett gehen", sagte sie vorwurfsvoll, „dieses ewige Sinnieren tut nicht gut. Es führt auch zu nichts."

Jörg nickte. Er goss sich Bier nach und hob das Glas.

„Und im Übrigen, sauf nicht so viel. Sie kommt davon nicht wieder."

„Scher dich zum Teufel", sagte Jörg sanft.

Rosi schüttelte den Kopf und schloss die Tür mit einem Knall. Jörg hörte ihre Schritte auf der Treppe nach unten. Er holte sich ein weiteres Bier.

Das Unwetter zog unglaublich schnell auf. Die Tanker verschwanden hinter einer Regenwand, die grau und massig auf die Insel zukam. Minuten später schlugen die ersten schweren Tropfen platschend gegen die Fensterscheiben der Station …

Es dauerte drei Flaschen Bier, bis die Lichter der Tanker wieder auftauchten. Sie nahmen langsam Fahrt auf und verschwanden im Dunkel der Nacht.

Als Jörg nach dem Feuerzeug griff, fiel es hinunter. Er bückte sich unbeholfen.

Ich bin betrunken, dachte er. Er ging auf den Flur hinaus. Er fühlte das Geländer der Treppe unter der Hand und folgte ihm nach unten. Die Tür zu Rosis Zimmer war angelehnt. Er schob sie auf und sah hinein. Rosi lag auf dem Rücken und schnorchelte leise.

Jörg hob die Bettdecke und legte sich neben sie. Ein wohliges Gefühl der Wärme und Sicherheit durchströmte ihn. Als er den Kopf an ihren Hals schmiegte, legte sie einen Arm auf seinen Rücken und zog ihn zu sich heran. Sie öffnete die Beine. Er glitt in sie hinein.

Er weinte.

Henrik spürte, wie Elviras Hände ihn losließen.

„Unappetitlich", sagte sie. „Ich finde es unappetitlich."

„Was findest du unappetitlich?"

„Er glitt in sie hinein." Elvira verzog das Gesicht. „Er ist doch keine Schlange. Und außerdem, wenn ich mich recht erinnere, ist diese Rosi seine Haushälterin und sehr viel älter als dieser Jörg."

„Na und? Du verstehst das nicht. Er ist verzweifelt, sucht Schutz. Wärme. Geborgenheit. Sie ist auch seine ... Mutter ... wie seine Mutter ..." Er verhaspelte sich. „... gleichzeitig meine ich ... sowohl als auch ..."

„So also siehst du das", sagte sie, und es klang überrascht. „Ich bin auch älter als du, zwanzig Jahre."

Du bist meine Tante, wollte er sagen, ließ es aber, als er sie anblickte. Sie lächelte ihm zu und setzte sich bedächtig auf die Ecke des Schreibtisches. Henrik nahm erschrocken zur Kenntnis, wie attraktiv sie war. Er konnte das Muskelspiel von ihren Waden bis hinauf zu den Schenkeln beobachten. Ihre Arme waren muskulös und doch schlank. Ihre Augen schimmerten schwarz, ihre blonden Haare waren kräftig und voll, wallten auf ihre Schultern herab. Henrik zwang sich, den Blick abzuwenden.

„Du wirst tatsächlich rot. Und das mit dreiundzwanzig. Wie süß." Sie klang nachdenklich. „Du bist süß. Aber so dünn. Du isst zu wenig, hustest zu viel. Ich könnte verstehen, wenn die Frauen dich bemuttern wollen. Aber du denkst ja nur an dein Geschreibsel. Meinst du wirklich, dass es mal was wird mit deinem Hollywood?" Sie wartete seine Antwort nicht ab. „Ich kann es immer noch nicht verstehen, dass du alles hingeworfen hast, um deinen Roman zu schreiben, deinen großen Roman. Hier bei uns. Am Ende der Welt. Dabei hattest du es doch so gut bei der Zeitung in Bremen. Redakteur, das ist doch was. Da kann man doch auch Romane schreiben."

„Aber nur nebenher." Er ärgerte sich. Sie hatten alles schon so oft besprochen. Natürlich, er war ihnen dankbar, wahnsinnig dankbar, dass sie ihn aufgenommen hatten und ihn durchfütterten. Aber ein bisschen Verständnis wäre nicht schlecht, dachte er.

Sie fuhr mit gespreizten Fingern durch sein braunes Haar. „Aber deswegen muss man doch nicht den ganzen Tag an dieser dämlichen Maschine sitzen. Und wenn du mal rausgehst, starrst du die Leute an und machst dir noch Notizen über sie, sodass die wer weiß nicht was denken."

Er stand auf. Er konnte es nicht mehr hören. Elvira schürzte beleidigt die Lippen, aber er konnte es nicht ändern.

Draußen auf der Straße atmete er tief durch. Was würde er darum geben, unabhängig zu sein. Das zu tun, was er wollte. Jeden Tag schreiben, ohne gestört zu werden. Morgens von zehn bis zwölf und dann von drei bis sechs Uhr abends. Er würde es ihnen zeigen.

Er nahm sein Fahrrad und schob es an der Fischbratküche und Peos ZWISCHENDECK vorbei zur Hauptstraße.

Als er an die Kreuzung kam, sah er sie den Bürgersteig vor dem Kurpark entlangkommen. Ein Mann, eine Frau und ein Mädchen. Sie gingen hintereinander im Gleichschritt und trugen gemeinsam einen riesigen Holzstab unter den Armen. Das Ding war weiß, mit grünen und roten Ringen verziert, acht oder auch zehn Meter lang, und so dick, dass man es mit einer Hand nicht umfassen konnte. Es erinnerte Henrik an einen überdimensionierten Mikadostab.

Der Mann lief vorn. Er sah aus wie ein typischer Franzose aus den Karikaturen. Schnauzbart, Baskenmütze, Baguette unter dem Arm. Nur, dass er eben kein Baguette, sondern die Holzstange trug, die spitz vor seinem Körper herausragte. Mit seinen etwa vierzig Jahren wirkte er ein bisschen wie ein Prinz, der gerade erst angefangen hatte, sich in einen Frosch zu verwandeln, als die böse Hexe den Zauberstab vergaß.

Die Frau lief in der Mitte. Sie war sichtlich uninteressiert, eine kleine Person mit schwarzen, eng anliegenden Haaren, roten vollen Lippen. Sie blickte kurz in Henriks Richtung. Ihre Augen waren von einem seltsam leuchtenden Blau. Sie sagte etwas zu ihrem Mann, und Henrik sah ihre kleinen weißen Zähne, die wie auf einer Schnur aufgereiht waren. Das Mädchen hinter ihr war wahrscheinlich die Tochter. Erstaunlicherweise ganz blond und größer als ihre Eltern.

Es war eine eigenartige Prozession, und Henrik war sofort fasziniert. Wer mochten diese Leute sein? Und warum liefen sie mit diesem Stab wie eine Abordnung der sieben Schwaben durch die Gegend?

Dann aber dämmerte es ihm. Im INSELBOTEN hatte er von einem Künstler gelesen, der Hunderte von bunten Pfählen an der Westspitze der Insel pflanzen wollte. Ja, richtig. Ein Land-Art-Projekt. Heute sollte es in der Aula des Gymnasiums vorgestellt werden. Henrik hielt nicht viel von Installationen, aber nun war sein Interesse geweckt und er folgte dem Stab in einiger Entfernung.

Als sie auf den Pausenhof des Gymnasiums traten, sah Henrik, dass sie nicht mehr allein waren. Zwanzig, dreißig Neugierige standen herum. Der kleine Mann mit der Baskenmütze grüßte freundlich. Vor dem Gebäude warteten der Bürgermeister und Schuldirektor Reese. Sie begrüßten den Künstler und seine Frau.

Die Haupttür der Schule stand offen. Ein enges Treppenhaus führte zur Aula hinauf. Reese dirigierte den Künstler und die Spitze des Stabes in das Gebäude hinein und schob sich dann selbst hinterher. Henrik hörte, dass der Stab auf Widerstand stieß. Drinnen klirrte Glas. Eine Frauenstimme schrie.

Die Spitze des „Mikadostabes“ hatte die Milchglastür des Sekretariats getroffen.

Eine Viertelstunde später saßen alle in der Aula. Der Stab lag quer vor dem Podium.

Die Aula befand sich unter dem Dach. Die schrägen Wände waren vertäfelt. An beiden Seiten Gauben mit Fenstern. Die Sonne fiel waagerecht herein. Draußen sah man das Watt und viel zerzausten Himmel.

Auf der anderen Seite blickte Henrik auf die alte Signalstation in den Dünen, auf der sich Peitschenantennen im Wind bogen. Weiter vorn die roten Dächer entlang der Charlottenstraße. Jetzt, am Vormittag, war sie fast leer. Nur wenige Kurgäste zogen mit ihren Schaufeln zum Strand. Vorn an der Ecke schob Lisa Gräfe den Rollstuhl mit Gerhard, ihrem kranken Mann, in die Arztpraxis.

Der Künstler und die beiden Frauen hatten in der ersten Reihe neben dem Bürgermeister Platz genommen. Hinter dem Rednerpult ordnete Direktor Rudolf Reese mit fahrigen Händen sein Manuskript.

Henrik wusste, dass er eine schwere Nacht hinter sich hatte. Doornkaat-Lily, seine Frau, war gestern sechzig geworden. Das hatten sie schwer gefeiert im ZWISCHENDECK. Reese hatte Henrik überredet, mit seinem Akkordeon die Feier zu begleiten. Es hatte bis vier Uhr morgens gedauert. Dann, endlich, war Lily vom Barhocker gefallen.

Das Gemurmel in der Aula verebbte. Reese war Oberst bei der Bundeswehr gewesen, bevor ihn das Land Niedersachsen zum Studienrat machte und in Problemschulen schickte, die ganze Kerle wie ihn brauchten. Bis er schließlich selbst zum Problem wurde. Er und der Alkohol überzogen seine Rolle als Rambo-Lehrer und so strandete er auf der Insel, wo er nicht viel Unheil anrichten konnte.

Henrik setzte sich hinter das Mädchen. Er blickte auf ihre goldblonden Haare und den sonnendurchschienenen Flaum in ihrem Nacken.

Reeses vom Alkohol herausgedrückten Knopfaugen blickten auf das Auditorium. „Herr Bürgermeister, meine Damen und Herren, liebe Freunde“, begann er, „herzlich willkommen in unserer schönen Schule. Und danke, dass Sie gekommen sind, um die Geburt eines großen Projektes mitzuerleben. Die Seeleute, die künftig an unserer Küste entlang fahren, werden von dieser kleinen Insel erzählen, die sich mit der Kunst vermählt hat ...“

Reese schwieg, gerührt von seinen Worten. Der INSELBOTE druckte sie Wort für Wort in der nächsten Ausgabe. Der Direktor wischte sich verstohlen Tränen aus den Augen und fuhr, die Stimme noch einmal hebend, fort: „Wir begrüßen herzlich den Künstler,

Herrn Jean Pickert, aus Berlin und seine Familie. Sie werden im nächsten Jahr bei uns bleiben und ein großes künstlerisches Werk errichten, das den Anblick unserer Insel nachhaltig verändern wird. Der Künstler wird uns nun sein Vorhaben persönlich vorstellen. Bitte sehr, Herr Pickert."

Durch Pickert ging ein Ruck. Unter den buschigen roten Haaren begannen seine Augen vor Eifer zu glänzen. Er trat über den Pfahl, bestieg das Podium und entfaltete ein farbiges Foto in der Größe eines Plakates. Das Plakat zeigte die Westspitze der Insel, wie sie sich nackt und kahl, entblößt vom Sand, in das Wasser schob. Sie wurde geschützt von einem Bollwerk aus Beton. Eine vielfingrige Bastion aus Wällen und Mauern, haushohen Wellenbrechern und gratigen Buhnen, die sich nicht gegen menschliche Angreifer, sondern gegen das Meer stemmten. Zwischen den Buhnen lagen Deiche, vor ihnen gerasterte Basaltflächen, die zum Meer hin abfielen und von oben gesehen an graue schuppige Schwimmhäute erinnerten. Hinter dem Deich eine Straße und ein Schienenstrang, der auf einen verlassenen Lagerhof des Wasserwirtschaftsamtes führte. Sorgfältig aneinander gereiht warteten hier Bojen und Tonnen auf ihren Einsatz, die Schifffahrtswege zu sichern. Erst weiter hinten erhob sich die erste Düne. Auch sie martialisch anzusehen. Aus ihrer Kuppe ragten die zerbombten Ruinen eines Weltkriegsbunkers.

Eine grimmige Landschaft.

Pickerts Frau reichte nun eine Fotomontage. Auch dieses Bild zeigte den grauen Westen, doch nun waren die Schwimmhäute gespickt mit einem Wald von bunt geringelten Mikadopfählen, die breit und tief gefächert vom Bunker bis zum Wasser standen. Sieht aus wie ein Igel im Fasching, dachte Henrik.

Pickert genoss die Verblüffung der Versammlung. Er zeigte auf den bunten Stangenwald.

„Das, meine Freunde, ist das Projekt, mein Projekt. Es ist nun unser Projekt. Ein künstlicher Wald farbiger Stangen in feindlicher Natur. Ein Symbol voller Optimismus." Jemand lachte. Pickerts Stimme hob sich. Henrik fiel auf, dass er eine Stupsnase hatte und eine Zahnlücke, durch die Tröpfchen in die Morgensonne sprühten. „Aber warum“, fuhr er fort, „warum soll der Mensch der Zerstörung nicht neue Harmonie, neue Schönheit entgegenstellen? Ein Mahnmal gegen Zerstörung und für schöpferische Schönheit. Und dieses Mahnmal wird ausgerechnet in Ihrem Wangerooge stehen. Was für ein bewegendes Ereignis!“

Pickert hatte seine langen dünnen Arme vor Begeisterung erhoben, als wolle er sie alle segnen. Die Hände ragten weit aus den Ärmeln seines zerknitterten Baumwolljacketts hervor. Seine Augen sprühten.

„Er sieht aus wie Jesus“, sagte Reese zum Bürgermeister. Er sprach leise, aber fast alle in den ersten Reihen konnten es hören. Wie das bei Spitznamen so ist, manche zünden nie, andere bleiben kleben. Von nun an hieß Jean Pickert nie mehr anders als Jean-Jesus, Jean-Jesus Pickert.

Nachdem Jean-Jesus seinen hochgeistigen Ausflug in die Welt des Schönen beendet hatte, stellte sich heraus, dass es ganz banal darum ging, Helfer für das Projekt zu finden. Ehrenamtliche Helfer ohne Bezahlung, deren Verdienst darin lag, der Kunst und dem Ruhm der Nachwelt zu dienen. Fast alle mochten vor ihrem inneren Auge zweihundertachtzig schwere solide Holzpfähle vor sich sehen, für die Halterungen in den Beton gebohrt werden mussten. Schließlich jeder einzelne Pfahl am Bunker vorbei über die Dünen geschleppt, im steifen Westwind aufgestellt und mit jeweils sechs dicken Bolzen verschraubt werden.

Die Begeisterung hielt sich in Grenzen.

„Mit wem kann ich rechnen?“, fragte Pickert schließlich und wappnete sich sichtlich gegen einen Sturm von Freiwilligen.

Henrik blickte auf die Halsbeuge des Mädchens und den goldenen Flaum in der Sonne und hob die Hand. Als er das ungläubige Gemurmel hörte, schaute er sich um.

Er war der Einzige, der sich meldete.

3

DAS CREMEFARBENE SCHLAFZIMMER

Als Henrik sein Fahrrad auf die Straße schob, sah er das blonde Mädchen wieder. Sie stand unschlüssig am Bordstein.

„Aha, unser tapferer Helfer“, sagte sie.

Ihre Stimme klang verletzend, und er wusste nicht, was er antworten sollte, also fragte er, ob sie die Insel schon kenne.

Sie schüttelte den Kopf.

„Kleiner Rundgang gefällig?“

„Ich würde gern mal das Meer sehen, bevor ich hier lebendig begraben werde.“ Ihre Stimme klang hell und erstaunlich fest.

Sie hieß Anna.

Die rot gepflasterte Straße führte bergauf zu einer Kuppe und verschwand dann auf der anderen Seite des Hügels. Es schien, als führte sie geradewegs in den Himmel hinein. Als sie auf der Kuppe ankamen, lag das Meer unter ihnen. Fetzen feuchter Luft sprühten ihnen entgegen. In der Nacht hatte es gestürmt. Noch war das dunkelgrüne Wasser wie marmoriert mit winzigen Wellenkämmen, von denen der Wind Schaumstreifen in die Luft riss. Über ihnen knatterte eine Fahne im Wind. Blau und rot. Die Oldenburger Farben. Ein nasser sandiger Müllsack trieb die Straße entlang und verfing sich in Annas Beinen. Sie schrie auf und sprang zur Seite. Es ist nicht gerade ihre Welt, dachte Henrik.

Auf der oberen Strandpromenade herrschte reges Treiben. Die Menschen waren in Eile, um zu ihren Strandkörben zu kommen. Der Wind wirbelte Sand vor sich her, der auf der Haut prickelte und sich in die Augen setzte. Am Café PUDDING, das wie ein Pudding auf einer Düne hockte, bog Henrik in die Hauptstraße ab.

Vor der Buchhandlung stauten sich die Kunden, denn die Zeitungen waren gerade angekommen. In der Fleischerei nebenan warb ein Schild für „Labskaus mit Spiegelei“.

Das ZWISCHENDECK, wo sie gestern Abend gefeiert hatten, lag in der Querstraße. Die Tür stand offen.

„Halt mal“, sagte Henrik und drückte ihr das Fahrrad in die Hand, „ich muss nur schnell was holen.“ Er verschwand im Lokal und kam kurze Zeit wieder mit einem Akkordeon heraus. Er stellte es auf den Gepäckträger und nahm das Fahrrad zurück.

Anna sah ihn neugierig an. „Du machst Musik?“

Er winkte ab. „Hat sich so ergeben. Manchmal möchten sie, dass ich spiele, wenn was los ist.“

„Nur Akkordeon?“

„Auch Orgel. In der Kirche. Sie suchen einen richtigen Kantor, finden aber keinen.“

Anna war beeindruckt.

„Es ist nicht eigentlich eine Orgel“, fuhr Henrik entschuldigend fort. „Mehr ein Harmonium. Ich kann nur vier Stücke. Das reicht dicke. Drei für sonntags. Und *„So nimm denn meine Hände“* für Hochzeiten und für Beerdigungen. Passt für beides. Die Leute weinen immer, aus Trauer oder aus Freude.“

„Ich sehe schon. Du bist eine große Nummer auf der Insel.“

Henrik schüttelte den Kopf. „Eher ein armer Schlucker, dem sie was zukommen lassen wollen. Ich bin nämlich hier, weil ich kein Geld habe. Meine Tante füttert mich durch, während ich meinen Roman schreibe.“

„Einen Roman?“, wiederholte sie. „Ein richtig dickes Buch?“

„Es heißt MOSKAUER SCHARADEN. Es geht um Liebe, Rache, Verzeihung. Vordergründig handelt es von der Suche nach einer geheimnisvollen Frau, die vielleicht gar nicht existiert. In Wirklichkeit geht es aber um mehr, um ...“ Er stockte, unterbrach sich. „„... mehr möchte ich nicht sagen.“

Interesse glomm in ihren Augen. „Du bist ein Dichter.“

Er schüttelte lachend den Kopf. „Ganz bestimmt nicht. Ich kämpfe mit meinem ersten Buch, um meinen ersten Erfolg. Vielleicht schreibe ich eines Tages Drehbücher. Hoffentlich ...“

Sie nickte ernsthaft.

Er blickte sie dankbar an. „Die Leute begreifen nicht, was es bedeutet, etwas wirklich Literarisches zu schaffen und gleichzeitig etwas zu schreiben, was die Leute interessiert. Aber ich will es ihnen nicht zu einfach machen. Sie sollen mitdenken, nachdenken."

„Bevormunden ist nicht gut."

„Ich will nicht bevormunden."

„Du willst, dass sie denken wie du."

„Schon ... aber ..."

„Siehst du?"

„Du meinst, das geht nicht."

„Ich meine, das geht nicht."

Henrik schüttelte den Kopf. „Du bist noch nicht einen Tag auf der Insel, und schon ..."

„... und schon weiß ich alles besser. Meinst du das?"

Er nickte. „So in etwa."

Sie standen plötzlich sprachlos voreinander.

„Ich würde gern etwas lesen", sagte sie schließlich.

Aha, Friedensangebot, dachte Henrik, aber so einfach ging das nicht. „Ich weiß nicht, ob das klappt mit uns beiden. Ich bin ziemlich empfindlich, was die Schreiberei angeht, musst du wissen. Wenn mir jemand dazwischen redet, fange ich an, Kompromisse zu machen. Dann kann ich es auch gleich sein lassen."

Sie nickte und wandte sich zum Gehen.

„Du musst verstehen", fuhr er fort und legte beschwichtigend eine Hand auf ihren Arm, „ich muss den Durchbruch schaffen. Ich will ihn bald schaffen, wenn ich hier nicht versauern und mich weiter aushalten lassen will. Ich will, ich will, ich will! Ich schreibe jeden Tag fünf Seiten. Nichts und niemand soll mich ablenken."

„Aber das Projekt meines Vaters ..."

„... war, so gesehen, ein Fehler. Aber es ist eine tolle Sache, etwas total Kreatives. Man bekommt Impulse. Das ist nie schlecht.

Ich dachte an die schönen Tage am Meer ... Man kann sich nicht immer einschließen." Er unterbrach sich, schien in Gedanken zu versinken und fuhr dann mit energischer Stimme fort: „Aber das ändert nichts daran, dass ich hier weg will. Der Erfolg muss kommen, und wenn ich ihn zwinge."

Anna blickte ihn erstaunt an. Sie schien beeindruckt.

„Und deine Eltern?"

„Mein Vater ist in Spanien. Mit seiner neuen Frau ..."

„Und deine Mutter? Ist sie auf der Insel?"

„Sie ist tot, elendig verreckt."

„Oh, mein Gott. Das tut mir Leid."

„Das muss dir nicht Leid tun. Sie war rauschgiftsüchtig und eine halbe Prostituierte, seit mein Vater sie verlassen hatte und nach Spanien gegangen war. Ich war neun. Ich musste für sie und ihre Kumpane Bier holen, sie zerrte mich an den Haaren, versetzte mir Faustschläge und Fußtritte, wenn ich nicht spurte. Es war schrecklich. Ich höre noch jetzt ihr vulgäres Lachen, wenn sie im Morgengrauen mit ihrem Gesindel nach Hause kam, oder die Kerle hämmerten mitten in der Nacht betrunken an der Tür, um sie zu holen. Und eines Tages war das Zeugs, das ich ihr bei den Dealern besorgen musste, mit irgendwelchem giftigen Kram versetzt. Sie lag in der Ecke und krümmte sich, bis es vorbei war." Er zuckte mit den Schultern, noch immer hilflos. „Ich war erst neun, verstehst du? Wenn ich älter gewesen wäre, hätte ich es vielleicht begriffen und den Arzt geholt. Manchmal denke ich ..."

„... du machst dir Vorwürfe."

„Ich mache mir keine Vorwürfe. Warum sollte ich mir Vorwürfe machen?", blaffte er.

Sie legte eine Hand auf seinen Arm.

Er zog den Arm weg. „Scheiß was drauf!"

Anna zuckte die Achseln. Sie gingen jetzt schneller. Der Himmel hatte sich verdunkelt. Blauschwarz drückte er von Westen herein. Aus dem Leuchtturm trat ein Hochzeitspaar, das oben auf der Plattform getraut worden war. Festgäste drängten nach. Der

Wind heulte auf und bauschte das Brautkleid. Die Frauen hielten ihre Frisuren. Der Fotograf scheuchte die Gesellschaft mit ausgebreiteten Armen auf die Treppe zurück.

„Eine Hochzeit", Anna blickte Henrik fragend an, „musst du bei Hochzeiten auch Musik machen?"

„Nur bei kirchlichen Trauungen. Bei den Insulanern. Leute wie diese", er zeigte auf die Gesellschaft vor dem Turm, „kommen für ein Wochenende vom Festland, steigen auf den Turm, feiern im Hotel und verschwinden wieder."

Ein neuer Windstoß. Die Brautkrone flog davon, Frauen rannten durcheinander, kreischten, griffen nach dem Schleier. Ein dickliches rotbackiges Mädchen bekam ihn zu fassen und blickte ungläubig auf ihre Beute.

„Das reinste Chaos. Sieht nicht so aus, als liegt der Segen auf dieser Ehe", sagte Anna und fügte nachdenklich hinzu. „Meinst du, es gibt glückliche Ehen?"

Henrik sah sie verstohlen an. Woher sollte er das wissen.

Die ersten Regentropfen.

„Es ist besser, wir beeilen uns", sagte Henrik. „Wo wohnt ihr?"

„Gleich da drüben. In der Kastanienallee. Das gelbe Haus neben den Geleisen."

„Also los!"

Sie hatten kaum den Bahnhof passiert, als der Regen auf sie herunter prasselte und eine Sturmböe in die Bäume fuhr. Ein Ast brach ab und schlug hinter ihnen auf das Pflaster. Henrik nahm Annas Hand und riss sie mit sich. Sie hetzten den Weg entlang. Das gelbe Haus lag am Ende der Straße. Die Gartenpforte schlug im Wind. Anna rutschte aus. Doch dann waren sie im Haus, und die Sintflut blieb draußen.

Sie waren durchnässt. Annas Mutter schrie auf, als sie die Wasserlachen sah, die sich auf dem Teppichboden ausbreiteten. „Seid ihr wahnsinnig? Ab ins Bad!"

Die beiden jungen Leute lachten über ihr entsetztes Gesicht.

Überhaupt fühlte Henrik sich seltsam befreit. Sein Blick fiel auf Annas gelbes T-Shirt, das nass an ihr klebte. Annas Mutter stellte sich beiläufig vor ihre Tochter.

„Am besten, ich gehe jetzt“, sagte Henrik.

„Kommt gar nicht in Frage“, hörte er die weiche helle Stimme von Jean-Jesus, der die Treppe herunter kam. „Sei froh, dass du im Trockenen bist. Du kannst etwas von mir anziehen.“

Henrik blickte zweifelnd auf Jeans lange Spinnenarme. Der familiäre Ton war neu für ihn und tat ihm gut.

Das Schlafzimmer der Pickerts war in cremefarbigem Schleiflack mit goldenen Einfassungen gehalten. Der Druck eines römischen Kastells, vor dem leichtbekleidete Mädchen im Abendrot tanzten, hing über dem Doppelbett.

Annas Vater sah Henriks verwunderten Blick. „Es ist das Ferienhaus meiner Eltern. Sie sind vom Land ... ein wenig bieder ...“, sagte er entschuldigend. „Sie lassen uns hier wohnen. Aber bald kommen sie selbst, und dann müssen wir umziehen. In das Haus eines Sektenpredigers. Na, das wird was werden.“ Er kicherte in sich hinein.

Auf dem Bett am Fenster stapelten sich Bücher, Zeichnungen und Pläne übereinander. Papierrollen lagen auf dem Boden. Ein Herrenschlafanzug hing zerknautscht über einem Stuhl.

Henrik fiel auf, dass die andere Seite des Zimmers perfekt aufgeräumt war. Ein durchsichtiges Damennachthemd lag sorgfältig ausgebreitet über dem Kopfkissen. Auf dem Schminktisch reihten sich Fläschchen und Tiegel sorgfältig ausgerichtet entlang einem Spitzendeckchen.

Pickert lächelte entschuldigend. „Olga, meine Frau. Sie ist die Ordnung in Person. Ich lerne es nie. Sie hasst das Chaos, das ich verbreite. Dabei kommt sie selbst aus einem Künstlerhaushalt. Nicht zu fassen! Hat einfach die Nase voll von allem, was provisorisch und unsicher ist. Wenn es nach ihr ginge, säße ich in meines Vaters spießiger Firma und schriebe Zahlen untereinander.“ Er blickte unsicher lächelnd auf. „Aber wer will das schon, nicht wahr?“

Keine Ahnung, dachte Henrik.

Die Unterhose, die Pickert ihm gab, war zu weit und schlabberte. Die langen Ärmel des Sweatshirts mussten doppelt umgeschlagen werden. Henrik sah in den Spiegel. Seine wuscheligen dunkelblonden Haare hingen ihm in Strähnen ins Gesicht. Ich sehe aus wie ein verwirrter Geist, dachte er.

Henrik bückte sich nach der Hose. „Waren Sie eigentlich sehr enttäuscht, dass nur ich mich gemeldet habe?“

Pickerts Gesicht verdunkelte sich. „Ein bisschen schon, das muss ich zugeben. Aber Kunst ist mühselig, und nicht jeder hat ein Gefühl dafür.“ Pickert klopfte Henrik unbeholfen auf die Schulter. „Deshalb danke ich dir umso mehr. Aber wir bleiben nicht allein. Mein Vater schickt Arbeiter aus seiner Fabrik. Es ist das letzte Mal, dass er mir hilft. Entweder du packst es dieses Mal, sagt er, oder ...“ Seine Stimme hing hilflos im Raum. „Außerdem helfen Olga, meine Frau, und Anna“, fuhr er nach einer Weile fort. „Sie bemalen die Pfähle. Zusammen mit dir.“ Er blickte Henrik ernst an. „Hoffentlich bürde ich dir nicht zu viel auf. Wenn du nicht mehr willst, musst du es sagen.“

Ich sollte es jetzt sagen, schoss es Henrik durch den Kopf. Er hörte die fröhlichen Stimmen der Frauen draußen auf dem Flur und sah Pickerts freundliche Augen.

„Ist schon gut“, brummte er unbeholfen. „Ich mache das schon.“ Du bist ein elender Feigling, sagte er sich, das war deine letzte Chance auszusteigen. Und nun ist sie dahin.

„Und wann kommen die Pfähle?“, fragte er stattdessen.

„Ich musste extra ein Schiff mieten. Weil es so viele sind. Sie werden in einer Woche in Harle aufs Schiff geladen und kommen dann gleich rüber ...“

4

EIN ARZT UND EIN GRÜNER JUNGE

Die THEODORA, ein Leichter, der Lasten transportierte, lud die Pfähle. Er lag in Harle an der Pier. Die MS OLDENBURG, für heute das letzte Fahrgastschiff zur Insel, zog mit den vorgeschriebenen vier Knoten vorbei. Kinder drängten sich an der Reling und warfen den Möwen, die über ihnen kreisten, Kekse zu. Dann ließ eines der Tiere seinen Kot ab und traf das Schokoladeneis eines Kindes. Die Mütter zerrten ihre widerstrebenden Sprösslinge in Deckung.

Die THEODORA schaukelte in der Heckwelle, und der Greifarm des Krans, der ein Paket von sechs hölzernen Stangen über das Vorderdeck hob, verhielt einen Moment. Die Stangen schwangen sachte in dem Gurtzeug, das sie zusammen hielt. Ein Matrose hob die Hand. Der Greifarm senkte sich in den Laderaum, wo er die hölzerne Last mit erstaunlicher Präzision, fast zart, ablegte. Dann hob sich der Greifarm zurück zum vollbeladenen Lastwagen.

Der Kapitän stand seitlich am Steuerhaus. Er sah auf die Uhr über der Schleuse, dann auf den Tideplan, dann zum Wasser. Es lief bereits seit zwei Stunden ab. Sein Schiff hatte kaum Tiefgang, aber so langsam wurde es doch Zeit, abzulegen, wenn er die Nacht nicht in diesem Kaff vertrödeln wollte.

Der grüne Porsche mit der Holzmindener Nummer hatte Carolinensiel erreicht. Dr. Stefan Zunn bremste ab. Wo, zum Teufel, war dieser Flugplatz, von dem der Bürgermeister gesprochen hatte? Erst im letzten Moment sah er das Schild mit dem Flugzeug, das nach rechts zeigte. Die Straße führte an einem Wasserarm entlang. Schiffe lagen am Ufer. Eine Fischräucherei stieß Qualm in die tiefen Wolken. Zunn war allein auf der Straße, die geradewegs ins Nichts zu führen schien. Bis ganz hinten ein Deich und vor ihm ein Backsteinbau auftauchten. Da ist sie, die Tankstelle, dachte Zunn erleichtert.

„Rechts liegt eine ehemalige Tankstelle. Da müssen Sie rein", hatte der Bürgermeister gesagt. „Ein einarmiger Mann gibt ihnen den Parkschein. Sie fahren an der Halle entlang, in der wir Insulaner unsere Autos abstellen. Halten Sie sich links. Dann den Deich hoch. Stören Sie sich nicht an den Schafen. Die laufen rechtzeitig weg. Wenn Sie oben stehen, sehen Sie den Flugplatz schon vor sich."

Der grüne Porsche stand zwischen den Schafen auf dem Deich, und Zunn hielt Ausschau nach dem Flugplatz. Er hatte wirklich nichts Großartiges erwartet, aber etwas Flugplatz hätte es schon sein können. Dann sah er einen Asphaltstreifen in der Wiese und halb versteckt hinter einer Hütte ein blauweißes einmotoriges Flugzeug. Auf der Hütte hing träge ein halb gefüllter Luftsack.

Zunn atmete tief ein. Es sah nicht so aus, als würde sich die Welt drängen, auf diese Insel zu fliegen. Er nahm den Flachmann, der neben ihm auf dem Beifahrersitz lag, und genehmigte sich einen tiefen Zug. Okay, Herr Doktor, dachte er, ein Jahr wirst du schon aushalten. Im Sommer gibt es jede Menge Kurgäste, die sich bestenfalls den Magen verrenken, halb in den Wellen ertrinken oder ihren Fuß in Fahrradspeichen stecken. Nicht das berauschendste Medizinerleben. Aber das wollte er ja auch nicht.

Aber jetzt? Im Winter? Gab es dort überhaupt noch genügend Leute? Und wenn ja, waren sie sicher hartgesotten und wurden sowieso nicht krank. Bestenfalls an der Leber. Na, da jedenfalls kenn ich mich aus, dachte er zynisch und verzog das Gesicht.

Die Tür der Hütte stand offen. Eine alte Waage stand vor einem Tresen, hinter der ein etwa dreizehnjähriges Mädchen stand, das Pippi Langstrumpfs Schwester sein konnte, und Zunn neugierig anblickte.

„Ich heiße Zunn", sagte er, „der Bürgermeister von dort drüben ...", er deutete vage in Richtung des Meeres und der Insel,

„der Bürgermeister hat einen Flug für mich reserviert."

Das Mädchen blickte in ein Buch und klappte es zu.

„Kann angehen", sagte sie.

„Na, dann will ich mal bezahlen."

„Kann nicht angehen", antwortete das Mädchen.

„Kann nicht angehen?", echote Zunn.

„Wir fliegen nicht. Deshalb bin ja nur ich hier. Alles dicht. Ganz niedrige Wolken. Schon den ganzen Tag."

„Das ist ja lustig", sagte Zunn. Ihm wurde bewusst, dass es nicht das intelligenteste Gespräch war, das er führte.

„Eigentlich ist es nicht lustig", antwortete das Mädchen ernsthaft. Zunn nickte. Er war fast dankbar für das naive Mitgefühl des Mädchens.

„Und wie komme ich nun hin?"

Sie zuckte die Schultern.

„Es gibt doch Schiffe?", setzte er nach.

Das Mädchen blickte auf einen Fahrplan, der unter einer durchsichtigen Plastikhülle lag. „Die OLDENBURG ist schon weg. Und sie ist für heute das letzte Schiff."

„Könnte ich hier irgendwo übernachten?"

„Die meisten Pensionen sind voll belegt. Die Fischräucherei allerdings, da könnte was frei sein."

Zunn dachte an die gelbliche Qualmwolke und winkte innerlich ab. Er rief sich die Straßenkarte ins Gedächtnis.

Jever!

Die Stadt mit dem Bier.

Nicht schlecht. Er würde zurückfahren. Ein kühles Helles, womöglich frisch aus dem Brauereikessel ...

„Manchmal fahren auch Frachtschiffe, aber es wird knapp. Wir haben bald Ebbe, und dann geht nichts mehr", hörte er das Mädchen sagen. „Für ein paar Mark, schwarz auf die Hand, nimmt der Skipper Sie mit."

Zunn nickte.

„Und der Hafen ist weit?"

„Gleich da drüben."

„Ich habe ein Auto. Und Gepäck."

„Ich kann den Porsche zurückbringen, wenn es knapp wird. Kinderspiel."

„Bei deiner Größe müsstest du im Stehen fahren."

„Ich nehme immer eine Apfelsinenkiste. Da setze ich mich drauf. No problem." Sie strahlte ihn an.

Die Kleine gefiel ihm. Warum nicht? Apfelsinenkiste im Porsche! Aber hier oben tickten die Dinge sowieso anders. Warum sollte er sich nicht gleich daran gewöhnen?

Zunn saß neben dem mürrischen Kapitän auf der Bank vor der Brücke der THEODARA. Sie hatten sich schnell geeinigt, zwanzig Mark für die Fahrt bis zum Inselhafen. Und eine Flasche Jever Pils als Draufgabe. Die Biere zwischen sich, betrachteten sie versonnen die Frau des Kapitäns, die Wäsche von der Leine nahm. Sie bückte sich tief, sodass ihre Brüste prall herausdrängten. Der Kapitän musterte Zunn aus den Augenwinkeln, doch der tat so, als habe er die Möwen im Hafenbecken beobachtet.

Die Frau verharrte noch einen Moment, sah noch einmal lächelnd zu ihnen herauf und verschwand dann in der Kombüse. Bald zog der Geruch von frischen Bratkartoffeln zu ihnen hoch, und Zunn spürte, wie sein Magen sich zusammenzog. Er hörte, wie hinter ihm auf der Pier die Türen des Sattelschleppers, der die merkwürdigen Pfähle gebracht hatte, schlugen, und der Motor angelassen wurde.

Als Zunn aufblickte, sah er auf der anderen Seite des Hafenbeckens den schwarzen Mercedes. Er kurvte mit aberwitziger Geschwindigkeit durch das Deichtor auf den Parkplatz und kam mit quietschenden Reifen vor einem der mannshohen Poller zum Stehen.

Ein Chauffeur in grauer Uniform und Schirmmütze stieg aus und blickte sich suchend um. Niemand zu sehen. Nur der Sattelzug ächzte den Deich herauf und verschwand langsam hinter der

Schleuse. Dann war es wieder still. Abgesehen von dem Zischen und Brutzeln der Bratkartoffeln. Aber das, dachte Zunn, konnte der Chauffeur dort drüben wohl kaum hören.

Die Seitenscheibe im Fond des Mercedes glitt herunter. Das schmale Gesicht einer blonden Frau um die Vierzig wurde sichtbar. Zunn sah selbst aus der Entfernung, dass die Dame ungehalten war. Sie fragte etwas. Der Chauffeur blickte auf den leeren Kai und schüttelte hilflos den Kopf.

Da stieg die Frau aus. Sie trug einen Mohairmantel mit Pelzkragen, den sie hochklappte und vorn zuknöpfte, sodass ihr Hals verschwand und ihr Kopf wie aufgeschraubt auf ihm saß. Sie war offensichtlich wütend, trippelte mit ihren hochhackigen Schuhen zu dem Fahrplan, der am Poller angebracht war, und winkte aufgeregt zum Mercedes hinüber.

Ein junger Mann in einem grauen Anzug, der pedantisch zugeknöpft war, verließ den Wagen. Er war groß, schmal und schien nicht zu wissen, was er mit seinen langen Armen machen sollte. Sein Gesicht war unbestimmt rundlich. Mit seinen abstehenden Ohren, einer runden Stahlbrille und mit artig an einem Scheitel entlang gekämmten dunklen Haaren gab er eine leicht komische Figur ab. Zunn schätzte ihn auf fünfzehn, vielleicht sechzehn. Er hatte etwas Unfertiges an sich, so, als hätte sich die Natur Zeit gelassen, um die endgültigen Konturen später festzulegen.

Er war offensichtlich der Sohn der Mohair-Dame, hatte die Arme untergeschlagen, als hielte er seinen schmalen Oberkörper fest und wirkte doch aufreizend gelangweilt und desinteressiert. Wenn seine Mutter ihn ansprach, nickte er pflichtschuldigst, machte aber keinerlei Anstalten, hilfreich zu sein.

Im Gebäude hinter ihnen schwang eine Tür auf. Ein Bahnangestellter in Uniform trat heraus, schloss sorgfältig ab und ging zum Parkplatz. Die Frau überfiel ihn mit Wortkaskaden, von denen schrille Wortfetzen bis zur THEODORA drangen. Der Uniformierte zog ruhig an seiner Pfeife, sagte nichts und machte sich daran, die Tür seines Autos aufzuschließen. Er kam jedoch nicht dazu, sie ganz zu öffnen, denn die Frau drängte sich protestierend zwischen ihn und den Wagen. Die Tür schlug zu. Der Mann stand, eine Hand zwischen Türgriff und Mohairhinterteil eingeklemmt, verblüfft und hilflos. Das Gesicht der Frau war nun nah vor ihm. Er schob die Frau zur Seite. Sie stolperte und sank zu Boden. Zunn fiel auf, dass der junge Mann keine Anstalten machte, sie aufzufangen. Erst als sie auf dem nassen Beton lag und ihm eine Hand entgegenreckte, zog er sie, eher beiläufig, hoch.

Da hatte der Uniformierte schon den Wagen gestartet. Zunn sah, wie er im Wegfahren seinen Arm aus dem Fenster hielt und zur THEODORA zeigte.

Der Kapitän stand auf. „Jetzt schickt er die Zicke zu uns", fluchte er, um dann hinzuzufügen: „Wenn die mit will, muss sie ordentlich blechen."

Der breite Bug der THEODORA zerschnitt das trübe Wasser, warf zu beiden Seiten eine Welle auf, die sich schließlich über die Granitsteine der Fahrrinneneinfassung wälzte und die hölzernen Baken mit ihren Reisigbündeln zum Schwingen brachte. Ein schreiender Möwenschwarm folgte dem Heckwasser und geriet in hysterisches Trudeln, als die Arme der Kapitänsfrau im Fenster erschienen und eine Schale mit Abfällen über Bord kippten.

Zunn blickte auf den jungen Mann im grauen Anzug, der stumm neben ihm saß. Er sah nur einmal zum Anleger zurück, wo seine Mutter winkend stand, bis sich das Hafengebäude dazwischen schob. Der junge Mann fuhr sich mit gespreizten Fingern in die Haare, wuschelte sie durcheinander, nahm die Brille, putzte sie, klappte sie zusammen und steckte sie ein. Dann beobachtete er ohne Anzeichen von Kurzsichtigkeit zwei graue Möwen, die sich daran machten, mit allen schmutzigen Tricks einem kleineren Artgenossen einen Brotbrocken zu entreißen. Mit vorgereckten Hälsen stürzten sie sich auf den flüchtenden Vogel und hackten auf ihn ein. In einem Gewirr aus Federn fiel das Brot schließlich nach unten, verfolgt von den beiden Wegelagerern, die nun im Wasser aufeinander losgingen.

„Widerlich“, sagte der junge Mann, ohne den Kopf zu wenden, „es ist überall dasselbe.“

„Das ist die Natur. Das Recht des Stärkeren.“ Wie altklug ich rede, dachte Zunn und bereute seine Worte.

Der Junge blickte ihn an. „Aber ist es deshalb richtig?“

Zunn schüttelte den Kopf. „Natürlich nicht. Es ist auch nicht auf Tiere beschränkt.“ Das Bild der keifenden Frau im Mohairmantel tauchte vor seinen Augen auf, als sie dem Bahnbeamten die Autotür aus der Hand riss.

Ein leises Lächeln glomm in den Augen des jungen Mannes. „Ich möchte wetten, Sie denken gerade an meine Mutter.“ Seine Stimme klang versöhnlich.

Zunn sagte nichts, aber auch er lächelte.

„Sie ist nicht immer so, wie sie sich gibt“ sagte der Junge. „Eigentlich nur, wenn sie meint, für mich kämpfen zu müssen. Dann wird sie zur Hyäne. Sie hätten mal sehen sollen, wie sie mit den Lehrern umsprang, die es wagten, mich von der Schule zu werfen. Dabei taten sie nur ihre Pflicht.“

„Wie heißen Sie?“, fragte Zunn.

„Alexander. Alexander Monz. Sie können mich gern duzen. Ich bin noch Schüler. Ich komme hier auf die Schule, zwölfte Klasse, Unterprima, wie man früher sagte.“

Wie man sich täuschen kann, dachte Zunn. „Ich komme aus Wuppertal“, fuhr Alexander fort. „Vielleicht kennen Sie es.“

Zunn schüttelte den Kopf. „Nur aus der Zeitung. Wenn mal wieder eine eurer Schwebebahnen abstürzt.“

„Sie sind ungerecht. Bloß weil einmal ...“

„... schon gut. Sollte nur ein Witz sein.“ Zunn nahm zwei Flaschen Bier aus dem Kasten, riss die Kronkorken gegen eine Metallkante und reichte eine der Flaschen an Alexander weiter. „Zum Wohl! Vertragen wir uns wieder! Vielleicht sehen wir uns ja jetzt öfter. Ich heiße Stefan Zunn. Der neue Inselarzt.“

„Ein Doktor! Das fängt ja gut an. Dass Sie Akademiker sind,

hätten Sie meiner Mutter sagen müssen. Sie steht auf Akademiker. Und auf Ärzte erst recht."

„Mit mir ist heute nicht allzu viel anzufangen."

Es gefiel ihm nicht, wie Alexander die leeren Bierflaschen musterte, die zwischen den Füßen des Arztes standen.

„Vielleicht trinken Sie heute zu viel."

„Ich trinke immer zu viel. Jedenfalls in den Augen grüner Schüler", sagte er böse. Seine Stimmung war plötzlich umgeschlagen.

„Entschuldigung. Ich wollte Ihnen nicht zu nahe treten. Schließlich sind Sie der Arzt. Und nicht ich."

Zunn sagte nichts.

„Ich habe ein Problem", fuhr Alexander fort. „Möglicherweise haben Sie auch eins."

Schweigen.

„Aber ich nehme an, dass Sie mit einem grünen Jungen, der von seiner Mutter gegängelt wird, darüber nicht reden wollen."

Zunn wischte sich imaginäre Schaumspritzer von den

Hosenbeinen. „Zum Teufel mit grünen Jungen. Auch wenn sie ziemlich kiebig sind. Keine Ahnung, warum deine Mutter denkt, sie müsse dich unbedingt beschützen."

„In Wirklichkeit ist es mein Vater. Ein selbsternannter Industriekapitän." Alexander kicherte. „Er setzt sie unter Druck. Gute Familie und so. Schon Jahrhunderte in Wuppertal. Immer darauf bedacht, was die Leute in der Stadt wohl sagen. Mein Vater denkt, Wuppertal bricht zusammen, wenn ich mal wieder hängen bleibe."

„Muss ja auch nicht sein."

Alexanders Blick fiel wieder auf die Bierflaschen, und der Doktor winkte ab. „Ist ja schon gut, ist ja schon gut." Er nahm einen Schluck. „Und warum?"

„Warum was?"

„Warum du von der Schule geflogen bist."

„Das ist eine lange Geschichte."

„Wir haben Zeit. Der Hafen ist noch weit."

Alexander folgte seinem Blick zu der Insel, die flach vor dem Horizont lag. An ihrer Spitze reckte sich ein Turm mit dreizackigem Dach. Weiter rechts ein Leuchtturm und, in Grün verpackt, leuchtend rote Dächer.

Die Kapitänsfrau erschien an den Stufen. Sie hielt zwei Teller in der Hand, auf denen Bratkartoffeln und Spiegeleier dampften. Alexander lief hinunter und nahm die Teller. Die Frau strich ihm über den Kopf. „Du musst noch ordentlich essen, mein Süßer." Sie wandte sich ab, als ihr Mann auf der Brücke erschien.

Die Bratkartoffeln waren fettig und scharf gebraten.

„Ganz toll", sagte Zunn kauend. „Das sind rohe Bratkartoffeln. Das können nur wenige. Man lässt erst Wasser in die Pfanne und nur wenig Fett. Dann kochen die Kartoffelscheiben und braten erst, wenn man Öl hinzu gibt. Und nehmen alle Gewürze auf." Er stach in die Spiegeleier und ließ das Gelbe über die Kartoffeln laufen.

„Ich esse das Eigelb immer als letztes", sagte Alexander kauend. „Als Höhepunkt sozusagen."

Er kaute andächtig. „Ich bin zweimal geflogen, zweimal sitzen geblieben. Da nimmt einen keine Schule mehr. Aber dann, nach langem Suchen, haben sie doch noch eine Möglichkeit gefunden."

„Wangerooge."

„Richtig. Wangerooge. Hier sind sie spezialisiert auf verlorene Fälle."

„Es kann ja auch keiner weglaufen. Insel ist Insel."

„Das ist es nicht allein. Sie haben eine eigene Philosophie. Wichtig ist, dass man ein Kerl ist, der sich behaupten kann. Keiner darf keinen verpfeifen und so weiter. Sie müssten mal den Direktor sehen. Ehemaliger Offizier. Säuft wie ein Loch. Mein Zeugnis hat er kaum angesehen. Der schaut einem nur in die Augen, ein Klaps auf die Schulter und schon ist man dabei. Wenn man Glück hat."

„Klingt nicht schlecht, fast menschlich."

„Ist es auch. Was er sagte, klang geradeaus und ehrlich. Nicht dieser ganze Schmus, mit dem sie einen sonst verarschen und ruhigstellen wollen. Irgendwie freue ich mich auf die Insel."

„Es ist deine letzte Chance."

„Logisch. Aber hier sieht alles so klar und einfach aus. An mir soll's also nicht liegen."

„Schön gesagt."

„Haben Sie noch ein Bier für mich übrig gelassen?"

„Musst nicht frech werden, bloß weil du glaubst, dass dir das Leben hier oben gefällt."

Das Schiff hatte die Ostspitze der Insel erreicht und folgte der Fahrrinne, die nach Nordwesten führte.

Der Kopf des Kapitäns erschien über ihnen im Fenster der Brücke. Er zeigte nach links. „Da drüben, das ist der Hafen. Der Turm dort ist der Westturm, in dem schon Störtebeker hauste. Sagt man jedenfalls."

Das Schiff legte sich auf Steuerbordbug und bog in die Hafeneinfahrt ein. Die OLDENBURG lag weiter hinten. Die THEODORA machte gleich vorn unterhalb eines Kranes fest. Eine Frau und ein Mann standen an der Pier und sahen herüber. Der Mann war rothaarig, dicklich und hatte lange dünne Arme. Eine Leine flog an Land und hätte ihn fast getroffen. Er hinkte, als er unwillig zur Seite trat. Seine Augen hingen an den Planen, die über die Ladung gezogen waren.

„Habt Ihr meine Pfähle?", schrie er zur Brücke hinauf. Seine Stimme war erstaunlich hoch und erinnerte Zunn an die Wiener Chorknaben.

Der Kapitän beobachtete, wie das Heck herum schwang. Der Mann mit den roten Haaren sprang aufgeregt hin und her. „Ob Ihr meine Pfähle habt, habe ich gefragt!" Sein Gesicht lief dunkelrot an.

Der Kapitän nickte den beiden Matrosen zu, die die Achterleinen um die Poller gelegt hatten. Dann erst blickte er nach unten.

„Ich habe jede Menge Pfähle an Bord“, grantelte er. „Aber ob das Ihre sind, weiß der Himmel.“

„Klar sind das meine. Wem sollen sie denn sonst gehören?!“ Und dann geschah etwas, was weder der Kapitän, noch seine Frau, noch Zunn oder Alexander glauben mochten, als sie es sahen: Der Mann tanzte vor Freude im Kreis herum, wobei seine langen Glieder seltsam schlenkerten und seine Stimme sich überschlug: „Die Welt wird staunen. Die Welt wird staunen...“

„Auf dieser Insel sind nur Verrückte“, brummte der Kapitän. „Hoffentlich haben Sie es sich gut überlegt, ob Sie hier bleiben wollen.“

Zunn wollte antworten, doch da fiel sein Blick auf die Frau, die die Gangway empor und auf ihn zu kam. Ihr Gesicht versteckte sich hinter einer rosa Schmetterlingsbrille.

Sie war etwa Mitte dreißig, wohlproportioniert und hatte augenscheinlich etwas übrig für billigen Modeschmuck und grelle Farben. Ihr Haar glänzte pechschwarz mit orangenen Strähnen. Mit dem prallen lila Pullover über der prallen grasgrünen Hose wirkte alles ziemlich ordinär. Zunn fragte sich, warum es ihn nicht störte.

Sie machte vor ihm Halt und fragte. „Sind Sie der neue Doktor?“ Sie nahm einen Zettel aus der Hosentasche und las: „Dr. Stefan Zunn?“

Zunn nickte und reichte ihr die Hand.

„Ich bin Lisa Gräfe und achte auf das Haus und die Praxis. Und ich koche auch für Sie, wenn Sie wollen.“

Ihr Blick ruhte missbilligend auf seiner sehr schlanken Gestalt. Und zum ersten Mal tat Zunn das, was er später noch öfter tun würde: er stimmte ihr zu.

„Gut“, sagte Lisa und nahm seinen Arm, „ich habe einen Elektrokarren organisiert. Es sind drei Kilometer bis zum Ort. Und mein Mann wartet. Auch auf Sie. Er ist schwer krank. Sie müssen ihm helfen.“ Sie zeigte auf Zunns Koffer. „Ist das Ihr ganzes Gepäck?“

Wieder nickte Zunn.

„Nicht gerade viel“, beschwerte sie sich, „sieht aus, als wollten Sie nicht lange bleiben.“

Sie nahm den Koffer und marschierte die Gangway hinunter, wobei die grasgrüne Hose Mühe hatte, ihrem ausladenden Gang zu folgen.

Zunn blickte auf Alexander. „So, wie sie aussieht, lässt sie dich bestimmt mitfahren.“

Alexander hielt ihn am Arm fest. „Wir sind noch nicht fertig.“

„Fertig? Womit?“

„Mit unserem Gespräch. Sie wollten mir noch sagen, warum Sie auf der Insel gelandet sind.“

Zunn blickte ihn an, als käme er aus einer anderen Welt. „Ich habe mein Kind umgebracht“, sagte er trocken.

5

NICHTS WAR WIRKLICH SCHÖN HIER OBEN, ABER ...

Der Weg zum Dorf war schmal und mit roten Klinkersteinen gepflastert. Er wand sich durch haushohe Pulks wilder Rosen, gelbgesprenkelter Sanddornbüsche und zerrupften Krüppelkiefern entlang der Dünenkette nach Osten. Der Elektrokarren rumpelte von Bodenwelle zu Bodenwelle wie über unruhige See.

Zunn und Alexander hielten sich mühsam auf der bockenden Ladefläche und betrachteten ihre neue Heimat. Das letzte Licht aus Westen streifte die Spitzen der Wolken und ließ sie rosafarben leuchten. Auf den Wiesen vor dem Deich tanzten Mückenschwärme über den mit Wasser gefüllten alten Bombentrichtern, Schwalben jagten nach Insekten. Ein Hase verfolgte ein hakenschlagendes Weibchen über die Wiese. Als sie entkam und er sich einer anderen Dame zuwandte, stoppte die Verfolgte enttäuscht, verharrte einen Moment ratlos auf ihren Hinterläufen und hoppelte ihm dann nach.

Was für eine Idylle, dachte Zunn. Vielleicht war sein Entschluss, hier in die Verbannung zu gehen, doch nicht so falsch gewesen. Er blickte zu der leuchtenden Wolke zurück und glaubte für einen Moment, dass Hilde irgendwo dort oben war und auf ihn herunter blickte.

Ich werde mir Mühe geben, versprach er ihr. Aber er wusste, wie wenig er mittlerweile auf seine Versprechen geben konnte.

Er fing das Lächeln der Frau am Steuer ein. Ihr Nacken war von der Sonne verbrannt. Ihre Hände rot und rissig. Nichts auf der Insel schien makellos schön zu sein. Aber irgendwie sauber und ehrlich. Er würde sich anstrengen müssen, um den Menschen hier gerecht zu werden. Seine Finger fühlten die Umrisse der Schnapsflasche in seiner Hosentasche. Er zog die Hand zurück und legte sie auf seine Knie.

Alexander hingegen schien kaum Zufriedenheit zu empfinden. Von innerer Ruhe und Glück ganz zu schweigen. Er saß still gegen seinen Koffer gelehnt, als ob die ruhige Kraft der Natur ihn verunsicherte und er sich fragte, wie er die kommende Zeit allein überstehen würde. Als die roten Dächer des Dorfes vor ihnen auftauchten, lächelte er schließlich doch. Und als der Wagen vor einem grauen, im Winkel gebauten Haus hielt, ballte er eine Faust in der Tasche seines Anoraks. Er war angekommen.

Er stieg ab. Jungen standen am Zaun und beobachteten ihn stumm. Ein dicker Mann schlug mit Boxhandschuhen auf einen Sandsack ein, der an einem Holzgestell hing. Der Heimlehrer Vogt. Seine Mutter konnte ihn nicht ausstehen. Super.

Alexander nahm seinen Koffer, gab Lisa artig die Hand und nickte Zunn mit sparsamer Bewegung zu.

Lisa fuhr weiter und sagte über die Schulter: „Ich nehme Sie mit zu uns nach Hause. Sie müssen schließlich etwas essen, und der Kühlschrank in Ihrer Wohnung ist noch leer.“ Zunn dachte an die fettigen Bratkartoffeln, die er gerade erst gegessen hatte, dann aber auch an das leere unbekannte Haus, das ihn erwartete. Allein zu sein war nicht gerade das, wonach ihn nach diesen letzten beiden Jahren verlangte.

Der Karren fuhr über die Geleise und hielt vor einem Haus mit grünlichem Anstrich und weißen Fensterläden. Rechts ein mannshohes Schaufenster mit einem Schild an der Scheibe:

INSTALLATIONEN JEDER ART
GERHARD GRÄFE

Das Schaufenster selbst war leer bis auf ein paar Spinnweben in den Ecken.

Die Haustür sprang auf. Ein kleines Mädchen in grasgrüner Strumpfhose und lila Blüschen hopste aufgeregt heraus, krähte so etwas wie „Maahami“ und ließ sich von Lisa auffangen, die sich mit ihr im Kreis drehte. Das Mädchen juchzte vor Freude. Lisa hielt inne. „Das ist Charlotte. Unser ganzer Stolz.“ Sie blieb vor Zunn stehen. Dieser beugte sich vor, schnitt eine lustige Grimasse und stupste der Kleinen mit einem Finger zärtlich auf die Nase.

Das Mädchen begann sofort zu weinen. Zunn zog den Finger vorsichtig zurück.

„Machen Sie sich nichts draus“, tröstete Lisa.

„Natürlich nicht. Sie ist ja noch so klein. Und so ein fremder Onkel...“

„Vielleicht ist es auch der Bierdunst“, sagte Lisa. „Den kennt sie gar nicht.“

Zunn blickte sie forschend an, doch das Gesicht der jungen Frau blieb ausdruckslos. Zunn versteifte sich. Er wollte etwas sagen, schwieg dann aber, als er den Rollstuhl sah und den Mann, der darin saß.

Der Rollstuhl stand in der offenen Haustür. In ihm saß unter einer karierten Decke ein dünner Mann, der eine verwaschene Prinz-Heinrich-Kappe auf seinem blanken Schädel trug. Sie war zu groß geworden, und der Steg saß fast auf seinen Ohren. Die Haut des Mannes war gelblich, durchscheinend. „Ich konnte den kleinen Wirbelwind nicht halten“, sagte er mit dünner Stimme. „Sie kommt nach Dir. Kaum zu halten. Und eben doch schon schneller als dieser verdammte Rollstuhl.“ Der Mann lachte, dann schüttelte ihn ein keuchender Husten. Abrupt drehte er den Rollstuhl und fuhr ins Haus zurück.

„Ich will nicht stören“, sagte Zunn zu der jungen Frau. „Vielleicht ist es besser, ich gehe. Ihr Vater braucht sicherlich Ruhe.“

„Es ist nicht mein Vater“, erwiderte sie. „Er ist mein Mann. Oder besser, das, was von ihm übrig geblieben ist.“

6

KOMMUNISTEN UND FLÜCHTENDE MÄUSE

Der Mann, der auf den Sandsack eingeschlagen hatte, war Ernst Vogt, Studienrat. Und der neue Heimlehrer von Alexander. Ein Gebirge von einem Mann. Muskeln und Fett. Und Boxfan durch und durch. Mit seinen massigen Schultern füllte er die Türlaibung aus. Er streckte seinen Bauch breit nach vorn, sodass sich der abgeschabte Ledergürtel spannte und tief unter eine Speckfalte grub. Alexander kannte Vogt schon vom Sommer, als seine Mutter dieses Heim als Vorauskommando inspiziert hatte und dabei notgedrungen auch mit Vogt zusammengetroffen oder besser, zusammengerasselt war.

„So ein Schwachkopf", hatte sie später geschimpft. „So weit ist es also gekommen. Wir zahlen eine Menge Geld, und was kommt dabei heraus? Bolschewisten als Lehrer! Und denen vertrauen wir unsere Kinder an!"

Vogt hatte den Fehler gemacht, ihr mit einem Anflug von Stolz zu erzählen, dass er in seiner Studienzeit ein Volontariat beim „großen Bertold Brecht" abgeleistet hatte. In einer Aufführung der Dreigroschenoper hatte er sogar ein Plakat tragen dürfen, auf dem „Nieder mit den Kapitalisten!" gestanden hatte.

Diese Bemerkung hatte Alexanders Mutter wie ein Schlag getroffen. Ihr sorgsam behüteter Sohn in den Händen von Kommunisten! Sie strafte Vogt mit einem Blick, mit dem Männer, die Motorsägen führen, die Bäume taxieren.

„Wissen Sie eigentlich", hatte sie geschnappt, „dass Brecht, Ihr linker Bruder, sein Geld, das er bei den Genossen verdiente, blitzschnell auf Schweizer Konten in Sicherheit brachte?"

„Wenn er klug war." Vogts Antwort war ruhig und lässig gekommen, und Alexander sah, wie seine Mutter ratlos schluckte.

Aber sie gab nicht auf. „Ich wette, Sie haben nicht nur das Schild hochgehalten, sondern auch noch kommunistische Slogans gebrüllt.“

„Das stand nicht im Text“, hatte Vogt trocken geantwortet. Aber Alexanders Mutter hatte das nicht wirklich beruhigt. „Was scheren sich Kommunisten schon um Geschriebenes“, waren ihre letzten Worte, die aber ihre Niederlage nicht wirklich kaschieren konnten. Seit dem hatte Alexander den dicken Mann und seine unbeholfene Art geliebt. In einer stillen Stunde hatte Vogt später dem Jungen anvertraut, dass er ernsthaft erwogen hatte, bei der Abfahrt der Mutter am Bahnhof mit einer Replik des Brechtschen Plakates zu erscheinen und einschlägige kommunistische Parolen zu brüllen. Nur, um die bissige Dame noch einmal richtig zu ärgern. Dann aber hatte er sich an seine Pflichten als Lehrer erinnert und von dem Plan abgesehen, so schön er auch war. „Letztlich schien es mir Rache genug, dass sie damit leben musste, ihren Sohnemann in die Obhut eines sozialistischen Ungeheuers zu lassen“, hatte er hinzugefügt.

Es gab nicht viele Menschen, die seiner Mutter so cool Widerstand leisteten. Humor als Waffe. Das war neu. Mit sicherem Instinkt fühlte Alexander, dass er in Vogt jemanden gefunden hatte, der ihn einem Wellenbrecher gleich vor der fürsorglichen Belagerung seiner Mutter schützen würde. In Vogts mächtigem Körper wiederum steckte eine kindlich-freundliche Seele, die nur zu gern auf das vertrauensvolle Lächeln des Jungen reagierte.

Er war um die Fünfzig, Junggeselle und äußerlich vernachlässigt. Alexander würde bald wissen, dass Vogt immer in alten Strickwesten, Flanellhemden und faltigen Hosen herumlief. Er rauchte immer verrußte Pfeifen, die er bedächtig mit englischem Shag stopfte. Immer beulten Tabakdosen seine Hosentaschen aus, in denen sich außerdem noch Schlüssel, Kleingeld, Feuerzeuge, Pfeifenreiniger und andere verblüffende Dinge wie ein Schlüsselanhänger mit Beleuchtung befanden. Beim Gehen klimperte er wie ein Schrotthändler.

Jetzt nahm Vogt seine mächtigen Pranken aus den Hosentaschen, wobei ein Schlüsselanhänger mit einem Leuchtturm, der blinken konnte, herausfiel. Er legte einen Arm um die schmalen Schultern des Jungen und sagte: „Willkommen bei uns im Haus DÜNE. Es gibt bestimmt schönere Schülerheime auf der Insel, aber bei uns kannst du richtig Spaß haben, wenn du willst."

Den ersten Eindruck von dem Spaß, den er haben könnte, hatte Alexander, als er seine neue Bude bezog. Sie hatte schräge Wände, weil sie ganz oben unter dem Dach lag, und zwei Betten vor den Abseiten. Ein kleiner Tisch, zwei Stühle und einen Doppelspind. Auch ein Waschbecken. Sogar warmes Wasser. Und Malte Hinrichs.

Malte Hinrichs, der das Zimmer schon ein Jahr allein bewohnte, erwartete ihn, wenn auch nicht mit großer Begeisterung. Er war muskelbepackt. Sein Kopf war, gemessen an seiner Körpergröße, erstaunlich klein. Seine fliehende Stirn erinnerte Alexander an die heimischen Neandertaler. Malte hatte einen Expander in den Händen und zog ihn lässig auseinander, wobei die Muskelstränge an den Armen hervortraten. Er blickte Alexander erwartungsvoll an.

„Hörst du sie?", fragte er.

Alexander schüttelte den Kopf. Er hörte nichts. „Was soll ich hören?"

„Die Maus. Sie macht mich wahnsinnig. Spielt schon den ganzen Nachmittag auf der Schräge."

Nun hörte Alexander es auch. Etwas rutschte, kratzte und tapste jenseits der geblümten schrägen Pappwand und bewegte sich nach links. Der gespannte Expander folgte dem Geräusch, das plötzlich verstummte. Der Expander verharrte. Dann noch ein Kratzen. Malte ließ den Griff des Expanders los. Er schnellte nach vorn, grub sich in die Wand und verschwand in dem Loch, das er geschlagen hatte. *Tom und Jerry*, dachte Alexander.

Malte zuckte befriedigt mit den Achseln und zog den Expandergriff zurück. Blut war nicht zu sehen. Aber es war still. „Ich glaube, das war's", sagte Malte befriedigt.

Jenseits der Pappwand tapsten kleine Füße. Etwas rollte nach unten. Malte blickte enttäuscht. „Na, jedenfalls ist das Biest geflüchtet." Er zeigte auf das Bett unter dem Loch. „Das ist deins. Wenn die Maus wieder kommt, sag mir Bescheid."

Doch Alexander wusste, dass er und die Maus zusammenhalten mussten ...

7

DIE WESTSPITZE DER INSEL

Die Westspitze der Insel lag in der Sonne. Der Wind war eingeschlafen, und das Meer plätscherte lustlos gegen die Buhnen. Ein Pulk von Möwen hatte mit Einsetzen der Ebbe ihren Hochsitz auf dem alten Bunker verlassen. Die Tiere pickten nun lustlos in den Ritzen der Steine nach kleinen Krebsen, die nicht rechtzeitig mit dem Wasser den Rückzug angetreten hatten.

Es kam Bewegung in das schläfrige Idyll, als zwei Möwen, die über dem alten Bauhof kreisten, aufgeregt kreischten. Auf der Buhne schlug die größte der Möwen mit den Flügeln, stieß sich kurz ab und schwebte, sparsam die Flügel hebend, die Basaltschräge entlang zum Deich. Die anderen Vögel folgten krächzend und sammelten sich hinter ihrem Anführer. Der Pulk strich über das Kinderheim und kreiste schließlich über einer Gruppe von Menschen, die gerade von ihren Fahrrädern stiegen und sich am Tor des Bauhofes zu schaffen machten.

Jean-Jesus Pickert stieß das Tor auf und ging hindurch. Olga und Anna Pickert folgten ihm. Henrik schloss das Tor hinter sich. Es war mannshoch und mit Maschendraht bespannt. Auf einem Pfosten saß ein weißes Schild mit roter Schrift:

WASSERWIRTSCHAFTSAMT
Betriebsgelände
BETRETEN VERBOTEN!

Im Kinderheim nebenan erschien eine Frau auf der Terrasse. Sie trug einen geblümten Kittel, hielt eine halbgeschälte Kartoffel in der Hand und blickte misstrauisch herüber. Jean-Jesus nickte freundlich. Sie verzog keine Miene, ging rückwärts durch die Glastür ins Haus zurück und schloss sie hinter sich. Dort sahen sie sie noch einen Moment stehen. Henrik winkte hinüber und zog ein paar Grimassen.

„Lass sie!“, sagte Olga Pickert. „Sie meint es ja gut. Wenn nur alle so aufpassen würden! Und es ist bestimmt Monate her, seit jemand hier gewesen ist.“

In der Tat lag das Gelände verwahrlost vor ihnen. Die Geleise in das umzäunte Gelände wurden schon nach wenigen Metern von Unkraut überwuchert. Rechts, unterhalb des Deiches, weitete sich die Durchfahrt zu einem gepflasterten Hof, der von zwei Backsteingebäuden, deren Fenster verbrettert waren, begrenzt wurde. Auf einem Dach saß eine Sirene. Ihr halbrunder Deckel erinnerte Henrik an britische Stahlhelme aus den Filmen über den Ersten Weltkrieg. Links lagen die Fahrwassertonnen, die er schon von der Luftaufnahme her kannte. Ihre signalrote Farbe war ausgeblichen. Die Schweißnähte begannen zu rosten.

Hinter dem Platz standen ein grüner und ein gelber Arbeitswagen mit rostigen Dächern. Sie waren auf Stelzen hochgebockt. Dreistufige Gittertreppchen führten zu den Türen, vor denen Schlösser hingen. Weil auch im Verfall alles seine Ordnung haben musste, trugen sie Schilder mit Nummern: BWZ 341 und BWZ 342. Und runde Plaketten: 25 km/h. Es musste lange her sein, seit sie in diesem Tempo bewegt worden waren, dachte Henrik.

Hinter den Wagen verjüngte sich das Grundstück, bis schließlich ein Weg auf den Deich führte, der das Grundstück und seine Gebäude überragte. Neben dem Weg geordnete Unordnung: Steine im Karree gestapelt, verblichene Balken und Bretter mit Asphaltflecken, Reisigberge, Tampenrollen. Und schließlich zwei oberirdische Tanks mit zylindrischen Aufsätzen und blauen Hebeln.

Jean-Jesus schien erleichtert. „Es ist perfekt. Im Grunde ist alles da. Niemand stört uns. Wir streichen die Stangen an, fahren sie den Weg hoch auf den Deich und stellen sie auf der anderen

Seite auf.“ Das alles klang so einfach, dass Henrik sich fragte, ob der Künstler sich überhaupt eine Vorstellung von der Arbeit machte, die auf sie zukam. Es würde eine elende Schinderei werden. So viel war sicher.

Gott sei Dank würde er nicht allein sein. Er blickte auf Anna. Mit ihrem wippenden Pferdeschwanz und ihrem fröhlichen Lachen wirkte sie unbelastet von allen tiefschürfenden Überlegungen. Was für eine seltsame Familie, überlegte Henrik.

Jean-Jesus Pickert konnte seine Rührung nicht verbergen, als er oben auf dem Deich stand und zum Meer blickte. Er legte seine langen sommersprossigen Arme um die Hüften seiner Frau und drehte sich mit ihr im Kreis. Sie kreischte lachend, wollte sich befreien, fügte sich dann in ihr Schicksal und schmiegte sich an ihn, bis er sie zärtlich wieder absetzte und ihre Hand nahm.

„Die beiden sind glücklich“, sagte Henrik zu Anna, „es ist schön, ihnen zuzusehen.“

Sie standen oben auf der Westspitze des Deiches und sahen nach Spiekeroog hinüber, wo die Dünen sich weit in das Fahrwasser hineinschoben. Auch in der ruhigen See stand eine Welle zwischen den Inseln. Ein Fischkutter, der Kurgäste herumschipperte und seine Netze nur aus folkloristischen Gründen hinter sich her schleppte, stampfte gegen die See, während die Passagiere sich an das Tauwerk klammerten. Anna winkte, aber niemand winkte zurück.

Neben Henrik war ein Gedenkstein in den Boden eingelassen. Er war verwittert und voller Schmutz.

„Da ist eine Schrift“, sagte Anna. Sie nahm ein Stück Holz und kratzte durch die Rillen. Langsam tauchten Reste einer Inschrift auf:

†
Hein ... mer
aus Lyon
Sturm 1385

Da wurde Henrik bewusst, dass der Kampf an dieser Küste ewig währte. Und was hatte er letztlich gebracht? Bestenfalls hatte der Mensch das blanke Stückchen Land, an das er sich klammerte, verteidigen können. Mehr war nicht zu erreichen gewesen.

Henrik versuchte sich vorzustellen, wie das Wasser bei Sturm auf dieses, mit kühler menschlicher Berechnung gebaute Festungswerk traf, wie die Wellen sich brachen und in den schrundigen Steinen zerfraßen. Gewiss, das Deichbollwerk schien unüberwindlich, beschützte jedoch nur die Spitze der Insel. Schon zweihundert Meter weiter begannen die Dünen, auf denen der alte Bunker hockte. Was würde sein, wenn der Sturm sich nicht an die Regeln hielt, sich weiter ostwärts durch die Dünen fraß und das von Menschendhand errichtete Bollwerk von hinten unter sich begrub? Ein Gefühl der Vergeblichkeit und der Einsamkeit überschwemmte ihn.

Mama, wo bist du?

Aber dann sah er Annas fröhliches Gesicht und die Hände ihrer Eltern, die sich so vertrauensvoll festhielten. Das Leben wartet auf mich, sagte er sich. Ich muss nur zupacken! Ein Roman ist toll. Doch letztlich nur eine gespiegelte Welt.

Hier entsteht etwas Neues, etwas Schönes, etwas Fassbares, dachte er dankbar. Und du, Henrik Billhardt, kannst dabei sein! Die Arbeit mit Jean-Jesus, mit Olga und Anna würde die Erinnerung an seine traurige Kindheit und die schlimmen Jahre im Internat auslöschen. Hoffentlich.

Er blickte auf und schaute direkt in die Augen von Annas Mutter. Sie waren grau mit blauen Sprenkeln. Oder blau mit grauen Sprenkeln? Mit ihren rätselhaften Augen blickte sie ernst und nachdenklich auf ihn, so, als könnte sie seine Gedanken lesen. Jean-Jesus kam herüber und legte eine Hand auf Henriks Arm. „Na, was meinst du?“

„Es wird schön werden“.

„Was heißt schön? Es wird wundervoll werden. Schrecken gegen Schönheit. Was für ein Kampf! Ich sehe mich hier schon stehen, wenn der Sturm peitscht und das Wasser durch meine Stangen sprüht."

„Wo werden sie stehen, diese Stangen?"

Jean zeigte auf die Reihen der kniehohen Betonquader, die, sorgfältig auf Lücke gesetzt, auf dem oberen Teil des Deiches in Teer eingelassen waren. „Dort, hinter jeden Block stellen wir eine Stange."

„Aber wie sollen sie befestigt werden? Man kann schlecht sechshundert Löcher bohren, um Stangen hineinzustecken. Das würde den Deich ruinieren."

„Wir schrauben Halterungen an. Sie werden in einer Woche geliefert. Sechs dicke Schrauben pro Eisenschuh. Die Halterungen sind so hoch", er hielt eine Hand an seine Hüfte, „das ist ein weiteres Hindernis für die Wellen. Deshalb haben sie das alles genehmigt auf dem Amt in Wilhelmshaven."

„Das sind dreitausendsechshundert Bohrungen, dreitausendsechshundert Schrauben. Wie soll das alles gehen, wer soll das alles machen?"

„Sei kein Spielverderber. Wir haben ja Zeit. Ein ganzes Jahr. Und wenn es nicht reicht, machen wir weiter, bis alles steht. Außerdem schickt mein Vater drei Arbeiter, die uns helfen werden. Und das richtige Werkzeug. Es müsste mit dem Teufel zugehen, wenn wir das nicht hinbekommen." Jean-Jesus lachte. Wie ein Kind, das sich über all die Geschenke, die unter dem Weihnachtsbaum liegen, freut, obwohl sie noch gar nicht ausgepackt sind.

Olga Pickert ließ die Hand ihres Mannes los und blickte Henrik entschuldigend an. „In seinen Augen ist immer alles so einfach. Und wenn es dann schief geht, ist er zu Tode betrübt."

„Jetzt übertreibst du aber."

„Ich übertreibe nicht. Nimm nur dein geplatztes Projekt in Berlin, dann das Bild am Hochhaus, die Einzäunung der Isar ... überall Probleme ..."

„Na und, hat es nicht immer Spaß gemacht?"

„Spaß! Das ist es nicht, was ich meine. Ich bin es langsam leid. Das weißt du genau. Ganz abgesehen von deinem Vater, der auch ungeduldig wird."

Anna trat einen Schritt vor. „Jetzt ist es aber genug. Eben turtelt Ihr noch herum und nun könnte man denken, ihr wollt Euch streiten. Dabei ist es ein so schöner Tag ..."

Ihre Eltern schwiegen verlegen. Jean-Jesus wippte auf seinen großen Füßen und zwinkerte Henrik zu, während sich seine Frau auf die Lippen biss, unentschossen auf ihre Hände schaute und an dem roten Lack auf ihren Nägeln kratzte. Ihre Hände zitterten.

In diesem Moment hörten sie den Pfiff der Lokomotive. Ein Mann in Monteurskleidung öffnete das Tor, und eine rote Diesellok schob sich hindurch. Die Frau im Kittel erschien auf der Terrasse des Kinderheims und zeigte zum Deich, auf dem die Pickerts standen. Der Lokomotivführer beugte sich aus dem Seitenfenster und winkte beruhigend ab.

Die Diesellok zog sechs Waggons, die mit Pfählen beladen waren. Der Zug musste bis zu dem Tanklager vorfahren, damit alle Wagen auf dem Grundstück Platz hatten.

Jean-Jesus hielt es nicht mehr auf der Deichkrone. Er lief den Weg hinunter und dirigierte die Lokomotive mit auseinander gebreiteten Armen so, als hätte sie die Wahl zwischen mehreren Fahrtrichtungen.

Der Lokführer stand kaum auf dem Hof, als Jean-Jesus ihm voller Begeisterung um den Hals fiel. Der Mann blickte verdattert.

„Er ist und bleibt ein großes Kind", sagte Olga mit amüsiertem Kopfschütteln. Aber Henrik fragte sich, warum der Ton ihrer Bemerkung so bitter klang ...

8

DER TODESKAMPF

Zunn saß im Garten hinter seiner Praxis. Der letzte Patient war eben gegangen. Zunn fühlte sich ausgepumpt und allein. Nicht, dass die Arbeit des Tages von großer medizinischer Bedeutung gewesen wäre. Erst recht nicht für einen ehemaligen Starchirurgen.

Ein Virus hatte den Weg in ein Kinderheim zu den jungen Betreuerinnen und dann mit ihnen in die Disko zu den jungen Männern gefunden. Und Dehydrationen, weil die alten Kurgäste bei dieser Hitze zu wenig tranken. Außerdem mehrere barfuß laufende Frauen, die sich die Zehen gebrochen hatten, weil sie gegen Tischbeine, Mauern, Stühle und Bordsteine gerannt waren. Augenscheinlich war niemand mehr gewohnt, ohne Schuhe zu gehen.

Außerdem war ein Rettungsschwimmer vom Beobachtungsturm gefallen, und Reese, der Schuldirektor, hatte wegen seiner Leber eine Blutsenkung machen lassen. Zunn hatte ihm in die aufgequollenen gelblichen Augen geschaut und gleich gewusst, dass die Werte im Keller sein würden. Willkommen im Geiste, hätte er am liebsten gesagt. Aber dann hatte er sich zur Ordnung gerufen. So weit gesunken, so abhängig war er schließlich nicht. Als der Direktor und seine kaputte Leber gegangen waren, schwor Zunn, heute nur noch Wasser zu trinken.

Er blickte auf das eiskalte Bier in seiner Hand. Das Glas war beschlagen, Kondensationstropfen liefen gemächlich am Glas herunter und funkelten in der Abendsonne. Kein Grund also für ein schlechtes Gewissen. Schließlich war es erst sein viertes heute, und nach dem harten Tag hatte er es sich wirklich verdient. Basta! Nur heute Abend noch der Anstandsbesuch bei seinem

Kollegen gleich gegenüber. Dem Vernehmen nach ein jovialer alter Herr, der die Zeichen der Zeit erkannt hatte und nur noch Zehen richtete, die privat versichert waren.

Wer hätte gedacht, dass er sich so schnell einleben würde.

Vorgestern Abend noch hatte er hilflos vor der verlassenen Anmeldung gestanden, als die Haustür hinter Lisa Gräfe ins Schloss fiel und das helle Surren ihres Elektrowagens langsam verebbte. Auf der Anmeldung hatte alles tipptopp an seinem Platz gestanden und kein Staubkorn war zu sehen. Sogar der Terminkalender lag aufgeschlagen neben dem Telefon, ein Bleistift unter der letzten Eintragung. Allerdings wirkte das Haus seltsam leblos. Zunn erinnerte sich, dass sein Vorgänger nur zwei Jahre auf der Insel gelebt hatte und dann einer reichen Witwe an die Côte d'Azur gefolgt war. Anscheinend hatte er alles einigermaßen Wertvolle mitgenommen. Vielleicht war es auch die reiche Witwe gewesen, die alles eingepackt hatte. Von nichts kommt schließlich nichts.

So aber stand Zunn hilflos in einem leblosen Haus und fürchtete, dass er nie und nimmer die Kraft aufbringen würde, es mit Leben zu füllen. Deprimiert verzichtete er auf einen Rundgang, fand eine Couch gleich neben dem Behandlungsraum und ließ sich fallen. Er schlief fest, träumte, dass er eine Prinz-Heinrich-Mütze hatte, die viel zu groß war und dauernd wegflog. Als Zunn am Morgen von der Sprechstundenhilfe geweckt wurde, fühlte er sich zerschlagen und hatte die dumpfe Erinnerung, die halbe Nacht hinter der Mütze hergelaufen zu sein.

Seine Sprechstundenhilfe hatte die Sache im Griff. Sie war eine dieser alterslosen Arztgehilfinnen, die ihren Lebenssinn darin sahen, den Doktor vor lästigen Patienten zu beschützen. Eigentlich müsste er das ändern, denn schließlich war der Arzt für die Patienten da und nicht umgekehrt. Aber im Augenblick war es Zunn ganz recht, dass jemand auf ihn aufpasste.

Die Gartenpforte knarrte. Zunn erkannte Lisa Gräfe, die die kleine Charlotte auf einem Arm trug. Sie hielt die Tür mit dem Po zurück und zog mit der anderen Hand den Rollstuhl ihres Mannes hindurch. Zunn stand auf und wollte ihr helfen, aber die junge Frau setzte schon das Mädchen ab und schob den Wagen auf die Veranda. Sie trug heute einen lila Rock mit orangenfarbener Bluse. Die Haare waren noch schwarz, aber nun mit roten Strähnen durchzogen. Gräfe verzog den Mund zu einem Lächeln. Seine Lippen waren blass und dünn, und die Zähne standen unnatürlich groß zwischen ihnen hervor.

Lisa lächelte nicht. Sie sah sorgenvoll aus, und Zunn konnte sie verstehen. Gerhard Gräfe saß zusammengesunken in seinem Wagen. Seine schmalen gelblichen Finger klammerten sich an die Armlehnen und er schämte sich offensichtlich, dass er so hilflos war. Zunn zeigte einladend auf einen freien Platz neben seiner Bank, holte eine Flasche aus dem Kühlschrank, öffnete sie und legte sie Gräfe wie selbstverständlich in die Hand. Der blickte Zunn dankbar an und führte sie mit zittrigen Händen an die Lippen.

Zunn kannte mittlerweile Gräfes Akte. Es war aussichtslos. Im Krankenhaus waren sie nicht böse gewesen, als Lisa beschlossen hatte, ihren Mann mit sich zurück auf die Insel zu nehmen. Eine Lunge hatten sie ihm schon genommen, doch dann war auch auf der anderen Seite der verräterische Schatten des Krebses erschienen. Ein Schatten, der schnell wuchs.

„Doktor“, hatte Lisa gesagt, als sie ihn vorgestern an seinem Haus absetzte, „Sie müssen ihm helfen. So gut es geht. Ich bin es ihm schuldig. Eigentlich verdanke ich ihm alles. Vielleicht, wenn ich Sie näher kenne, erzähle ich Ihnen mal meine Geschichte. Damit Sie sehen, wie das Leben wirklich spielt.“

Zunn sagte nichts.

„Als ich ihn traf, war Gerhard ein Bild von einem Mann. In seiner Jugend ist er auf Walfang gefahren. Er war Vormann. Sechs Monate auf See. Sie sind kniehoch im Tran gewatet und haben gesoffen. Geraucht und gesoffen und von Frauen phantasiert. Was sollten sie auch sonst machen? Als der Walfang zu Ende ging, hat er umgeschult auf Installateur, weil er ein Händchen dafür hatte und schon auf den Schiffen für die Rohre und Leitungen zuständig war. Seine Eltern kamen von der Insel, und so hat er sich hier selbstständig gemacht. Alles lief bombig. Die Leute kannten ihn, und er kam mit ihnen gut aus. Dann traf er mich. Und plötzlich war ich hier, und der Himmel hing voller Geigen."

Sie stockte, und Zunn überlegte, ob er sie für einen Moment tröstend an sich ziehen sollte.

Sie schien es zu spüren und rückte zur Seite. „Ich hätte mir denken können, dass es nicht gut gehen konnte. Man soll die Götter nicht neidisch machen, hat mal jemand gesagt. Was immer das auch bedeutet. Als das Husten begann, und wir aufs Festland fuhren zum Krankenhaus, ahnte ich schon, dass alles ein böses Ende nehmen würde. Wir hatten Kredite aufgenommen, aber niemals an Berufsunfähigkeit gedacht. Nicht in seinem Alter. Na ja, als Arzt wissen sie ja besser als ich, wie schnell so etwas geht. Wie gewonnen, so zerronnen."

„Und jetzt arbeiten *Sie*."

„Als Putzhilfe. Aber schwarz, ohne Lohnsteuerkarte. Sonst schaffe ich es gar nicht." Sie blickte ihn an. „Sie müssen mir sagen, wenn Ihnen das nicht Recht ist. Den anderen Doktor störte es nicht."

„Mir ist es auch egal", hörte er sich sagen. Eigentlich war es ihm nicht egal.

Lisa blickte ihn ruhig an. „Sie sind ein netter Kerl, Doktor. Das habe ich gleich gesehen. Vielleicht ein wenig zu weich. Und Sie trinken zu viel, sagt dieser Alexander, mit dem sie vom Schiff gekommen sind. Als Doktor sollten sie eigentlich wissen, dass Sie ihre Gesundheit ruinieren."

Sie zeigte auf ein Foto ihres Mannes, das an der Scheibe klemmte. „Es ist alles so ungerecht! Die einen kämpfen um ihr bisschen Leben, und die anderen..." Sie schlug wütend mit der flachen Hand auf das Lenkrad. Sie weinte, ohne einen Laut von sich zu geben.

Zunn wusste natürlich, dass sie Recht hatte. Aber es war schon seltsam. Eben bat sie noch um seine Hilfe, um ihm eine Minute später alle Schuld zuzuschieben! Er hatte nicht vor, sich zu verteidigen.

„Ich werde mich um Ihren Mann kümmern", sagte er schließlich mit matter Stimme.

Sie nahm ein pinkfarbenes Taschentuch und schnäuzte sich. „Seine Akte ist im Behandlungszimmer. Ich habe sie auf den Tisch gelegt, gleich neben das Blutdruckgerät."

„Ich kann Ihnen nichts versprechen. Es sieht wirklich ..."

„... nicht gut aus. Ich weiß. Er hat noch einen Monat. Vielleicht zwei. Aber er soll nicht leiden."

„Er soll nicht leiden", hatte er wiederholt, bevor sie ging und ihn allein ließ. Du und deine Versprechungen, dachte er. Wenn sie wüsste, wie wenig sie wert sind ...

Gräfes Stimme riss ihn aus seinen Gedanken. Zunn blickte auf und sah, dass der kranke Mann ihm zutrank. Sie stießen ihre Flaschen zusammen und sahen sich an. Zunn fühlte die einfache hilflose Dankbarkeit des Mannes, der seine Würde nicht verlieren wollte. Mitgefühl mit Patienten, das ist das Letzte, was mir noch gefehlt hat, dachte er sarkastisch.

Und plötzlich wurde Zunn klar, dass sein Plan nicht aufgehen würde. Selbst auf diesem Außenposten der medizinischen Welt würde es Menschen geben, die sich in seine Gefühle drängen würden. Auch das Exil auf dieser Insel würde ihn nicht vor den entscheidenden Fragen, die früher oder später eine Antwort suchten, schützen können ...

9

DER BOXKAMPF

Mittwochs hatte das Schülerheim DÜNE, in dem Alexander nun seit einigen Tagen wohnte, seinen traditionellen Boxabend. Eine Veranstaltung, auf die der boxfanatische Heimlehrer Vogt größten Wert legte. Die Kämpfe fanden nach griechischem Vorbild in freier Natur statt, in den Dünen gleich hinter dem Friedhof. Vogt hatte vier Paarungen angesetzt. Alexanders Zimmergenosse Malte Hinrichs bestritt den Hauptkampf gegen Ingo Herrlich, genannt der Schreckliche. Sie waren die Stärksten, und insofern war ihre Paarung quasi gesetzt. Sie waren zugleich auch die Jähzornigsten, und insofern war immer Ärger angesagt. Vieles sprach dafür, dass wieder Blut fließen würde.

Die anderen Schüler des Heimes saßen erwartungsvoll am Rand der Dünenmulde und warteten auf das Schauspiel, froh, nicht selbst Teil der Handlung zu sein.

Die einzelnen Paarungen wurden während des Abendessens von Vogt bekannt gegeben, nachdem Freda Schreyer, das schüchterne Küchenmädchen, die Teller der wie immer mit Blutwurst, Mortadella oder Harzkäse belegten Brote auf die Tische gestellt hatte. Vogt zog einen Zettel aus der Tasche, entfaltete ihn sorgsam und las die Namen der Kämpfer mit so getragener Stimme vor, als seien sie gerade im römischen Kolosseum zur Verteidigung der Christenheit auserkoren worden.

Während die verschont gebliebenen Schüler die Tische abräumten und das Geschirr zu Freda in die Küche brachten, wurde von den Kämpfern erwartet, dass sie sich eine Turnhose anzogen und mit nacktem Oberkörper im Bademantel und Handtuch um den Hals wieder erschienen. Vogt selbst trug seine schwarze, sorgfältig gebügelte Hose und ein neues weißes Hemd.

Mit ihm an der Spitze zog die Heimbesatzung schließlich hinten aus dem Grundstück hinaus bis zum Friedhof, vor dem Vogt eine Art natürliche Arena für das Schauspiel ausgemacht hatte: eine Dünenmulde mit viel Platz für die Zuschauer und wenig Raum für die Kämpfer. Immerhin, wer umgeschlagen wurde, fiel weich ...

Malte Hinrichs hatte seinen Bettnachbarn Alexander als Sekundanten auserkoren, der ihn in den Pausen mit Wasser bespritzen und Luft mit dem Handtuch zuwedeln sollte. Eine Ernennung, die Malte als Belohnung und Zeichen keimender Freundschaft ansah. Alexander hatte in Maltes Ringecke, die durch den Eckpfahl des Friedhofes markiert wurde, Aufstellung genommen.

Der Kampf begann mit der gewohnten Härte und ohne die technische Finesse, die Vogt sonst so zu schätzen wusste. Malte konzentrierte seine Schläge auf Ingos Magengrube, was den Nachtteil hatte, dass er die Deckung seines Kopfes vernachlässigte. Der Boxhandschuh von Ingo Herrlich traf Malte wie ein Dampfhammer. Die rechte Augenbraue sprang auf und begann zu bluten. Ringrichter Vogt hob den Arm und drängte sich zwischen die Kämpfer, wobei er gerade noch dem Revancheschwinger Maltes, den dieser wutentbrannt auf die Reise geschickt hatte, ausweichen konnte.

Vogt untersuchte Maltes Augenbraue, indem er sie mit zwei Fingern auseinander zog. Malte zuckte zusammen.

„Hab dich nicht so, sei ein Mann“, Vogts Stimme klang ungehalten. „Es ist wirklich nur ein Kratzer.“

„Kratzer hin, Kratzer her. Das soll er mir büßen.“

„Dazu gehören zwei, du Blödmann“, rief Ingo herüber, tänzelte wie ein Derwisch und schlug Aufwärtshaken in die milde Abendluft.

„Ingo ist ein Irrer“, pflegte Malte zu sagen. „Und Irre denken nicht nach, sonder prügeln drauflos. Egal, was sie in die Fresse kriegen.“

Ingo Herrlich kam aus Berlin. Kreuzberg. Kottbusser Tor. Klein Istanbul. Aus irgendeinem Grund, den niemand kannte, hatte Ingo ein Stipendium für eine Schule an der Nordsee bekommen. Offiziell, weil etwas mit seiner Lunge war. Oder an den Bronchien. Trotzdem lief er die fünftausend Meter locker in einundzwanzig Minuten, ohne dass es in seinem Brustkorb rasselte. Aber er hatte ohnehin die Eigenart, die Zähne nicht auseinander zu nehmen, sodass auch dies schlecht nachzuprüfen war.

Jedenfalls hatte Kreuzberg ihn gelehrt, dass man nicht zu lange abwarten durfte, bevor man zuschlug. Nachdenken konnte hinderlich sein für die Gesundheit.

Eigentlich war Ingo ein ruhiger Typ, aber wehe, er fühlte sich lächerlich gemacht oder angegriffen. Oder er meinte, dass ihm Unrecht geschehen sei. Auch hatten Mitschüler, die nicht seinen Vorstellungen entsprachen, wenig Gutes zu erwarten. So hielt er seinen Zimmernachbarn Wenzel von Bargen schlichtweg für homosexuell, weil er ihn noch nie mit einem Mädchen gesehen hatte. So war von Bargen auf ständiger Flucht vor dem jungen Berliner. Überhaupt wollte niemand mit Ingo boxen, und so traf es immer wieder Malte. Aber auch er hütete sich normalerweise, den verrückten Kreuzberger Jungen zu reizen und war froh, wenn die drei Runden einigermaßen glimpflich vorüber gingen.

Vogt tupfte eine braune Flüssigkeit auf Maltes Augenbraue, während Ingo sich an den anderen Friedhofspfosten lehnte und immer noch zornig Löcher in die Luft schlug.

Vogt tippte Malte aufmunternd auf die Schulter, gab den Kampf wieder frei und winkte die Kontrahenten in die Muldenmitte. Sie mussten die Boxhandschuhe gegeneinander stupsen zum Zeichen guten Sportsgeistes. Vogt erwartete, dass die beiden nun ein paar Schritte zurücktraten und sich „aufbauten“, wie er sich ausdrückte.

Diesmal war es anders, denn Malte baute sich nicht auf. Er hatte keineswegs die Absicht, sich auch noch das andere Auge zerschlagen zu lassen. Ohne größere Umstände schlug er Ingo einen kurzen konzentrierten Haken an dessen Kinn. Ingo fiel weich und schnaufte. Vogt blickte tadelnd auf Malte, aber begann zu zählen. Bei „acht“ machte Ingo Anstalten, wieder auf die Beine zu kommen, fiel aber wieder um.

Ein sauberer knock out. Soviel wusste auch Alexander und klatschte. Schließlich war er als Sekundant sozusagen kraft seines Amtes parteiisch. Außerdem wohnte er mit Malte auf einem Zimmer, und es war gut, ein wenig Solidarität zu zeigen. Außerdem hatten im Vorkampf auch alle gejubelt.

Dann fiel ihm auf, dass es diesmal anders war. Er war der einzige, der klatschte. Es war nicht üblich, sich über einen Niederschlag des Schrecklichen zu freuen. Alexander begriff seinen Fehler und ließ eher beiläufig die Hände sinken.

Aber es war zu spät. Ingo war benommen und sah manches neblig. Nicht aber, dass sich ausgerechnet dieser Neuankömmling lustig über ihn machte. Er blickte mit hasssprühenden Augen auf Alexander und sagte etwas Zotiges.

Alexander ahnte, dass es nach Kreuzberger Regeln nicht angebracht war, Schadenfreude gegenüber Stärkeren zu zeigen. Es sei denn, man wollte sie zu einer Machtprobe herausfordern.

Nichts lag Alexander ferner, aber nun fürchtete er, dass diese Einsicht zu spät kam ...

10

DER SHOWDOWN BEGINNT

Wochenlang lag ein Hoch namens Elfriede wie festgezurrt über Irland und bewegte sich ebenso wenig wie ein Tief Hans, das sich vor den Alpen verkeilt hatte. Im meterologischen Niemandsland zwischen Hans und Elfriede wütete der Wettergott. Wie in einem Aufzug rauschte Polarluft über Skandinavien nach Süden und streifte auch die kleine Insel an der Wesermündung.

Der kalte Sturmwind erstickte alle Aktivitäten. Die Strandkörbe unterhalb des PUDDINGS wurden langsam mit Sand zugeweht. Die frustrierten Kurgäste saßen oben im Café, dachten an die hohen Hotelpreise und die unnütze Kurtaxe, beobachteten die blaurote Fahne über der Normaluhr, die sich in der steifen Brise Tag für Tag um ein paar Zentimeter mehr zerfledderte. Verkühlungen und Erkältungen grassierten. Wer nicht zu Dr. Zunn ging, trank steifen Grog als vorbeugende Maßnahme.

Die Stimmung war mies. Nur in der Schule nicht, denn dort standen die Ferien an, und die Eltern erschienen, machten ihren Anstandsbesuch bei den genervten Lehrern und verschwanden mit ihren Sprösslingen im warmen Süden. Auch Alexanders Mutter war gekommen. Sie residierte in der TEESTUBE. Ihr Sohn musste mit ihr über die Promenade flanieren, wobei sie ihn liebevoll unterhakte, ihm dann und wann ein Bussi gab und fest an sich drückte. Was Alexander peinlich war, erst recht, als ihnen Malte und Ingo feixend entgegen kamen und ihm Küsschen zuwarfen. Alexander das Muttersöhnchen. Es war grauenvoll.

Die drei Arbeiter aus der Fabrik von Jean-Jesus' Vater waren schon seit Tagen auf der Insel und mühten sich mit den eisernen Halterungen ab, die nun wie überdimensionale Weihnachtsbaumständer auf dem Deich lagen und auf ihren Einbau warteten. Die

Männer begannen Löcher in den Beton zu bohren, aber als die Regenböen immer wieder über ihre Maschinen schwappten und die Bohrungen volliefen, ließen sie die Werkzeuge fallen und verzogen sich ins Warme, vorzugsweise vor die nächste Theke. Als sie mit Jean-Jesus und Henrik ihr Bier in der TEESTUBE tranken und über die Damenwelt der Insel herzogen, kam Alexanders Mutter am Nebentisch nicht umhin, ihre feingepuderte Nase zu rümpfen und pikiert die Abfahrt für den nächsten Morgen vorzusehen.

Jean-Jesus Pickert war unglücklich, weil es nicht weiterging. Henrik allerdings hatte nichts gegen die aufgezwungene Arbeitspause auf der Baustelle. Die körperliche Arbeit in der freien Luft hatte ihn geschafft. Dadurch litt wiederum die Arbeit an seinem Buch, zumal die Handlung eine erste wichtige Wendung erfahren sollte. Der Protagonist traf eine geheimnisvolle Frau am Grab seiner Frau. Ihre Lebenslinien überschnitten sich bereits, aber sie wussten es noch nicht. Eine nachdenkliche Passage, für die man Zeit und Muße haben musste. Und eine ruhige Gewissheit, die die story wie eine mächtige Welle mit sich tragen würde. Doch als er sich gerade wieder hineingefühlt hatte in die Handlung, kam alles anders. Das Hoch Elfriede, das über Irland eingeschlafen war, wachte auf und machte sich plötzlich auf den Weg, das Tief zu verjagen und sich seinerseits vor den Alpen festzusetzen. Über Nacht drehte die Fahne vor der Normaluhr über Norden auf Osten und brachte am Morgen die Sonne zurück. Die kleine Inselwelt setzte sich wieder in Bewegung.

Die Kurgäste erschienen mit Schippen und Handfegern, um die zugewehten Körbe vom Sand zu befreien und um die Wälle der Sandburgen aufzuschaufeln. Es galt, die Grenzen zu sichern und den bösen Nachbarn von unberechtigten Gebietsannexionen abzuhalten. In einem besonders umkämpften Gebiet wurde sogar die weißschwarze Kriegsstandarte Preußens gehisst, die deutlich verkündete: bis hierher und nicht weiter. Allerdings würde die kleine Fahne sich nicht lange als Unikat behaupten können, denn Jean-Jesus wusste schon, dass sein Vater im Anmarsch war. Und der hatte seit Jahrzehnten die höchste Fahnenstange am Strand. Und die stärkste. Sie konnte sogar die große preußische Paradeflagge tragen. Vor dieser Schaustellung demonstrativen Kleinbürgertums graute Jean-Jesus schon jetzt. Aber was sollte er machen? Seine Arbeit stand und fiel mit der väterlichen Hilfe. Dabei hatte sein Vater noch einmal deutlich gemacht, dass das Wangerooger Projekt der letzte künstlerische Versuch war, den er zu unterstützen gedachte. Er habe sich vorgenommen, den Fortschritt der künstlerischen Arbeiten genau im Auge zu behalten, wozu der Sandhügel, auf den er wie jedes Jahr seinen Strandkorb und die bewusste Fahnenstange setzen ließ, einen ausgezeichneten Befehlsstand abgeben würde.

Schon morgens um neun klopften Jean-Jesus und sein Vater energiegeladen an Henriks Fenster, um die Arbeiten an der Westspitze nun zügig voranzutreiben. Henrik blinzelte verschlafen in die Morgensonne. Er hatte bis vier Uhr in der Nacht geschrieben und war dann todmüde ins Bett gefallen. Leider waren seine Romanfiguren in seinem Kopf noch überaus aktiv und lebendig gewesen. Unbeaufsichtigt durch dichterische Disziplin vagabundierten sie noch stundenlang durch seine Gedanken, sodass er erst einschlief, als er schon seine Tante Elvira im Bad duschen hörte.

Aber diese Nöte eines Poeten konnte er Jean-Jesus und erst recht nicht seinem prosaischen Vater kaum näherbringen. So folgte er ihnen schließlich mit der angenehmen Hoffnung, sich an die Damen zu halten und einen angenehmen Tag mit ihnen zu verbringen.

Doch auch diese Hoffnung wurde enttäuscht. Die Farbeimer standen bereits geöffnet am Boden und die Frauen zeigten überhaupt nicht das zärtliche Mitgefühl, das er sich ausgemalt hatte. Sie drückten ihm sofort einen Pinsel in die Hand und zeigten wortlos auf die fünf jungfräulichen Stangen, die auf den Böcken lagen und auf den Anstrich warteten.

Es war nicht unbedingt eine schwere Arbeit, jedenfalls nicht bei normalem Wetter. Heute schien die Sonne jedoch den ganzen Himmel zu bedecken und verschoss erbarmungslos ihre Strahlen auf alles, was sich bewegte. Es wehte eine Brise, doch sie brachte nur Hitze mit sich. Der Vater von Jean-Jesus ergriff die Flucht mit Hinweis auf sein fortgeschrittenes Alter. Mittags war es so heiß, dass die Pinsel antrockneten. Henrik fühlte, wie sein Nacken zu brennen begann.

Als sie schließlich Pause machten, schien sein Gehirn zu kochen. Sie saßen nebeneinander im Schatten der grünen Wagen und fanden erst langsam ihre Sprache wieder. Olga Pickert hatte ein fließendes weißes Hemd übergezogen, das am Kragen verrutscht war und eine runde Schulter sowie den Ansatz ihres Busens freigab. Olga sah Henriks Blick, blieb aber regungslos sitzen. Ihr Gesicht war leicht gerötet und nun ohne Schminke. Ihr Mund wirkte weniger rund aber weicher. Anna hatte die Schuhe ausgezogen und saß mit gespreizten Beinen im Gras und kämmte sich. Ihre blonden Haare waren feucht vor Schweiß und lagen leicht gewellt um ihr Gesicht. Botticelli, dachte Henrik. Jean-Jesus, der sich auf die Aufsicht und die Versorgung der arbeitenden Truppen spezialisiert hatte, brachte fettige Kohlrouladen, deren Blätter sich in der Sonne bogen. Sie tranken abwechselnd aus der großen Sinalco-Flasche und beobachteten die Möwen. Diese kreisten, die Kohlrouladen fest im Blick, über ihnen.

„Diese Hitze, diese Arbeit. So stelle ich mir die russischen Arbeitslager vor“, stöhnte Anna, „wenn das jetzt die nächsten Wochen so weitergeht ...“

Henrik mochte gar nicht daran denken. „Wie viele Stangen haben wir schon?“

„Zweiundzwanzig. Aber es ist nur die Grundierung. Dann alles weiß überstreichen und schließlich die bunten Ringe. Grün, rot, blau, gelb.“

Henrik schüttelte den Kopf und spuckte in den Sand. „Gequirlte Scheiße“, sagte er.

Olga Pickert schloss die Augen und lehnte den Kopf an die

Bretter. „Was kümmert es dich?“, fragte sie lakonisch. „Wir tun, was wir können, aber mehr geht eben nicht.“

„Aber Ihr Mann ...“

„... wird sich daran gewöhnen müssen.“

„Und ich dachte, Sie stehen voll hinter dem Projekt“.

„Stehe ich auch. Aber es gibt noch anderes als die Kunst.“

Diese Worte erstaunten Henrik. Aber mehr noch ihr Blick. Er lag träge auf ihm. Aber auch voller Herausforderung.

11

WARUM TREFFEN SICH FLUGZEUGE?

Elvira von Aalen, Henriks Tante, öffnete die Tür von Henriks Zimmer und sah vorsichtig um die Ecke. Auf dem Boden lagen zwei alte Hosen und mehrere T-shirts. Sie waren verschwitzt und über und über mit weißer Farbe bekleckst. Das Fenster war geschlossen. Im Zimmer roch es nach Schweiß und Terpentin.

Henrik lag im Bett. Nur der Kopf war zu sehen. Elvira trug einen gelben Hausanzug. Er saß etwas straff und sie hatte zwei Knöpfe geöffnet. Sie setzte sich auf Henriks Bett, zog vorsichtig die Decke zur Seite und blickte eine Zeit lang auf den Jungen. Seine Haare waren verklebt von Schweiß. Weiße Farbspritzer überzogen sein Gesicht. Elvira strich ihm über die Haare. Henrik stöhnte leise.

„Du Armer", sagte seine Tante. „So geht das nicht weiter. Du machst dich ganz kaputt. Morgens früh raus und dann den ganzen Tag diese schwere Arbeit. Du bist zwar schon groß, aber für mich eben doch noch ein Junge." Ihre Finger spielten mit seinen Haaren. „Irgendjemand muss ja auf dich aufpassen. Diese Leute, diese Künstler, die benutzen dich doch nur."

Henrik wollte etwas dagegen sagen, spürte aber ihre warme Hand und fühlte sich zu geborgen, um sich aufzuregen.

„Jedenfalls musst du jetzt aufstehen!"

Henrik rollte sich auf den Rücken. „Heute ist frei."

„Bei Deinen Künstlern vielleicht. Aber eben hat der Pastor angerufen. Du musst spielen. Du sollst die Hochzeit nicht vergessen wie das letzte Mal."

„Wie spät ist es?"

„Schon eins."

Henrik schmiss die Bettdecke zur Seite. Er war nackt und doch wohl nicht so müde, wie es den Anschein gehabt hatte. Elvira seufzte lautlos. Henrik griff sich das Handtuch, das über dem Stuhl lag, und lief zu Dusche, die sein Onkel für ihn in der Ecke des Zimmers hatte einbauen lassen. Henrik drehte das Wasser auf, sprang erschrocken zurück, als ein Strahl kalten Wassers herausschoss, wartete, bis Dampfschwaden aufwallten und zog die Tür hinter sich zu. Elviras Blick folgte den Bewegungen seines verschwommenen Körpers hinter dem geriffelten Plexiglas.

„Und wie lange soll das noch so gehen?“, rief sie.

„Weiß der Himmel. Vielleicht den ganzen Sommer. Wenn das reicht.“

„Ich wundere mich, dass du das aushältst.“

„Wie meinst du das?“

„Wie ich es sage. Normalerweise verlierst du schnell die Lust. Erst recht, wenn es mit körperlicher Arbeit verbunden ist.“

„Ich werde eben reifer.“ Er lachte.

„Wie heißt das Mädchen, mit dem du zusammen arbeitest?“

Das Wasser wurde abgestellt. Die Schiebetür glitt auf. Henriks Kopf, von dem das Wasser troff, blickte heraus.

Er wollte heraustreten, erinnerte sich aber rechtzeitig daran, dass seine Tante es hasste, ja fast hysterisch wurde, wenn er mit nassen Beinen auf den Teppich trat.

„Gibst du mir das Handtuch?“

Sie warf es hinein.

„Wie kommst du darauf, dass da ein Mädchen ist?“, fragte er.

„Du wirst ein junger Mann. Und ganz ansehnlich. Da sind die kleinen Weiber nicht weit.“

Henrik ging zum Schrank und zog sich seine gute schwarze Hose an. „Sie heißt Anna.“

„Und, ist sie hübsch?“

Henrik nickte. „An sich mehr ein Kumpel. Ist sich für nichts zu schade. Ganz anders als ihre Mutter. Die ist auch nett, aber auf die distanzierte Art. Nach drei Tagen Arbeit hat sie sich verzogen. Kommt nur noch morgens. Wenn überhaupt. Und so arbeiten Anna und ich allein vor uns hin. Die Grundierungen sind fertig. Nun alles noch einmal mit weißem Lack. Ich mag gar nicht dran denken. Aber nun geht es leichter, sagt Jean-Jesus, auf dem Vorstrich flutscht der Pinsel besser."

Eigentlich war es nicht richtig, dass sie ohne Unterbrechung arbeiteten. Am Donnerstag zum Beispiel hatten sie sich eine recht lange Pause gegönnt, kaum dass Annas Eltern sie allein gelassen hatten.

Sie waren zur ersten Buhne hinunter gegangen. Der Strand lag verlassen. Die drei Arbeiter hatten sich in die Wellblechhalle verzogen, wo sie Eisenteile verschweißten und auf ihren Chef fluchten. Weit draußen auf dem Wasser kreuzten zwei Katamarane, und am Leuchtturm, der über den Deich schaute, klopften Arbeiter, die an Gurten von der Plattform hingen, Rost von der Metallverkleidung.

Anna zog den Overall aus und legte sich in ihren gelben Dessous in den warmen Sand. Ihre Haut war fast weiß. Sie lag auf dem Rücken, reckte sich wohlig, verschränkte die Arme unter dem Kopf und sah hinauf in den tiefblauen Himmel. Zuerst wagte Henrik nicht, sie anzusehen, aber er konnte schlecht die ganze Zeit auf das Wasser gucken. Natürlich hatte er schon Mädchen so gesehen, und eigentlich war der gelbe BH sowieso nichts anderes als ein Bikini. Und doch fühlte er sich unsicher und er brauchte einige Minuten, bis auch er sich bis auf seinen Slip auszog und sich neben sie legte. Als er sie kurz am Arm berührte, rückte sie leicht zur Seite.

So lagen sie beide und genossen die leichte Brise, die über sie hinweg strich.

„Was dein Vater wohl sagen würde, wenn er jetzt hier wäre", sagte Henrik. Er sah sie nicht an, sondern blickte auf ein silbrig blinkendes Flugzeug, das einen Kondensstreifen hinter sich herzog.

Anna rührte sich nicht. „Er würde sich freuen, dass es uns gut geht. Er ist der beste Vater, den es gibt."

Ein zweites Flugzeug tauchte auf. Es kam von rechts und bewegte sich viel schneller als das andere.

„Mein Gott", sagte Anna, „der Himmel ist so groß, aber wenn sie nicht aufpassen, rasseln sie noch zusammen."

„Wie im wirklichen Leben", meinte Henrik.

Anna drehte sich um und blickte ihn neugierig an. "Du musst es ja wissen."

Henrik wurde unsicher. „Ich meine ...", stotterte er, „bei allem, was man so hört ... Warum zum Beispiel haben sich gerade deine Eltern getroffen? Oder meine?"

„Was ist mit deinen?"

„Meine Mutter kam aus Wien und mein Vater aus Kroatien. Das Leben verschlug sie in ein Genfer Hotel und sie verliebten sich. Wenn man mal überlegt, was alles passieren musste, damit ihre Leben sich kreuzten. Und ob es Sinn machte." Er hielt inne. Die Flugzeuge waren jetzt ganz nah beieinander. Wie viel Abstand mochte es da oben noch sein? Ein Kilometer, fünfhundert Meter, dreihundert ...? Dann trafen sie sich und ... nichts passierte. Sie flogen einfach weiter und entfernten sich wieder voneinander. „Die rechte Maschine war höher", sagte Henrik, „sie konnten sich nicht treffen ..."

„Klugscheißer." Anna blieb auf den Ellenbogen gestützt und sah ihn weiter unverwandt an. „Was sagtest du eben über deine Eltern?"

„Ich meine, so wie bei diesen Flugzeugen, es war gar nicht so einfach, dass meine Eltern sich trafen. Und wenn das Schicksal sich so große Mühe gegeben hat, damit sie sich verlieben, dann ..."

„... dann müsste man doch sicher sein, dass es richtig toll klappen würde."

Henrik setzte sich auf und nickte.

„Und das Schicksal tat ihnen nicht den Gefallen?"

„Das Schicksal ließ sie fallen wie heiße Kartoffeln."

Anna protestierte. „So schlimm kann es nicht gewesen sein. Denn immerhin haben sie dich gezeugt."

„Ob das so eine große Leistung war ...“ Er grub mit der Hand im Sand und ließ ihn durch die Finger rinnen. Anna wartete, dass er weiter sprach. Aber Henrik legte sich wieder hin und blickte wieder nach oben. Die Flugzeuge waren verschwunden, nur die verblassenden Kondensstreifen erinnerten noch daran, dass sie beinahe aufeinander gestoßen wären.

„Das alles hat mich damals ziemlich wild gemacht. Ich war wütend auf alles und für lange Zeit ein ziemliches Ekel, glaube ich. Bis ich zu einer Tante kam. Sie war Lehrerin. Überall in ihrem Haus waren Bücher. Sie lagen sogar auf den Treppenstufen und der Toilette. Irgendwann begann ich zu lesen und hörte nicht mehr auf.“

„Eine Flucht.“

„Logisch. Eine Wunschwelt. Aber ich merkte, dass es noch andere Dimensionen gibt im Leben.“

„Das hat dich gerettet.“

„Das hat mich gerettet. Aber wieder abhängig gemacht. Ich wollte nicht nur lesen. Nun wollte ich auch schreiben. Ich wollte mich durch das Schreiben zähmen und sozial verträglich machen. Also schreibe ich.“

Er grinste sie an.

„Ist es leicht, Schriftsteller zu sein?“

Diese Frage hatte er sich noch nicht gestellt. Er überlegte. „Es ist einfach und schwierig zugleich“, antwortete er schließlich. „Das eigene Leben muss eben stimmen.“

„Auch in der Liebe?“

„Jedenfalls dann, wenn man über die Liebe schreibt.“

„Und, schreibst du über die Liebe?“

„Es ist schwierig, nicht darüber zu schreiben. Das Verhältnis von Mann und Frau ist eines der großen Phänomene des Lebens. Das Problem ist, dass man immer Gefahr läuft, alles in gut und böse zu teilen. Man muss die Balance halten. Die Welt ist selten schwarz-weiß. Selbst im zärtlichsten Liebesverhältnis gibt es viel Angst und Aggression.“

Sie blickte ihn ernst an. „Das hätte mein Großvater sagen können. So deprimiert. Ich habe nicht gedacht, dass du an solche Dinge denkst."

„Du musst daran denken, wenn du schreibst. Die Menschen bestimmen alles. Mein Held zum Beispiel ist ein moralischer Mensch und doch ist er gewalttätig und von Geldgier getrieben. Wenn man das weiß, entwickelt sich die Geschichte von selbst. Wie im wirklichen Leben."

„Ich habe nicht viel Erfahrung mit dem Leben." Sie sah auf. „Und du? Hast du eine Freundin?"

„Nicht eigentlich", antwortete Henrik. Er dachte an Renate, mit der er eine lockere Beziehung gehabt hatte. Renate war Sportlehrerin, wohlproportioniert und muskulös. Vielleicht zu muskulös. Für sie war Sex ein sportlicher Hindernislauf, der die ganze Wohnung, Küchentisch, Sofa, Teppich und Hängematte mit einbezog. Ein wenig Romantik wäre schön gewesen. Er kam sich hinterher immer irgendwie benutzt vor. Als hätte er nur einen Leistungstest absolvieren sollen. Aber er hatte sich weiterhin mit ihr getroffen, denn er war doch stolz darauf, dass er eine Frau haben konnte, die so hinreißend aussah. Und sie hatte häufig kurzfristig zur Verfügung gestanden. Ihr Freund war beim Fernsehen und oft unterwegs. Und sie war ruhelos. Doch das war bereits Geschichte. In Bremen hatte sie noch ab und zu angerufen, aber eine Insel war eben eine Insel und nicht auf die Schnelle zu erreichen. Er dachte an seine Tante und sein kleines Zimmer, das kaum als Parcours dienen konnte.

Er überlegte, ob er Anna von Renate erzählen sollte, entschied sich aber dagegen. „Es war nicht wichtig", fügte er hinzu.

„Wir könnten baden", sagte Anna. „Es ist auflaufendes Wasser. Und wir sind allein. Da brauchen wir die Sachen nicht nass zu machen." Sie schlüpfte aus dem BH. „Ich hoffe, es macht dir nichts aus."

Es machte ihm natütlich nichts aus. Er war aber doch verlegen und rettete sich in einen kleinen Witz: „Kein Problem. jetzt, da die Flugzeuge weg sind ...“, sagte er.

Was für ein schöner Nachmittag das gewesen war. Henrik schrak auf, als seine Tante ihn anstupste. „Schlaf nicht wieder ein“, sagte sie. Und dann: „Und das Mädchen? Läuft da schon was?“

Er hätte ihr sagen können, dass nichts passiert war. Er hätte ihr auch sagen können, dass irgendwie doch etwas passiert war.

„Die Welt ist schön“, hatte Anna gestern erklärt. Sie saßen auf dem Leuchtturm, aßen Eis und blickten weit in das Land hinein. Ganz tief unter ihnen am Deich lagen ihre weiß gestrichenen Balken wie Streichhölzer, die ein Riese liegen gelassen hatte. Sie sahen auch die Buhne, an der sie gebadet hatten. „Die Welt ist so schön“, wiederholte sie, „wir sehen es nur nicht.“

Henrik blickte sie erstaunt an. „Seltsam“, sagte er.

„Was ist seltsam?“

„Deine Gedanken. Oder dass du gerade jetzt darüber redest. Seltsam, weil ich gerade etwas Ähnliches geschrieben habe.“ Er tippte auf ein paar Bogen gefaltetes Papier, das hinten aus seiner Hosentasche ragte.

„Gib es mir.“

Er schüttelte den Kopf. „Es ist noch nicht fertig. Ich wollte es nur dabei haben, falls mir etwas einfällt.“

Sie streckte die Hand aus. „Bitte.“

Er zog zwei zerknautschte Bogen heraus. „Es geht um einen Mann, einen Industriekapitän, den der Beruf verknöchert hat. Da trifft er im Krankenhaus eine Frau, die das genaue Gegenteil von ihm ist. Sie hat zwar kein Geld, dafür aber viel Sinn fürs Leben. Und langsam, ganz behutsam, beginnt sie, ihm die Augen zu öffnen...“

Anna nickte, aber sie hatte gar nicht mehr zugehört, sondern bereits begonnen zu lesen:

Sie beobachteten schweigend die Sonne, die über der Elbe hing und von Minute zu Minute dicker wurde und nun rotgolden glänzte.

Sie hob ihr Glas. „Es ist schön hier bei Ihnen. Trinken wir auf unsere Kinder, dass wir sie gesund wiedersehen."

„Ich habe lange nicht hier gesessen."

„Und warum nicht?"

„Allein die Sonne anzustarren, wie soll das Spaß machen?"

„Das Problem ist, Sie sehen das Schöne nicht mehr."

„Was ist das Schöne?"

„Es muss nicht eine Sache sein. Es können auch viele kleine Dinge sein, Situationen, Ansichten." Sie zögerte einen Moment. „Ich habe eine Idee. Ein kleines Spiel. Sagen Sie mir fünf Dinge, die Sie schön finden."

„Das ist schwer."

„Das ist überhaupt nicht schwer. Also los!"

„Die Sonne dort drüben."

„Nicht gerade originell. Und weiter?"

„Eine erfolgreiche Bilanz."

„Schämen Sie sich!"

„Frühnebel auf der Elbe. Das Tuten der Dampfer."

„Schon besser."

Knut überlegte. Das Spiel begann, ihm Spaß zu machen.

„Die Mona Lisa."

„Das sagt jeder."

„Frühstück ans Bett."

„Nicht schlecht."

„Aal in Aspik. Und Bratkartoffeln. Und ein Bier."

„Sie veralbern mich."

„ Eine gutaussehende Frau. Der warme Duft einer gutaussehenden Frau."

„Wow! Sie machen sich." Sie beugte sich vor, sodass ihr Gesicht dicht vor ihm und seiner Nase schwebte. „So etwa?"

„Schwer zu sagen." Er nahm ihren Kopf zwischen seine Hände, zog ihn sachte zu sich heran und atmete tief ein. „So ganz bestimmt."

Verwirrt setzte Marion sich zurück. „Der Duft einer Frau. Das ist wirklich schön. Und auch originell. Ich bin stolz auf Sie."

Anna ließ die Blätter sinken. „Wirklich schön", sagte sie. „Es erstaunt mich. Du bist ein Romantiker. „Der Duft einer Frau", wiederholte sie kopfschüttelnd. „Da muss man erst mal draufkommen. Am liebsten würde ich ..."

„... was würdest du?"

„Es auch mal versuchen, mit diesem Duft, meine ich."

Sie beugte sich vor. Er nahm ihren Kopf zwischen seine Hände und vergrub für einen Augenblick seine Nase in ihren Haaren.

„Und?" fragte sie.

„Der Mann in meinem Buch hat Recht. Der Duft einer gutaussehenden Frau ist toll."

Sie errötete und stupste ihn, plötzlich schüchtern, in die Seite.

Ihr lachendes Gesicht verblasste vor seinen Augen wie ein Film, der überbelichtet wird. Er spürte, dass Tante Elvira ihn ungeduldig ansah und immer noch auf eine Antwort wartete.

„Es ist nicht so, wie du denkst", sagte er schließlich. „Aber trotzdem ist es eine schöne Zeit und wir haben viel Spaß. Aber sonst macht Anna ihr eigenes Ding. Sie reitet gern. Sie wollte mich mitnehmen heute Nachmittag."

„Du kannst doch gar nicht reiten. Weiß sie das?"

Er lachte. „Gesagt habe ich es nicht. Aber sie wird es schon früh genug sehen. Kommt Zeit, kommt Rat, wie dein Mann immer sagt."

„Der sagt viel ..." Henriks Tante wollte noch etwas hinzufügen, presste dann aber die Lippen aufeinander und wechselte das Thema. „Wie alt ist sie?"

„Das Mädchen? Anna? Keine Ahnung. Vielleicht sechzehn. Oder siebzehn."

„Mein Gott, wie jung!"

„Wie meinst du das?"

„Wie ich es sage. Aber es kommt nicht nur aufs Alter an."

Henrik drückte Zahnpasta auf die Bürste, schob sie sich in den Mund und sah zu ihr herüber. „Wie alt bist du eigentlich, Tante Elvira?"

Augenscheinlich traf die Frage sie unerwartet. Sie zögerte einen Moment, legte den Kopf in den Nacken und fuhr langsam mit der gespreizten Hand durch ihr langes blondes Haar: „Was schätzt du?“

Die Zahnbürste stockte. Henrik überlegte. Sie hatte davon gesprochen, dass sie zwanzig Jahre älter sei. Zwanzig Jahre älter als dreiundzwanzig. Für ihr Alter hat sie sich super gehalten, auch wenn sie etwas von einer Walküre an sich hatte, überlegte er. Er dachte an die Nibelungensage. Brunhilde. Das war's. Sie sah so aus, wie er sich Brunhilde vorstellte. Nur nicht so kriegerisch.

Aber das sagte er nicht. Stattdessen: „Du bist gut beieinander. Alles was recht ist.“ Henrik schraubte die Tube zu.

„Also, was schätzt du?“, wiederholte sie und drehte sich.

„Achtunddreißig?“ Seine Stimme klang vorsichtig.

Sie strahlte. „Du bist ein Lieber. Etwas mehr ist es schon.“ Sie legte sich mit dem Ellbogen auf das Bett zurück. „Dabei ist es nicht ganz einfach, sich jung zu halten, weißt du? Manchmal denke ich, dass dein Onkel schon das Interesse an mir verloren hat. Und für Frauen ist das schlimm.“

Henrik nickte, obwohl er wenig verstand. Er sah auf die Uhr. Er konnte sich nicht vorstellen, dass Hubert von Aalen überhaupt jemals Interesse an ihr gehabt hatte. Es sei denn, sie hätte Kugeln gestoßen oder wenigstens Diskus geworfen. Ein Schwert in ihrer Hand, wie Brunhilde es schwenkte, wäre auch nicht schlecht gewesen ... Was hatte seine Tante überhaupt gemacht vor ihrer Hochzeit? Er nahm sich vor, sie das beim nächsten Mal zu fragen.

„Du hast noch immer Farbe im Gesicht“, hörte er seine Tante sagen. „Komm mal her, ich kratze sie ab.“

Er beugte den Kopf. Sie zog ihn tiefer. Er fühlte ihre forschenden Finger auf seinen Wangen und dann die Nägel, die vorsichtig kratzten. Elviras Augen waren groß vor ihm. Die Augenlider waren mit blauer Farbe bemalt und schimmerten wie Perlmutt. Die Wimpern standen starr und gebogen ab. Der gelbe Hausanzug duftete nach Parfüm.

„Du riechst schön“, sagte er und dachte an Anna.

Die Finger zupften noch einmal und blieben dann auf der Schulter des Jungen liegen.

„Setz dich ein wenig zu mir“, sagte Elvira und strich mit der flachen Hand langsam über das Betttuch. „Weißt du, ich bin oft allein, und in letzter Zeit habe ich immer mehr den Eindruck, dass wir besser miteinander auskommen.“

Sie blickte zu ihm auf, und er bemerkte eine gewisse Traurigkeit in ihren Augen.

In diesem Moment schlug unten die Haustür.

„Hubert“, sagte sie, „ das ist Hubert. Dabei wollte er doch erst zur Tagesschau zurückkommen ...“

Sie stand auf, und er roch wieder das Parfüm. „Wenn du mal Sorgen hast, oder Fragen. Du kannst immer zu mir kommen“, sagte sie hastig, als die Schritte schon die Treppe heraufkamen.

Henrik nickte.

12

GESPRÄCH UNTER MÄNNERN

Es hatte sich ergeben, dass Zunn und Gräfe abends zusammen im Garten saßen, während Lisa die Praxis putzte. Die Männer hörten, wie sie den Staubsauger durch die Räume zog und die Abfallkörbe lehrte.

„Sie können stolz sein auf Ihre Frau“, sagte Zunn. „Sie ist sich für nichts zu schade.“

„Ich liebe sie.“ Gräfes Antwort kam trocken und sachlich.

Gegenüber, auf dem Bürgersteig vor der Inselschule zogen zwei Frauen mit einem buntbemalten Karren vorbei, auf dem Fähnchen flatterten. Eine Frau spielte Gitarre. Kinder folgten ihnen. Sie alle sangen. Charlotte lief zum Zaun und presste das Gesicht gegen die Drahtmaschen. Dann weinte sie.

„Ich möchte wissen, was in so einem kleinen Kopf vorgeht“, sagte Zunn und öffnete eine neue Flasche Bier.

„Ich möchte wissen, was im Kopf von so manchem Erwachsenen vorgeht“, echote Gräfe mit seiner heiseren flachen Stimme.

„Wie meinen Sie das?“

„Hat meine Frau Ihnen die Röntgenbilder gegeben?“

Zunn nickte.

„Und, haben Sie sie angesehen?“

Zunn nickte wieder. Er wusste aus langer Erfahrung, in welche Richtung sich das Gespräch drehen würde, und er wünschte sich, dass Lisa schneller fertig würde. Er konnte sich kaum vorstellen, dass der kleine schmale Mann noch vor einem halben Jahr ein kerniger Typ gewesen war, nach dem die Frauen sich umgesehen hatten. Ein wenig brummig zwar und oft aufbrausend, aber jemand, auf den man sich verlassen konnte. Die Menschen auf der Insel mochten ihn. Sie grüßten herzlich, wenn er mit seinem Rollstuhl vorbeifuhr, beugten sich zu ihm herunter, streichelten ihm über den Kopf oder machten irgendeine flapsige Bemerkung, um ihre Rührung zu überspielen. Ihnen allen merkte man an, dass sie ratlos waren. Jeder wollte ihm so gern helfen, aber alle wussten, dass es nicht möglich war.

„Diese Röntgenbilder ...“, wiederholte Gräfe.

„Es sieht nicht wirklich gut aus“, sagte Zunn schließlich.

Gräfe beugte den Kopf, damit Zunn seine Augen nicht sehen konnte. „Wie lange habe ich noch?“

„Ich weiß es nicht.“

„Und ob Sie es wissen. Wochen? Monate? Seien Sie ehrlich.“

„Es kann noch etwas dauern, aber dieser ...“

„... dämliche Krebs bohrt sich durch die Lungen. Und irgendwann habe ich nichts mehr, mit dem ich atmen kann. So ist es doch, nicht wahr?“

Zunn drehte resigniert die Handflächen nach oben. Das war’s. Mehr war nicht zu sagen.

„Geben Sie mir ein Bier“, brummte Gräfe.

„Sie sollten keinen Alkohol trinken. Es tut Ihnen nicht gut.“

„Wäre es nicht besser, volltrunken an Alkohol zu sterben als elendig zu ersticken?“

Da ist etwas dran, antwortete Zunn im Stillen, nahm sich ebenfalls eine neue Flasche und trank mit geschlossenen Augen.

„Sie sind es, der säuft“, hörte er Gräfe sagen. „Wenn Sie nicht aufpassen ...“

Charlotte war im Gemüsegarten und brachte zwei Erdbeeren als Beute. Sie reichte sie Gräfe. Gerade, als ihr Vater sie nehmen wollte, zog das Mädchen die Hand zurück und die Fingerchen schlossen sich wieder um die Früchte. Gräfe tat enttäuscht und seine Tochter lachte ihn an.

„So ein kleines Biest“, sagte Gräfe zwischen zwei Hustenanfällen. „Sie wird den Männern mal die Herzen brechen.“

Er wandte sich Zunn zu. „Glauben Sie an ein Leben nach dem Tode?“

„Unbedingt.“ „Wieso?“

„Das ist eine lange Geschichte.“

„Erzählen Sie sie mir.“

Zunn schüttelte den Kopf. Ihm war schon sentimental genug zu Mute. Die Erinnerung an seine Familie würde ihn zu einem Häufchen Elend machen. „Meine Frau. Sie ist tot“, sagte er wiederstrebend. „Und doch ist sie bei mir. Irgendwie.“

Gräfe sah ihn lange an. „Schwer zu glauben. Für einen einfachen Menschen, wie ich es bin.“

„Die Hälfte der Menschheit ist anderer Meinung. Die Buddhisten zum Beispiel. Es gibt keinen wirklichen Tod. Nur die Gestalt ändert sich. Sogar die Christen ...“

„... die glauben nur an ein Leben im Jenseits. Zur Rechten Gottes! Was nützt mir das?“

„Vielleicht nicht gerade in Wangerooge.“

Nun lächelten sie beide.

„Vielleicht sitzt man da oben. In einer dieser Wolken. So stelle ich es mir vor.“

„Ziemlich dummes Zeug“, krächzte Gräfe. „Sentimentales dummes Zeug.“

„Aber der Gedanke hilft.“

„Den Lebenden vielleicht. Aber nicht den Toten.“

Da ist was dran, dachte Zunn.

„Möglicherweise ist die Welt der toten Seelen viel größer und viel einfacher, als wir es uns vorstellen mögen.“

Auch dagegen war schwer etwas zu sagen.

Charlotte stand stumm vor ihrem Vater. Sie sah seinen Blick und reckte gebieterisch die Arme nach oben.

„Aaaam!“, krähte sie. „Aaaahm!“

„Sie will auf meinen Arm“, sagte Gräfe.

„Sehen Sie, Gräfe, das Leben ist doch viel einfacher, als man manchmal denken möchte. Man muss nur zugreifen.“ Was für eine sentimentale Scheiße, die ich hier von mir gebe, fügte er in Gedanken hinzu.

Gräfe griff der Kleinen unter die Arme, hob sie ein paar Zentimeter vom Boden und setzte sie ächzend wieder ab. „Sie ist mir zu schwer. Selbst dieses kleine Fräulein ist mir schon zu schwer.“ Er kämpfte mit den Tränen und ärgerte sich gleichzeitig darüber.

Zunn beugte sich zu dem Mädchen hinunter, polkte ihr die klebrigen Erdbeeren aus der Hand und setzte die Kleine bei ihrem Vater auf den Schoß. Charlotte schmiegte sich an ihn und strich mit der Handfläche über die Bartstoppeln in seinem Gesicht.

„Das gefällt ihr, das kitzelt so schön“, sagte Lisa Gräfe, die aus der Tür trat und ein Staubtuch ausschüttelte.

„Sie haben eine nette Frau, sehr praktisch, sehr fleißig“, sagte Zunn. Er fühlte, dass Lisa lächelte. „ Wo haben Sie sie kennengelernt, hier auf der Insel?“

Gräfe blickte plötzlich unsicher. Er zögerte, sah zu seiner Frau hinüber. „In Oldenburg, bei der Arbeit“, sagte er schließlich ausweichend.

„Arbeit? Was für Arbeit?“

Lisa warf den Scheuerlappen in den Eimer, dass es klatschte und sah Zunn trotzig an.

„Ich war eine Nutte“, sagte sie.

13

DER KUSSECHTE LIPPENSTIFT

„Wenn ich es mir genau überlege, habe ich heute wenig Lust auf unsere Stangen“, maulte Anna.

Henrik lachte. „Du hast nie Lust. Deine Eltern wollen, dass wir morgen mit den bunten Farben beginnen. Mindestens zwanzig sollen bis Samstag fertig sein. Sie wollen die ersten Stäbe aufstellen.“

„Du sprichst schon wie mein Vater.“

„Das ist unfair. Auch ihm gegenüber.“

Sie legte tröstend einen Arm um Henriks Schulter, wobei sie sich auf die Zehenspitzen stellen musste. „Du hast es schwer mit unserer Familie.“ Als sie sich wieder zurückfallen ließ, fügte sie hinzu: „Dann lass uns wenigstens zu Fuß gehen. Am Strand lang.“

„Du willst Zeit schinden.“

„Genau.“

Sie zogen die Schuhe aus, knoteten sie zusammen und hingen sie sich um den Hals. Bei der Signalstation gingen sie zum Wasser hinunter. Der Badestrand füllte sich. Sie wandten sich nach Westen. Erst in Höhe der SALINE waren sie allein. In der Nacht hatte es gestürmt, und allerlei Strandgut war zurückgeblieben. Das Morgenlicht lag warm in ihren Rücken und beleuchtete die Sandebene, die sich vor ihnen erstreckte, wie eine Bühne. Das Wasser lief ab. Jede Welle ließ spiegelnde Wasserfilme zurück, die sich langsam im Sand auflösten. Möwen standen in den Prielen und sahen ihnen argwöhnisch entgegen.

„Ihr braucht keine Angst vor uns zu haben“, rief Anna ihnen zu, „wir tun euch nichts.“

Die Tiere krächzten missbilligend und flogen träge zur Seite. Nur eine von ihnen war beschäftigt. Sie stocherte mit ihrem Schnabel im Sand und zog einen Krebs heraus. Eine Seerose hatte sich auf seinem Rücken festgesetzt. Der Vogel trug den Krebs hoch in die Luft, verhielt über den Basaltsteinen der nächsten Buhne und ließ ihn fallen. Der Krebs knallte auf die Buhne und blieb nach einem Hüpfer liegen. Der Vogel stieß herunter, untersuchte seine Beute. Sie war offensichtlich unversehrt. Die Möwe krächzte enttäuscht.

Das weiche Gewebe der Seerose hatte den Aufprall gemildert und den Panzer vor dem Zerbersten bewahrt. Die Möwe flog entrüstet krächzend von dannen. Anna freute sich über das Happyend. Sie setzte den wild fuchtelnden Krebs ins Wasser zurück, wo er sich und die Seerose wieder einbuddelte.

Der Strand war voller Wunder. Sie fanden eine alte schottische Whiskykiste und Apfelsinen, die vom Salzwasser durchtränkt waren. Die Früchte platzten auf, als sie sich mit ihnen bewarfen. Die Flaschen in der Kiste waren leer.

Als der Bunker schon in Sicht kam, fanden sie unter einem verrotteten Brett Lippenstifte aller Farben. Sie steckten in einem vermoderten Kasten, dessen Beschriftung abgeblättert war. Die beiden hockten sich ans Wasser, da Anna die Stifte ausprobieren wollte. Zu Annas Entzücken fand Henrik eine Glasscherbe, die sie als Spiegel benutzen konnte. Ein blauer Stift hatte es ihr besonders angetan.

„Den gibt es bei uns gar nicht."

„Er sieht schlimm aus."

„Ihr Männer habt keinen Geschmack. Euch darf man gar nicht fragen."

„Dann frag nicht."

Anna schraubte den Verschluss auf und zog ihre Lippen nach. Ihre weißen Zähne schimmerten blass durch die blauen Lippen.

„Meinst du, dass sie kussecht sind?"

„Wahrscheinlich nicht. Das Wasser wird sie zersetzt haben."

„Was du schon weißt", neckte sie ihn. Sie spitzte die Lippen und lief auf ihn zu.

„Nicht dieses schreckliche Blau", rief er und tat so, als wolle er davonlaufen. Doch sie bekam ihn zu fassen, schlang von hinten die Arme um ihn und drehte ihn herum. Er blickte auf ihren offenen Mund und spürte ihren aufgeregten Atem. Und ihre Hände, die ihn zu sich zogen.

So standen sie in dem gleißenden Morgenlicht allein am weiten Strand und drängten sich aneinander, und die Dinge versanken um sie herum. Als sie sich wieder trennten, sprachen sie nicht. Schließlich war es Henrik, der die ersten Worte fand. Er wischte sich mit der Hand über den blauen Mund und zeigte ihr die Farbe auf seinen Fingern: „Ich hatte doch recht. Er ist nicht kussecht."

„Wie schön". Ihre Augen lachten.

„Du hast Sommersprossen", sagte er erstaunt.

„Du musst mich möglichst oft anschauen. Dann wirst du noch viel entdecken."

Er nickte so ernst, dass sie meinte, etwas Falsches gesagt zu haben. Aber er zog sie an sich und vergrub sein Gesicht in ihrer Halsbeuge. Schließlich sagte er: „Dein Vater wird schon warten."

Sie blickte auf die Dünen und drückte seinen Kopf wieder an ihren Hals. „Ein kleines Plätzen, wo uns keiner stört. Das wäre schön ..."

Es war Nachmittag, als sie sich auf den Rückweg machten. Sie gingen durch die Dünen zum Ort zurück, damit sie noch ein bisschen länger allein sein konnten mit ihrem Glück. Henrik mochte immer noch nicht glauben, was passiert war. War das wirklich Anna gewesen, das patente, kumpelhafte Mädchen? Veränderten sich alle Frauen so sehr, wenn sie liebten? Verloren alle Männer den Verstand, wenn sie mit Frauen wie Anna schliefen? Er wunderte sich, dass die Welt noch so aussah wie heute Morgen. Er blickte Anna von der Seite an. Sie lief ruhig und zufrieden neben ihm. Sie hielt seine Hand. Ab und zu fühlte er ihren Daumen, der zärtlich über seine Finger strich.

Er fühlte ein starkes Bedürfnis, Anna zu beschützen. Und

wenn es an ihm lag, sollte niemand ihr wehtun dürfen.

Der alte Leuchtturm tauchte über den Dächern des Dorfes auf. Vor dem Bahnhof pfiff eine Lokomotive, wie immer, wenn sie mit einer Ladung neuer Kurgäste einfuhr. Beim Tennisklub bogen sie rechts ab, liefen durch den Kurpark und dann zwischen den Dünen hindurch bis zum Schülerheim DÜNE. Der dicke Vogt stand im Vorgarten und hieb auf seinen Sandsack. In der Kastanienallee kamen ihnen die neuen Kurgäste entgegen. Müde von der Anreise schleppten und zogen sie ihre ratternden Rollkoffer über das Pflaster.

Das Gartentor zum gelben Haus stand offen.

„Soll ich mit reinkommen?", fragte Henrik. Er ließ dabei Annas Hand nicht los. Sie zog ihn mit sich.

Sie sahen den jungen Mann, der gerade an der Haustür klingelte, erst, als sie direkt vor ihm standen. Er blickte sie überrascht an. In seinem schwarzen Anzug mit den grauen Streifen sah er aus, als hätte er gerade seinen Schreibtisch in einer Bank verlassen. Sein blondes Haar war sauber gescheitelt.

Anna blieb wie angenagelt stehen.

„Thomas!", entfuhr es ihr.

In diesem Moment öffnete sich die Tür und Jean-Jesus erschien.

„Thomas!", entfuhr es auch ihm, „das ist aber eine Überraschung. Was machst du denn hier?"

Bevor der Geschniegelte antworten konnte, wandte sich Jean-Jesus an Henrik: „Kennst du Thomas?"

Henrik schüttelte den Kopf.

„Dann wird es Zeit, dass du ihn kennen lernst. Er ist nämlich Annas Freund, fast schon ihr Verlobter."

14

DAS TÖDLICHE GEHEIMNIS

Als Lisa ihre Arbeit beendet hatte, und Zunn die beiden Gräfes verabschieden wollte, fiel ihm auf, dass sein Patient noch etwas auf dem Herzen hatte. Gräfe war den ganzen Abend unleidlich gewesen, hatte wortlos mehrere Biere getrunken und kein Wort gesagt. Kein Zweifel, er brütet etwas aus, dachte Zunn.

Er beugte sich noch einmal über den Kranken. „Wenn Sie noch etwas loswerden wollen, Gerhard, dann sagen Sie es!“ Er bemühte sich, nicht genervt zu klingen.

Gräfe zögerte. Doch dann platzte er heraus:

„Ich habe eine Frage.“

„Dann fragen Sie.“

„Es ist nicht einfach.“ Gräfe versank in Schweigen.

Lisa stampfte ungeduldig mit dem Fuß auf. “Wirklich, Gerhard, was denkst du dir nur? Du sitzt den ganzen Nachmittag da, süffelst an deinem Bier, sagst kein Wort und jetzt machst du Andeutungen, nur, um dich dann wieder in dein Schneckenhaus zurückzuziehen.“

Gräfe schien sie nicht gehört zu haben. Er redete weiter, als sei er gerade eben wieder aufgetaucht aus einem See voller Gedanken.

„Was würden Sie machen“, fragte er Zunn, „wenn Ihnen Ihr Vater ein Geheimnis anvertraut, das Sie keineswegs brechen dürfen?“

„Das ist nicht schwierig ...“

„... das ist sehr wohl schwierig. Gleichzeitig hat er mich nämlich verpflichtet, einen Schwur zu erfüllen, den er mal geleistet hat, den er aber nicht mehr erfüllen konnte.“

„Na, und?“

„Meine Zeit wird knapp, zu knapp. Ich werde bald sterben.

Wenn ich sterbe, kann ich den Wunsch meines Vaters nicht erfüllen."

„Du wirst nicht sterben. Nicht so schnell ..." fuhr Lisa dazwischen.

„Ich denke, ich weiß, was er sagen will", sagte Zunn bschwichtigend. „Er hat nicht mehr genug Zeit. Und weil er nicht genug Zeit hat, möchte er Sie ... uns ... bitten, statt seiner den Wunsch seines Vaters zu erfüllen. Aber dazu ..."

„... aber dazu müsstest du uns das Geheimnis enthüllen. Was du eigentlich nicht darfst", ergänzte Lisa. „ Ist es das, was du sagen wolltest, mein Liebling?"

Gräfe nickte erschöpft. „Seht Ihr nicht, dass eins das andere ausschließt, zum Teufel?"

Sie verstanden.

„Die Erfüllung dieses letzten Wunsches", sagte Zunn schließlich, „würde er Gutes bewirken oder Böses?"

Gräfe schüttelte den Kopf. „Nichts Böses, bestimmt nichts Böses. Und Gutes? Ich weiß es nicht. Kann schon sein. Wahrscheinlich ja. Mein Vater jedenfalls wäre glücklich. Es war sehr wichtig für ihn, verstehen Sie?"

Bei diesen Worten war ihnen die Antwort klar. Gräfe nickte. Er schien gleichermaßen erleichtert und bedrückt.

„Es ist nicht so einfach, wie ihr denkt. Ich muss etwas finden, was ich schon längst hätte suchen sollen.", sagte Gräfe. Draußen im Osten. Ganz draußen. Beim alten Hafen. Dort, wo früher die Bahn endete". Er sah sie ängstlich an, so, als fürchtete er, dass sie sich schließlich doch noch weigerten.

„Weshalb in den Osten? Es gibt schönere Ecken."

„Weil mein Vater es dort vergraben hat.

„Ich kann nur hoffen, dass es noch da ist. Wir müssen eine Schaufel mitnehmen. Und eine Spitzhacke."

„Was ist es?"

Gräfe zuckte die Schultern. „Ich weiß es nicht genau. So groß wie eine Zigarrenkiste vielleicht. Es kann nicht groß sein, denn er hat es schnell vergraben müssen, seinerzeit, als die Nazis ihm auf den Fersen waren."

Das alles klingt wie ein billiger Krimi, dachte Zunn, zumindest sehr abenteuerlich. Was aber, wenn es wirklich stimmt? Oder spielt der Mann sich nur auf, vielleicht, um noch ein letztes Mal wichtig zu sein? Sofort schämte er sich für seine Gedanken. Schon der Ausdruck in Gräfes Gesicht zeigte, dass die Sache für ihn bitterernst war.

Frauen denken praktischer. „Wie soll das gehen? Du sitzt im Rollstuhl. Auf dem letzten Kilometer sind die alten Wege verweht. Es ist Vogelschutzgebiet ..."

Gräfe schüttelte den Kopf. „Es ist fester Boden. Gräser und Flechten. Notfalls müsst ihr etwas schieben."

„Es sind fünf, wenn nicht sechs Kilometer bis in die Ostspitze. Keine große Entfernung, aber zu weit für einen Rollstuhl."

„Sie haben doch den Elektrokarren, mit dem Sie mich abgeholt haben", sagte Zunn. „Man kann den Rollstuhl zusammenklappen. Wir nehmen ihn huckepack auf den Wagen und laden ihn aus, wenn es nicht mehr geht".

„Morgen, wir fahren morgen", sagte Gräfe heiser. „Es ist Mittwoch. Mittwochnachmittag ist frei für Sie."

„Warum plötzlich so schnell? Am Wochenende haben wir Zeit genug."

„Morgen", bestand Gräfe. „es muss morgen sein."

Zunn hatte den letzten Patienten kurz nach eins verarztet, und nun standen sie vor Lisas Haus, hoben den Rollstuhl auf die Ladefläche, zurrten ihn fest und machten sich auf den Weg in den Osten. Lisa fuhr. Ihr Mann saß auf dem Beifahrersitz. Er war blass. Der Schweiß lief seinen Nacken hinunter. Er keuchte. Er war aufgeregt und redete ununterbrochen, bis sie über den alten Deich kamen. Dann verstummte er und blickte reglos dorthin, wo im Osten das Land mit dem Meer verschmolz und langsam die alten Hafenbefestigungen auftauchten. Zunn machte sich Sorgen um den todkranken Mann und hielt beruhigend eine Hand auf seiner Schulter. Der Arzt hockte auf der Ladefläche vor dem Rollstuhl zwischen Schaufel und Spitzhacke.

Die Wattwiesen mit ihren blühenden Strandnelken und silbrigen Wermutbüschen lagen vor ihnen. Sie fuhren am Fuß der Dünen entlang. Nur wenige Übergänge führten hinüber zur Seeseite. Sie waren wenig benutzt und wuchsen langsam zu.

Die Wiesen auf der anderen Seite des Weges wurden karger, waren jetzt bedeckt von Flechten und Moosen, ab und zu durchsetzt von blühenden Salzpflanzen. Austernfischer, deren lange Schnäbel gelb leuchteten, bewachten ihren Nachwuchs und liefen flügelschlagend und ärgerlich krächzend im Kreis, sobald der Elektrokarren sich näherte. Je weiter sie nach Osten kamen, umso näher rückte das Wasser und tastete sich heran durch Rinnen und Priele, die sich in den gelbbraun gefleckten Boden gefressen hatten.

Ein Mann in langen Gummistiefeln kam ihnen entgegen und winkte verwundert. Noch war der Weg zu erkennen. Sogar die alte Bahntrasse, die im Kriege den Flugplatz mit dem Osthafen verbunden hatte.

Langsam aber versank auch er unter Schlick und Sand.

Der Elektromotor ächzte. Das eine oder andere Mal knallte der Wagen in kaum sichtbare Querrinnen. Zunn fürchtete, dass der Rollstuhl sich lösen und auf ihn stürzen würde.

In der Dünenkette brachen Lücken auf und gaben den Blick auf die andere Seite frei. Kilometerbreit zog sich dort der Strand nach Norden. Die Sonne brachte die weiße Fläche zum Glitzern. Ganz hinten zwei Reiter. Ihre Silhouetten verschwommen im Hitzedunst.

Zunn spürte, wie sich der Karren nach vorn neigte, die Achse aufschlug und nicht wieder frei kam.

Sie saßen fest.

Lisa schrie auf. Der Aufprall hatte Gerhard Gräfe nach vorn geworfen. Er hing regungslos in den Gurten, mit denen sie ihn festgebunden hatten. Eine Wunde am Kopf blutete. Zunn sprang ab. Gräfe war bei Bewusstsein, aber zu kraftlos, um sich selbst zu helfen. Sie legten ihn in eine Sandkuhle. Zunn untersuchte ihn. Das Herz schlug schwach. Zunn nickte Lisa beruhigend zu. Sie hatte den Kopf ihres Mannes in den Schoß genommen und strich ihm zärtlich über die Haare.

„Mach bloß keine Sachen", flüsterte sie mit rauer Stimme.

Er schlug die Augen auf und verzog seine bläulichen Lippen zu einem schiefen Grinsen. „Keine Angst", sagte er mit flacher Stimme. „Noch bin ich nicht hin." Sie halfen Gräfe, sich aufzusetzen.

„Du musst uns sagen, wo wir hinsollen", sagte Lisa.

Sie sahen die Ostspitze der Insel nun klar vor sich. Holzpoller ragten aus dem Wasser, einige von ihnen noch verbunden mit Querbalken. Reste der alten Kaimauer verloren sich im Sand. Der Ausleger eines zusammengefallenen Krans lag verbogen neben ihr.

Davor die Ruine eines Häuschens.

Sie waren noch rund fünfhundert Meter entfernt. Zu weit, um Gräfe zu tragen. Sie zogen den Rollstuhl herunter, klappten ihn auf und setzten den Kranken hinein. Schaufel und Hacke banden sie hinter dem Sitz fest.

Die Fahrt war schwieriger, als sie erwartet hatten. Der Sand lag lose und schob sich vor den Rädern auf. Zunn zog eine Leine hinter der Aufhängung des Vorderrades hindurch und knotete sich das andere Ende um den Bauch. Während er zog und Lisa schob, schafften sie es, den Rollstuhl in Bewegung zu halten. Gräfe selbst sagte nichts. Seine Augen blieben auf das Häuschen gerichtet. Nur ab und zu, wenn das Gefährt mal wieder feststeckte, schlug seine Hand ungeduldig auf die Verkleidung.

Es dauerte noch eine gute halbe Stunde, bis sie das Haus erreichten. Lisa ließ sich erschöpft in den Sand fallen, Zunn war schweißgebadet. Er brauchte etwas zu trinken. „Die Wasserflaschen sind hinter den Sitzen", keuchte Lisa. Zunn verfluchtete sie innerlich, denn sie hatte darauf bestanden, nur Wasser, auf keinen Fall Alkohol, mitzunehmen. Er spürte den Flachmann in der Hosentasche und wunderte sich darüber, dass er sich nicht traute, ihn heraus zu nehmen. Ein günstiger Moment würde sich ergeben.

Es war ein rechteckiges Backsteinhäuschen mit zerfallenem Dach. Auf der linken Seite ein vom Wetter zerfressener Anbau, offenbar eine ehemalige Toilette. Fenster und Türen waren mit Latten vernagelt. Die Reste eines verrosteten Eisengeländers ragten aus der Wand. Zunn konnte sich nicht vorstellen, dass irgendwo ein Versteck sein konnte.

Gräfe zeigte auf den Anbau. „Hinter der Toilette. Da muss es sein."

Zunn stand auf, aber Lisa zog ihn zurück. „Ich will erst wissen, um was geht. Wir haben schwer malocht, um hierher zu kommen. Aber jetzt ist Pause. Ich mache keinen Schritt mehr, wenn Gerhard nicht damit rausrückt, was Sache ist. Ich bin seine Frau, und es beleidigt mich, wenn er mich nicht einweiht."

Zunn verstand sie, aber er schämte sich für ihren rüden Ton. Gräfes Augen waren weiterhin auf den kleinen Anbau gerichtet. Schließlich blickte er auf. Die Gedanken in seinem Kopf machten ihm sichtlich zu schaffen.

„Es ist nicht einfach", sagte er. Seine Lippen zitterten. „Es ist so lange her."

Lisa legte beruhigend eine Hand auf seinen Arm. „Nimm dir Zeit".

„Wo soll ich beginnen?"

„Am besten ganz am Anfang."

„Das war 1938. Ich war noch nicht geboren. Aber mein Vater hat es mir später erzählt. Es muss Frühsommer 1938 gewesen sein. Alles war fest in der Hand der Nazis. Ein Meer von Hakenkreuzfahnen auf den Strandburgen. Mein Vater war Fischer, besaß sogar ein eigenes Boot, die MARTA, benannt nach meiner Mutter. Er war kein Freund der Nazis und froh, wenn er auf Fischfang fahren und sein eigenes Ding machen konnte. Er ist manchmal sogar bis Holland geschippert, hat andere Luft geschnuppert, wie er sagte. Aber davon wusste man nichts auf der Insel. Er war ein stiller, zurückhaltender Mensch und arrangierte sich."

„Wie die meisten damals."

„Genau. Wie alle. Was sollte er auch anderes tun? Wangerooge war ein noch kleines Kaff. Allerdings vollgestopft mit Militär. Die heutige Schule war die Kaserne. Die Insel war strategisch wichtig. Sie bewachte die Einfahrt nach Wilhelmshaven, wo die Kriegsschiffe lagen. Heute kann man es nur noch im Westen sehen, aber damals war die ganze Dünenkette unterhöhlt mit Bunkern. Jeder von ihnen trug Kanonen. Richtig dicke Kaliber. Jede hatte einen Namen einer deutschen Stadt. Dort drüben stand die dicke WÜRZBURGER."

Lisa wurde unruhig. Sie merkte, dass die Stimme ihres Mannes schwächer wurde.

„Aber, was hat das alles mit unserer Fahrt heute zu tun?"

„Sehr viel. Ihr müsst wissen, wie gefährlich es damals war. Keiner konnte einen Schritt tun, ohne dass es beobachtet wurde. Fremde Menschen vom Festland hatten das Sagen übernommen. Hohe Offiziere und Parteibonzen. Eine Art Hysterie breitete sich aus. Jeder fragte sich, ob der Kriegsausbruch bevorstand, und ob es vielleicht Verräter gab, die den großen Sieg hintertreiben würden. Und, wo Hysterie ist, da ist auch Denunziation nicht weit."

Lisa füllte einen Plastikbecher mit Wasser und gab ihn ihrem Mann. Der nahm zwei drei kleine Schlucke, aber hustete dann.

„Die innere Aufregung ist zu groß", sagte Zunn beruhigend. „Wir sollten ihn einfach reden lassen."

Gräfe wischte sich mit dem Handrücken das Wasser von den Lippen. „Ich kann es ja jetzt sagen. Wir suchen eine Kassette. Eine Kassette aus Metall. Ihre Geschichte begann, als mein Vater am Ende des Winters ein junges Ehepaar auf die Insel übersetzte. Ein Bekannter hatte ihn darum gebeten. Es war eine Fahrt, von der niemand etwas wissen durfte, wenn ihr versteht, was ich damit meine..."

„Waren es Juden?"

„Vielleicht. Aber darüber wurde nicht gesprochen. Am nächsten Morgen waren sie da. Ein Verwandtenbesuch, um den wenig Aufhebens gemacht wurde."

„Eigentlich ein großer Vertrauensbeweis für deinen Vater", warf Lisa ein.

„Und nicht ungefährlich", fügte Zunn hinzu.

Gräfe nickte. „Aber so war mein Vater. Ein Mann, ein Wort."

„Und diese Leute?"

„Sie kamen aus Berlin. Mehr weiß ich nicht. Der Mann war Schriftsteller, glaube ich."

„Weißt du, wer die Insulaner waren, die sie aufgenommen haben?"

„Leider nicht. Aber sie hatten eine Pension. Sie hieß AUGUSTA oder so ähnlich. Es gibt sie schon lange nicht mehr, sie muss irgendwo am Bahnhof gelegen habe."

„Es ging etwas schief mit den Berlinern, nehme ich an", sagte Zunn.

„Irgendjemand hat den Nazis gesteckt, dass ein geheimnisvolles Ehepaar, das sich niemals zeigte und das niemand kannte, zu Besuch bei den Freunden meines Vaters war. Gott sei Dank bekamen sie vorher einen Tipp, aber viel Zeit, um zu fliehen, hatten sie nicht."

„Dein Vater. Er musste ihnen helfen."

„Wer sonst? Irgendwann in der Nacht sind sie zusammen aufgebrochen und hier in den Osten gelaufen, wo das Schiff meines Vaters lag. Wie die anderen Fischerboote auch. Es war nichts besonderes, wenn sie nachts ausliefen, um zu fischen. Na ja, kurz und gut, er hat es geschafft, sie nach Holland zu bringen. Er wollte nichts dafür haben, aber sie haben ihm Schmuck gegeben. Was heißt gegeben? Auf der Rückfahrt hat er die kleine Kassette gefunden. Sie hatten sie einfach dagelassen als Dank. Weil sie wussten, dass er sie niemals angenommen hätte."

„Aber er hatte Angst, dass die Nazis sie finden würden, wenn er zurückkam."

„Sicherlich auch. Aber er schämte sich wohl. Er wollte sie

nicht haben. Es sah so aus, als habe er eine Notlage ausnützt...“

„Er hätte sie wegwerfen können. Einfach über Bord.“

„Hätte er, hat er wohl auch überlegt. Aber er machte es nicht. Vielleicht war die Kassette zu wertvoll, und er hat gehofft, sie irgendwann wieder zurückgeben zu können.“

„Nicht ungefährlich.“

Gräfe nickte. „Das muss ihm auch durch den Kopf gegangen sein.“

„Und deshalb hat er sie vergraben und gar nicht erst mit in den Ort genommen.“

„Genau. Und da ist sie auch geblieben.“

„Und nach Kriegsende?“

„Er hat nach den Leuten gesucht. Ohne Erfolg. Aber es gab andere Dinge, die waren wichtiger. Die Menschen kämpften ums eigene Überleben. Schließlich hat er angenommen, sie seien tot.“

„Und die Freunde, die das Ehepaar aufgenommen hatten ...?“

„Die Eltern sind Ende des Krieges umgekommen. Ein Tiefflieger und eine MG-Salve. Sie hießen Zurmöhle oder so ähnlich. Ein Name, den wir hier sonst nicht kennen. Der Sohn und seine Frau haben wohl noch die Pension weitergeführt. Mein Vater hat immer geglaubt, dass sie mehr wussten, als sie sagten. Vielleicht durften sie nichts sagen. Jedenfalls ist eines Tages ihre Pension abgebrannt. Sie wurden im Schlaf erwischt. Beide tot. Das war’s dann. Anfang der Siebziger muss das gewesen sein. Hier auf der Insel gab es keine Angehörige mehr. Nur jemand Entferntes in der DDR, und der konnte nicht kommen und hat wohl auch nichts gewusst von dem geflüchteten Pärchen. Und dann hat sich einfach nichts mehr getan. Nach wie vor wollte mein Vater die Kassette nicht haben. In seinen Augen hätte es so ausgesehen, als habe er den Lohn doch noch angenommen. 1975 ist er gestorben. Kurz vor seinem Tod muss er noch so etwas wie eine Nachricht bekommen haben. Ich erinnere mich noch, dass er wie elektrisiert war und die Kassette ausgraben wollte. Doch da war er schon zu krank. Bevor er die Augen zugemacht hat, musste ich ihm versprechen, mich um die Rückgabe der Kassette zu kümmern. Aber selbst das habe ich nicht hinbekommen."

Zunn beugte sich vor. „Und die Nachricht, die er bekommen hatte?"

„Ich habe gesucht, aber nichts gefunden. Vielleicht war es nur ein Anruf gewesen. Weiß der Himmel. Vielleicht habe ich auch nicht genau genug nachgesehen." Er blickte seine Frau an. „Die Sachen meines Vaters liegen noch in der untersten Schublade im Schreibtisch." Gräfe machte eine Pause. Er sah erschöpft aus. „Ich habe es verbockt", fuhr er schließlich fort. „Es ist kein schönes Gefühl, wenn man seinem Vater ein Versprechen gibt und dann nichts dafür tut."

Lisa wollte ihn trösten. „Die meiste Zeit warst du auf See. Und dann, wie konntest du wissen, dass du krank wirst? Was hättest du tun sollen?"

„Lieb, dass du das sagst. Aber es ist einfach so, ich habe zu wenig getan. Leider fällt einem das immer erst ein, wenn es zu spät ist. Das einzige was ich jetzt tun kann, ist das Versprechen weiterzugeben. Du musst es für mich erfüllen." Er sah seine Frau bittend an und nahm ihre Hand. „Versprich es mir! Vielleicht kann der Doktor dir helfen."

Sie strich ihm beruhigend über die Stirn. „Es ist schön, dass ich dich getroffen habe", sagte sie leise.

Gräfe atmete tief ein. „Du warst mein Leben", sagte er schlicht. „Bitte versprich es mir."

„Ich verspreche es."

„Nun ist es gut." Er sah Zunn an. „Ich wusste nicht mehr genau, ob ich den Ort wiederfinden würde. Die Dinge verändern sich so schnell, wenn niemand sich um sie kümmert. Deshalb wollte ich unbedingt mitkommen. Aber es ist noch alles da und ganz einfach. Geht um das Haus herum. Da ist ein Vorplatz. Ihr müsst dort graben, wo die hintere Wand an das Haupthaus stößt." Er lachte mühsam, so als wolle er sich von seiner Rührung befreien. „Und nun lasst mich allein und macht euch an die Arbeit. Und ich schlafe ein wenig. Diese verdammte Rederei hat mich ganz müde gemacht."

Sein Kopf sank nach vorn. Lisa legte ihm das Plaid über die Beine, wischte ihm den Schweiß vom Gesicht und setzte ihm die Schiffermütze wieder auf seinen schmalen Kopf.

Der Platz hinter dem Haus war zugewachsen. Meterhohes Gras, dazwischen weiß blühende Brennnessel und stachliges Brombeergesträuch. Dazwischen Schnipsel alter Zeitungen, Spinnweben und Kot.

Dann sahen sie die Spur.

Jemand war vor ihnen in der Wildnis gewesen! Der Unbekannte hatte dabei das Gras und Brennnesseln heruntergetrampelt. Die Spur führte auf das Haupthaus zu. Zunn bückte sich, wickelte ein Taschentuch um seine Hand und zog eine geknickte Brennnessel aus dem Boden.

„Nicht lange her", sagte er. „Die Bruchstelle ist noch frisch."

Sie blickten sich ratlos an. Hatte jemand von ihrem Vorhaben erfahren? Aber wie hätte er von der Kassette und ihrem Versteck wissen können? Sie selbst hatten es ja gerade erst erfahren. War ihr geheimnisvoller Vorgänger etwa noch da? Wartete er vielleicht im Haus auf sie? Zunn blickte zur Tür. Sie hing schief und verfault in den Angeln.

Sie folgten der Spur. Sie endete vor der Haustür, wo sie auf den alten Plattenweg auflief. Endstation. Zunn drückte die Türklinke. Die Tür gab knarzend nach. Zunn und Lisa blickten sich an. Zunn zuckte die Schultern. Er hob die Schaufel wie eine Waffe und drückte sich durch den dunklen Türspalt. Lisa wollte ihn zurückhalten, doch er schob ihre Hand zur Seite. Dann verschwand er. Lisa stand allein, blickte ratlos um sich und lauschte. Ein Käuzchen rief. Weit draußen auf dem Wasser tutete ein Schiff. Sonst war Stille. Lisa fürchtete sich.

Sie blickte auf die Uhr. Fast fünf Minuten. Wo der Kerl nur blieb? So groß war das Haus doch nicht!

Plötzlich ein kreischendes Fauchen. Lisa erstarrte. Eine schwarze Katze sprang durch den Türspalt, knallte gegen Lisas Beine, Lisa schrie entsetzt auf, das Tier sprang seitlich ins Gras und verschwand. Lisas Atem stockte, für einen Moment hatte sie das Gefühl, ersticken zu müssen. Dann öffnete sich die Tür. Zunn erschien, versuchte zu lächeln.

„Nichts", sagte er. „Alles voller Dreck und Abfall. Aber keine Menschenseele. Wir können uns abregen."

Er legte einen Arm um Lisas Schultern, und sie schmiegte sich an ihn. Zunn hielt sie fest. Er spürte ihre Wärme. Sie zitterte. Scheiß Kassette, dachte er.

Aber es half nichts. Jetzt konnten sie nicht mehr aufgeben. Der alte Plattenweg führte an der Hauswand entlang. Gras und Löwenzahn sprossen aus den Ritzen. Teile des alten Geländers lagen an der Hauswand. Sie gingen hinüber zu der Ecke, wo der Anbau begann. Hier lagen keine Platten mehr. Zunn fuhr seitlich mit der Schaufel durch die Pflanzen. Eine Ratte sprang heraus, eine Eidechse verschwand in einer Mauerspalte.

Es dauerte eine Weile, bis Zunn die Mauer freigelegt hatte. Die Erde war grünlich und stank.

„Hier müsste es sein", sagte Zunn und deutete auf die Stelle, hinter der die Eidechse verschwunden war.

Lisa hielt sich die Nase zu. „Graben Sie", winkte sie ab. „Ratten machen mir Panik."

Mit der Schaufel kam er nicht weit. Schon nach zehn Zentimetern kratzte sie über etwas Hartes. Zunn nahm die Spitzhacke und riss Trümmer alter Ziegelsteine heraus. Sogar zerbrochene Badezimmerkacheln kamen zum Vorschein.

„Bauschutt", sagte Zunn, „aber erst aus der Zeit nach dem Krieg."

„Dann ist schon jemand hier gewesen?"

„Muss nicht sein. Vielleicht hat nur jemand seinen Kram abgeladen." Zunns Stimme klang nicht sehr zuversichtlich. „Vielleicht ist es ja ganz gut, wenn wir nichts mehr finden. Dann hätte sich die Sache erledigt."

„Nicht für Gerhard."

Da hatte sie recht.

In diesem Moment traf die Hacke auf etwas Glattes.

Zunn drehte sie um und zog mit der breiten Seite den Schutt auseinander. Zwei Zementplatten wurden sichtbar. Er führte die Spitzhacke unter die äußere und zog sie hoch.

Nichts. Nur Sand.

Die nächste Platte schloss sich an die Hauswand an. Nichts. Wieder nur Sand.

Zunn blickte enttäuscht auf.

Aber Lisa kniete sich nieder und fuhr mit den Händen in den Sand.

Und da war sie.

Die Kassette lag dicht unter der Oberfläche. Sie war halb so groß wie eine Zigarrenschachtel, mit leicht geschwungenem Deckel. Das Metall war angelaufen und schimmerte bräunlich. Vorn saß ein Bügel. Zunn versuchte ihn zu bewegen, aber er rührte sich nicht.

„Lassen Sie ihn zu. Soll Gerhard sie öffnen."

Sie sah auf die Uhr. „Mein Gott, wir haben eine halbe Stunde gebraucht. Er wird sich Sorgen machen."

Aber Gräfe schlief noch. Sein Gesicht war friedlich. Lisa schüttelte ihn aufgeregt an den Schultern. „Gerhard, wach auf! Wir haben sie!"

Gerhard Gräfe rührte sich nicht.

Er war tot.

15

APRIKOSENFARBENE SCHATTEN

In den Tagen, die auf die Ankunft Thomas Paulys folgten, kam Anna nicht in den Westen, um Pfähle zu streichen. Henrik werkelte allein vor sich hin. Dabei redete er sich ein, dass ihm die Dinge ohne Ablenkung besser von der Hand gingen als vorher. Woran sogar etwas war, denn manchmal schaffte er bis an die zwanzig Stäbe am Tag.

Jedes Mal, wenn ein Fahrrad den Weg herunterkam, bemühte er sich, nicht hinzusehen. Aber immer war es jemand anderes als Anna, und Henrik spürte den Kloß, der sich in seinem Hals festgesetzt hatte.

Mittags ließ sich Jean-Jesus sehen, und sie schleppten die fertigen Stangen zu dem gummibereiften Wagen, der vor dem Deich stand.

Jean-Jesus war zufrieden. „Ich denke, dass wir die ersten Stäbe in der nächsten Woche aufstellen werden. Ich bin schon wahnsinnig gespannt, wie es aussehen wird. Du auch?“

Henrik nickte. Es war ihm vollständig egal.

Er fragte nicht nach Anna, und ihr Vater machte keinerlei Anstalten, Erklärungen abzugeben. Warum sollte er auch? Dinge, die neben seiner Kunst lagen, nahm er kaum wahr. Henrik wusste auch, dass dieser Thomas, dieser widerliche Schnösel, schon am Montag mit dem ersten Zug zum Festland gefahren war.

Am Mittwoch schaute Olga Pickert, Annas Mutter, vorbei. Sie brachte einen Topf grüner Bohnen und entschuldigte sich, dass sie erst jetzt kam. „Anna ist krank“, sagte sie beiläufig, „und da muss ich natürlich für sie sorgen.“ Sie hielt einen Moment inne, so, als warte sie darauf, dass Henrik fragte, woran sie erkrankt sei, und wie es ihr gehe. Doch Henrik sagte nichts und steckte seine

Nase nur noch tiefer in die Schale mit den Bohnen. Olga lächelte. „Der junge Mann, dieser Thomas ..."

Henrik fühlte, wie das Blut in seinen Kopf schoss.

„... er ist nur eine Nacht geblieben", fuhr Olga fort.

Eine Nacht! Eine ganze Nacht!

Die Wut, die er spürte, erschreckte ihn durch ihre plötzliche Heftigkeit. Er spürte die Halsschlagader pochen und seine Schläfen.

„Er ist ein Arschloch", entfuhr es ihm.

„Sie sind ungerecht." Sie blickte ihn herausfordernd an.

Er zwang sich zu Ruhe. „Mag sein, aber ich mag diese geschniegelten Typen nun einmal nicht."

„Sie sind traurig. Warum?"

„Warum? Warum?", echote er irritiert. „Mir geht es gut. Die Arbeit läuft ..." Er verhielt, sah sie an. „Sie sehen auch nicht gerade glücklich aus."

Diesen Gegenangriff hatte sie offensichtlich nicht erwartet. „Wie kommen Sie darauf?"

„Ich kann mich irren. Entschuldigen Sie bitte. Es geht mich auch gar nichts an."

Sie wollte etwas sagen, schüttelte dann unwillig den Kopf, blickte sich um. „Wollen wir weitermachen?"

Er nickte. Gemeinsam hoben sie eine neue Stange auf den Bock. Henrik öffnete die Farbtöpfe. „Was wollen Sie? Rot oder Grün?"

„Grün. Ich liebe Grün. Mein Vater kommt aus Südtirol. Meran. Vollhängende Apfelbäume, soweit das Auge reicht. Die Natur bordet förmlich über in Grün. Das prägt."

Henrik nickte. Dazu war wenig zu sagen. Er maß die Farbfelder ab, und sie begannen wortlos zu streichen.

„Ich mag Ihren Mann", sagte Henrik schließlich.

„Ach ja? Und warum?" Ihre Stimme klang gereizt.

„Er ist immer freundlich, so positiv. Auch wenn er nicht viel mitbekommt, was um ihn herum vorgeht. Ich denke, er lebt in seiner eigenen Welt."

„Und Sie finden, das ist gut?“

„Für unsereinen schon. Wie es mit der Ehefrau ist, kann ich schlecht sagen.“

Olga hockte sich in das Gras, nahm einen trockenen Zweig und rührte die Farbe. Genau in diesem Augenblick geschah etwas in ihrem Gesicht. Zumindest hatte Henrik diesen Eindruck. Ihre Augen waren plötzlich rund und bekamen einen Ausdruck der Trauer oder von etwas anderem, sehr Weichem. Es zuckte leicht in einem Mundwinkwinkel, aber dann zogen sich ihre Gesichtszüge wieder zusammen.

„Ich liebe ihn“, sagte sie trotzig, als sie wieder aufstand.

„Natürlich.“

„Wieso natürlich?“

„Es ist doch natürlich, dass eine Frau ihren Mann liebt. Trotzdem, Sie klangen so ... so ... trotzig. Vielleicht auch hilflos. Ich weiß es nicht.“

„Jetzt muss ich mich schon vor einem Schreiberling verantworten!“

„Nein.“

„Was nein?“

„Zweimal nein. Erstens, bin ich kein Schreiberling. Ich bin Schriftsteller, Redakteur und habe Drehbücher geschrieben, die verfilmt worden sind. Und ich werde auch erfolgreich sein, das ist schon mal sicher.“

Sie blickte ihn ausdruckslos an. „Und zweitens?“

„Sie müssen sich nicht vor mir verantworten. Sie sind alt genug.“

Er wusste, dass die letzte Bemerkung nicht charmant war, aber diese Frau hatte ihn einfach gereizt mit ihrer überheblichen Art.

„Vielen Dank für die Blumen. Ich habe sie wohl verdient“. Olga stieß resigniert den Pinsel in das Glas mit dem Verdünner. „Ich habe keine Lust mehr. Heute ist nicht mein Tag!“

„Das ist meine Schuld. Es tut mir leid.“

Sie lehnte sich an die Mauer, schloss die Augen. “Es ist alles manchmal nicht so einfach, wie es aussieht.“

Wie zart sie aussieht, dachte er.

Er sagte nichts, wartete ab, bis sie fortfuhr. „Mein Vater ist Maler. Professor an der Akademie. Jean war einer seiner Schüler. Ich lernte ihn auf einem dieser Atelierfeste kennen. Er war so lustig. Und so anders. Man merkte gleich, dass er aus einem ordentlichen Elternhaus kam. Höflich, kultiviert, gut erzogen. Das hat mir gefallen. Bei meinen Eltern war immer Chaos. Es war eine andere Welt.“

„Ich verstehe“.

„Sie verstehen gar nichts. Es kam nämlich alles ganz anders. Während ich in eine geordnete Welt wollte, hatte er nichts anderes im Sinn, als in mein altes Leben einzutauchen. Ein großer Künstler werden, die Konventionen brechen ... Kreativität und Chaos ... Chaos und Erfolg.“ Sie verhaspelte sich. Ihre Worte purzelten durcheinander. „Nach einiger Zeit merkte ich, dass mein Vater Recht hatte. Jeans Talent reicht nicht. Guter Wille allein reicht eben nicht. Selbst sein Vater, dieser Spießer, hat es nun begriffen. Jean hat nichts von dem gehalten, was er versprochen hatte. In Wirklichkeit hat er mir mein Leben geklaut. Und ich will nicht, dass es noch mehr gestohlene Jahre werden. Noch ein letzter Versuch hier auf der Insel und dann ist Schluss. Jean hat es mir hoch und heilig versprochen.“

Sie hatte sich in Rage geredet. Ihr Gesicht war angespannt, aber die Nachmittagssonne warf zarte aprikosenfarbene Schatten auf Wangenknochen und Kinn.

Sie ist eine wirklich schöne Frau, dachte Henrik verwundert. Fremdartig, aber schön.

Nach einiger Zeit beruhigte sich ihr Atem. Sie lächelte zögernd. Dann nahm sie ihre Tasche auf, holte eine Bürste heraus und fuhr sich ein paar Mal durch die Haare. „Ich frage mich“, sagte sie nun wieder in ihrer ruhigen, tiefen Stimme, „warum ich Ihnen das alles erzähle ...“

Henrik antwortete nicht. Zum einen erwartete sie offensichtlich keine Antwort. Außerdem konnte er keine geben.

„Ich glaube, wir machen Schluss für heute“, sagte er, „die dämlichen Stangen können wir morgen aufladen. Sie müssen sowieso erst trocknen.“ Er wandte sich zum Werkstattwagen. Sie hielt ihn fest. „Habt ihr miteinander geschlafen? Anna und Sie?“

Die Direktheit der Fragen verstörte ihn. Er suchte eine Antwort.

„Ich will nicht, dass Sie mit ihr schlafen“, fuhr sie fort und krallte eine Hand in sein Hemd. Er spürte ihren Atem. „Antworten Sie mir!“

Jetzt wurde er böse. „So geht das nicht! Erst seichen Sie mich voll mit Ihren Ehegeschichten und nun kommen Sie mir so ...“

„Sie ist zu gut für Sie.“

„Wir waren gut genug für einander.“

„Also doch. Ihr habt es tatsächlich gewagt“! Sie blitzte ihn wütend an. „Sie werden sie in Frieden lassen! Sie ist verlobt. Gut verlobt. Ein Banker. Ein ruhiger, anständiger Mann, der es zu etwas bringen wird. Sie wird es gut haben. Besser als ich. Und so ein kleiner Möchtegern-Dichter, wie Sie es sind, soll ihr Leben nicht versauen.“

Seine Verblüffung war verflogen. Ihr Schreien hatte ihn ruhig werden lassen.

„Sie haben mir gar nichts zu befehlen“, sagte er nüchtern. Er blickte sie ruhig an, ließ sie warten. „Sie können mich mal ...“

Olgas Gesicht war anzusehen, dass eine unbegreifliche Wut sie ergriff. Sie sprang ihn an. Er spürte, wie ihre Fingernägel über sein Gesicht fuhren und warme Spuren hinterließen. Er packte sie in der Hüfte, hob sie hoch. Sie keuchte und riss an seinen Haaren.

Henrik beugte sich vor. Sie hing an ihm wie eine Klette. Er schüttelte sich, und sie fiel zwischen die Farbdosen. Sie starrte entgeistert auf den grünen Lack, der sich dickflüssig über ihre Beine ergoss.

„Das, mein Junge, wirst du mir büßen", stammelte sie.

Er spürte ihre rachsüchtig funkelnden Augen noch, als er längst wieder im Dorf war ...

16

DIE WARNUNG

Vielleicht war es ein schlechtes Omen, dass Zunn in der Nacht vor Graefes Beerdigung von schwarzen Vögeln geträumt hatte. Noch am Morgen flatterten sie in seinen Gedanken herum. Sein Körper war voller Unruhe, als ahnte er ein Unglück.

Nein, er wollte an diesem Sonntag wirklich niemanden sehen, sich keiner Begegnung stellen, erst recht nicht zu einer Beerdigung gehen. Er dachte an Hilde und wie er an ihrem Grab zusammengebrochen war. Nun hatte er wieder Angst. Ich bin ein schlotternder Haufen Fleisch, beschimpfte er sich. Widerlich. Ohne Stolz, ohne Rückgrat. Ein richtiger Arsch!

Und doch würde er zu Gerhard Gräfes Beerdigung gehen, weil er es Lisa versprochen hatte. Er hatte nicht nein sagen können.

Zunn aß ein trockenes Brötchen, welches zu seiner Verwunderung in seinem Magen blieb. Er rauchte und schaute aus dem Fenster. Der Regen prasselte herab. Auch das Wetter hat schlechte Laune, dachte er mutlos.

Er beschloss, die Zeit bis zur Beerdigung in handliche Portionen aufzuteilen und eine nach der anderen abzuarbeiten. Bloß nicht denken, bloß nicht zu weit denken! Das offene Grab würde früh genug auftauchen ...

Das halbe Dorf erschien zur Beerdigung. Die Regenwolken hatten sich verzogen. Die Friedhofskapelle war voll besetzt. Tür und Fenster waren geöffnet. Draußen drängten sich die Insulaner bis hinaus auf den Weg, der zum Deich führte. Ihre feuchten Mäntel dampften in der Sonne. Über die Beerdigungsgesellschaft legte sich der Klang des altersschwachen Harmoniums, auf dem Henrik Billhardt „*So nimm denn meine Hände*“ spielte.

Lisa Gräfe saß in der ersten Reihe. Sie hatte Charlotte auf dem Arm. Die Kleine weinte, weil ihr Schnuller zu Boden gefallen und unter die Bank gerollt war. Aber das konnte niemand wissen, sodass ihre klagende Stimme allen das Herz zerriss. Lisa hatte Dr. Zunn gebeten, sie auf diesem schweren Gang zu begleiten, weil sie niemanden hatte, den sie sonst fragen konnte, und es keine Verwandten ihres Mannes gab.

Zunn saß neben Lisa und blickte zum ersten Mal seit drei Jahren wieder auf einen Sarg. Er saß regungslos. Lisa lächelte ihm scheu und hilflos zu, aber er sah es nicht.

Er wusste, dass sie ihm dankbar war. Er wusste auch, dass sie sich schwere Vorwürfe machte, ihn so unter Druck gesetzt zu haben. „Ich habe nicht daran gedacht, dass da irgendetwas in Ihrer Vergangenheit ist, das Sie leiden lässt“, hatte sie gesagt. „Aber ich werde Ihnen helfen, wenn Sie mit den Schatten fertig werden wollen. Das bin ich Gerhard schuldig. Immerhin sind Sie es gewesen, der ihm in den letzten Wochen seines Lebens beigestanden hat. Sie haben weit mehr getan, als man es von einem Arzt verlangen kann. Dabei sind Sie selbst traurig und mutlos, und es ist schlimm, Sie so zu sehen. Wenn das alles vorbei ist, dann werden Sie mir alles erzählen, und ich werde keine Ausrede gelten lassen. Ich kenne Männer, glauben Sie mir. Ich habe schon viele Männer weinen sehen.“

Ihre Stimme hatte gebieterisch geklungen. Wider Willen hatte er lächeln müssen. Sie würde sich wundern. Er war eine Nuss, die sie nicht knacken konnte.

Lisa blickte auf den Sarg. Zunn wusste, dass sie jetzt keine Trauer verspürte. Nur große Leere. Als sie Gerhard tot auffanden, hatte er gefühlt, dass der Himmel über Lisa einstürzte. Zunn hatte sie an sich gedrückt und über ihre Haare gestrichen, während sie ihren Kopf an seine Schulter gelehnt hatte, und ihre Tränen in seinen Kragen liefen.

Er erinnerte sich, wie sie den Rollstuhl mit Gräfe wieder zurück bis zum Elektrokarren gezogen hatten. Der Wind war stärker geworden und hatte sie in eine weiße Sandwolke gehüllt, die ihren Atem erstickte.

Zunn zwang sich, nicht auf den Sarg zu sehen. Als der Pastor erschien und den Toten segnete, blickte er zum offenen Fenster und beobachtete, wie die Sonne sich unendlich langsam am Fensterkreuz vorbeischob.

Der Pastor schlug die Bibel auf, in der ein Zettel mit seiner vorbereiteten Rede lag. Dann blickte er zu Lisa und begann zu sprechen.

Diese bigotte Rederei der Schwarzkittel kotzt mich an, grummelte Zunn. Dabei wusste er, dass er dem Mann unrecht tat. Er war genauso hilflos gegenüber dem Tod wie der beste Arzt. Zunn spürte, wie die schwarzen Vögel wieder in seinem Kopf flatterten. Denk an etwas anderes, flehte er sich an. Denk um Gottes willen an etwas anderes, sonst haben sie dich!

Die Kassette, denk an die Kassette ...

„Es ist Gerhards Wunsch, dass wir uns um die Kassette kümmern“, hatte Lisa gesagt. „Wir haben es versprochen. Lassen Sie uns nachsehen, was in ihr ist.“

„Sie ist verschlossen.“

„Dann holen Sie einen Schraubenzieher.“

Es war schwieriger gewesen, als sie dachten. Die Feuchtigkeit und die Bodensalze hatten die Scharniere angegriffen. Der Deckel saß wie angeschweißt, sodass der Schraubenzieher keinen Ansatz fand. Schließlich nahm Zunn den Hammer, umwickelte ihn mit seinem Taschentuch, stellte die schmale Kassette hochkant und versetzte ihr einen kräftigen Schlag.

Der Deckel sprang auf.

In der Kassette war eine Perlenkette. Sie lag in einem dunkelgrünen Samtbett, das an den Rändern ausgebleicht war. Die Kette selbst schien wie neu. Ihr Anblick nahm ihnen den Atem. Es waren etwa zwanzig Perlen, jede größer als eine Fünf-Pfennig-Münze, alle absolut identisch. Sie waren schwarz. Als Zunn sie zum Fenster trug, schimmerten sie grünlich. Es schien, als saugten sie das Licht auf.

„Die müssen ein Vermögen wert sein“, sagte Lisa stockend.

„Jedenfalls sieht es so aus. Allerdings habe ich keine Ahnung von Perlen.“

„Warum haben die Leute sie weggegeben? Sie waren auf der Flucht, sie hätten sie gut gebrauchen können.“

Zunn zuckte die Schultern. „Wir werden es nicht herausfinden. Wenn man in Lebensgefahr ist, macht man manches, was nicht vernünftig erscheint. Wahrscheinlich war ihre Dankbarkeit so groß ...“ Er hielt den Deckel ins Sonnenlicht. „Mich würde interessieren, ob irgendwo ein Name steht.“ Er schüttelte den Kopf. „Nur Ziselierungen, Ornamente. Sehen aus wie die Linien einer Muschel. Kein Name.“

„Schade. Es wäre so schön einfach gewesen.“

Sie blickten ratlos. „Bestimmt eine Sonderanfertigung“, sagte Zunn. „Kaum zu glauben, dass sie keinen Namen eingraviert haben.“

Sein Blick fiel auf den grünen Samt. Es schien, als sei er fest verklebt mit dem Boden. Zunn zog an einer Falte. Zu seiner Überraschung ließ sich die Einlage leicht abnehmen. Die Metallfläche darunter war glatt.

Bis auf einen Namen, der in Schreibschrift eingraviert war:

GRETA

Lisa wandte sich enttäuscht ab. „Greta. Greta was? Greta wer? Das hilft uns nicht viel weiter.“

„Vielleicht doch. Eigentlich wissen wir schon eine ganze Menge.“

„Und was, bitte schön?“

„Erstens: die Leute sind aus Berlin. Zweitens: sie waren hier, im Frühsommer 1938.“

„Im Mai.“

„Oder Juni. Und wohnten in einer Pension, die AUGUSTA hieß.“

„Oder so ähnlich.“

„Es muss Listen der Kurgäste gegeben haben, vielleicht wurden die Namen sogar in der Zeitung veröffentlicht, wie das damals üblich war.“

„Der INSELKURIER! Die Zeitung. Sie hat gerade Jubiläum gefeiert. Neunzig Jahre. Sie haben damit geprahlt, dass sie noch jedes Exemplar haben.“

„Ein guter Grund, der Redaktion morgen mal einen Besuch abzustatten.“

„Muss das alles so schnell sein? Gerhard ist noch nicht einmal unter der Erde. Was sollen die Leute denken?“

„Es ist ja nichts Besonderes. Nur ein kleiner Besuch mit einer kleinen Frage“, beschwichtigte er sie. „Ich gebe ja zu, dass ich neugierig geworden bin.“

Das Haus, das den Verlag des INSELKURIER beherbergte, stand an der Straße, die zum Flugplatz führte. Ein unscheinbares, rot geklinkertes Gebäude wie so viele auf der Insel. Die Redaktion lag im Hintergebäude. Eine automatische Klingel läutete, als Zunn die Tür öffnete. Ein gebeugter alter Mann mit verdrießlich kleinem Mund saß hinter einer Schreibmaschine und schimpfte vor sich hin.

Er blickte Zunn an. “Kenne ich Sie?“

„Ich heiße Zunn, bin der neue Doktor.“

Interesse glomm in den Augen des Mannes auf, wie bei den meisten älteren Leuten, die froh waren, einen Arzt in der Nähe zu haben. „Ich bin der Herausgeber dieses Käseblattes, aber bestimmt nicht mehr lange.“

„Das ist schön, dass ich gerade Sie antreffe“, sagte Zunn. „Ich habe eine Frage, die die Zeit vor dem Kriege betrifft. Ich suche zwei Personen, die im Mai oder Juni 1938 hier gewesen sein müssen. Und ich dachte, dass die Listen, die sie immer veröffentlicht haben, mir vielleicht helfen könnten.“

Der Mann war aufgestanden und schlurfte in seinen Hausschuhen zu Zunn herüber. „Wissen Sie den Namen?“

„Es war ein Ehepaar. Aber ich weiß nur den Vornamen der Frau. Greta."

„Greta Garbo? Die war nicht hier." Der Alte lachte über seinen Scherz.

Zunn lachte mit. „Sie wohnte in einer Pension, die es nicht mehr gibt. AUGUSTA."

Das Lachen des Mannes gefror. Oder bildete Zunn sich das ein?

„Gibt es einen Grund, warum Sie das wissen wollen?"

„Reine Neugierde. Gerhard Gräfe schlug mir vor, mal bei Ihnen nachzufragen."

„Was Gräfes Leben betrifft, waren Sie nicht sonderlich erfolgreich, Doktor", sagte der Mann und kicherte.

Ärger wallte in Zunn auf, aber er zwang sich zur Ruhe. „Wären Sie so nett und sehen mal nach?"

Der Mann brummte unschlüssig, wusste offensichtlich nicht, was er tun sollte. Er blickte zum Telefon, als ob von dort Rat kommen würde, und dann an die Decke, als ob dort etwas geschrieben stünde. Schließlich seufzte er unterdrückt und ging zu einem Regal, das die ganze gegenüberliegende Wand einnahm. Braungebundene Folianten standen dicht nebeneinander. Die Buchrücken in den oberen Reihen waren ausgebleicht und sahen mürbe aus. Auf jedem Band klebte ein mehr oder weniger vergilbtes Etikett mit einer per Hand geschriebenen Jahreszahl.

„Sie müssen mir helfen", sagte der Mann und schob eine Stehleiter gegen das Regal. „1938. Das ist da ganz oben rechts. Aber seien Sie vorsichtig. Die Einbände sind brüchig und reißen leicht."

Es ging besser als gedacht. Als das Buch vor ihnen auf dem Tisch lag, schlug Zunn staubige Luft entgegen.

„Damals erschienen wir wöchentlich", sagte der Mann. „Also immer vier Exemplare für einen Monat."

Die Nachnamen der Kurgäste waren alphabetisch geordnet, Hotels und Pensionen in Klammern. Auch die Frauen waren mit dem Vornamen aufgeführt. Mit dem Zeigefinger fuhr Zunn die Listen entlang.

Eine Greta war nicht dabei.

Die Pension AUGUSTA nur einmal. Die Adresse war KASTANIENALLEE 14.

„Das ist beim Bahnhof", sagte der Alte, „aber viel Glück werden Sie nicht haben. Es ist abgebrannt."

Zunn hörte sein meckerndes Lachen noch immer. Es mischte sich unter den Choral, den Billhardt jetzt auf dem Harmonium spielte. Sie alle standen auf. Sechs junge Männer in Feuerwehruniformen hoben sich den Sarg auf die Schultern. Er war schwer, und sie schwankten leicht, fanden dann ihren Rhythmus und gingen mit ernsten Gesichtern den Gang entlang. Es war eine Ehre für sie. Gerhard war stellvertretender Ortsbrandmeister und sehr beliebt gewesen.

Eine halbe Stunde später war der Sarg in der Grube versunken. Lisa trat ein paar Schritte vor und stellte sich für einen Moment direkt an den Rand des Grabes. Sie blieb eine Weile mit gesenktem Kopf stehen und ließ eine Rose auf den Sarg fallen. Dann trat sie zurück in den Kreis der Lebenden und nahm die Beileidsbekundungen entgegen. Eine Feuerwehrmann spielte *„Ich hatt' einen Kameraden"*. Die Trompete klang brüchig, und der Klang verwehte über den Dünen. Lisa weinte immer noch nicht.

Zunn stand neben der Kapelle. Im Schutz einer Linde trank er einen Schluck Cognac aus seinem Flachmann. Jetzt war sein Körper warm, und die zitternden Hände beruhigten sich. Er sah zu, wie sich der Friedhof langsam leerte. Charlotte spielte vor ihm im Gras. Warum muss gerade ich den Aufpasser spielen, fragte er sich. Dann aber drehte die Kleine sich um und lächelte breit zu ihm herauf, und sein verkrampftes Herz schmolz. Er hockte sich zu ihr auf den Rasen und hielt artig die Gänseblümchen, die sie ihm in die Hand drückte. Die Stiele waren noch warm von ihrer Hand und bogen sich in seinen Fingern.

Es war ein alter Mann, der als einer der letzten vor Lisa Gräfe stand. Er fiel Zunn auf, weil er sich besonders aufrecht hielt und einen schwarzen Anzug mit Samtkragen trug, über den schlohweiße Haare hingen. Sein Gesicht war hager. Eine dicke Hornbrille saß auf der scharfkantigen Nase. Er stützte sich auf einen schwarzen Gehstock und hinkte, als er zu Lisa Gräfe trat und ihr die Hand reichte. Er stand übertrieben aufrecht und beugte nur leicht den Kopf, sagte nichts und blickte sie unverwandt an. So, als wollte er sie zwingen, die Augen niederzuschlagen, was sie aber nicht tat. Dann drehte der Mann sich um und nahm den Weg, der zur Kapelle zurückführte. Vor Zunn blieb er stehen und blickte auf ihn und das kleine Mädchen herunter.

„Sie sind der neue Doktor, nicht wahr?"

Zunn nickte. "Bitte entschuldigen Sie, dass ich sitzen bleibe, aber die kleine Dame würde es mir übel nehmen, wenn ich ihr meine Aufmerksamkeit entziehe."

Es sollte ein Scherz sein, aber das Gesicht des alten Mannes blieb unbewegt. Zunn sah jetzt, dass seine Brillengläser scharf geschliffen waren und sich dick aus dem Gestell wölbten, sodass sie den Friedhof und den blauen Himmel spiegelten. Die Augen waren kaum zu erkennen.

„Ich habe gehört, dass Sie neugierige Fragen stellen. Über Kurgäste, die schon längst vergessen sind." Die Stimme des Mannes klang rau.

Zunn antwortete nicht. Er war sprachlos. Spielte der Mann tatsächlich auf seinen Besuch bei der Zeitung an? Und wieso wusste er davon?

Der Mann hob seinen Spazierstock, sodass die eiserne Spitze direkt auf Zunns Gesicht zeigte. „Wollen Sie lange auf der Insel bleiben?"

„Eigentlich schon. Sie ist sehr schön."

„Dann sollten sie lernen, sich um Ihre eigenen Dinge zu kümmern. Wir Insulaner haben es nicht so gern, wenn Klugscheißer vom Festland kommen und sich in unsere Sachen einmischen.

Erst recht, wenn die längst vergessen sind." Er schob die Eisenspitze des Stocks an Zunns Gesicht heran. Sie verharrte drohend vor Zunns Augen. Charlotte begann zu schreien. Der Alte zog den Stock zurück und wendete sich ab.

17

DAS UNGEHEUERLICHE

Die Ferien waren zu Ende. Im Schülerheim DÜNE war der Alltag zurückgekehrt. Vogts Sandsack hing wieder an seinem Haken im Hof. Auch die Maus hinter der Abseite von Maltes und Alexanders Zimmer war noch da. Anscheinend hatte sie das Expander-Loch benutzt, um es sich während der Ferien im Zimmer bequem zu machen. Alexander fand ihre Köttel überall, sogar auf den Kopfkissen.

Das Abendessen verlief wie immer. Freda, das Küchenmädchen, war vom Festland zurückgekehrt. Wie immer stellte sie die Teller mit geschmierten Broten auf die Tische und als Nachtisch die unvermeidlichen, in tiefer Vergangenheit eingekochten Pflaumen, die sich im Laufe der Zeit halb zersetzt hatten und an den Rändern fahl schimmerten.

Vogt schaltete zum Zwecke politischer Bildung die Nachrichten an. Der Fernseher stand auf einem wackligen Gestell neben der Tür, die zu Fredas Schlafzimmer führte.

Die Tagesschau: das wirkliche Leben auf dem Festland war dramatisch geworden. Die Ständige Vertretung der Bundesrepublik in Ostberlin war von Flüchtlingen überfüllt. Hundertdreißig DDR-Bürger wohnten schon seit Wochen auf Fluren und in Abstellkammern und wollten nicht wieder gehen. Ost-Berlin protestierte. Auch die Botschaft der Bundesrepublik in Budapest war überlaufen. Die hygienischen Verhältnisse stanken buchstäblich zum Himmel. Der Botschafter deutete an, dass man bald wegen Überfüllung schließen werde. Was nur zur Folge hatte, dass noch mehr DDR-Bürger noch dringender Unterschlupf suchten.

Alexander sah die verängstigten Menschen, die aushielten, obwohl sie nicht wussten, was man mit ihnen machen würde. Alexander fragte sich, ob er jemals den Mut aufgebracht hätte, Haus und Familie zu verlassen, nur, um in die Freiheit zu kommen. War er selbst frei? Er dachte an seine Mutter und ihre fürsorgliche Belagerung. Abgesehen davon hatte er es nicht schlecht. Natürlich nicht.

In seinem Leben war ihm alles zugefallen, geradezu aufgedrängt worden. Eigentlich hatte er sich nie um etwas bemüht. Es war bequemer so. Er hatte getan, was seine Eltern gewollt hatten. Drei Gymnasien, weil man ohne Abitur kein Akademiker werden konnte. Klavier spielen, weil sein Vater einen Pianisten kannte. Reiten, weil seine Mutter ihn in einem Reitstall angemeldet hatte. Wenn sie ihn bei einem Bauern abgeben hätten, würde er zweifellos Heu gemacht haben. Ich bin eine Puppe, dachte er und sagte sich, dass das nicht ewig so bleiben konnte. Eigentlich.

Leben hieß, das zu akzeptieren, was er vorgesetzt bekam, sich nützlich zu machen, ruhig und nett zu sein und keine Widerworte zu haben. Natürlich dachte er sich seinen Teil, amüsierte sich sogar über die Bemühungen seiner Eltern, aber, mit der Zeit, verlernte er, selbst die Initiative zu ergreifen. Zumal er schon aus Bequemlichkeit nicht wusste, was er hätte anders machen sollen. Er hatte wenige eigene Bedürfnisse. Malte hat recht, dachte er, ich bin ein Flasche. Aber wollte er so sein wie Malte?

Er aß die fahl schimmernden Pflaumen, die Gott sei Dank nicht so schmeckten, wie sie aussahen. Freda stand vor ihm, sah ihm unbeteiligt zu und wartete, bis er fertig war. Ihm fiel auf, dass sich etwas an ihr verändert hatte. Vor den Ferien war sie blass gewesen, mit kleinen roten Pickelchen auf der Stirn. Nun war ihre Haut gebräunt und glänzte. Ihre Haare hatten sich in der Sonne gebleicht. Nicht nur ich war in den Ferien, dachte er.

Sie sah seinen Blick ohne zu reagieren, nahm seinen leeren Teller und ging in die Küche. Als Alexander sich umdrehte, wurde ihm bewusst, dass er nicht der einzige war, der ihr nachsah.

Der Esssaal leerte sich. Die Wettervorhersage sagte das Ende des Azorenhochs voraus. Der Herbst würde früh kommen. Vogt schaltete den Fernseher aus.

Malte, Ingo Herlich und zwei andere machten es sich in der Ecke unter dem Fernseher gemütlich und spielten Karten. Alexander blickte ihnen über die Schultern. Sie beobachteten, wie Vogt durch den Vorgarten und dann die Straße hinunter ging. Es war Mittwoch, er hatte seinen Kegelabend. Es würde wieder spät werden.

Alkohol im Heim war streng verboten. Kaum dass Vogt gegangen war, holte Ingo Herrlich die drei Flaschen Schnaps, die er vom Festland mitgebracht hatte. Malte rief nach Freda, dass sie Gläser bringen sollte.

Ingo goss ein.

Alexander war nicht nach Schnaps zu Mute.

„Du bist immer noch ein Feigling“, höhnte Malte, und die anderen grölten. Es ist besser, dass ich gehe, dachte Alexander.

Wie immer, wenn er nicht wusste, was er machen sollte, bummelte er zum Strand.

Die Sonne ging unter. Die Menschen standen mit Fotoapparaten auf der Promenade. Eine schmale weiße Wolke lag über dem Wasser und schnitt den grellroten Ball in zwei Hälften. Niemand sprach. Alexander hockte sich mit angezogenen Knien auf die Mauer unter der Normaluhr.

Zum ersten Mal war er froh, auf der Insel zu sein. Eine Insel ist eine Insel. Man ist vom Wasser gefangen. Aber auch beschützt. Er fühlte ein Gefühl der Freiheit, als er auf die See blickte. Weit draußen lagen vier dicke Frachtschiffe auf Reede und warteten auf ihre Einfahrt nach Wilhelmshaven. Sie lagen schwarz und massig auf dem Horizont. So, als könnten sie jeden Moment auf der anderen Seite des Wassers herunterfallen.

Es war kurz vor zehn, als er wieder zum Heim zurückkam. Gejohle und Gesinge schallte aus den offenen Fenstern des Esssaals. Alle Stühle unter dem Fernseher waren besetzt. Die Flaschen kreisten.

Alexander hörte eine Frau husten. Er drehte sich um. Freda kam über die Straße. Sie hatte sich ein Tuch um den Kopf gewickelt, das ihr Gesicht schmal und verletzlich machte.

„Gute Nacht“, sagte sie scheu und ging vorbei.

Ich hätte sie fragen sollen, ob sie noch ein bisschen bei mir bleiben will, überlegte Alexander, aber es war schon zu spät. Er fühlte sich immer mies, wenn er sie sah, da kaum jemand mit ihr redete.

Alexander wusste, dass sie aus einem kleinen Dorf bei Jever kam, in dem die Zeit stehen geblieben war. Dort war die Welt noch immer in Oben und in Unten eingeteilt. Die kleinen Leute taten, was die Herrschaften sagten. Fredas Familie war arm. Wenn man keinen Ärger haben wollte, war es gut, folgsam zu sein. Alexander hatte vergeblich versucht, ihr die Augen zu öffnen. Gegen Ungerechtes musst du dich auch mal wehren, hatte er gesagt, aber Freda hatte ihn nicht verstanden.

Drinnen brandeten Schreie und Gejohle auf. Freda hatte den Esssaal betreten. Sie zögerte, zog dann aber ihr Tuch fester. Ingo griff nach ihr, aber sie machte einen Bogen und verschwand in ihrem Zimmer. Das Glasfenster in ihrer Tür war mit einer Gardine verhängt. Sie leuchtete gelb, als drinnen das Licht anging.

Alexander gähnte. Zeit, ins Bett zu gehen.

Es war weit nach Mitternacht, als Malte ins Zimmer kam. Alexander wachte auf, als er über einen Stuhl stolperte und vor seinem Bett zu Boden krachte. Trotz allem war er guter Laune. Er blieb auf dem Rücken liegen. „Das war eine geile Schau“, kicherte er. „Du hast echt was verpasst.“

Alexander sagte nichts.

Malte drehte sich zur Seite, blickte Alexander durch die Tischbeine hindurch mit Glubschaugen an. Dann kotzte er und sackte zusammen. Als Alexander schon glaubte, dass er eingeschlafen war, richtete Malte sich noch einmal stöhnend auf. „Zehn Mann und ich habe gewonnen“, rülpste er, „ich war der Einzige, der dreimal gekonnt hat. Frag Freda!“ Lautloses Lachen schüttelte ihn, dann platschte sein Kopf auf den nassen Teppich.

Alexander versuchte zu begreifen. Er lag regungslos im Bett und starrte an die Decke. Was sollte er tun?

Das Treppenhaus lag voll erleuchtet. Niemand war zu sehen. Lautes Schnarchen drang aus Ingos Zimmer. Die Treppenstufen fühlten sich kalt unter Alexanders nackten Füßen an.

Der Esssaal lag verlassen. Die Stühle unter dem Fernseher standen kreuz und quer. Zwei waren umgefallen. Auf dem Tisch Schnapsflaschen, überquellende Aschenbecher, Alkoholpfützen und Erbrochenes.

Die Tür zu Fredas Zimmer stand offen. Eine der gelben Gardinen hing schräg herunter. Das Deckenlicht brannte.

Alexander blieb unentschlossen stehen.

Dann hörte er das Schluchzen des Mädchens.

Freda lag zusammengekrümmt auf ihrem zerwühlten Bett. Sie war nackt. Sie hatte die Knie angezogen und ihre Arme um die Beine geschlungen, als böte ihr dies Schutz. Als Alexander zu ihr trat, hob sie den Kopf. Sie blutete an einer Schläfe. Sie sah ihn aus blanken Augen an.

Angst.

„Ich tue dir nichts“, sagte er leise. Er nahm die Bettdecke vom Boden und deckte das Mädchen zu. Mit seinem Taschentuch versuchte er, das Blut zu stillen. Als er sich über sie beugte, zuckte sie zusammen, blieb dann ergeben liegen und ließ seine ungeschickte Hilfe über sich ergehen.

„Ich helfe dir“, flüsterte er.

18

DAS GELBE HAUS

Der Husten der kleinen Charlotte Graefe kam tief aus den Bronchien und besserte sich kaum. Zunn hatte Hausmittel verschrieben. Außerdem sollte sie inhalieren. Lisa hielt ihr die Plastikmaske auf das kleine Gesicht. Aber das Mädchen mochte den Kopf nicht stillhalten und wehrte sich.

Sie saßen an Gerhards Schreibtisch. Auf ihm stapelten sich Akten und Papiere. Zunn ging sie einzeln durch. Sie wussten nicht, nach was sie suchten, aber irgendwo musste es doch einen Hinweis auf die Perlenkette oder die Leute, denen sie gehört hatte, geben. Bisher allerdings hatten sie nur alte Rechnungen und Pläne von Fischerbooten gefunden. Alle waren jüngeren Datums. Aber Lisa war voller Eifer, und weil sie wenigstens zeitweilig ihre Trauer vergaß, gab auch Zunn die Suche nicht auf.

Charlotte schrie und stieß die Maske weg. Ihr Gesicht war vor Anstrengung rot angelaufen.

„Sie hat einen sturen Kopf", sagte Zunn.

„Den sturen Kopf hat sie von mir. Ich war genauso." Zum ersten Mal seit der Beerdigung sah Zunn sie lachen. Lisas Gesicht war schmal geworden, ihre Augen noch immer vom Weinen gerötet.

Zunn verbarg sein aufrichtiges Mitleid. „Dann hat es hat keinen Zweck. Wir erreichen nur, dass wir ihr einen Widerwillen gegen alles Medizinische aufzwingen, und der wird ihr dann das ganze Leben anhängen. Außerdem ist das Zeug, das sie hier einatmet, sowieso künstlich."

„Aber was soll ich machen?"

„Es gibt einen Inhalationsraum in der Kurverwaltung. Da versprühen sie unsere gute Meeresluft ganz konzentriert. Man muss nur hineingehen und atmen. Besser kann es nicht sein."

„Aber wie soll das gehen? Ich habe noch drei andere Stellen, dann das Kind, dann das Haus. Es sei denn, Sie ..."

Und so fand sich Zunn, der nie nein sagen konnte, am nächsten Tag mit Charlotte im Kurhaus wieder. Die Schwester schloss die Tür hinter ihnen, und sie waren allein im Behandlungsraum. Ungemütlicher kann es auch in Sing-Sing nicht sein, dachte Zunn. Der Raum maß etwa fünf Meter im Quadrat und war am Boden und an den Wänden mit alten bräunlichen Kacheln gefliest, die grünlich schimmerten und so aussahen, als hätten sie Moos angesetzt. Unter der Decke hing neben einer Milchglaslampe ein Gerät, an dem Glasbehälter steckten, aus denen es sprühte. Ein rotes Kontrolllicht blinkte. Der Raum war leer bis auf vier alte Plastikstühle. Es war kühl, ein feuchter Film lag über allem.

Charlotte blickte interessiert zu den sprühende Flaschen und dem blinkenden roten Punkt.

Auf was habe ich mich hier eingelassen, fragte sich Zunn. Als ob ich sonst nichts zu tun habe. Doch dann sah er auf das kleine Mädchen, das mit herausgestreckter Zunge hustete. Er nahm die Kleine auf den Arm, wischte einen Stuhl mit seinem Taschentuch trocken und setzte sich. Charlotte sah ihn auffordernd an, aber Zunn fiel beim besten Willen nichts ein, wie er sie beschäftigen konnte. Ein Königreich für eine Puppe, dachte er hilflos, oder wenigstens ein Bilderbuch oder irgendein Plastiktier.

Sie hatte ihre Augen groß auf ihn gerichtet. Zunn fragte sich, ob sie ihren Papa vermisste. Sicherlich nicht. Er war nur eben nicht da. In diesem Alter waren die Dinge noch einfach.

Zunn überlegte, ob er Märchen kannte, die sie verstehen würde. Doch dann sah er, dass sich ihre Augen schlossen. Sie kuschelte sich in seine Armbeuge. Sie war offensichtlich zufrieden und fühlte sich geborgen. Er beugte den Kopf nach vorn und gab ihr ein Küsschen. Er spürte ihren ruhigen, gleichmäßigen Atem, der nach Milchreis duftete.

Plötzlich genoss er die Ruhe des Augenblicks. Sie waren zwar an diesem ungemütlichen Ort. Aber nichts und niemand würde sie stören, während oben an der Decke die Glasflaschen vor sich hin sprühten. Auf den ersten Blick ist das Schöne im Leben nicht immer schön, überlegte er. Wie schnell sich die Dinge ändern. Und die Wichtigkeiten.

Spielte es so gesehen eine Rolle, ob zwanzig alte Perlen ihren Besitzer wiederfanden? So viele Jahre waren vergangen, und alle Spuren hatten ins Nichts geführt. Auf der anderen Seite war die Kette offensichtlich Teil einer Geschichte, in der Menschen ums Überleben gekämpft hatten. Wie hatte all das geendet? Zunn hatte das Gefühl, dass diese Geschichte erst zu Ende geschrieben war, wenn die Kette ihren Eigentümer wiederfand. Es gab eben Dinge, die zu einem Ende gebracht werden mussten. Ganz abgesehen davon, dass dies auch der Wunsch des Toten war.

Nach der Beerdigung war Lisa in eine wortlose Trauer gefallen. Zunn hatte sich zurückgezogen und sich eingeredet, dass es gut für sie war. Aber er wusste natürlich, dass er es zu seinem eigenen Schutz tat. Aber eines Abends, als er ihr half, die Abfallbeutel für die Müllabfuhr an den Straßenrand zu stellen, hatte er doch den alten weißhaarigen Mann auf der Beerdigung erwähnt.

„Ich habe ein ungutes Gefühl von Gefahr."

„Geschwafel eines alten Mannes, was kann er schon tun?"

„Es war nicht witzig. Irgendwie war es wirklich nicht witzig". Er ließ den Sack mit den Flaschen auf das Pflaster fallen. Es klirrte. „Wir sollten aufhören", fügte er hinzu.

„Kommt nicht in Frage. Jetzt erst recht nicht", hatte sie zurück geblafft. „Wir machen weiter."

„Weiter? Aber mit was?"

„Diese ehemalige Pension ..."

„... AUGUSTA."

„Diese ehemalige Pension AUGUSTA. Das Haus liegt in der Kastanienallee, Nummer vierzehn?"

„Die Pension war in der Kastanienallee vierzehn. Jetzt gibt es dort keine Pension mehr". Er zögerte und fügte dann hinzu. „Ich habe vor einigen Tagen mal vorbeigeschaut".

„Davon haben Sie mir nichts gesagt."

„Ich wusste nicht, ob es Ihnen recht war." Er hob beschwichtigend die Hand, als sie ärgerlich auffahren wollte. „Aber ein Haus ist da. Ein Privathaus. Man sieht es sofort, es ist quittegelb angestrichen, nicht weit vom Bahnhof. Sie haben es sicher schon gesehen. Dieses Haus ist erst nach dem Krieg gebaut. Ein Neubau. Naja, vielleicht nicht ganz so neu. Sechziger oder siebziger Jahre."

„Hat der Alte von der Zeitung nicht erwähnt, dass die Pension abgebrannt war?"

„Aber die Hausnummer stimmt?"

„Die Hausnummer stimmt. Deshalb bin ich auch hineingegangen. Um mich mal umzusehen. Aber es hat nicht viel gebracht. Da war dieser Künstler, so ein langer Rothaariger, der die bunten Pfähle im Westen aufstellt ..."

„Ein Verrückter."

„Ich habe mit ihm gesprochen. Und mit seiner Frau. Sie macht einen ganz vernünftigen Eindruck. Sie zogen gerade um, weil sie Platz machen mussten für den Vater des Rothaarigen. Es ist sein Haus."

„Wo ziehen sie hin?"

„Zu diesem Sektenprediger neben der Kirche."

Sie seufzte. „Das bringt uns nicht wirklich weiter."

Zunn nickte. „Wir müssen wissen, wer die damaligen Eigentümer waren."

„Gibt es nicht bei den Gerichten Aufzeichnungen über so etwas?"

Er nickte. „Grundbuchämter. Das nächste ist in Jever. Aber es wird nicht nötig sein hinzufahren."

Sie sah ihn fragend an.

„Wie ich schon sagte", fuhr er fort. „Der Vater ist der Eigentümer. Wir müssen ihn nur fragen. Er wird doch wohl wissen, von wem er das Haus gekauft hat. Er heißt Pickert, Wolfgang Pickert.

Sein Sohn sagt, er ist den ganzen Tag am Strand. Der Maler meinte, man könne ihn gar nicht verfehlen. Er sei der einzige, der auf einer Art Feldherrnhügel mit preußischer Fahne residiert."

19

WIR UNTERNEHMER

Wolfgang Pickert, der Vater von Jean-Jesus, lag mit geschlossenen Augen in seinem Strandkorb. Er fühlte, wie seine Haut in der Sonne glühte und sich zusammenzog. Wie jedes Jahr hatte die Luftveränderung ihn träge und müde gemacht. Ein Kind schrie, als eine Möwe sein Eis schnappte und krächzend davonzog. Ein Plastikdrachen schwebte am Himmel und beschrieb Kunstflugfiguren, wobei er jedes Mal laut schnurrte, wenn er dicht über die preußische Fahne fegte. So ging das nun schon fast eine Stunde. Pickert beschloss gerade, die Geduld zu verlieren, als er spürte, wie ein Schatten auf ihn fiel. Er blinzelte und erkannte seine Frau.

„Christine. Wo bleibst du denn? Du musst mich eincremen. Es wird höchste Zeit. Ich verbrenne hier, und du hast nichts anderes im Kopf, als die Boutiquen nach neuen Klamotten abzusuchen."

„Ich brauche keine Klamotten", antwortete sie aufgebracht.

„Das würde mich wundern.", schnarrte er. „Wenn ich mein Konto ansehe ..."

„Du und dein Konto".

Den Hinweis auf sein Konto kannte sie zur Genüge. Er beeindruckte sie schon lange nicht mehr.

„Vergiss deine Sprüche und leg' dich auf den Bauch!", befahl sie. Sie drückte Creme auf seinen Rücken. Er zuckte zusammen und schloss die Augen. Er fühlte, wie ihre Hände an ihm rieben, wie die Haut sich verschob. Mein Gott, dachte er, es fühlt sich richtig wabbelig an. Ich bewege mich zu wenig. Mit zweiundsechzig muss man etwas tun. Golf spielen, zum Beispiel, wie die meisten seiner Freunde aus dem Rotary-Club. Aber die Arbeit ließ ihn nicht los. So ein Betrieb, wie er ihn sich aufgebaut hatte, musste geführt werden. Und zwar mit fester Hand. Wenn man nicht aufpasste, hatte man ruckzuck einen Betriebsrat im Haus. Und wenn die Sozis erst einmal das Sagen hatten, konnte er genauso gut sein Geld nehmen und in die Schweiz gehen.

Noch aber war es nicht soweit. Was aber würde sein, wenn Jean die Firma übernehmen würde? Ein Künstler als Firmenchef?

„Du wirst dicker“, hörte er seine Frau sagen und sie kniff in den Speckgürtel. Es tat weh, und er knurrte. Okay, um die Taille herum hatte er zugelegt, ebenso am Hals und am Hintern. Aber sein Gesicht war noch tipptop. Dieselbe wohlgeformte Nase und volle „sinnliche Lippen“, wie Christine damals nach ihrer ersten Nacht gesagt hatte. Sein Personalchef hatte neulich sogar behauptet, er sehe jetzt aus wie ein römischer Kaiser. Aber das war natürlich die schiere Schleimerei gewesen, wenn er nicht gerade an Nero gedacht hatte.

„Lass den Kopf unten!“, befahl Christine. Er spürte, wie sie sich halb auf ihn setzte, um seine Schultern zu kneten. Er überlegte, ob es ihn anmachte. Sie war immer noch eine Schönheit. Groß, feingliedrig und in mancher Hinsicht wie eine Madonna auf den Bildern flämischer Maler. Mit ihrer weißen Haut und ihrem Phlegma, das er anfangs für innere Anmut gehalten hatte. Aber nach einem Jahr hatte es keine wirklichen Gespräche mehr gegeben, und der Sex hatte nachgelassen.

Am meisten liebte sie es, zu fegen und zu putzen, eine gebügelte Schürze um die Taille gebunden. Sie sah unablässig fern, kommentarlos und ohne das leiseste Anzeichen von Interesse.

Warum hatte er sie eigentlich geheiratet? Nun, sie hatte ihn verführt, und er war von ihrem ungewöhnlichen Liebesspiel gefangen gewesen. Und natürlich liebte er es, sie nackt zu sehen, wenn sie morgens aufstand und sich nach dem Duschen abtrocknete.

Sie klapste ihm auf die Schulter. Er drehte sich um. Sie rieb sich die Hände und wischte sie dann am Handtuch ab. „Den Rest kannst du selbst machen“.

Er nahm die Tube. „Ich hatte Besuch, eigentlich sogar zwei Besuche“, sagte er betont beiläufig, weil er wusste, dass Neugier eine ihrer Stärken war. Aber sie kramte in ihrer Handtasche nach einem Lippenstift und tat so, als hörte sie nicht zu.

„Anna war hier“, sagte er schließlich. „Sie ist irgendwie traurig, das Mädchen.“

„Sie hat Liebeskummer.“

„Liebeskummer? Woher weißt du das?“

Christine Pickert hatte den Lippenstift gefunden, drehte ihn auf und spreizte die Lippen. „Frauen wissen so was“, sagte sie.

„Ich denke, sie hat diesen Bankmenschen. Wie heißt er noch?“

„Pauly. Thomas Pauly.“

“Ein fürchterlicher Kerl. Ich ließe ihn nicht in meine Firma.“

„Du lässt niemanden in deine Firma.“

Er ignorierte ihre Worte, da sie von der Firma nun wirklich nichts verstand. „Wer ist es denn?“

„Ein netter junger Mann. Schriftsteller. Er schreibt an seinem Erstlingsroman. Henrik Billhardt heißt er. Er hilft Jean. Sie arbeiten zusammen. Draußen bei den Stangen.“

„Der Blonde?“

Sie nickte.

„Was ist an dem süß?“

„Ich sagte ja, ihr Männer versteht nichts. Eine Frau und zwei Männer. Das ist im Prinzip nie schlecht.“

Ihre Worte klangen begeistert, und er schaute sie überrascht an, überlegte, ob ihre Worte einen Hintersinn haben könnten. Sie schraubte den Lippenstift zu, reckte den Hals und besah sich ihre Lippen in einem kleinen Spiegel. Sie schien zufrieden. „Auf jeden Fall gehen sie heute zusammen ins Kino. Wollen etwas besprechen“, sagt sie.

„Jedenfalls ist sie sehr niedlich, unsere Enkelin“, sagte er und beschloss die Diskussion mit einem gezielten Kompliment, das ins Schwarze traf: „Sie kommt schließlich nach dir ...“ Seine Frau lächelte. Na also ...

Den Mann, der ihn dann angesprochen hatte, erwähnte Billhardt nicht mehr. Ein Dr. Zunn. Einer der beiden Inselärzte. Netter Kerl, wenn sein Atem auch nach Alkohol roch. Wollte unbedingt etwas über das Haus in der Kastanienallee wissen. Wann er es gekauft hatte. Und von wem?

Gekauft hatte Pickert es in den siebziger Jahren. Er erinnerte sich auch noch gut an den Verkäufer. Ein hagerer Typ, lief, als ob er einen Ladestock verschluckt hatte. Wie sein Name war?

Keine Ahnung. Hatte er vergessen. Konnte er aber schnell herausfinden. Der Vertrag lag ja im Büroschrank. Außerdem hatte er irgendwann einen Brief von dem Mann bekommen, wollte Vermessungskosten erstattet haben, der Idiot.

Auf die Frage, warum er das alles wissen wollte, hatte der Doktor gezögert.

„Wir suchen jemanden“, hatte er geantwortet. Aber das hatte Pickert sich natürlich selbst denken können.

Und dann hatte der Doktor noch etwas gesagt, was Pickert im ersten Moment beunruhigt hatte. „Hängt Ihr rechter Mundwinkel immer nach unten?“

„Keine Ahnung“.

„Vielleicht kommen Sie morgen mal in die Praxis. Eine kleine Untersuchung kann nie schaden. Okay?“

Hängender Mundwinkel! So ein Blödsinn! Aber zu seinem eigenen Erstaunen hatte Pickert doch genickt. „Okay“. Verdammte Ärzte. Sahen sofort, wenn sie einen Privatpatienten vor sich hatten. Außerdem hatten sie die Angewohnheit, die Dinge zu verkomplizieren. Und ehe man sich versah, lag man im Krankenhaus ...

Der Doktor gab ihm eine Karte und hob die Hand zum Abschied. „Na, dann ist ja alles klar. Gleich um acht morgen früh. Da brauchen Sie nicht zu warten“. Vor der Normaluhr drehte er sich noch einmal um und winkte.

Als er außer Sicht war, folgte Pickert ihm auf die Promenade. Die Toilette lag gleich an der Treppe. Der Boden war nass und glitschig, und Pickert fragte sich, ob alles nur Wasser war. Er bedauerte, keine Sandalen mitgenommen zu haben, ging zu einem der Spiegel und sah hinein.

Tatsächlich, der rechte Mundwinkel hing leicht nach unten. Aber war das nicht immer schon so gewesen?

20

EIN UNFAIRER FILM

Tief unten in den verrotteten Gängen der Maginot-Linie standen Jean Reno, der Superbulle aus Paris, und seine junge Kollegin gefesselt an einem Balken. Kakerlaken liefen ihre Arme entlang. Die junge Frau stöhnte. Fünfzig Meter weiter wartete der alte Nazi an einem stählernen Tor, das den Schatz der Goten endlich freigeben sollte. Seine schwarz gekleideten Männer drehten ein Schwungrad. Es knirschte. Die Wand glitt zur Seite. Ein Fauchen erfüllte den Raum, dann ein Zischen. Aus einer Spalte schoss ein Strahl. Die Nische barst, eine Wasserwand donnerte herein. Sie begrub den Alten unter sich und wälzte sich durch den Gang auf die beiden Gefangenen zu. Reno spürte, wie der Balken aus der Wand gerissen wurde und die Welle sie wegschwemmte. Die Frau schrie. Er fühlte ihren Körper und hielt ihn fest.

Ein Quergang!

Sie drückten sich hinein, rissen die Tür hinter sich zu. Durch die Ritzen sprühte des Wasser. Ein Treppenschacht lag vor ihnen. Sie hetzten die rostigen Stufen hinauf. Das Wasser drückte die Tür ein und verfolgte sie gurgelnd. Ein Stahlband löste sich und hielt die Flüchtenden fest. Mit dem Messer schnitten sie sich los, erreichten die rettende Luke, stießen sie auf und ließen sich wie Sektkorken vom drängenden Wasser an die Oberfläche schießen.

Gerettet.

Am nächsten Morgen im Krankenhaus. Reno und seine Kollegin werden entlassen. Sie sind verschrammt aber glücklich. Eine Umarmung, ein Küsschen. Freunde gratulieren. Da klingelt Renos Telefon. Ein neuer Fall. Er zuckt bedauernd die Schultern, hebt cool die Hand zum Abschied. Dann dreht er sich um und verlässt den Raum. Das Mädchen schaut ihm nach.

Die Tür fällt hinter ihm ins Schloss.

Damit war der Film zu Ende.

Die Wandlampen flammten auf und tauchten Henkens Kino und seine brüchige Pracht in grelles, unpersönliches Licht. Die Zuschauer saßen noch eine Weile ratlos und rappelten sich auf, als die Seitentüren des Saales aufsprangen. Anna ließ Henriks Hand los. Sie gingen zum Ausgang.

„Doof", sagte Anna. „Richtig doof. Er hat sich noch nicht einmal umgedreht." Sie blickte Henrik fragend an. „Und nun?"

Er sah zum Himmel, an dem die Sterne funkelten. „Hier draußen ist es viel schöner als da drin. Und warm. Lass uns zum Meer runter gehen. Die Strandkörbe sind jetzt so schön leer."

„Sag bloß nicht, dass du auf Romantik machen willst."

„Und wenn? Was ist dagegen zu sagen?"

„Dass du dir keine Hoffnungen machen sollst. Wir sollten miteinander reden, aber das wär's denn auch."

„Das will ich auch. Aber warum nicht in einem Strandkorb?"

Sie zuckte die Schultern. „Weil mir das zu gefährlich ist." Aber dann folgte sie ihm doch.

Die Promenade war voller junger Leute, die darauf warteten, dass die Disko am Ende des Strandes aufmachen würde. Ein Junge mit langen Haaren und Stirnband spielte wehmütige Melodien auf seiner Gitarre. Der Strand lag wie eine beleuchtete Bühne unter ihnen. Scheinwerfer an der Normaluhr tauchten Burgen, Körbe und Fahnen in ein verwirrendes Spiel aus Licht und Schatten, hinter dem sich das auflaufende Meer schwarz, fast drohend abhob.

Sie gingen bis zur Wasserlinie hinunter und drehten einen Strandkorb mit dem Rücken zur Promenade, sodass nur das dunkle Meer vor ihnen lag, über dem sich der Sternenhimmel wölbte. Ab und zu zuckte das Leuchtfeuer von Helgoland hinter dem

Horizont hervor. Die Tanker, die auf Reede im Fahrwasser lagen, waren hell erleuchtet, und Henrik stellte sich vor, dass die Seeleute an der Reling lehnten und sehnsüchtig herübersahen. Dann erinnerte er sich, dass er genau das in seinem Buch geschrieben hatte.

Sie setzten sich in den Strandkorb und waren plötzlich allein. Henrik legte den Arm um Annas Schulter. Sie zögerte, ließ sich dann aber nach hinten ziehen. „Eigentlich bin ich gar nicht in Stimmung."

„Und warum nicht?"

„Dieser blöde Film. Das Ende war nicht fair", sagte sie. „Es ist völlig unklar, ob sie ihn nun kriegt oder nicht. Ich hasse es, wenn Filme sich nicht entscheiden können."

„Sie liebten sich. Sie haben doch vorher schon zusammen geschlafen, als sie in diesem alten Hotel waren", tröstete Henrik.

„Na und? Was bedeutet das schon? Am Ende dreht er sich doch nur um, zwinkert ihr noch einmal zu, und ab gehts zum nächsten Fall."

„Der Regisseur will eben, dass du dir den Film so zu Ende denkst, wie du ihn gern möchtest."

„Da spricht der Dichter. Trotzdem ist es Schwachsinn!"

„Wieso? Eigentlich ist es auf der Leinwand doch um Längen besser als im wirklichen Leben. Viel klarer. Sie weiß, dass sie ihn liebt, jeder weiß, dass sie ihn liebt, ohne doppelten Boden. Du müsstest wissen, was ich meine."

Anna ließ seine Hand los. „Doppelten Boden? Was meinst du?"

Henrik äffte Jean-Jesus nach. „Das ist Thomas Pauly. Er ist praktisch Annas Verlobter!"

„Ach das ... Was weiß der schon ..."

„Und was weiß deine Mutter. Sie hat mir die Hölle heiß gemacht. Ich solle mich bloß nicht unterstehen, dir diesen tollen Typen zu nehmen. Sie hat sich auf mich geworfen, hat gebissen und gekratzt."

„Das ist doch aber nicht wahr!“

„Und ob es wahr ist. Vielleicht fragst du sie mal. Ich bin gespannt, was sie sagen wird.“

Anna schwieg. Als sie sprach, klang ihre Stimme dünn. „Das wollte ich nicht, glaub mir. Ich habe dich von Anfang an gemocht und habe lange überlegt ...“

Er lachte spöttisch.

„Du brauchst gar nicht so zu tun, als habe ich nur mal ausprobieren wollen, wie du so bist“, fuhr sie ihn an.

„Und, wie war ich?“

„Du warst lieb. Aber jetzt bist du ein richtiger Kotzbrocken mit deiner dämlichen Eifersucht.“

Damit war alles gesagt. Sie saßen nebeneinander und starrten ins Dunkle, als erwarteten sie, dass von dort eine Überraschung kommen würde. Der Gitarrenspieler spielte ein neues Lied. Anna begann leise zu weinen. „Es hätte so schön werden können. Warum wird immer alles so kompliziert?“

Henrik antwortete nicht. Was sollte er auch darauf sagen?

„Hast du mit ihm geschlafen?“ Endlich fand er den Mut, danach zu fragen. Er fürchtete ihre Antwort und wunderte sich, als er sie lachen hörte.

„Meinst du wirklich, dass ich das fertig brächte? Nachmittags mit dir und abends mit ihm?“

Er war erleichtert. „Eigentlich nicht. Aber, wenn ich ehrlich bin, ich hatte es befürchtet. Und, wird er wiederkommen?“

Sie schüttelte den Kopf. „Ich habe ihm gesagt, dass es aus ist.“

Sie zog seinen Kopf an ihre Brust. „Ich muss mich erst daran gewöhnen, dass ihr Männer so einfach denkt.“

Er genoss es, wie sie seine Haare kraulte. „Und ich muss mich erst daran gewöhnen, wie kompliziert ihr Frauen seid. Und wie schnell eure Stimmungen wechseln.“

„Ich glaube, du musst sowieso noch viel lernen.“

„Und deine Mutter?“

„Ich werde mit ihr sprechen. Sie hasst das Chaos, in dem sie Zeit ihres Lebens gesteckt hat. Erst bei ihrem Vater, dann bei uns. Sie hofft so sehr, dass es mir mal anders geht. Ich denke, es war ein einmaliger Ausbruch. Verhalte dich wie immer, und alles wird gut."

Henrik dachte an Olgas hasserfüllte Augen und hatte seine Zweifel. Aber er behielt sie für sich.

Henrik legte seine Hand zwischen ihre Schenkel.

„Nicht hier, da hinten sind so viele Leute", sagte sie, aber er spürte, wie ihr Becken sich hob.

„Wir sind allein. Das Meer und wir."

„Und das Leuchtfeuer von Helgoland ...", kicherte sie und war bereit, auch das zu vergessen.

In diesem Moment trat ein Mann in ihren Gesichtskreis. Er ging schwerfällig durch den Sand, bis er schließlich vor ihnen stehen blieb. Er schaltete eine Taschenlampe an, schaute auf die Nummer des Strandkorbs und verglich sie mit Eintragungen in einem Oktavheft. Henrik kannte ihn vom Sehen. Er arbeitete bei der Kurverwaltung.

„Frau Messerschmidt?", fragte der Mann und blickte auf Anna.

„Es ist nicht unser Korb", sagte Henrik. „Wir wollen nur ..."

„... ich weiß", grinste der Kontrolleur. „Deshalb bin ich ja hier. Hier dürfte nur Frau Messerschmidt. Aber die kommt schon dreißig Jahre und ist über achtzig."

Als sie gehen wollten, hielt der Mann sie auf. „Seid so nett und klappte den Korb wieder hoch." Dann tippte er zum Abschied mit dem Bleistift an die Kappe seiner Mütze, sagte "Nichts für ungut" und stapfte auf dem Bohlenweg davon.

Henrik wollte sich wieder setzen, aber Anna war die Stimmung vergangen. „Wer weiß, wozu es gut ist", sagte sie. „Bring mich zurück."

Das Haus des Predigers, in dem Pickerts nun wohnten, lag zwischen Leuchtturm und Kirche am alten Dorfpark. „Wir haben das ganze Obergeschoss. Der Prediger wohnt unten. Und die Leute aus seiner Sekte auch."

„Stimmt es, dass sie alle graue Kittel tragen?“

Anna nickte lachend. „Mit roten Streifen am Kragen. Die schon Erleuchteten haben mehr Streifen als die Anfänger.“

Die Glocke der Kirche schlug zweimal, als sie den Backsteinpfad am Rande des Parks entlanggingen. Er lag im Dunkeln, und sie hatten Mühe, die Äste zu erkennen, die im Weg hingen.

Die Wohnung der Pickerts war hell erleuchtet. Sie erkannten Jean-Jesus, der telefonierte.

„Ihr seid aber lange auf“, sagte Henrik.

„So ein Blödsinn. Normalerweise ist er spätestens um elf im Bett.“, schnappte Anna. „Da muss was passiert sein.“

Als sie vor dem Haus ankamen, schlug die Haustür auf. Annas Eltern liefen ihnen entgegen. Olga zog sich im Laufen die Jacke über. Henrik grüßte höflich, aber sie sah ihn nicht, sondern fuhr Anna an:“ Wo bleibst du denn? Na, ist ja jetzt egal. Du musst gleich mitkommen.“

Auf einem Balkon im Erdgeschoss öffnete sich die Tür und ein Mann mittleren Alters trat heraus. Er trug ein graues Jackett mit breitem Kragen. Und vielen roten Streifen. Er stand regungslos und beobachtete sie.

„Warum seid ihr so aufgeregt?“, fragte Anna. „Warum macht ihr so einen Aufstand?“

„Wir machen keinen Aufstand, wie du es nennst. Es ist ernst, sehr ernst. Dein Großvater ist umgefallen. Irgendwas ist mit seinem Herzen.“

21

ZUNNS REISE NACH BERLIN

Die Auskunft von Pickerts Sekretärin brachte es mit sich, dass Zunn nach Berlin fuhr, wo der frühere Eigentümer des gelben Hauses wohnen sollte. Sein Zug rollte in Bahnhof-Zoo ein. Die Menschen drängten sich auf den Bahnsteigen. Er lief die Treppen hinunter. Menschenmassen wälzten sich ihm entgegen. Er kaufte sich Brötchen und trank ein Bier, während er einen Stadtplan studierte. Er überlegte, ob er noch ein Bier bestellen sollte, und wunderte sich, dass er leicht darauf verzichten konnte. Er trat nach draußen und wandte sich nach rechts. Der Betrieb der Großstadt irritierte ihn. Er fragte sich, welcher Teufel ihn geritten hatte, das alles auf sich zu nehmen. Und alles nur, weil hier der Mann wohnen sollte, der einmal Eigentümer des Grundstücks gewesen war, auf dem nun das gelbe Haus stand. Der Mann, der wissen musste, was es mit den Perlen und den geheimnisvollen Fremden auf sich hatte. Die Möglichkeit, schnell eine Antwort zu bekommen, hatte ihn elektrisiert. Nun war er nahe an der Wahrheit. Er dachte an Lisa und daran, dass sie sich freuen würde, wenn alles geklärt war. Vielleicht würden die Perlen sogar bei ihr bleiben. Sie sind wie ein kleiner Junge, der Räuber und Gendarm spielt, hatte sie zu ihm gesagt. Gut möglich, hatte er gesagt, ist doch schön.

Er gestand sich auch ein, dass seine spontane Fahrt in die alte Hauptstadt etwas mit Flucht zu tun hatte. Eine Flucht vor seinen eintönigen Nöten. Hinein in das Abenteuer, wenn es überhaupt eins sein würde. Lisa war natürlich skeptisch gewesen, hatte versucht, ihn zurückzuhalten.

Er zog er den Zettel heraus, auf dem er sich die Adresse notiert hatte, die Pickerts Sekretärin ihm durchgegeben hatte:

Fred Zurmöhle
Treptower Ufer 5
Berlin-Ost
Deutsche Demokratische Republik

Was zum Teufel machte der Mann bei den Kommunisten?

Das sei jedenfalls die einzige Adresse, die sie habe, sagte die Frau. Keine Ahnung, was der Mann in der DDR mache. Soweit sie sich erinnere, sei er schon immer dort gewesen. Nein, eine Telefonnummer habe sie nicht, sei auch schwierig „dort drüben".

Aber die Frau war nicht wirklich an diesem Unbekannten namens Zurmöhle interessiert gewesen. Ihre Stimme hatte vielmehr vor Sorge um die Gesundheit ihres Chefs gezittert. Es war knapp gewesen, aber er hatte den alten Pickert wieder hinbekommen und den Kreislauf stabilisiert. Für ein bis zwei Stunden hatte Zunn mit dem Gedanken gespielt, den Rettungshubschrauber zu bestellen.

Pickert selbst hatte grantig abgelehnt, sich in ein Krankenhaus auf dem Festland bringen zu lassen. „Lassen Sie sich von meiner Schwiegertochter nicht kirre machen. Ich verlasse mich voll und ganz auf Sie, Doktor", hatte er getönt. „Machen Sie die Untersuchungen und dann sehen wir weiter. Es geht mir gut, das sehen Sie doch."

Tatsächlich waren seine anderen Werte erstaunlich gut gewesen, und auch beim Belastungs-EKG hatte er sich wacker gehalten.

Zunn gestand sich ein, dass sein Dienst auf der Insel härter war, als er sich das vorgestellt hatte. Von Gräfes Tod einmal ganz abgesehen. Auch die Menschen waren anders. Weniger zimperlich als auf dem Festland. Dieses Mädchen, Freda, aus dem Schülerheim zum Beispiel, das die Zähne nicht auseinander bekam, als sie wie ein Häufchen Elend in die Praxis kam. Alexander, sein Gefährte vom Schiff, hatte sie begleitet und das Reden besorgt, soweit sie es ihm erlaubt hätte. Zunn hätte schwören können, dass ihr Schlimmes angetan worden war. Womöglich war sie sogar vergewaltigt worden, vielleicht sogar mehrfach. Aber wie sollte er das wissen, da sie bis auf die Behandlung der Platzwunden jede nähere Untersuchung ablehnte. Wenn Alexander nicht gewesen wäre, hätte sie sich sicher ganz den Weg zum Arzt erspart. Zunn hatte sich gefreut, Alexander wiederzusehen. Er hatte das Mädchen vergeblich gedrängt, sich vollständig untersuchen zu lassen. Die Treppe sei sie hinuntergefallen, hatte Alexander gesagt, aber es war offensichtlich, dass er sich unwohl bei diesen Worten fühlte.

„Wenn Sie mir was zu sagen haben, kommen Sie vorbei", hatte er zu dem jungen Mann gesagt und hinzugefügt. „Sie wissen ja, Ärzte haben eine strenge Schweigepflicht ..."

Alexander hatte ihn nachdenklich angeblickt. „Gut möglich, dass ich nochmal vorbeikomme, aber das hängt davon ab ..." Wovon es abhing, blieb letztlich ungesagt.

Er hatte mit dem Gedanken gespielt, Lisa Gräfe hinzuzuziehen. Wenn sie tatsächlich eine Prostituierte gewesen war ... Zunn hatte diese Gedanken nicht weitergesponnen. Sie waren ihm unappetitlich und unfair.

Ein Auto hupte wütend und riss Zunn aus seinen Gedanken. Ein anderes bremste kurz vor ihm. Ein türkischer Taxifahrer bedachte ihn mit Worten, die er besser nicht verstand. Zunn sah auf und stellte fest, dass er die Straße bei Rot überquert hatte.

Willkommen in der Zivilisation, dachte er.

Um nach Ostberlin zu kommen, brauchte er ein Visum. Da er keines hatte, gab es nur die Möglichkeit, über die Friedrichstraße zu fahren, wo man ein Tagesvisum bekommen konnte.

Die Stimmung am Kontrollpunkt war gereizt. Die Grenzpolizisten musterten ihn mit offensichtlicher Feindseligkeit. Warum er einreisen wolle? Warum gerade jetzt? Ob er Journalist sei, der über die konterrevolutionären Umtriebe „dieser Westclique" berichten wolle?

Zunn zeigte seinen Zettel mit der Adresse vor. Was fast ein Fehler war, denn einer der Beamten bemerkte, dass es gar keine

Häuser gebe am Treptower Ufer. Aber seine Stimme blieb unbestimmt, und so ließen seine Kollegen Zunn mit dem Bemerken gehen, er solle sich gefälligst aus Menschenansammlungen heraushalten. Sonst könne es gefährlich werden. Zunn hatte in der Zeitung davon gelesen, dass das kopflose SED-Regime das NEUE FORUM verboten hatte. Aber nun wurde ihm klar, welch Unterschied es war, in der Zeitung zu lesen oder mitten in der Geschichte zu stecken.

Er nahm die S-Bahn bis zum Ostkreuz. Dort stieg er um Richtung Treptower Park.

Die Wagons ratterten über die Stahlkonstruktion. Der Zug bremste vor der nächsten Station. Eine alte Frau mit Kopftuch stand auf und ging zur Tür. Doch der Wagen hielt nicht. Er beschleunigte wieder. Die Frau setzte sich verwirrt und blickte aus dem Fenster.

Auf der Straße unter ihm sah Zunn Hunderte von Jugendlichen, sie sich untergehakt hatten und irgendetwas riefen. Ihnen gegenüber standen Uniformierte in dicht geschlossenen Reihen. Soweit Zunn sehen konnte, bewegten sie sich nicht. Dann verschwand das Bild aus Zunns Sichtfeld. Der Zug war voll besetzt. Auch die anderen Passagiere hatten aus dem Fenster gesehen.

Niemand redete. Nur ein junger Mann mit Irokesenschnitt sagte in die Stille hinein: „Diese Arschlöcher.“ Aber auch darauf tat sich nichts.

Zunn stieg aus.

Am Treptower Park standen Militärlastwagen. Sie stauten sich dicht hintereinander auf dem Parkstreifen in Höhe des russischen Ehrenmals. Wie sinnig, dachte Zunn. Einige Soldaten saßen in Gruppen auf dem Rasen. Fünf spielten Fußball, bis ein Offizier kam und ihnen den Ball abnahm. Der Bürgersteig auf der anderen Seite der Straße war leer. Nur auf dem einen oder anderen Balkon zeigten sich Gesichter, die vorsichtig zwischen den Balkonblumen hindurchblickten.

Ein Mädchen lief über die Straße. Sie hatte einen Blumenstrauß in der Hand und gab ihn einem der Soldaten. Dieser nahm ihn unbeholfen an. Während das Mädchen wieder über die Straße zurücklief und in einem der Hauseingänge verschwand, wanderte der Strauß von Hand zu Hand, bis einer ihn an den Kühler eines Transporters band. Der Offizier baute sich vor ihm auf und bellte Befehle. Der Soldat nahm den Strauß wieder ab und ließ ihn auf die Straße fallen, wo er liegen blieb.

Nicht eben eine Stimmung, in der ein Westler willkommen ist, dachte Zunn und bog in den Park ab. Er fühlte sich unbehaglich, denn die Blicke einiger Soldaten folgten ihm.

Er ging an dem flachen Gebäude vorbei, an dem Fahrkarten für Dampferfahrten verkauft wurden, und stand plötzlich am Ufer der Spree.

Zwei weiße Ausflugsdampfer, die bessere Tage gesehen hatten, lagen am Kai. Ein Schild verkündete, dass heute keine Fahrten stattfinden würden. An einem Stand zog ein Mann Räucherfische auf eine Leine. Zunn zeigte ihm die Adresse und fragte nach dem Weg.

Der Mann lachte. „ Det is det Treptower Ufer. War et immer schon. Aber Häuser jiebt et hier nich, Kolleje. Allet Wasser.“ Er zeigte den Kai entlang. „Da hinten liejen paar Hausboote. Vielleicht sin die jemeent. Wollense ’nen ordentlichen Fisch? Paar Westmark würden mir jut tun. Man weeß et ja nie.“

Zunn benötigte keinen Fisch, aber fragte, ob der Mann auch Schnaps verkaufe. Aber der schüttelte bedauernd den Kopf. „Is och allet jeschlossen heute. Na Se wissen schon ...“

Zunn drückte dem Mann ein Fünf-Mark-Stück in die Hand und bekam einen dankbaren Blick.

Der Kai lag verlassen. Enten sonnten sich träge. Sie standen nebeneinander auf der Kaimauer, hatten die Schnäbel in ihr Gefieder gesteckt und schliefen. Nur eine von ihnen blinzelte mit einem Auge, als wollte sie sich über Zunn lustig machen.

Zwei blau gestrichene Schiffe lagen hinter einer Biegung. Am Bug standen die Namen: HEITERKEIT und FROHSINN. Trotz der Namen sahen die Schiffe ziemlich traurig aus.

Jedes Boot war durch einen Steg mit dem Land verbunden. Mitten auf den Übergängen ein Gitter, durch das eine Tür hindurch führte. Das Gitter ragte weit an den Seiten heraus und endete in gespitzten Stäben. Nummer fünf lag rechts.

Die FROHSINN. Am Gitter ein amtliches Schild:

IM AUFTRAG DER
DEUTSCHEN DEMOKRATISCHEN REPUBLIK

Auf dem Vorderschiff war Holz gestapelt. In einem Drahtkäfig, vor dem ein Fahrrad stand, mümmelten zwei Kaninchen an einer Mohrrübe. Zunn zog an einer Glocke, von deren Klöppel ein Lederriemen hing. Die Kaninchen zuckten zusammen, sonst tat sich nichts. Zunn bimmelte noch einmal. Wieder nichts.

Sollte das alles gewesen sein? Er hockte sich auf den Steg und hatte plötzlich Hunger. Er wünschte sich, dass er den Räucherfisch gekauft hätte. Er überlegte gerade, ob es sich lohnte, noch einmal zurückzugehen, als hinter ihm die Tür quietschte.

Eine Frau in den späten Siebzigern lächelte ihn zahnlos an. Sie trug einen verblichenen grünen Morgenmantel, der bis zu den karierten Filzpantoffeln reichte. Die Frau machte keine Anstalten, das Tor aufzuschließen.

„Ich will zu Fred Zurmöhle. Er muss hier irgendwo wohnen.“, sagte er.

„Wo soll er sonst wohnen?“ Sie wollte sich ausschütten vor lautlosem Lachen. „Es ist ein staatliches Boot. Wenn man den alten Kahn noch als Boot bezeichnen kann. Es ist ein offizieller Dienstsitz. Wer hier wohnt, ist für die Bäume im Park zuständig. Fred ist seit fünfzig Jahren für die Bäume zuständig. Er würde wohl lieber sterben, als die FROHSINN zu verlassen. Verstehen Sie?“

Zunn verstand nicht, aber er nickte trotzdem. Es war einfacher.

„Ich komme aus dem Westen", sagte er unbeholfen.

„Das sieht man. Mich wundert, dass die Kerle sie durchgelassen haben. In diesen Tagen."

„Ich will nichts Böses."

„Das sagen alle."

Damit versiegte das Gespräch zunächst. Dann machte die Alte einen neuen Anlauf: „Bringen Sie das Geld?"

„Warum sollte ich Geld bringen?"

„Weil er sein halbes Leben darauf wartet, dass jemand Geld bringt."

Zunn zuckte die Schultern. Vielleicht war es besser, die Antwort offen zu lassen. „Jedenfalls würde ich mich gern mit ihm unterhalten. Kann sein, dass auch Geld zur Sprache kommt."

Ihr Gesicht erhellte sich. „Sagte ich's doch. So ein feiner Pinkel wie Sie." Zunn hatte den Eindruck, dass sie überlegte. „Fred ist im Wald. Zählt wieder seine Bäume. Um diese Zeit zählt er immer seine Bäume", fügte sie hinzu, als würde dies alles erklären.

Zunn sagte nichts und verstand nichts. Er wusste auch jetzt noch nicht, was er hätte sagen sollen.

Die Alte zeigte nach links. „Sie müssen rüber zum Kulturpark. Sehen Sie das Riesenrad über den Bäumen?"

Zunn nickte. „Und den Wachturm."

„Davon rede ich nicht", fauchte sie ihn böse an. „Diese Halunken ... Na, jedenfalls, zwischen Vergnügungspark und der Spree führt ein Weg entlang. Fred ist irgendwo auf dem Weg, zählt die Eichen, ja, ich glaube, heute sind die Eichen dran."

„Wie sieht er aus?"

„Wie er aussieht?" Sie zitterte vor lautlosem Lachen. „Klein, dick, Glatze und eine rote Nase wie eine Tomate."

Der Weg, den sie beschrieben hatte, führte am ZENNER, einem verlassenem Biergarten, entlang und einem kleinen Hafen, in dem ein Boot der Volkspolizei lag. Zwei Männer in Uniform saßen an Deck und blickten in den Himmel zum Westen hinüber, wo gerade eine AIR-FRANCE-Maschine zur Landung in Tegel ansetzte. Zunn ging schnell weiter, bevor die Männer sich zu ihm umdrehen würden.

Der Weg, von dem die Alte gesprochen hatte, war schlammig und führte an einem rostigen Zaun entlang, hinter dem Zunn Karussells und eine Achterbahn sah. Auf einem Teich schwammen Plastikschwäne, in denen vor Aufregung kreischende Kinder saßen. Das Riesenrad drehte sich. Ein kleiner dicker Mann war nicht zu sehen. Zunn ließ den Vergnügungspark hinter sich und kaufte eine Limonade am EIERHÄUSCHEN, einem Ausflugslokal, das an einen Bahnhof erinnerte, der auf Grund eines Irrtums in den Wald gesetzt worden war. Auf der anderen Seite des Weges standen die Bäume nun bis zum Ufer, Wasser schwappte über ihre Wurzeln.

Zunn sah den Mann, der klein und dick war, nach wenigen hundert Metern. Er saß auf dem Stamm einer Weide, der fast waagerecht über das Wasser gewachsen war. Er hatte einen Schreibblock neben sich liegen und trank Schnaps aus einer Flasche.

Es war nicht schwer, ins Gespräch zu kommen. Zunn stellte sich vor, Zurmöhle klopfte einladend auf den Stamm, damit Zunn sich setzen sollte.

„Ich höre, Sie zählen heute die Eichen“, sagte Zunn.

„Hat Mathilde wieder mal geschwatzt“, sagte der alte Mann gönnerhaft. „Aber sie weiß natürlich Bescheid. Seit fünfzig Jahren zähle ich dienstags die Eichen.“

„Und, sind alle noch da?“

Der Alte sah Zunn listig an. „Denken Sie nicht, dass ich nicht merke, dass Sie sich über mich lustig machen. Das hier“, er hob die Flasche, „ist gut, aber blöde hat es mich noch nicht gemacht.“

Zunn nickte. Gut zu hören.

„Wollen Sie auch mal? Selbstgebrannt. Es gibt jede Menge Brombeeren hier im Busch.“

Zunn nahm zwei, drei tiefe Züge, und Zurmöhle sah ihm anerkennend zu. „Ich zähle die Bäume, weil ich die Bäume zählen muss“, sagte er. „Staatlicher Auftrag, verstehen Sie?“ Er zog einen flachen Metallkasten aus der Tasche und öffnete den Deckel mit dem Fingernagel. In ihm lagen nummerierte Metallschilder, oval und rechteckig, mit einem Loch über der Zahl. Zurmöhle zeigte auf einen Plan, in dem die Standorte der Bäume eingezeichnet waren. „Sie stehen hier seit 1874. Der Park ist von Lenné geplant. Berühmter Gartenarchitekt. Jeder Baum hat seine Bedeutung. Wenn einer sein Schild verliert, finde ich die Nummer raus und, zack, nagele ich ein neues an.“

„Und wenn ein Baum fehlt?“

Zurmöhle schüttelte den Kopf. „Dann bin ich traurig. Ich kenne die Bäume. Sie kennen mich. Vorgestern ist bei dem Sturm eine Eiche umgekracht. Diese hier, 1115. Sie war schon morsch, wissen Sie. Man hätte sie retten können, aber Bäume sind nicht das Wichtigste heutzutage. Ich nehme also die Liste“, er schlug auf seine Tasche, in der Papier raschelte, „und streiche den Baum durch. Dann hat alles wieder seine Ordnung. Jedenfalls für die Kerle da oben. Ich dagegen trinke mir einen. Wollen Sie noch ’nen Schluck? Auf die alte Eiche.“

Zunn nahm die Flasche und prostete Zurmöhle zu. „Auf Nummer 1115.“ Der Schnaps brannte in der Kehle, und es dauerte eine Weile, bis Zunn weiterreden konnte. „Ich hatte mich schon gewundert, dass die DDR auf Bäume Wert legt. Im Grenzstreifen jedenfalls nicht“, sagte Zunn lahm.

„Nicht schlecht. Dass Sie sich wundern, meine ich.“, sagte der Alte. „Hier hat sich nämlich noch keiner gewundert.“ Er drehte sich zu dem Wachtturm um, der neben dem Riesenrad stand. Er senkte die Stimme. „Der Witz ist nämlich, dass es sie einen Scheißdreck kümmert. Aber die Nazis, die waren anders. Da musste alles seine Ordnung haben. Die haben mich damals beauftragt. Und später habe ich einfach weitergemacht. Und nun zahlen die Kommunisten dafür.“ Der Alte grinste.

„So etwas könnte bei uns im Westen auch vorkommen“, sagte

Zunn, der langsam Gefallen an dem Mann mit der Tomatennase fand. Dann beschloss er, direkter zu werden: „Wenn Sie immer hier waren, wie kommt es dann, dass Sie Verwandte im Westen hatten? Noch dazu auf einer Insel. Wangerooge."

Zurmöhle setzte die Schnapsflasche ab. „Bringen Sie das Geld?"

Zunn schüttelte abermals den Kopf. „Leider nicht."

„Schade. Wirklich Schade. Gerade jetzt ..."

„Ich nehme an, es ist das Geld aus dem Hausverkauf der Pension AUGUSTA."

„Nicht der Pension. Die war ja abgebrannt. Aber das neue Haus, das er gebaut hat ..."

„Wer ist er?"

„Ein Nachbar meines Onkels. Ich kannte ihn nicht, hatte vorher nie von ihm gehört. Das Gericht hat wohl herausgefunden, dass ich der einzige Erbe war und dieser Mann hat geschrieben, dass er Architekt ist und sowieso alles miterlebt hat und alles in die Hand nimmt für den Wiederaufbau. Mit dem Geld der Versicherung. Ich sollte ihm eine Vollmacht unterschreiben, da ich ja selbst nicht kommen konnte. Sogar ein notarielle Vollmacht, damit er für mich verkaufen konnte." Zurmöhle blickte trübsinnig ins Wasser. „Wenn man schon jemandem vertraut ..."

„Er hat Sie reingelegt."

„Was heißt hier reingelegt. Beschissen hat er mich. Hat genau gewusst, dass ich keine Chance hatte, ihm das Geld abzunehmen. Ich konnte ja nicht weg."

„Wissen Sie noch, wie der Mann hieß?"

Zurmöhle schüttelte den Kopf. „Vergessen. Muss ich nachsehen. Irgendwann ist die Sache dann für mich gestorben. Und außerdem habe ich hier ja eine gute Anstellung. Sogar ein Schiff zum Wohnen."

Zurmöhle reichte die Flasche herüber, und Zunn genoss das Gefühl, wie der scharfe Alkohol sich in seinen Magen bohrte.

„Und jetzt fragen Sie sich sicher, was ich mit allem zu tun habe?"

Der Alte nickte, und Zunn erzählte ihm die ganze Geschichte. Sein neuer Freund war sichtlich beeindruckt. „Da ist was faul“, fügte er hinzu. „Wenn ich es recht überlege, da ist etwas oberfaul.“

Die beiden Männer hingen ihren Gedanken nach. Die Sonne war gesunken, und ihre Strahlen fielen seitlich durch die Büsche und zeichneten ein Lichtgespinst auf das Wasser.

„Irgendwo habe ich noch einen Kasten mit den ganzen Papieren. Sogar mit Fotos. Sie können sie ja mal durchsehen ...“, sagte Zurmöhle schließlich. „Es ist ein gutes Gefühl, dass die Leute aus meiner Familie damals so anständig waren zu diesen geflüchteten Leuten ... Es wäre schade, wenn davon nichts bliebe ...“

Es war Abend geworden. Sie hatten an dem Tisch auf dem Oberdeck zu Abend gegessen, es gab Hecht, den Zurmöhle in einer aufgeschnittenen Tonne geräuchert hatte. Nun waren die beiden Alten in der Kombüse verschwunden und hatten Zunn mit den Unterlagen allein gelassen.

Es war ein Schuhkarton voller Briefe, Abrechnungen und Fotos. Sie lagen wahllos durcheinander. Zunn versuchte, sie dem Datum nach zu ordnen. Die Todesanzeige war von den Nachbarn aufgegeben und machte die Bestürzung deutlich, dass Zurmöhles Onkel in seinem eigenen Haus verbrannt war, und niemand ihm hatte helfen können.

Ein Zeitungsartikel. Die Brandursache war unklar. Das Feuer war wohl im Keller ausgebrochen und hatte sich nach oben gefressen. Was den Berichterstatter irritierte, war die Tatsache, dass das Feuer möglicherweise an mehreren Stellen begonnen hatte.

Dann die Benachrichtigung des Gerichtes von der Erbschaft, der Erbscheinantrag, eine vergilbte Durchschrift des Erbscheins. Und ein Schreiben der Brandversicherung, dass man noch nicht zahle, weil weitere Untersuchungen notwendig seien. Und der Hinweis, dass bei Brandstiftung kein Anspruch bestehe. Ein Brief des Nachbarn Heinrich Ambrosius, der seine Hilfe anbot. Mehrere Fotos des abgebrannten Hauses, offensichtlich ein Totalverlust, auch wenn die Mauern noch standen. Schließlich die Nachricht, dass die Versicherung nun doch zahlen werde, und Fotos des Neubaus mit einem Schild der Baufirmen und des Architekten: Heinrich Ambrosius. Und dann der Kaufvertrag mit Pickert. Ambrosius hatte in Vollmacht für Zurmöhle unterschrieben. Die Zahlung sollte auf ein Konto der Volksbank erfolgen.

Zwei Monate später war das Eigentum umgeschrieben worden. Zurmöhle hatte Briefe geschrieben. Es gab gepauste Durchschriften auf braunem Papier, kaum zu entziffern. Er forderte das Geld von Ambrosius, aber es war offensichtlich, dass er keine Antwort erhalten hatte. Die Volksbank schrieb zwei Monate später, dass das Konto aufgelöst war und empfahl sich für weitere gute Zusammenarbeit.

Zunn lehnte sich zurück und atmete durch. Da hatte jemand den eisernen Vorhang benutzt, um unbehelligt Kasse zu machen. Eine Sauerei! Er fragte sich, wo dieser Ambrosius wohl stecken könnte. Wenn er noch lebte.

Zurmöhle erschien mit weiteren Bierflaschen. „Da staunen Sie, nicht wahr?“

„Ich könnte Ihnen helfen.“

„Ich weiß nicht ...“

„Es ist schade, dass kein Foto dabei ist von diesem Menschen, diesem Ambrosius.“

„Es muss eins dabei sein. Garantiert. Ich sehe es direkt vor mir.“

Zunn schichtete die Papiere noch einmal um, Blatt für Blatt. Er schüttelte den Kopf. „Nichts“.

Zumöhle beugte sich von hinten über ihn, nahm sich den Kasten, kratzte mit den Fingern am Boden entlang und zog einen Umschlag heraus, der fast die Farbe des Kartons hatte. „Hier! Ich wusste es doch. Hatte sich nur verfangen.“

Zunn öffnete den Umschlag und auf den Tisch fiel ein Foto. Sechs mal neun, glänzend und an den Rändern wellig geschnitten.

Es zeigte einen schmalen, aufrecht stehenden Mann, der sein scharfes Profil in die Sonne hielt.

Zunn erkannte ihn sofort, obwohl das Gesicht des Mannes inzwischen faltig, und das dunkle Haar weiß geworden waren.

Und obwohl der Mann damals noch nicht am Stock ging.

22

HALBER WIND

Alexander und Freda saßen oberhalb der Signalstation auf der Düne und blickten auf das Meer. Sie hörten Musik aus Alexanders kleinem roten Radio, während in der Ferne eine großer Dreimaster wie aus einem alten Film vorbeizog. Er fuhr langsam in Richtung Atlantik, sank mit dem Bug voraus in die Wellentäler, sodass die Gischt spritzte und ihn immer wieder einnebelte, sodass man ihn für ein Gespensterschiff halten konnte.

Der Anblick der Segel brachte Alexander auf eine Idee. Seit neuestem gab es Segelboote zu mieten. Es waren Katamarane mit grünen Segeln. Freda hatte Angst, als Alexander ihr vorschlug, ein Boot zu mieten und einen Turn entlang der Insel zu machen. „Da kann uns niemand stören und blöde Sprüche loslassen."

„Ich bin noch nie gesegelt", sagte sie. „Und außerdem ..."

„... und außerdem?"

Sie schwieg.

Sie waren getrennt gekommen, wie meistens in den letzten Wochen. Freda hatte darauf bestanden. Seinetwegen. Natürlich hatte sie die Häme gespürt, die sich über ihn ergoss, als Alexander Partei für sie ergriffen hatte. Erst recht nach der Warnung, die er Malte hatte zukommen lassen.

Alexander hatte auf seinem Bett gesessen, und Malte hatte Tee auf dem alten Kocher gekocht, als Alexander fast beiläufig sagte. „Ich weiß, was mit Freda geschehen ist."

Malte versenkte den Teebeutel im kochenden Wasser. „Na und? Was soll schon geschehen sein?"

„Vergewaltigungen gleich reihenweise. Ihr seid Schweine."

Malte lächelte nachsichtig. „Vergewaltigung ist, wenn die Frau nicht will. Davon haben wir wenig gespürt. Es war ja auch nicht das erste Mal für sie."

„Sie hatte Angst. Wie sollte sie sich wohl gegen zehn Mann wehren? Ihr habt sie fertiggemacht, verletzt, erniedrigt. Glatte Vergewaltigung. Strafbar. Gefängnis."

Malte stellte die Kanne mit einem Knall auf den Tisch. „Du machst dich unbeliebt, weißt du das? Nur weil du keinen hoch kriegst ..."

„Was wahr ist, muss wahr bleiben."

„Du bist ein kleiner schleimiger Scheißer", zischte Malte. Er beugte sich zu Alexander hinunter, fasste ihn am Hemdkragen und drehte diesen zusammen. Alexander spürte, wie ihm das Blut ins Gesicht schoss und das Atmen schwer wurde. „Ich schlage dich tot, wenn ich will", zischte Malte.

„Du triffst noch nicht mal eine Maus", röchelte Alexander und fragte sich, woher er den Mut nahm, Malte zusätzlich zu reizen.

Er spürte den Faustschlag nicht, der ihn auf das rechte Auge traf und vom Bett fegte. Er lag unter dem Tisch und zog die Beine an, denn er wusste, dass der Tritt in den Bauch unweigerlich kommen würde. Aber er war nicht schnell genug. Als der spitze Schuh zwischen seine Beine fuhr, durchzuckte Alexander der Schmerz wie ein Messerschnitt und ließ seinen Atem explodieren. Er sah einen roten Schleier und fühlte, wie der Boden unter ihm wegsackte. Atme, befahl er sich, und wenn du atmest, atme langsam. Er war erleichtert, als er schließlich fühlte, wie die Luft in seine Lungen strömte. Der rote Schleier wurde weiß und rutschte langsam in sich zusammen.

Er hörte, wie Malte sich Tee eingoss und befriedigt vor sich hin summte. „Das lass dir eine Lehre sein", sagte er gönnerhaft.

„Wir waren beim Arzt", keuchte Alexander. „Ich habe darauf bestanden, dass Freda sich untersuchen ließ. Es gibt eine Aussage. Und ein Protokoll. Und Abstriche."

Das stimmte zwar nicht, aber woher sollte Malte das wissen.

„Ich sagte ja, du bist ein Scheißer", sagte Malte, seine Stimme klang immer noch abfällig, aber auch unsicher.

„Ich habe das Protokoll an meinen Vater geschickt und der hat es einem Notar gegeben. Ihr wandert allesamt in den Knast, wenn die Staatsanwaltschaft davon erfährt.“ Alexander wunderte sich, wie flüssig ihm die Lügen von Lippen kamen. Er erinnerte sich an die Bücher Chandlers und hoffte, ein wenig zu sein wie dessen Detektiv Philipp Marlowe, der ständig zusammengeschlagen wurde, aber immer wieder auf die Beine kam. Alles andere als ein Kraftprotz, aber irgendwie gewann er schließlich doch. Mut, sagte er sich, es ist eine Frage des Mutes.

Malte setzte sich auf sein Bett und sah ihn nachdenklich an.

„Ich will, dass du es den anderen sagst“, keuchte Alexander, „lasst das Mädchen in Ruhe. Und mich auch.“

Malte sagte nichts und als er sprach, klang es sachlich und nüchtern.

„Glaub mir. Irgendwann erwischen wir dich doch. Und dein Liebchen auch.“

Irgendwann, dachte Alexander. Irgendwann, das war irgendwann später.

Später.

Das genügte ihm erst einmal. Er hatte gewonnen. Alexander schloss dankbar die Augen.

Beim Abendessen waren die Stühle neben ihm frei geblieben. Er war nun ein Aussätziger, und jeder wollte es ihm zeigen. Anna war wie immer zwischen den Tischen hindurch gegangen und hatte die Brote gebracht. Sie hatte sich bemüht, keinem zu nahe zu kommen, aber die Jungen hatten sie einfach ignoriert.

Sie hatte einen Augenblick gezögert, als sie sein blaues Auge gesehen hatte. Alexander hatte tapfer gelächelt, und so hatte sie weiter gemacht, als ob nichts geschehen wäre.

Absurderweise fühlte er sich gut. Fast war er stolz auf seine Blessuren, bezeugten sie doch, dass er sich den Dingen gestellt hatte. Erst spät in der Nacht, als Malte schon schnarchte, begann Alexander zu zittern. Er verstand nicht, woher er den Mut genommen hatte, sich wegen eines unbekannten Mädchens mit einem ganzen Heim anzulegen.

Aber nun war es zu spät.

Mehrere Nächte nacheinander wurde Alexander von bizarren Träumen heimgesucht, über die er lange nachdachte. Sie ähnelten ganz und gar nicht den Träumen, die er gewohnt war. Sie erschienen meist in den frühen Morgenstunden. Er wachte von ihnen auf, wenn das erste graue Licht sich in das Zimmer drängte. So träumte er, dass Gott ihn ansprach und ihm klarmachen wollte, dass er, Gott, nur ein kleiner hilfloser Krämer sei, der keinerlei Macht hatte und erst recht niemandem helfen konnte und auch nicht wollte. Ganz davon abgesehen, dass die Menschen ihm völlig gleichgültig seien. Sie sollten selber sehen, wie sie zurechtkamen. Es sei eben alles ein ziemlicher Irrtum.

Am nächsten Tag ging Alexander mit Freda zum Arzt. Sie verschwieg die Vergewaltigungen aus Scham und weil es etwas war, dass man eben hinnehmen musste. Das Leben war nun mal so.

Sie sah, dass Alexander sich Sorgen um sie machte. Das war eine schöne neue Erfahrung, die sie aber ebenso beunruhigte. Sie waren zwei Ausgestoßene, seitdem er sie gefunden hatte.

Er hatte nicht so recht gewusst, was er tun sollte. Schließlich hatte er einen Schwamm vom Waschbecken genommen. Er war noch feucht. Vorsichtig hatte er ihn über ihre Stirn geführt. Als sie zurückzuckte, hatte er den Schwamm in ihrer Hand gelassen und sich auf einen Stuhl gesetzt, der in der Ecke stand.

Als sie sich das Blut abwischte, hatte er weggesehen und wäre am liebsten gegangen. Aber erstaunlicherweise hatte sie gewollt, dass er blieb. Es verstörte ihn, dass sie ihm vertraute, denn schließlich war auch er ein Mann und damit fähig, ihr wieder weh zu tun.

„Du musst schlafen“, sagte er unbeholfen.

„Ich habe Angst.“

„Sie kommen nicht wieder.“

„Ich weiß. Aber ich habe Angst. Kannst du bei mir bleiben? Wenigstens, bis es hell wird?“

„Ich weiß nicht.“

„Du kannst dich neben mich legen. Da drüben ist eine zweite Decke. Da bleibt jeder für sich, aber du bist da."

Er konnte und wollte sie nicht allein lassen, obwohl er sich bewusst war, dass ihre Bitte allem widersprach, was er von derartigen Situationen gelesen hatte. Hielten die Frauen, die Opfer einer Massenvergewaltigung geworden waren, sich nicht pauschal alle Männern, egal ob gut oder böse, vom Leibe? Warum machte Freda bei ihm eine Ausnahme? Sah sie in ihm nur ein Neutrum? Er wusste es nicht. Vielleicht aber war es wirklich gut, wenn jemand sie bewachte. Bei Verrückten wie Malte und Ingo konnte man nie wissen ...

Sie lag in Fötusstellung und er auf dem Rücken. Die ganze restliche Nacht blieben sie so liegen. Das Merkwürdige war, dass Freda nie seine Hand losließ, nicht einmal als sie schlief. Er versuchte sich ein- oder zweimal freizumachen, aber dann wachte sie auf und hielt ihn noch fester. Alexander konnte später nicht sagen, ob er überhaupt ein Auge zugemacht hatte.

Freda wachte irgendwann im Morgengrauen auf. Die Wunde an der Schläfe war wieder aufgegangen, und es war Blut auf dem Kopfkissen. Das Mädchen war jetzt traurig und reserviert, aber die Angst selbst war verflogen, vielleicht begriff sie immer noch nicht, was passiert war. Sie zog ein neues Laken auf und wusch sich am Waschbecken, und Alexander ging nach oben in sein Zimmer, wo Malte noch halb angezogen auf dem Bett lag und schnarchte. Für einen Moment stand Alexander über ihn gebeugt, blickte auf eine Bierflasche und überlegte, ob er dem Mistkerl eins überziehen sollte. Dann aber zog er sich die Bettdecke über den Kopf und fiel in einen tiefen Schlaf.

Freda und Alexander sahen sich nun täglich, zwar nicht im Heim, aber außerhalb, meistens oben in der Düne, wo sie auf das Dorf und das Wasser hinabsehen konnten. Es hatte eine Zeitlang gedauert, bis sie miteinander reden konnten, aber schließlich hatten sie Vertrauen zueinander gefasst, ohne viel Worte darüber zu verlieren.

Die Idee, sich ein Boot zu leihen, um mit ihm unerreichbar zu sein, hatte sie nicht mehr losgelassen.

Schließlich nahmen sie den Katamaran mit den grünen Segeln. Zwischen den Schwimmkörpern war ein Netz gespannt, in das sich Freda legte. Es verbarg sie einigermaßen vor den Blicken Neugieriger, aber sie konnte Alexander zusehen, wie er das Boot steuerte und mit der rechten Hand das Großsegel dicht hielt. Es wehte kühl aus Norden.

„Halber Wind“, sagte Alexander. „Wir können an der Insel entlang segeln, wie wir es wollen. Bis nach Spiekeroog.“

Freda sagte nichts. Anscheinend war es ihr egal, wohin sie fuhren.

„Warum tust du das?“, fragte sie schließlich.

„Warum tue ich was?“

„Dass du dich um mich kümmerst.“

„Das ist doch logisch, du bist in Schwierigkeiten. Irgendjemand muss dir helfen, wenn du es selbst nicht tust.“

„Und ich dachte schon, du wolltest mich für dich allein haben.“

Auf diesen Gedanken war Alexander noch nicht gekommen. „Du meinst wohl, dass alle Männer an das Gleiche denken.“

„Tun sie das nicht?“

„Keine Ahnung.“

Sie streichelte sein Bein. „Wenn du willst, kannst du mich haben“, sagte sie leise. „Mehr kann ich dir nicht geben.“

Er schüttelte den Kopf. „Ich würde es nur wollen, wenn wir uns lieben, verstehst du? Liebe bedeutet Achtung. Außerdem“, er zögerte, „du hast doch gerade erst ... mit den anderen ... du kannst doch nicht wirklich ...“

Das war nichts“, sagte sie. „Sie stecken ihn in mich rein und dann holen sie ihn wieder raus.“

„Es berührt dich nicht wirklich? Willst du das damit sagen?“

Sie nickte. „Mein Vater sagt immer, das Leben ist, wie es ist. Du musst sein wie ein biegsamer Weidenbaum. Im Sturm biegt er sich, ohne zu brechen. Nach dem Sturm stehen die Äste wieder gerade nach oben, als wäre nichts gewesen."

„Man muss nicht jeden Sturm akzeptieren", sagte er, aber er ahnte, was sie meinte. Seltsamerweise fühlte er sich erleichtert. Konnte es sein, das der ganze schreckliche Abend ohne große seelische Verletzungen an ihr vorbeigegangen war? Als ob sie innerlich abgeschaltet hatte?

„Ich möchte dich gern verstehen.", sagte er matt.

„Du kennst nicht viele Frauen?"

„Na, ja ..." Er kannte natürlich seine Mutter. Aber das zählte wohl nicht.

Freda verstand. „Hast du schon einmal mit einer Frau geschlafen?"

„Warum willst du das wissen?"

„Damit ich dich verstehen kann. In deinen Augen bin ich eine Frau, die durch die Hände vieler Männer gegangen ist. Ich bin schmutzig. Ist es so? Ich bin sowieso nicht gut genug für Mamis Liebling. Deshalb setzt du dich noch nicht mal auf mein Bett, sondern nimmst einen Stuhl." Ihre Stimme klang resigniert.

Er sagte nichts und überlegte. Er setzte sich auf einen Stuhl, weil er nicht wollte, dass sie sich bedrängt fühlte. Aber das konnte er nicht erklären. Als er schließlich antwortete, war sie so hilflos, wie seit langem nicht mehr.

„Du bist nicht schmutzig", sagte er einfach. „Ich würde dich niemals verachten."

23

WIEDER AUF DER INSEL

Zunn nahm von Berlin den Nachtzug nach Hannover, stieg zweimal um und erreichte rechtzeitig das Schiff mit dem Morgenhochwasser. Zu Hause aß er zwei kalte Würstchen und stand um zwei in der Praxis. Der Warteraum quoll über von unzufriedenen Patienten. Auch Lisa war da. „Vielleicht kann ich ein bisschen helfen", sagte sie. „Schließlich sind Sie ja meinetwegen gefahren."

„Oder könnte es sein, dass blanke Neugier im Spiel ist?"

Sie lachte. „Na ja, so unrecht haben Sie nicht. Sind Sie weiter gekommen?"

Er gab ihr eine kurze Zusammenfassung.

„Wir wollten Klarheit, und es wird immer undurchsichtiger", klagte sie.

„Aber nun gibt es Personen, an die wir uns halten können."

„Meinen Sie, es wird gut gehen?"

„Es wird gut gehen. Wir werden das Ding schon schaukeln."

Lisa nickte. Ganz überzeugt war sie nicht. Sie hatte sich verändert. Die Farbe kehrte in ihr Gesicht zurück. Manchmal lächelte sie sogar, und Zunn musste sich eingestehen, dass es ihm gefiel. Sie hatte es nicht lange in schwarzen Kleidern ausgehalten. Zu grünen Haarsträhnen trug sie einen grünen Rock mit lila Strümpfen und einen orangefarbenen Pullover, der eng ansaß und dessen Anblick Zunn unruhig machte. „Vor sechs bin ich nicht fertig", wehrte er ab.

„Ich habe einen Kuchen gebacken. Extra für Sie. Als kleinen Dank", sagte sie. „Apfelkuchen. Ich bin berühmt für meinen Apfelkuchen."

„Gut zu wissen", lächelte er. „Wir brauchen jede Unterstützung. Die Sache wird brenzlig, und wir müssen uns gut überlegen, was wir tun."

Es wurde acht, bis sie schließlich zusammensaßen. Ein Sektenmitglied war kurz vor sechs mit einer Blinddarmentzündung gekommen und hatte sich vor Schmerzen gekrümmt. Er war ein hardliner, der aus Glaubensgründen nicht auf das Festland fliegen und erst recht nicht operiert werden wollte. Zunn und Lisa banden den protestierenden Mann auf der Trage fest. Er wehrte sich und biss Lisa in den Arm. Erbost holte sie aus und knallte einen klassischen Haken unter sein Kinn, was ihn außer Gefecht setzte.

„Das mit dem Faustschlag war nicht wirklich medizinische Praxis", sagte Zunn, als sie Charlotte ins Bett gebracht hatten.

„Aber wirksam."

Dagegen war wenig zu sagen.

Auch gegen den Apfelkuchen war wenig zu sagen.

„Ein Bier wäre nicht schlecht", fügte Zunn hinzu.

„Wenn Sie mich fragen, Sie haben schon zu viel getrunken."

„Ich frage Sie aber nicht."

„Dann sage ich es trotzdem. Sie denken vielleicht, ich merke nicht, dass Sie klammheimlich auf Gin umgestiegen sind. Wohl weil Sie glauben, es merkt niemand. Ich jedenfalls merke es."

„Na und?"

Darauf wusste sie keine Antwort, aber sie holte auch kein Bier, und Zunn wagte nicht, noch einmal zu fragen.

„Waren Sie immer so?", fragte er.

Sie sah ihn verständnislos an. „Was meinen Sie damit?"

„Diese Art, alles bestimmen zu wollen."

„Man kommt dazu, wenn man so gelebt hat wie ich. Man geht unter oder man wehrt sich."

„Ich verstehe."

„Sie verstehen gar nichts. Es sei denn, sie wären als Mädchen in Siebenbürgen geboren, von einer Mutter, die bald darauf erstochen wurde, weil sie den goldenen Ring ihrer Mutter am Finger hatte."

„Du meine Güte. Und Ihr Vater?"

„Was heißt hier Vater? Der Kerl hat sich schon vor meiner Geburt davongemacht. Nach Mutters Tod landete ich in einem Waisenhaus. Die reinste Hölle, sadistisches Personal, mehr Schläge als Brot. Nicht gerade das Paradies für ein junges Mädchen."

„Sie müssen nicht weiterreden. Ich will nicht, dass Sie sich vor mir erniedrigen."

„Warum nicht?"

„Weiß ich nicht. Es tut mir weh."

Lisa sah ihn an. Dann stand sie auf, holte ein Bier und warf ihm die Flasche in den Schoß. Sie setzte sich auf das geblümte Sofa, streckte die Beine aus und strich sich mit beiden Handflächen die Haare nach hinten. Dabei seufzte sie. „Ehrlich gesagt, das Verständnis eines ehrlichen Menschen tut mir gut. Auch wenn es ein Mann ist. Auch wenn es ein Mann ist der trinkt."

Zunn hatte nicht vor, sich provozieren zu lassen. Er goss sich ein Glas ein. „Wie sind Sie nach Deutschland gekommen?"

„Als wir größer waren, hat der Heimleiter uns einfach verschachert. Er saß sozusagen an der Quelle. Leicht verdientes Geld. Es gibt Banden, die Mädchen wie mich in den Westen bringen. Hier haben die dann eine steile Karriere vor sich. Kinderstrich, Mädchenstrich, Nutte, Hure, alte Vettel."

„Hören Sie auf!"

„Ich hatte es noch gut. Sie suchten eine Domina in Oldenburg. Da kann man wenigstens noch die Peitsche schwingen. Auch eine Art Rache."

„Als Domina bestrafen Sie nur oder gehen Sie auch ins Bett mit den Männern?"

„Sind Sie interessiert?"

„Sie sind unfair."

„Sie würden sich wundern, wer die Kunden sind. Vorwiegend Akademiker, Manager, Gutverdiener ... Sie wären in guter Gesellschaft. Es geht um Macht und Ohnmacht. Die Frauen sind die Starken, die Beherrschenden. Die Kunden sind ganz unten.

Sie wollen es genau so. Einmal ungeschützt sein. Einmal nicht funktionieren müssen. Kontrolle und Verantwortung abgeben." Sie zögerte einen Moment. „Zufrieden?"

„Es klingt, als hätten Sie eine neurologische Praxis gehabt."

Lisa lachte. „Da ist was dran. Wenn ich auch nicht gerade weiße Kittel anhatte ... Manchmal ist Befreiung durch die Peitsche besser als ständige Betäubung durch Drogen."

„Jeder so, wie er es mag."

„Sie leiden sehr, lieber Dr. Zunn. Menschen wie ich bekommen einen Blick für so etwas. Sie werden nicht wieder frei sein, bevor Sie sich nicht öffnen. Ich will Ihnen nicht auf den Pelz rücken, aber wenn Sie darüber sprechen möchten ..."

„Ich bin eigentlich nicht gekommen, um mir eine Predigt anzuhören", sagte er barsch. Noch dazu von Ihnen, wollte er fortfahren, konnte sich aber gerade noch bremsen. Stattdessen wechselte er in neutralem Ton das Thema: „Und wann kam Gerhard ins Spiel?"

„Das war später. Wir standen zusammen an einer Bar und er verliebte sich in mich. Er war überhaupt nicht der Typ für diese Art Sex. Aber er hat gedacht, wenn er mein Kunde wird ... Es hat nicht geklappt. Er hat seine zweihundert Mäuse bezahlt, und wir haben auf meinem schwarzen Sofa abgesessen und uns unterhalten. Warum er mich mochte, weiß der Himmel ..." Sie sah Zunn scharf an. „Und nun möchten Sie wissen, ob so eine wie ich ihre ganze Vergangenheit vergessen kann. Ist sie gezeichnet fürs Leben, ist sie beschmutzt für immer? Oder kann sie sich befreien von all dem Dreck und ein neues Leben beginnen?"

„Blödsinn", sagte er. „Tut es Ihnen gut, wenn Sie sich leidtun?"

„Es ist verdammt schwer", brach es aus ihr heraus. „Und doch ist es einfach, wenn man wirklich liebt. Ich liebte ihn, wenn auch nicht so, wie man vielleicht einen Prinzen liebt, der auf weißem Pferd angeritten kommt. Aber er hatte Achtung vor mir. Und ich fühlte mich auf einem guten Weg, hätte Bäume ausreißen können vor Kraft und Zuversicht. Und dann, kaum dass es begonnen hatte, stirbt der verdammte Kerl ..."

Sie sackte in sich zusammen, und ein lautloser Weinkrampf schüttelte sie. Er legte einen Arm um ihre Schultern und zog sie an sich.

„Ich fürchte mich vor der Einsamkeit", sagte sie flüsternd, „aber ich habe ja Charlotte. Sie wird mich immer an Gerhard erinnern."

Ihr aufdringliches Parfüm überschwemmte seine Nase mit Maiglöckchenduft, und ihr grüngesträhntes Haar kitzelte in seinem Gesicht. Ganz abgesehen von den Tränen, die sein weißes Hemd wässerten.

24

WIE WIRD MAN EINE INSEL?

Der erste Segelausflug hatte Freda und Alexander gefallen, sodass sie eine Art Gewohnheit daraus machten. Freda hatte montags frei, und Alexander schwänzte das Mittagessen, was kaum jemandem auffiel.

Es blies ein leichter Wind aus Ost, als sie beschlossen, zu der neuen Sandbank im Westen zu fahren. Eigentlich war die Sandbank schon eine richtige Insel. Sie hatte sogar Dünen, wenn auch nur zwei Meter hoch. Und Dünengras. Hoch genug, um bei mittlerem Hochwasser nicht in den Fluten zu versinken. In Kanada hätte Gras für eine Insel nicht genügt, es wäre ein Baum nötig gewesen.

Von Jean-Jesus' Kunstbeaustelle tönten Hammerschläge herüber. Am Wasser entlang standen schon Stäbe in Doppelreihen. Ein Farbzaun. Er leuchtete weiß und bunt.

„Richtig fetzig", sagte Freda.

Alexander nickte. „Vielleicht hat dieser Jean-Jesus ja doch Recht. Man merkt jetzt erst, wie trist die Insel wirkt, wenn die Farben fehlen."

Sie brauchten noch eine Viertelstunde bis zu der neuen Insel. Sie ließen das Boot den Sand hinauflaufen und zogen es aufs Trockene.

Freda hatte eine Leinentasche mit den restlichen Brötchen vom Morgen gepackt und eine Wasserflasche abgefüllt. Sie legten eine Decke aus.

Sie waren allein. Nur zwei Möwen turtelten an der Wasserlinie. Die Wolken türmten sich weiß und wuchtig über ihnen, und das Meer lag ruhig. Nur ab und zu schob der Wind schmale weißliche Wellen vor sich her, die schnell in sich zusammenfielen. Es war kühl, und sie waren froh, dass sie ihre Pullover mitgenommen hatten.

„Leg dich hinter mich“, sagte Alexander, da pfeift der Wind nicht so.“

„Ich bin nicht aus Watte“, lächelte sie. Sie lächelte immer, wenn er sich Sorgen um sie machte.

Plötzlich wurde ihnen bewusst, dass sie so allein waren wie noch nie zuvor. Wahrscheinlich gehörten sie überhaupt zu den ersten Menschen, die hier waren. Sie fühlten sich unsicher bei soviel einsamer Natur.

„Wir können zurück fahren, wenn du willst“, sagte er und strich über ihren nackten Arm, auf dem sich Gänsehaut bildete.

Wieder schüttelte sie lächelnd den Kopf. Sie nahm sein Gesicht in ihre Hände und küsste ihn vorsichtig. Er erstarrte. Sie legte seine Hand auf ihren Busen. Er war größer und fester, als er gedacht hatte. Sie zeigte ihm, wie er ihre Bluse aufknöpfen konnte. Sie legte sich auf den Rücken, krallte sich in seine Haare und zog ihn zu sich. Als er die Innenseite ihrer Schenkel küsste, reckte sie sich ihm entgegen und bewegte sich rhythmisch gegen seine Lippen. Als er die Welt um sich herum vergessen hatte, half sie ihm, bis er in sie eindrang.

Als es vorbei war, blieben sie auf dem Rücken liegen, und Freda schmiegte ihren Kopf in seine Hand. Sie sah die kindliche Zufriedenheit in seinem Gesicht. Sie zog ein Handtuch über ihn, damit er nicht fror und schloss ebenfalls die Augen ...

Alexander wachte auf, als eine Windbö sein Handtuch erfasste und er heftig zitterte. Er setzte sich auf. Und erschrak.

Vor dem Horizont stand eine dunkelblaue Wand, in der helle verwaschene Streifen hingen. Das Meer brodelte. Und umspülte bereits das Boot. Der Wind hatte gedreht. Das Segel schlug heftig. Die Natur, die ihnen eben noch wohlgesonnen war, begann ihr böses Gesicht zu zeigen.

Alexander war klar, sie mussten hier weg, ehe die Wellen sich noch mehr aufbauten.

Sie warfen die Sachen in das Netz zwischen den Schwimmern. Nur mit Mühe schoben sie das Boot über die auflaufenden Wellen.

Alexander blickte zum Himmel, prüfte den Wind. Sie würden mühsam kreuzen müssen, um wenigstens die Westecke der Insel zu erreichen. Lieber Gott, dachte er, es war so schön. Nun mach uns nun keinen Strich durch die Rechnung!

Sie brauchten drei lange Schläge, bis sie die Buhnen der Westspitze und hinter ihnen die bunten Pfähle sahen. Auf dem offenen Meer kochte das Wasser. Hohe Wellen schoben sich in dichter Schlachtordnung heran. Alexander wendete noch einmal und ließ das Boot abfallen, nahm Kurs auf die erste Buhne. Die Wellen kamen nun seitlich und warfen das Boot vor sich her. Noch hundert Meter bis zur Buhne. Männer liefen den Deich hinunter. Alexander erkannte Henrik Billhardt.

Die Buhne war aus dicken Basaltsteinen gefügt. Die Wellen zerplatzten an ihnen, schäumten hoch auf und würden alles zerschmettern, was sie in den Griff bekamen. Nun sahen sie auch die hagere Gestalt von Jean-Jesus. Wie Henrik arbeitete auch er sich kriechend durch die Schaumkaskaden vor, um auf die Höhe des Bootes zu kommen.

Alexander wusste, dass er keine Chance hatte, den Katamaran noch einmal zu wenden.

„Halte dich fest an mir!“, schrie er. „Wir rammen die Buhne. Scheiß was auf das Boot!“

Sie hatten die Buhne schon vor sich, als eine Wante brach und der Mast umknickte. Sofort verlor der Katamaran an Fahrt. Alexander hörte die Männer schreien, blickte auf und sah die Leine, die sie ihm zuwarfen. Er verpasste sie um Zentimeter. Die Leine fiel ins Wasser. Dort schwamm sie im weißen Schaum.

„Spring!“ rief Alexander. „Wir müssen runter!“ Er gab Freda einen Stoß, sprang hinterher und hielt sie fest, nichts weiter im Blick als die rettende Leine. Freda schrie. Alexander spürte, wie der Sog an ihr zog. Eine Welle entlud sich über ihnen. Als sie auftauchten, war die Leine verschwunden. Das war's, dachte er, die See wird uns bis Spiekeroog spülen. Aber da kommen wir niemals lebendig an ...

Fredas Kopf tauchte vor ihm auf. Sie japste nach Luft und rief etwas. Erst als sie den Arm hob, verstand er. In ihrer Faust hielt sie die Leine. Er riss sie an sich und spürte dankbar, wie sich das raue Perlon in seiner Hand rieb ...

25

AUSSEN HUI, ...

Es fiel Zunn nicht schwer, das Haus von Heinrich Ambrosius zu finden. Es war rot geklinkert und stand mit dem Giebel zur Straße. Vor gerafften Tüllgardinen standen weiße Porzellantöpfe mit Goldverzierungen. Zunn fiel auf, dass das Gebäude nicht wie die meisten Inselhäuser über einen Anbau verfügte, der als Aufenthaltsraum für die Kurgäste diente. Die Schlussfolgerung war einfach. Ambrosius vermietete nicht, hatte es noch nie getan.

Der Rasen war auf Streichholzlänge gemäht. Ein, zwei Gänseblümchen wagten es, den Kopf über das verordnete Niveau zu heben. Durch die Büsche sah Zunn das gelbe Haus von Pickert. Die Gebäude standen dicht beieinander. Zunn konnte gut erkennen, dass alle Fenster geschlossen waren. Pickert war also unterwegs, wahrscheinlich, um das Kunstwerk seines Sohnes zu inspizieren. Ein Zeichen, dass es dem Mann besser ging. Zunn fühlte einen leisen Stolz.

Es hatte geregnet, und der Backsteinweg glänzte, als Zunn zum Haus ging. Ihm war nicht wohl, und er hätte viel darum gegeben, wenn Lisa ihm diesen Gang erspart hätte. Aber das hatte sie natürlich nicht getan. Er konnte es ihr nicht verdenken. Jetzt, wo sie der Lösung von Gerhards Rätsel immer näher kamen. Von dem Betrug an Gerhard Zurmöhle einmal ganz abgesehen ...

Eine Gardine bewegte sich im vorderen Fenster. Zunn klingelte. Durch die geriffelten gelben Scheiben, die von Messingschienen eingefasst waren, konnte er in den Windfang sehen. Es tat sich nichts. Er klingelte noch einmal. Ich weiß, dass du da bist, du Scheißkerl, dachte er, also mach auf!

Noch einmal würde er nicht klingeln. Er wollte gerade um das Haus herumgehen, als eine Frau erschien und die Haustür öffnete. Sie blickte ihn fragend an. Sie war zierlich, verhärmt und gebeugt. Ihre Hand, die noch auf der Klinke lag, war von blauen Adern durchzogen.

Sie war alt, aber ihre Augen blickten hellwach. Zunn dachte zunächst, dass sie ihn feindselig anblickte, doch das war nicht der Fall. Aufmerksam mochte das richtige Wort sein. Auch erleichtert?

Sie bot ihm ihre zarte Hand, und er nahm sie vorsichtig zwischen seine Finger.

„Ich bin Dr. Zunn", sagte er, „der neue Doktor. Ich würde gern ihren Mann sprechen. In einer privaten Sache."

Sie nickte, als hätte sie alles schon gewusst. Auch Zunn hatte das Gefühl, alles schon einmal erlebt zu haben.

Sie führte ihn in das Wohnzimmer. Der Geruch von Tabak, Bohnensuppe und Kölnisch Wasser hing im Zimmer, was Zunn an seinen Großvater erinnerte. Außerdem roch es nach Tieren. Eine getigerte Katze lag auf der Fensterbank und musterte Zunn aus zusammengekniffenen Augen. Das Zimmer war vollgestellt mit Möbeln. Ein geblümtes Sofa, auf dem Kissen in Reih und Glied standen, Sessel, auf deren Armlehnen Schondecken lagen, eine Anrichte mit Obstschale, eine Standuhr, deren Pendel hinter einer Glasscheibe lautlos hin und her schwang. Überall standen und lagen Katzen in Gestalt von Porzellanfiguren und Holzschnitzereien. Es gab sogar mit Katzen bestickte Teppiche und Sofakissen.

Die Wände waren vollgehängt mit Ölbildern. Blumenmotive aber auch ein Gemälde mit Strand und viel Wasser, und einem Mann, der sich gegen den Wind stemmte.

Ambrosius saß in einem Ohrensessel.

„Der neue Doktor", sagte sie mit dünner aber fester Stimme. Zunn meinte, einen Anklang von Schadenfreude zu hören. Die Frau wies auf einen Stuhl, und als Zunn sich setzte, verließ sie den Raum.

Ambrosius hatte sich nicht gerührt. Er saß aufrecht in seinem Sessel und hatte eine karierte Wolldecke über den Knien, die an der Seite festgesteckt war, als solle sie ihm nicht nur Wärme, sondern auch Halt geben. Er trug eine blaue Nadelstreifenweste über einem weißen Hemd, dessen Kragen penibel bis oben zugeköpft war. Keine Krawatte.

Ambrosius griff in eine Seitentasche und zog eine goldene Uhr heraus. Er führte sie vor seine Augen, klappte den Deckel auf, klappte den Deckel zu und sah Zunn an.

„Neunzehnuhrfünfzig", sagte er mit gepresster Stimme. „Nicht gerade das, was man Besuchszeit nennt."

Zunn war unsicher gewesen und auch etwas zaghaft. Doch diese selbstgerechte Bemerkung ließ seine trübe Stimmung verdampfen. Der Alte macht es mir leicht, dachte er dankbar.

„Nicht gerade eine Begrüßung, die man von einem Betrüger erwartet", knurrte er.

Die Hände des alten Mannes verkrampften sich, aber er antwortete nicht.

Zunn nahm einen Umschlag aus seinem Jackett. „Ich war in Berlin. Bei Gerhard Zurmöhle." Er fuhr mit dem Handrücken über die Papiere. „Er ist ein armes Schwein. Er hat mir alles mitgegeben. Ich war bei der Volksbank. Sie haben alles auf Mikrofilm. Ich habe ihnen gesagt, dass sie womöglich mitschuldig sind. Das hat sie hilfsbereit gemacht. Sie brauchen eine Woche für die Vergrößerungen. Das dürfte der Polizei genügen. Man wird sich schämen für Sie auf der Insel."

„Niemand schämt sich." Ambrosius' Worte klangen ruhig und selbstverständlich. Zunn wurde klar, daß der alte Mann auf einen Moment wie diesen gewartet hatte.

Die Tür zur Küche ging auf, Frau Ambrosius kam herein und stellte eine blauweiße Teekanne und zwei Tassen auf ein Tischchen. Sie goss dunkelbraunen Tee über dicke Kandisbrocken und ließ mit dem Teelöffel vorsichtig Sahne an der Innenwand hineinlaufen. Zunn und Ambrosius sahen wortlos zu, wie die Sahne im Tee verschwand, dann in der Mitte wieder an die Oberfläche stieg und sich langsam verteilte. Die alte Dame machte eine einladende

Bewegung mit ihren zarten Händen und verließ den Raum, ohne auf die mürrischen Blicke ihres Mannes zu reagieren.

Zunn nahm die Tasse und trank. Der Tee war herb aber sahnig und wurde süßer, je mehr Zunn sich dem Kandis näherte.

Ambrosius trank nicht. „Es ist zu spät für mich. Ich kann dann nicht schlafen. Meine Frau weiß es genau."

„Sie will, dass wir miteinander reden", sagte Zunn.

Der Alte nickte. „Frauen denken immer, dass sie klüger sind als Männer." Er sah aus dem Fenster, als suche er etwas. „Ich habe das Geld nicht mehr", sagte er schließlich.

Zunn antwortete nicht. Lass ihn in seinem eigenen Saft schmoren, dachte er sich. Die getigerte Katze schlich sich heran, Zunns Schnürsenkel im Blick.

„Ich habe keinen Pfennig behalten, habe es weggegeben. An Freunde." Er sah Zunn fragend an. „Was wissen Sie von Richard Zurmöhle?"

„Dem Mann, der in den Flammen umkam?"

Ambrosius nickte. „Wir gingen zusammen zur Schule. Richard war immer ein Einzelgänger. Wie sein Vater. Sie machten Musik und malten. Und fuhren aufs Festland, um sich Bücher zu leihen. Während wir Fußball spielten blieb Richard allein mit seinen Büchern. Manchmal saß er auf der Düne, auf der heute der PUDDING steht und spielte Geige oder Gitarre, während er den Wolken oder den Schiffen nachsah. Ein Phantast. Ich habe nie verstanden, warum die Mädchen ihn so sehr mochten."

„Sie waren eifersüchtig."

„Nicht im Geringsten. Aber man wundert sich eben. Als der Führer ... als Hitler ... an die Macht kam, organisierte sich auch auf der Insel die Jugend. Ich wurde Fähnleinführer. Man kann nur was werden, wenn man zusammenhält, sagten sie uns. Ich glaube es noch immer. Auch die Mädchen hatten ihren Bund. Einige von ihnen waren verrückt nach diesem Kerl. Nicht zu fassen." Ambrosius versank in Gedanken.

Ein alter Nazi.

Hatte er jemals seine Ansichten geändert? Zunn bezweifelte es. Er konnte sich vorstellen, wie die Bilder seiner Jugend, die Fahnenaufmärsche, die Sonnenwendfeiern, die Führergeburtstage an Anbrosius' geistigem Auge vorüberzogen.

„Dieser Richard Zurmöhle, war der auch in Ihrem Fähnlein?"

„Der? In unserem Fähnlein? Nie und nimmer." Der alte Mann erregte sich. „Wir haben ihm alle Chancen gegeben. Aber er wollte ums Verrecken nicht."

„Und blieb allein."

„Richtig. Das heißt, bis er später heiratete. Henriette. Ich kannte sie gut. Ich wollte von ihr wissen, warum sie ausgerechnet diesen Weichheini nahm, aber sie sagte nur, dass ich es sowieso nicht verstehen würde mit meinem „Holzkopf". Ich erinnere mich noch genau an ihre Worte. Sie war schön, wirklich schön. Blonde lange Haare, blaue Augen. Deutsch eben. Sie heirateten in Berlin. Als wären sie sich zu schade für die Insel. Vom ursprünglichen Fähnlein war keiner dabei. Wir waren nicht gut genug. Sie hatten ihren eigenen Freundeskreis dort. Musiker, Künstler, sogar Filmschauspieler. Dekadentes Volk. Auch hier blieben sie für sich. Als Richards Eltern 1945 umkamen, als einer dieser verdammten Jagdflieger sie in den Dünen mit seinem MG erwischte, führten sie die Pension weiter. Aber sie nahmen nicht jeden, was oft zu Ärger führte mit der Kurverwaltung. Nach der Saison fuhren sie weg. Ich erinnere mich, dass die Fensterläden monatelang geschlossen waren. Irgendwann waren sie wieder da, aber sie haben nicht erzählt, wo sie gewesen waren."

„Und nach dem Krieg?"

„Da waren sie natürlich fein raus. Man erzählte sich, dass sie sogar ein Funkgerät gehabt haben. Und das wird auch stimmen. Denn kaum waren die Tommies da, haben sie ihn auch schon zum Bürgermeister gemacht."

„Sie denken also, dass er ein Verräter war? Schon während des Krieges?"

„Nicht nur ich habe das gedacht. Die ganze Insel hat darüber geredet. Wir waren sicher, dass er den Engländern die Ziele durchgegeben hat, die sie dann noch kurz vor Kriegende angegriffen haben. Die Dünenkette war ja vollständig unterbunkert. Dicke Kanonen obendrauf, die die Einfahrt nach Wilhelmshaven bewacht haben. Sechstausend Bomben in zwei Stunden. Sie haben alles platt gemacht. Es gab mehr als hundert Tote. Na ja, das alles hat ihn nicht gerade beliebt gemacht, und jeder hat gewusst, irgendwann kriegt er das wieder."

„Und als sein Haus abbrannte ..."

„... war niemand richtig traurig. Späte Gerechtigkeit sozusagen. Ich habe das Haus mit den Versicherungsgeldern wieder aufgebaut und dann verkauft. Die Vollmacht hatte ich ja. Das Geld habe ich an die alten Kameraden verteilt, die ihre Häuser durch die Bomben verloren hatten. Richard hatte sie schließlich um ihr Hab und Gut gebracht mit seinem Verrat. Und der Neffe von Richard ..."

„... war sowieso weit weg, steckte hinter der Mauer."

Ambrosius sah Zunn in die Augen, „Glauben Sie nicht, dass ich es bereut habe."

Zunn bemühte sich, keine Reaktion zu zeigen. Die getigerte Katze nagte an seinen Schnürsenkeln.

„Klingt einleuchtend, jedenfalls auf den ersten Blick", sagte Zunn schließlich. „Das Dumme ist nur, dass ich zufällig ein Buch gelesen habe über diese Zeit", sagte er. „Ich wollte mich vorbereiten auf die Insel, wissen, wohin ich komme und mit wem ich es zu tun haben werde." Er hob die Stimme. „Von daher weiß ich, dass alles nicht stimmt, was Sie hier sagen. Die Engländer haben von niemandem Zielangaben erhalten. Sie haben überhaupt keine Funksprüche erhalten. Sie hatten die Lufthoheit und jede Menge Fotos. Sie haben einfach die Gelegenheit genutzt, noch kurz vor Toresschluss Tabula rasa zu machen. Und wissen Sie, werter Herr Ambrosius, was das bedeutet?"

Der alte Mann antwortete nicht. Nur eine Augenbraue zuckte.

„Es bedeutet", fuhr Zunn fort, „dass Sie versuchen, mir Lügen unterzujubeln. Lügen, die sie sich wahrscheinlich schon seit Jahren bereitgelegt haben."

„Zurmöhle war ein Verräter!"

„Er war kein Verräter. Er hat nur nicht mitgemacht bei euch Nazis. Und er schnappte Ihnen die Frau weg. Aber sonst war nichts, gar nichts."

Ambrosius warf seine Decke zur Seite, sprang auf und beugte sich wutentbrannt über Zunn: „Und was ist mit den beiden Juden, die er bei sich versteckt hatte?"

Es gibt Augenblicke, in denen die Zeit stehen zu bleiben scheint. Während dieser Augenblicke ist es absolut still, und jeder hält den Atem an. Zunn kannte diese Momente aus dem Operationssaal.

Der Augenblick der Wahrheit.

Das ist es also, dachte Zunn, die Juden sind der Grund. Natürlich. Lisa und er hatten es geahnt, aber nicht wirklich zu denken gewagt. Nun fügten sich die Teile des Bildes zusammen.

Die beiden Männer starrten sich an. Ambrosius seufzte und ging langsam zu seinem Sessel zurück. Die Tigerkatze verkrallte sich in Zunns Socke.

„Wo waren Sie eigentlich während des Krieges, an der Front doch wohl nicht?"

„Sie kleiner Kacker. Natürlich habe ich gekämpft. Mit der Waffe in der Hand. Bei den Franzmännern. Bis es mich erwischte. Ein Granatsplitter im Rücken, an der Wirbelsäule. Selbstverständlich habe ich dann hier, an der Heimatfront, mein Bestes gegeben."

„Zum Beispiel Juden auszuspionieren.", sagte Zunn leise. „Und sie zu verraten."

„Das war kein Verrat. Ich tat meine Pflicht."

Dabei ist alles so logisch, dachte er. Wer sollte besser Bescheid wissen, als der direkte Nachbar? In dem zugleich die Eifersucht wühlte?

„Alles Mist", sagte Zunn, „Es ist immer das Gleiche mit euch Denunzianten, immer wollt ihr euer eigenes Süppchen kochen und andere die Drecksarbeit machen lassen. Die Fluchthilfe, das hätte Richard den Kopf gekostet. Pech für Sie, dass keine Juden gefunden wurden."

Ambrosius schüttelte den Kopf. „Gehen Sie jetzt", sagte er mit heiserer Stimme. „Es ist alles lange her. Niemanden interessiert es noch. Heute nicht mehr. Alles Schnee von gestern."

„Aber damals, als das Feuer ausbrach, war das anders."

Zunn überlegte. Ein neuer Gedanke raubte ihm den Atem.

„Sie waren es, der das Feuer gelegt hatte", stieß er hervor. „Um Zurmöhle umzubringen, damit er nicht reden konnte. Was hatte er gefunden, das Ihren Verrat bewies? Und dass auch die Frau dabei draufging, war die mörderische Zugabe."

Ambrosius saß starr und aufrecht und hatte sich offensichtlich innerlich aus dem Gespräch verabschiedet. Zunn sprang auf und schüttelte ihn: „Was war geschehen, dass er Ihnen schließlich auf die Schliche gekommen war? Sagen Sie es! Sagen Sie es sofort!"

Doch der Alte hatte sich bereits wieder gefangen. Er blickte Zunn ruhig an: "Sie sind gefährlich, Doktor. Gefährlich und hinterhältig. Ich hasse hinterhältige Leute. Verlassen Sie mein Haus!" Er drückte einen Knopf. Irgendwo im Haus klingelte es. Fast sofort öffnete sich die Küchentür, und die alte Frau erschien. Die Tür war nur angelehnt gewesen, und Zunn war klar, dass die Frau gelauscht hatte. Sie blickte ihn stumm an. Es war kein böser Blick. Zunn war sicher, dass sie litt. Litt sie an der Wahrheit?

„Der Doktor will gehen", sagte Ambrosius, „es ist schon spät. Seine Stimme klang wieder normal, trug wieder den alten Klang von schroffer Überheblichkeit.

„Ich komme wieder", antwortete Zunn und bemühte sich um Gelassenheit. „Es ist Ihnen doch klar, dass wir die Sache hinter uns bringen müssen ..."

26

WILLKOMMEN IM KLUB

Drei Tage nach ihrer Rettung standen Freda und Alexander mit den Pickerts und Henrik am Strand unterhalb des Observatoriums und betrachteten ungläubig den Katamaran, der über Nacht angespült worden war. Augenscheinlich hatten Wellen und Wind ihn nach tagelanger Irrfahrt wieder zur Insel zurückgebracht, nur einige hundert Meter von der Buhne entfernt, an der er sich losgerissen hatte. Nun hing er schräg auf den Resten einer Betonmauer, die in das Wasser hineinragte. Im Großen und Ganzen war er erstaunlich wenig beschädigt, wenn man einmal von den Schrammen absah, die er sich an den rostigen Eisen zugezogen hatte, die aus der Mauer ragten. Der Mast war gebrochen und hatte sich hinten im Netz verheddert.

„Uns hätte das Meer nicht so heil zurückgebracht“, sagte Alexander mit belegter Stimme. Er blickte Olga an. „Sie haben einen tapferen Mann, Frau Pickert. Da können Sie stolz sein.“ Jean-Jesus wand sich unter dem Kompliment.

Alexander hatte seit der Rettung unruhig geschlafen. Immer wieder hatte er im Traum nach der rettenden Perlonleine gegriffen. Immer wieder war ihm Freda entglitten. Immer wieder war er schweißnass aufgewacht, bis ihm schließlich klar wurde, dass sie tatsächlich gerettet worden waren.

Die Rettung selbst war wie ein Wunder gewesen, wenn auch ein schmerzhaftes. Die messerscharfen Muscheln, die dicht an dicht auf den Basaltsteinen saßen, hatten sie am ganzen Körper zerschnitten. Gott sei Dank gab es einen Erste-Hilfe-Koffer im Bauwagen. Er enthielt auch Jod. Alexander dachte an die Schmerzen und daran, wie klaglos Freda sie ausgehalten hatte. „Frauen könne eben mehr vertragen“, hatte sie gesagt und sogar gelacht.

Überhaupt Freda.

Es war ein schönes neues Gefühl, jemanden zu haben, den er beschützen konnte. Allerdings war er sich nicht so sicher, ob Freda dies nicht genau umgekehrt sah.

Der Werkstattwagen, in dem sie schließlich saßen, war erstaunlich komplett eingerichtet. Ein Stromanschluss war neben der Tür. Er führte direkt zu einer Verteilerdose unter dem zweiflammigen Elektroherd. Die Heizplatten hatten Rost angesetzt, aber die Lampe zwischen ihnen leuchtete rot auf, wenn man am Schalter drehte. In der Ecke des Wagens ein Schrank mit zwei Bügeln, auf denen die Arbeitsklamotten hingen. An der Längsseite zwei Etagenbetten, an denen nun ihre nassen, zerrissenen Sachen hingen. An der Wand ein Tisch, der sich aufklappen ließ. Sogar ein Nachttopf in Form eines alten Marmeladeneimers war da. Auf seinem Sperrholzdeckel stand ein altertümliches Radio. Neben dem Eimer zwei alte Pantoffeln, deren hinteren Stege umgetreten waren. Eigentlich ganz gemütlich, dachte Alexander.

Sie tranken Tee aus der Thermoskanne. Freda fühlte sich sichtlich unwohl zwischen so vielen unbekannten Menschen. Sie steckte in einer viel zu großen Eisenbahnermontur, die sperrig abstand. Alles andere als schick. Doch Alexander fand sie süß. Er ging hinüber, um sich neben sie zu setzen. Sie hob die Beine, er schob seine darunter und legte ihre auf seinen Schoß. Freda schloss die Augen und entspannte sich. Noch unter Schock stehend, hatten sie auch von der Vergewaltigung im Heim gesprochen, letztlich dankbar, mit jemandem darüber reden zu können. Ihre Zuhörer waren entsetzt und drängten sie, zur Polizei zu gehen. Freda schwieg, aber Alexander erklärte ihnen, warum sie es nicht taten. Olga war nicht überzeugt.

„Immerhin", sagte Alexander, „die Sache hat ein Gutes. Wir sind glücklich. Wir haben uns gefunden. Es ist nur leider so, dass wir nirgendwo hin können. Im Heim ist es das reinste Spießrutenlaufen. Hier draußen ist alles anders. So viel freier."

„Ihr seid immer herzlich willkommen", sagte Olga fürsorglich.

„Das ist lieb. Ich glaube, wir würden gern wiederkommen dürfen. Sie müssen uns alles zeigen, wir haben schon viel von dem Projekt gehört. Wir möchten Ihnen etwas zurückgeben, wir können helfen.“

Freda wurde von seiner Begeisterung angesteckt. „Ich würde so gern mitmachen, aber ich habe nur montags frei. Sonst nur abends, nachdem die Küche dicht macht. Nach neun. Das wird wenig helfen. Und außerdem“, sie stockte, „... ich verstehe wenig von Kunst.“

„Wer versteht schon etwas von Kunst“, lachte Jean-Jesus, „seht mich an. Ich suche immer noch.“

„Aber nicht mehr lange“, sagte Olga trocken.

Jean-Jesus war begeistert, Helfer zu bekommen und schlug Alexander aufmunternd auf die Schulter. „Wir können jede Hand gebrauchen. Vater hat seine Leute abgezogen, und die Schrauben an den Metallschuhen müssen dringend nachgezogen werden. Sie sind zu locker, haben ganz schön gewackelt heute. Wenn Ihr hierbleiben wollt, können wir Euch auch einen Schlüssel geben von diesem Wagen. Dann könnt Ihr auch mal allein sein.“

„Sie sind süß, Herr Jean-Jesus“, sagte Freda. „Ich würde alles in Ordnung halten. Auch den anderen Wagen. Und ein paar Kleinigkeiten mitbringen, und Blumen. Damit es gemütlich wird.“

Damit war alles gesagt. Jetzt, drei Tage später, waren sie bereits selbstverständlicher Teil dieser kleinen Gemeinschaft, die sich Pickerts Projekt verschrieben hatte.

Gerade als sie das Boot von der Mauer gezogen hatten, bog der Pferdewagen des Henkenschen Bierverlages auf den Deich ein. Henken saß neben dem Bootsverleiher auf dem Bock und kurbelte am Bremsrad, um den quietschenden Wagen auf der abschüssigen Zufahrt zu halten.

Zwei Stunden später hatten sie das Boot verladen. Die Pferde zogen den Wagen den Deich hinauf, wobei ihre Hufeisen Funken schlugen.

Das Abenteuer, das als harmloser Ausflug begonnen hatte,

hatte ein neues Liebespaar geschaffen, dann Lebensgefahren heraufbeschworen und schließlich bei den Pickerts ein glückliches Ende gefunden.

Nun konnte die Arbeit im neuen Team weitergehen.

Vierzehn Tage später standen alle Stangen. Es war ein frühherbstlicher Tag, als Jean-Jesus, Henrik und Alexander die letzten Pfähle in ihre Halterung stellten. Henrik hatte einen Koniferenkranz von der Inselgärtnerei besorgt. Er hing nun, von vier roten Bändern gehalten, hoch oben an der Spitze und schaukelte im Wind.

„Es ist wie Richtfest", sagte Jean-Jesus. Seine Stimme klang belegt. Als er nach oben zum Kranz blickte, schossen Tränen in seine Augen, sodass Henrik und Alexander ihn vor Rührung nicht anschauen mochten. Sie legten beide ihre Arme um Pickerts schmale Schultern und fühlten etwas von dem Stolz des Künstlers, der sein Werk vollendet hat. Die Stangen standen in versetzten Reihen den Deich hinauf und formten einen verwirrenden Wald aus farbig gestreiften Hölzern. Ein Bild, dessen Perspektive sich mit jedem Schritt änderten. Und tatsächlich sah das Ganze ein wenig so aus wie ein riesiger bunter Igel, der bis ans Meer gekrochen war.

„Heute Abend wird gefeiert, dass die Schwarte kracht", sagte Jean-Jesus, „aber nur unter uns. Das Offizielle kommt später."

So kam es, dass sie um acht oben auf dem Deich an einem langen Tisch saßen, den sie aus Holzböcken und Brettern gebaut hatten. Die Abendsonne bestrahlte ihr Idyll, das Henrik an die Festessen im gallischen Dorf von Asterix und Obelix erinnerte. Zwar gab es keine im Ganzen gebratenen Schweine, aber in der Mitte des Tisches stapelten sich Würste und Käse. Olga schnitt einen Brotlaib in dicke Scheiben. Vater Pickert präsidierte an einer Kopfseite, Jean-Jesus an der anderen. Eine alte Zinkwanne stand in Reichweite auf einem Karren. In ihr lag von Pickert spendierter Sekt zwischen zerstoßenem Eis. Außerdem diverse Flaschen Korn. Bier gab es im Überfluss.

Nur Freda fehlte noch. Henrik saß zwischen Anna und Olga. Anfangs fühlte er Olgas scharfen Blick, wenn er sich mit ihrer Tochter unterhielt, dann aber entspannte sich die Situation. Vater Pickert hielt eine Rede und hob sein Schnapsglas auf das gute Gelingen. Darauf fühlte Jean-Jesus sich verpflichtet, sich bei seinem Vater für die Unterstützung zu bedanken, was ausgiebig beklatscht und mit tiefen Schlucken gewürdigt wurde. Der Dank an den Vater konnte nicht allein stehen, da auch die anderen geholfen hatten. Jean-Jesus schwenkte die Schnapsflasche und dankte der ganzen Mannschaft. Alle tranken gemeinsam auf die Kunst.

Als Freda schließlich kam, fand sie die Kunst-Truppe in bester Laune und schon reichlich angetrunken vor. Henrik spielte Akkordeon und alle sangen. Es zeigte sich, dass Alexander im Besitz eines fast glockenreinen Tenores war. Er sang eine Oktave höher als die anderen, und Freda meinte Applaus von den Balkonen des Mehrfamilienhauses gehört zu haben. Der diffuse Chor der sängerisch Minderbemittelten verebbte allerdings bald, was Jean-Jesus die Gelegenheit gab, dem jungen Glück, Alexander und Freda, mit einem Gläschen Sekt liebevolle Stunden im Arbeitswagen zu wünschen.

Als Henrik *„Löscht das Meer die Sonne aus“* spielte, ging die Sonne gehorsam unter, und sentimentale Gefühle erwachten. Henrik und Alexander sammelten Splitterholz und entfachten ein Feuer. Das harzige Tannenholz knisterte und warf Funkenfontänen auf den Strand. Um Mitternacht lobte Pickert einen Wettbewerb aus und versprach demjenigen, der es schaffte, eine der Stangen zu erklettern, eine kostenlose Rundreise durch das schöne Weserbergland, die zwar niemanden wirklich interessierte, aber bei den Männern den Kampfgeist weckte. Allerdings hatte der Alkohol bereits die Kräfte geschwächt. Jean-Jesus schaffte die Hälfte der Stange, ließ aber dann einfach los und landete wie ein zu lang geratener Maikäfer im Sand. Henrik riss sich einen Splitter ins

Bein und wurde von Anna gepflegt, was er genoss. Nur Alexander schaffte es bis ganz nach oben. Er hing schließlich, von Fredas angstvollen Blicken begleitet, mit einem Bein über der Spitze. Die anderen standen unten und johlten. Befeuert von ihren Rufen begann Alexander zu schaukeln und freute sich sichtlich, als der Stab elastisch federte. Er federte so lange elastisch, bis unten die Halterung abbrach. Die Stange kippte zur Seite. Glücklicherweise nicht gegen den betonierten Hang sondern abwärts in den weichen Sand des Strandes. Alexander war etwas benommen, aber ordentlicher Schnaps klarte alles wieder auf.

Bald darauf brach Jean-Jesus sturzbetrunken zusammen, und wurde von Alexander in einem Arbeitswagen verstaut, wo er halb ohnmächtig liegen blieb. Für die anderen spielte Henrik herzzerreißende Lagerfeuermusik, die alle mitsummten.

Henrik fühlte, dass Olga sich schwer an ihn lehnte. Annas Mutter hatte die Augen geschlossen. Ihre Haare kitzelten in Henriks Gesicht. Eine verstimmte Anna nahm ihm schließlich das Akkordeon weg, was die Feier beendete. An das, was dann passierte, konnte sich später kaum jemand erinnern ...

Wolfgang Pickert bestieg den Elektrokarren, mit dem er Essen und Trinken gebracht hatte, und lud zur Heimfahrt ein. Olga lehnte ab. Sie wolle bei Jean-Jesus bleiben, der vielleicht ihre Hilfe brauchte. Auf halbem Weg zum Arbeitswagen traf sie auf Henrik. Er stand fast verborgen im Schatten des Gebäudes. Henrik sah Olga kommen. Wortlos drängte sie ihn hinter die Ecke des Gebäudes. Henrik hörte, wie Anna nach ihm rief. Als er gehen wollte, fühlte er Olgas Hand an seinem Hosenbund. Sie drehte ihn herum, zog ihn zu sich heran und küsste ihn.

Das war der Moment, als Anna suchend um die Ecke kam. Sie verharrte ungläubig blickend. Ihr Gesicht zeigte zunächst Wut, dann Abscheu. Henrik und Olga sahen sie nicht. Anna lief zur Straße und sprang weinend auf den Wagen, der schlingernd anfuhr und Olga und Henrik in der Dunkelheit zurückließ. Olgas Parfüm, das warm und sinnlich in Henriks Nase sickerte, weckte tiefe Gefühle, die ihn überfluteten. Er spürte nur noch die Frau. Henrik schwankte, aber der weiche Körper Olgas und ihr Duft hielten ihn fest. Ihre Lippen ergriffen Besitz von ihm. Er umschlang ihre bloßen Schultern. Er fühlte, wie er unerträglich hart wurde und Olga sich an ihn drängte. Sein Bewusstsein löste sich auf.

Da trat Olga zurück und schlug ihn mit der flachen Hand heftig ins Gesicht.

Er wurde morgens von den Möwen geweckt. Sein Kopf brummte und sein Mund schmeckte säuerlich. Seine Zunge schien dick und aufgequollen in seinem Mund zu liegen und fühlte sich pelzig an. Er lag auf einem Feldbett, durch einen Fensterspalt fiel graues Licht. Er fror jämmerlich und konnte nur mit Mühe seine Augen öffnen. Er erkannte das Innere der gelben Baubude. Er stakste zur Tür. Als er sie öffnete, stieß er auf den dichtesten Nebel, den er je gesehen hatte. Der graue, feuchte Dunst wälzte sich in den Wagen und umhüllte ihn wie ein lebendiges Wesen. Sicher betrug die Sicht nicht mehr als zwei, drei Meter. Ein vages Gefühl der Blindheit und des Ausgeliefertsein ergriff von ihm Besitz. Jemand schnarchte im Wagen nebenan. Er erinnerte sich an Jean-Jesus. Und Olga. Zorn wallte in ihm auf.

Irgendwo in dieser grauweißen Nebelmasse kreischten Möwen. Es waren ungewöhnlich wilde Schreie. Er ahnte, dass etwas Besonderes vor sich ging.

Er schlich sich vorsichtig die Treppe hinunter. Er wollte niemanden wecken, nicht Jean-Jesus und erst recht nicht Olga. Er hatte seine Armbanduhr verloren, aber es war wahrscheinlich nicht später als sechs.

Auch unten am Strand war der Nebel undurchdringlich. Henrik lauschte auf das Geräusch der Wellen und ging hinunter zum Ufer. Die aufgeregten Schreie der Möwen waren rechts von ihm zu hören. Er wusch Hände und Gesicht im Wasser. Das Schreien wuchs zu einem Crescendo. Neugierig ging er weiter.

Das komische Gefühl im Magen verstärkte sich. Plötzlich flatterten zwei Vögel direkt auf ihn zu. Ihre Flügel streiften sein Gesicht. Plötzlich ergriff ihn Furcht. Andere aufgeregt krächzende Vögel flogen durch die Nebelwand auf etwas dickes Längliches zu und hackten auf die dunkle Masse ein, die im Sand lag.

Es sah aus wie ein Mensch.

Henrik ruderte mit den Armen und lief schreiend auf den Pulk der Vögel zu. Sie stoben auseinander und gaben den Körper frei.

Es war kein Mensch. Es war ein gestrandeter Seehund. Er blutete aus zahlreichen Wunden. Die Augen fehlten. Die Vögel verloren bald ihre Scheu vor Henrik. Erbost und durch Gier getrieben drangen sie auf ihn ein und begannen mit ihren Schnäbeln auf ihn einzuhacken. Er musste hier weg! Er schützte seinen Kopf, so gut er konnte und rannte davon, den Strand entlang in die Nebelsuppe hinein. Die Vögel ließen von ihm ab. Er fühlte die Quader der Buhne unter seinen Füßen. Erschöpft sank er nieder. Er spürte, dass er am ganzen Körper zitterte.

„Henrik?"

Er wusste nicht, wie lange er dort gesessen hatte, als Olgas Stimme durch den Nebel zu ihm drang. Sie war ganz in der Nähe, ohne dass er sie sehen konnte.

„Hier!"

Ihre schmale Gestalt tauchte auf.

„Gott sei Dank! Warum sitzt du hier?"

Er zuckte die Schulter. Er wollte ihr nicht von dem Kadaver berichten. Sie ließ sich unschlüssig neben ihm nieder. Sie schwiegen beide.

„Die Möwen haben geschrieen", sagte sie schließlich, „ich konnte nicht schlafen." Sie zögerte. „Es tut mir leid wegen heute Nacht."

„Wegen der Küsse oder wegen der Schläge?"

„Wegen beidem."

Schade, dachte er. Aber er sagte nichts.

„Ich weiß nicht, was in mich gefahren ist. Der Alkohol ..."

„Ging es wieder um Anna? Sollte sie wissen, was für ein unzuverlässiger Kerl ich bin?“

„Anfangs schon.“

„Und dann?“

„Ich weiß es nicht“. Sie legte eine Hand auf seine, er zog sie weg. „ Auch wenn du das glaubst, ich bin kein kleiner Junge, mit dem man machen kann, was einem in den Kopf kommt.“ Er stand auf und ließ Olga auf den Steinen sitzen.

Doch dann merkte er, dass sie weinte. Sie saß hilflos mit schmalen Schultern nach vorn gebeugt. Das Gesicht auf den Knien in den Händen verborgen.

Ein Bild des Jammers.

27

DER ANSCHLAG

Der Sonnabend begann mit einem Unglück, das auch für Zunn auf den ersten Blick zufällig erschien ...

Er wusste, normalerweise gab es keine Herbstfeste auf der Insel. Einfach deshalb, weil die meisten Kurgäste bereits nach Hause gefahren waren und sich die Sache nicht mehr lohnte. Nun jedoch hatte die Gemeinde einen neuen Kurdirektor. Er stammte von einem Bauernhof.

Da er Eindruck machen wollte, indem er neue Akzente setzte, schuf er für die Insel ein Erntedankfest. Zwar gab es in Wangerooge nicht einen einzigen Bauern und somit keine Ernte, doch fiel dies nur wenigen auf und tat der Bereitschaft, am Ende der Saison noch einmal zünftig feiern zu können, keinen Abbruch.

Im Kurpark wurde ein Zelt errichtet. An den Füßen der Stützmasten blühten eingetopfte Chrysanthemen. Rotgoldene Girlanden schmückten die Zeltwand. Angestellte der Hotels stellten lange Tische mit Essen und Trinken auf. Sogar die fliegenden Händler vom Wochenmarkt in Jever erschienen, weil sie ihre Stände kostenlos aufbauen durften. Schon um zehn Uhr spielte die Schützenkapelle aus Jeddeloh. Ihre Blasmusik scholl über die Insel. Hinter der Tanzfläche füllten sich die Bänke. Eine Gruppe junger Männer, die gerade vom Festland gekommen war, machte es sich gleich neben dem Zelt bequem. Sie bestellten Runde um Runde und sahen den hübschen Betreuerinnen aus den Jugendheimen nach, die mit ihren Kindergruppen auf dem Rasen spielten.

Das Zelt war groß genug, um alle Insulaner zu fassen. Eine Konstruktion aus Stahlrohren, die im Abstand von zwei Metern auf einem Eisenfirst lagen, der das Zelt der Länge nach durchlief. Der First wiederum wurde durch Mittelstützen gehalten, die im Abstand von acht Metern voreinander standen. Die letzte wurde hinter dem Orchester von Teilen der Zeltplane verdeckt. Um ihr Halt auf dem Rasen zu geben, hatte man Holzkeile untergelegt.

Die Schützen spielten *„Rosen aus Amsterdam"*. Zunn war dabei, einen Erst-Hilfe-Schrank im Gang neben dem Podium aufzustellen. Von draußen hörte er Lisa rufen. Er wandte sich um, winkte noch kurz dem Dirigenten zu und trat ins Freie, wo seine Hilfe auf ihn wartete.

Niemand sah, wie ein Fuß die Holzkeile unter der letzten Zeltstütze wegtrat. Sie rutschte zur Seite. Der nächste Träger konnte die Last nicht halten und knickte zusammen. Der First brach herunter und krachte mit seiner Last auf das Podium und begrub die musizierenden Männer unter sich. Instinktiv spürte Zunn die Gefahr, warf sich zur Seite und blieb vor Schreck erstarrt auf dem Rasen liegen.

Die Menschen an den Tischen und Ständen stoben auseinander. Urplötzlich setzte Stille ein, dann hörten alle die Schmerzensschreie der unter dem Zelt Begrabenen.

Die Hilfsmaßnahmen setzten sofort ein. Glücklicherweise waren Feuerwehrleute vor Ort. Sie begannen sofort, das Gewirr aus Zeltplanen und verbogenen Stahlrohren wegzuräumen. Ihnen halfen die bulligen Männer mit den schwarzen Lederjacken. Gläser und Scherben lagen verstreut, als die Helfer vergeblich versuchten, unter die Plane zu kriechen.

„Wir sollten einen Tunnel bauen", schlug Zunn vor, und die Männer nickten. Sie hoben gemeinsam einen Abschnitt hoch, stellten Stühle darunter und bahnten sich so einen Weg unter Planen, Balken und Stützen. Schließlich zogen sie die stöhnenden Musiker heraus.

Das Orchester bestand einschließlich des Dirigenten aus fünfundzwanzig Mitgliedern. Einundzwanzig von ihnen waren von den herabstürzenden Stangen getroffen worden. Fünf von ihnen hatten nur Hautabschürfungen. Die anderen lagen bald einer neben dem anderen auf dem Rasen, manche ruhig und stumm, andere stöhnten vor Schmerzen.

Es gab jede Menge Verletzte.

Und nur einen Arzt. Dr. Zunn.

Er versuchte, sich so schnell wie möglich einen Überblick über Wunden, Knochenbrüche und Prellungen zu verschaffen. Er behandelte die Schwerverletzten zuerst. Lisa half ihm so gut sie konnte. Sie arbeiteten sich von Mann zu Mann vor. Sie hatten etwa die Hälfte der Männer verarztet, als der Dirigent zu ihnen trat. Wie durch ein Wunder schien er unverletzt. Allerdings klagte er über Bauchschmerzen, doch die waren nach Zunns Einschätzung eher mentaler Natur. Mit so etwas konnte und wollte er sich jetzt nicht abgeben. Er mochte es nicht, wenn Menschen weinerlich reagierten und wischte die Einwände des Mannes unwirsch zur Seite.

„Nehmen Sie es mir nicht übel", sagte er unwirsch, „aber dafür habe ich jetzt keine Zeit. Legen Sie sich auf den Rasen und versuchen Sie, ruhig zu atmen ..."

„... ja, aber ..."

„... nichts, ja, aber, machen Sie, was ich sage."

Der Mann verzog sich, und Zunn sah noch, wie er sich tatsächlich hinlegte. Er jammerte leise vor sich hin.

Es war schon dunkel, als alle Verletzten verarztet waren. Zunn hatte sich und Lisa keine Pause gegönnt. Seine Kehle war rau, er hatte kaum etwas getrunken. Eine fast gelöste Stimmung machte sich breit. Und das Gefühl, Schlimmeres verhütet zu haben. Die Bratwurstbude warf den Grill noch einmal an. Peos Bierstand wurde in Dreierreihen umlagert.

Zunn gönnte sich gerade ein Bier, als er hörte, wie der Dirigent durchdringend aufschrie. Er bäumte sich auf, röchelte und fiel dann wie leblos auf dem Rasen zusammen. Erst jetzt sah Zunn, dass etwas nicht stimmte. Er rannte hinüber zu dem Mann und untersuchte ihn hastig. Zu sehen war nichts. Der Atem des Mannes ging flach, der Puls war kaum zu spüren. Aber was konnte die Ursache sein?

Innere Verletzungen! Blutungen vielleicht! Heißkalte Schauer liefen Zunns Rücken hinunter. Plötzlich war ihm klar. Der Mann simulierte nicht. Der Mann brauchte Hilfe, schnelle Hilfe. Zunn wusste aber auch: was auch immer es war, auf der Insel konnte er ihm nicht helfen.

Es dauerte fünfzehn lange Minuten, bis der Rettungshubschrauber auf der Wiese landete. Die zahlreichen Trinker hatten Peos Bierstand an die Seite getragen und die Bratwurstbude an die Büsche gerollt. Die Feuerwehr tauchte den Rasen unter Flutlicht. Der Hubschrauber schwebte dröhnend herein. Sanitäter sprangen heraus. Zunn half, die Trage mit dem Dirigenten an Bord zu schieben. Die Tür schwang zu und die Rotoren peitschten die Luft. Zunn hielt sich schützend die Arme über den Kopf und beobachtete, wie das Flugzeug saugend und pfeifend abhob und hinter dem alten Leuchtturm verschwand.

Lieber Gott, dachte er, lass es nicht wieder zu spät sein! Die Erinnerung an Rodneys Tod traf ihn wie ein Keulenschlag. Er spürte, wie seine Beine weich wurden und er auf den Rasen sackte. Er lag zitternd am Boden, der Gedanke an den mit dem Leben kämpfenden Dirigenten lähmte ihn. Er spürte Lisas warmen Atem, als sie einen Arm unter seinen Kopf legte. Peo und Henrik Billhardt legten ihn auf eine Parkbank. Lisa nickte dankend und machte ihnen ein Zeichen, dass sie gehen sollten. Sie beugte sich über ihn. Er hatte die Augen geschlossen und atmete heftig. Sie legte eine Hand auf seine Stirn. Langsam beruhigte er sich.

Er schlug die Augen auf. „Es war meine Schuld. Es war wieder meine Schuld ..."

„So ein Quatsch. Sie haben stundenlang geschuftet."

Er stöhnte. „Ich hätte es wissen müssen. Mal wieder habe ich alles versaut. Er stirbt, bloß weil ich mir keine Zeit nahm, ihm zuzuhören ..."

„Sie sind ein guter Doktor und nicht Gott, der alles weiß."

Er wollte sich aufsetzen. Sie drückte ihn zurück. Er blickte sie böse an. „Was wissen Sie schon von mir!"

Er sah, dass er sie getroffen hatte. Sie wollte ihm helfen, und er schrie sie an. Er merkte, dass sie von ihm abrückte. Das machte ihn noch unsicherer. Er fühlte sich hilflos und ausgelaugt. Und verwundbar. Er hatte zwei Jahre gebraucht, um sich vor der Erinnerung an den Tod seines Sohnes zu schützen. Es war ein Panzer, den er sich angelegt hatte, um sich nicht aufgeben zu müssen. Eine mühsame Konstruktion aus Vergessen, Verdrängen und Selbstkasteiung. Doch nun war es wieder wie damals. Er hatte wieder versagt. Mit einem Schlag war die Vergangenheit wieder da.

Unbeholfen legte er seine Hand auf Lisas Knie und sagte leise: "Entschuldigen Sie. Ich bin ein Arsch."

Sie sagte nichts. Dann blickte sie ihn direkt an. „Sie sind kein Arsch. Sie sind ein toller Doktor, der alles richtig machen will. Sie tun so unbedarft, aber ihre Hände wissen genau, was sie machen. Wenn sie nicht zittern wegen des Alkohols", fügte sie bissig hinzu. „Aber ich denke, Sie sind ein armer Kerl, der Probleme hat und sie nicht zeigen will."

„Keiner kann aus seiner Haut."

„So ein Blödsinn. Leere Worte."

„Vielleicht habe ich keinen, mit dem ..."

„... vielleicht haben Sie ja mich, um reden zu können. Sie haben Gerhard geholfen. Und ich weiß genau, dass Sie gelitten haben."

„Als ob das ein Grund ist."

„Es ist ein Grund. Es verbindet." Sie stockte. „Ich könnte etwas zurückgeben ..." Ihre Stimme klang nun weich.

„Ich will nicht wieder versagen. Einmal ist genug."

„Sagen Sie mir, was passiert ist. Es war Ihr Sohn, nicht wahr?"

Er nickte.

„Er ist gestorben."

„Ich habe ihn umgebracht."

„Das glaube ich nicht."

„Er würde noch leben, wenn ich alles richtig gemacht hätte."

„Als Doktor?"

„Als Vater, als Doktor, als Chirurg. Das Unheil kam aus heiterem Himmel. Dabei hatte alles so gut angefangen."

Sie blickte ihn fragend an.

„Ich komme aus einer Kleinstadt an der Ems. Meine Eltern waren Lehrer, die nicht viel von den Achtundsechzigern hielten und auf Ordnung achteten. So war es auch bei mir. Gymnasium, Bundeswehr, Reserveoffizier, tolles Medizinstudium. Und dann wieder zurück in meine Geburtsstadt. Als Chirurg."

„Da waren alle stolz auf Sie."

„Da waren alle stolz auf mich. Auch meine Frau Hilde. Sie hatte so geschuftet, damit ich studieren konnte. Doch nun war ich dran. Wir hatten bald ein Häuschen, und die Welt hing voller Geigen, als Rodney kam ..."

„... Rodney?"

„Unser Sohn. Hildes kleiner Abgott. Wir schwammen im Glück. In zu viel Glück." Zunn stockte.

„Kennen Sie Schillers *„Der Ring des Polykrates"?*

Sie schüttelte den Kopf. „Schiller war ziemlich weit weg von den Puffs, wissen Sie?"

Beim Klang ihrer ironischen Stimme erschrak Zunn über seine Unbeholfenheit.

Lisa sah es und lachte versöhnlich. „Ich habe Schiller nicht vermisst und auch nicht Ihren Polykrates, wer immer das war. Aber es interessiert mich. Erzählen Sie weiter."

"Ich wollte meine Situation nur an einem Beispiel erklären", sagte er entschuldigend. Sie nickte aufmunternd. Er fuhr fort. „Es geht um das antike griechische Denken. Glück und Unglück halten einander die Waage. Wer zu viel Glück hat, wird am Ende bestraft. Da ist Polykrates, der König von Samos, dem alles, was er anfasst, gelingt. Der König von Ägypten kommt zu Besuch. Er warnt den Polykrates davor, dass die Götter letztendlich Übles mit ihm vorhaben:

Mir grauet vor der Götter Neide
Des Lebens ungemischte Freude
ward keinem Irdischen zuteil

Zunn blickte Lisa an. „Verstehen Sie, was ich damit sagen will? Es konnte nicht weiter so gut gehen. Die Götter würden sich einmischen. Und sie taten es. Weiß der Himmel, sie taten es."

Offensichtlich verstand sie nicht. Aber sie war fasziniert. Sie drückte seine Hand, die noch auf ihrem Knie lag. „Irgendwie finde ich's witzig. Sie liegen platt auf dem Rücken und japsen. Und dann zitieren Sie Schiller und einen uralten Griechen. Und dass man zu viel Glück haben kann. Ich wäre schon froh, wenn ich nur etwas Glück hätte."

„Entschuldigen Sie. Sie haben ja recht. Aber es ist so, dass man sich auch an zu viel Glück gewöhnen kann. Wenn es sich dann abwendet, wird man überrascht und fällt tief."

„Schön, aber wir sind nicht in Griechenland. Und schon gar nicht in der Antike."

„Aber das Leben verändert sich nicht wirklich, bloß weil die Zeit vergeht. Man merkt auch heute nicht gleich, wenn das Glück sich abwendet. Wie bei mir damals."

Sie sah ihn an. Offensichtlich bemühte sie sich, keine Gefühlsregung zu zeigen. Auch keine Neugier.

Er fuhr fort. „Das Unglück begann an einem Freitag. Rodney war sechs, also alt genug, um deutlich zu machen, wo ihm etwas wehtat. Ich kam aus der Klinik. Es war ein harter Tag gewesen. Nach einer Woche gefüllt mit Operationen war ich fertig. Fix und fertig. Rodney lag auf dem Sofa und hielt sich den Bauch. Er hatte Schmerzen."

„Wie der Dirigent", entfuhr es ihr.

„Wie der Dirigent", wiederholte er. „Wenn es auch ein anderer Grund war."

„Blinddarm."

Er sah sie überrascht an.

„Nicht schwer zu erraten“, sagte sie.

Er nickte. „Nicht schwer zu erraten. Sie haben Recht. Das Ding ist nur, dass ich es nicht erraten habe. Ich, der Mann, der es als Erster hätte wissen müssen. Ich verstehe es bis heute nicht.“

„Und Ihre Frau?“

„Meine Frau war verreist.“ Er dachte nach. „Ich Idiot gab meinem Sohn Schmerztabletten. Am nächsten Morgen ... am nächsten Morgen ... war es dann zu spät. Ich raste mit ihm in die Klinik. Notoperation. Ich habe es selbst gemacht. Ich sah gleich, dass es zu spät war ...“

Zunn drehte sich zur Seite, um nicht zu zeigen, wie die Erinnerung ihn übermannte. Lisa sagte nichts. Sie rang sichtlich nach tröstenden Worten. Sie strich ihm die Haare aus der Stirn. „Und Ihre Frau?“

Zunn schüttelte den Kopf und presste die Lippen aufeinander. „Sie hat es nicht ausgehalten. Einen Monat nach Rodneys Tod machte sie Schluss. Selbstmord.“, sagte er leise. „Ich mag nicht davon reden ...“ Er sah erleichtert, dass sie verstand.

Als sie aufblickten, stellten sie erstaunt fest, dass alle gegangen waren. Jenseits der Büsche, auf der Straße, hörten sie Kommandos. Der Löschwagen wurde beladen und zur Abfahrt bereitgemacht. Das Leben normalisierte sich wieder. Zunn setzte sich auf.

„Wissen Sie übrigens, dass ich mich bei Ihnen bedanken muss?“, fragte er unvermittelt. Seine Stimme klang wieder normal.

Sie schüttelte erstaunt den Kopf.

„Sie haben mich gerettet. Ich stand im Zelt genau unter dem Träger. Dann haben Sie gerufen, und ich bin rausgegangen. Dann krachte es. Also dann“, er zog ihren Kopf zu sich heran und küsste sie auf die Wange, „also dann, herzlichen Dank.“

Sie antwortete nicht und legte ihre flache Hand ungläubig an ihre Wange. Sie sahen sich unschlüssig an. Was für ein eigenartiger Abend, dachte Zunn. Hier sitzen wir nun. Der erfolgreiche

Chirurg, der tief gefallen ist, und die Frau, die immer unten war. Beide einander verpflichtet, beide auf derselben Parkbank angekommen.

Die vier Männer in den schwarzen Lederjacken, die durch den Parkeingang traten, warfen lange Schatten auf den Rasen. Sie kamen langsam den Weg entlang und blieben vor der Bank stehen. Ihre Hände hatten sie in den Hosentaschen vergraben. Zunn erinnerte sich dunkel an sie. Sie hatten beim Abbau des Zeltes geholfen.

„Sie sind der Doktor“, sagte der Längste von ihnen. Seine Stimme klang sachlich. „Glück gehabt. Wir haben gesehen, dass es Sie beinahe erwischt hätte.“

Zunn setzte sich auf. Etwas an der teilnahmslosen Stimme des Mannes beunruhigte ihn. „Danke für die Blumen“, sagte er trocken und in der Hoffnung, das Gespräch zu beenden.

Doch der Mann trat näher. „Wir dachten, Sie sind es wert, dass wir Sie warnen“.

„Warnen? Wovor?“

Der Bullige zeigte auf Lisa. „Sie sollten wissen, dass sie eine Nutte ist. Eine von der übelsten Sorte. Finden Sie es richtig, sich mit so einer öffentlich zu verbrüdern?“ Die anderen Männer brummten bestätigend.

Zunn wollte seinen Ohren nicht trauen. Er hörte, wie Lisa tief einatmete. Er stand auf.

Der Mann lächelte und fuhr fort. „Sie ist eine Domina. Wissen Sie, was das ist? Sie peitscht die Männer, macht sie zu Sklaven. Sie hat mit halb Oldenburg gefickt. Sie ist ...“

Weiter kam er nicht. Außer sich vor Wut stürzte Zunn sich auf ihn. Er hörte Lisas Aufschrei und spürte ihre Hände, die sich in seine Jacke krallten und ihn zurückreißen wollten. „Sie entschuldigen sich sofort bei der Dame ...“, schrie er. Weiter kam er nicht, denn der Mann lachte glucksend und rammte seine Faust in Zunns Magen. Als dieser sich krümmte, fegten Boxhiebe an seinen Kopf. Zunn klappte röchelnd zusammen und fiel auf den

Sandweg. Ein roter Schleier zog an seinen vor Schmerz geschlossenen Augen vorbei. Er fühlte Stiefeltritte in seiner Seite. Dann war Stille. Dann Lisas Schreie. Zunn zwang sich, die Augen zu öffnen. Er erschrak. Der Mann hatte Lisa gepackt und hielt sie an sich gedrückt. Seine Hände fuhren über ihren Körper. Seine Kumpane johlten.

„Schau sie dir gut an, Doktor", dröhnte der Mann. „So mag sie es wirklich ..."

Zunn zwang sich auf die Knie.

„Bleiben Sie um Gottes willen liegen", schrie Lisa. Sie machen Sie fertig."

„Hör auf sie", höhnte der Mann. „Nutten wissen, was Männern gut tut." Er packte mit der Faust in Lisas Bluse und riss sie herunter.

„Ihr Schweine", keuchte Zunn. „Ihr elenden Schweine." Staksig stand er auf. Die Männer beobachteten ihn interessiert. So, wie Biologen Insekten ansehen.

„Er liebt seine Nutte", sagte ein Zweiter. „Er ist ein Kämpfer." Die Männer gluckten vor Vergnügen.

Zunn stürzte los, krallte sich in die schwarze Lederjacke, spürte Lisa, die sich losgerissen hatte. „Lauf!", keuchte er, „lauf!" Dann spürte er, wie Faustschläge und Fußtritte wieder auf ihn einprasselten. Sein Körper zerfloss in einem Meer von Schmerzen. Blitze durchzuckten seinen Kopf. Er fiel und fiel und fiel ...

Lisa rannte den Weg entlang, hörte die Schritte nah hinter sich und stürzte seitwärts in die Büsche ...

28

INTERMEZZO: DER WETTERBERICHT

Schon seit einem Monat zeigte sich ein bemerkenswert stark ausgeprägtes Kältezentrum über Nordkanada mit Bodentemperaturen bis minus vierzig Grad. Über den Azoren lag ein Hoch mit außergewöhnlich hohem Kerndruck, der oft 1045 Millibar überschritt.

Der damit verbundene intensive Transport subtropischer Warmluft in den Norden hatte eine Serie von Sturmzyklonen zur Folge, die teilweise bis in den skandinavischen und osteuropäischen Raum gelangten. Das hatte dem deutschen Küstengebiet bereits einen Nordweststurm mit Orkanböen gebracht und unter anderem zwei junge Liebende auf einem wackligen Katamaran in Lebensgefahr gebracht.

Unterdessen hatte sich bei Neufundland ein neues Tief entwickelt, das Richtung Island zog. Gleichzeitig drängte das Azorenhoch nach Osten. Zwischen all diesen Systemen war der Weg nun frei für die nördlichen Sturmwinde. Der Trog des Orkantiefs schwenkte über die Nordsee südwärts.

Minutenlang stand bei Spitzbergen der Windmesser am äußersten Anschlag und maß achtzig Knoten Windgeschwindigkeit, sechzehn Knoten mehr als Windstärke zwölf. Ein Wind, den es eigentlich gar nicht gab, fegte auf die deutsche Küste zu.

In Hamburg trafen sich der Ozeanograph des Deutschen Hydrographischen Institutes und der diensthabende Meteorologe des Seewetteramtes zu einer Notsitzung. Um ein Uhr war klar: die deutsche Nordseeküste war in höchster Gefahr, sobald die Flut wieder auflief. Das würde gegen Abend sein.

29

DIE INSEL VERKRIECHT SICH

Alexander lag auf dem schmalen Bett im Arbeitswagen und blickte an die Decke. Er hatte sie himmelblau gestrichen. Freda hatte goldene Sterne hineingemalt. Alexander musste an seine Mutter denken und lächelte in sich hinein.

Seine Mutter!

Sie würde gar nicht glauben, dass ihr Sohn unter einem so kitschig bemalten Himmel liegen und so glücklich sein konnte wie in diesem Moment. Sein Blick glitt die frischen weißen Wände hinab bis zu dem nun mit Teppichfliesen belegten Fußboden. Freda bewegte sich neben ihm im Schlaf. Ihre Hand fuhr suchend über seinen Arm und hielt ihn fest.

Ja, ich bin glücklich, dachte er. Ich lebe mein Leben, wie ich es will. Es ist erstaunlich leicht, Verantwortung zu tragen.

Das Bett war schmal, eigentlich mehr eine Pritsche. Sie lagen eng aneinander. Alexander spürte, wie seine Schultern kalt wurden und kroch weiter unter die Decke. Freda seufzte und drehte sich zu ihm. Er fragte sich, ob ihr Gesicht jetzt anders war als früher. Weicher vielleicht. Und runder. Zärtlich fuhr er mit dem Zeigefinger über ihre Stirn, die sich unter der Berührung kräuselte.

Freda schlug die Augen auf. Sie waren groß und dunkelbraun. Sie schauten ihn regungslos an. Alexander fragte sich, was ihr Blick ausdrücken mochte. Angst? Liebe? Abwehr? Zutrauen?

Zutrauen. Wahrscheinlich Zutrauen. Nicht viele Menschen hatten Zutrauen zu ihm.

Er beugte sich über Freda und küsste sie zärtlich.

„Ich liebe dich“, sagte er leise.

Sie überlegte. „Das sagst du jetzt, aber wenn du wieder bei deiner Familie bist, sieht alles anders aus. Die arme kleine Doofe aus der Wesermarsch, wirst du sagen. Und deine Mutter wird alles tun, damit du mich schnell vergisst."

„Du bist unfair."

„Ich weiß. Aber ist es nicht so?"

„Es ist nicht so. Und das weißt du genau."

„Wir sind zu verschieden. Du wirst dich schämen, wenn du uns besuchst. Drei Zimmer, Küche, Bad. Mein Vater läuft im Trainingsanzug von Werder Bremen herum, und meine Mutter hat nur ihre Küche im Kopf und was sie morgen kochen wird. Meistens etwas mit Kohl."

„Ich habe gesagt, dass ich dich liebe. Von deiner Familie habe ich nicht gesprochen."

„Die bekommt man aber dazu, ob man will oder nicht."

Alexander wusste, dass ihre Befürchtungen nicht aus der Luft gegriffen waren. Er sah förmlich die verächtlich herabgezogenen Mundwinkel seines Vaters. Und das Schnüffeln seiner Nase, wie er es auch immer tat, wenn er Kohlduft roch, der durch das Treppenhaus zog. Kleine-Leute-Mief, sagte er dann abfällig.

Aber noch war dies alles weit weg.

„Ich beginne gerade zu lernen, dass ich mein eigenes Leben leben muss. Die Eltern haben ihres. Ich hab meines. Es ist eigentlich ganz einfach", antwortete er schließlich.

„Männer machen es sich leicht. Sie denken einfach nicht mehr an ein Problem und, schwupps, ist es verschwunden." Sie seufzte. "Nimm mich in die Arme, vielleicht ist es auch kein schlechtes Rezept, um zu vergessen."

Alexander wurde aufmerksam. „Vergessen? Was? Wovor?"

Sie schüttelte den Kopf. „Das verstehst du nicht."

„Aber ich möchte verstehen. Sie alle sind über dich hergefallen, und du redest nicht darüber. Ist es wegen mir? Willst du mich schonen?"

„Ich will nicht, dass du ständig fragst. Es war nichts, verstehst du. Es ist geschehen, ich konnte nichts dagegen tun, das war es."

Wieder wollte er sich einreden, dass diese Argumentation ihn tröstete. Aber war es wirklich gut, dass sie alles beiseite schob, als ob es niemals passiert war? Er dachte wieder an die Nacht, als er sie weinend gefunden hatte. Da hatte es nicht so ausgesehen, als habe sie alles kalten Herzens über sich ergehen lassen. Sie hatte sich gedemütigt gefühlt, und im tiefsten Inneren schwer verletzt. Warum sollte sich das geändert haben? Dann aber saßen Schmerz und Verletzungen noch tief in ihr. Irgendwann würden sie nach draußen drängen, dann würde sie Hilfe brauchen.

„Ich bin da.“, sagte er lapidar.

Sie drückte sich an ihn. Er spürte, dass sie weinte.

„Du bist da. Das ist das Wichtigste“, murmelte sie. „Halte mich fest.“

Es wurde schon dunkel, als sie ihre neue Welt verließen und sich auf den Heimweg machten. Ein bösartiger Wind schlug Alexander entgegen und entriss ihm die Tür.

Die Sonne schien, aber über dem Meer standen schwarze Wolken, aus denen Regenschauer niedergingen, die aussahen wie Wände aus blau angelaufenem Stahl. Sie drückten drohend auf das Land zu. Hinter dem Horizont zuckten Blitze.

Sie hörten das Dröhnen des Meeres. Der Fahnenmast des Observatoriums brach mit einem Krachen zur Seite. Sand und Sprühwasser fegten über die Deichkrone und prasselten auf sie ein.

An Fahrradfahren war nicht mehr zu denken. Niemand war zu sehen. Die Insel verkroch sich und wartete auf den Sturm.

Alexander schloss die Tür. Sie würden hierbleiben und es sich in ihrer kleinen warmen Welt gemütlich machen.

30

DIE BEICHTE

Zunn kam sich vor, als tauche er aus den Tiefen eines Bergsees auf. Als ob er durch kalte und warme Wasserschichten höher und höher stieg, bis sein Gesicht die Wasseroberfläche durchbrach. Sein Mund schien mit Sand gefüllt zu sein, und er hatte schrecklichen Durst.

Er öffnete die Augen. Er lag in seinem Bett und versuchte die Schmerzen zu ignorieren, die dumpf auf ihm lasteten. Langsam tastete er sich ab. Prellungen überzogen seinen ganzen Körper. Sein Gesicht war geschwollen. Ein Auge war unter Wülsten verschwunden.

Sein Kollege hatte ihn gleich untersucht, nachdem er endlich vom Festland zurückgekehrt war.

„Frankenstein", hatte er mit einem warmen Lächeln gesagt. Er hatte Zunn mit seinen teigigen Fingern abgefühlt und hinzugefügt: „Gebrochen ist nichts. Auch keine inneren Blutungen, soweit ich sehen kann."

Du scheinheiliges Arschloch, hatte Zunn gedacht. Wenn ich innerlich bluten würde, wäre ich schon längst hinüber.

Er dachte an die schweren Stiefel dieser Männer. Die reinsten Mordwerkzeuge. Es war ein Wunder, dass er überlebt hatte. Ein Wunder dank Lisa. Wenn sie nicht geflüchtet und die halbe Insel zusammengeschrieen hätte ... Zunn wagte nicht weiterzudenken.

Was hatte diese Männer so wütend gemacht? Warum regten sie sich auf, wenn ein wildfremder Mann mit einer Frau auf einer Bank saß? Selbst wenn diese eine ehemalige Nutte war? Schließlich machte er sich selbst nichts daraus. Oder jedenfalls nicht viel. Oder doch mehr, als er sich eingestehen wollte? Zunn sah auf die

Uhr. Wo Lisa wohl blieb? Nutte oder nicht, Pünktlichkeit war jedenfalls nicht ihre Stärke. Sie hätte schon längst hier sein sollen. Zunn tat sich leid. Er wusste, dass er ungerecht war.

Er wurde aus seinen Gedanken gerissen, als eine Windböe hereinfegte und das Fenster mit scharfem Knall zuschlug, wo es zitternd hängen blieb und dann langsam wieder aufschwang, einen Augenblick verharrte und ... Zunn fluchte und stöhnte, als er sich aus dem Bett rollte und zum Fenster humpelte, um es zu schließen, bevor die nächste Böe die Scheiben zertrümmern konnte. Er sah nach draußen. Die Sonne war hinter einer schwarzen Wolkenwand verschwunden. Sie erhob sich drohend über den Dächern. Sie war an den Rändern zerflattert und in schwefligem Gelb zerlaufen wie ein schlechtes Aquarell.

Als er sich umdrehte, sah er die kleine Frau Ambrosius, die auf der Schwelle stand und ihn anstarrte. „Die Tür war offen", sagte sie unbeholfen, „und eine Klingel gibt es nicht."

Zunn bedeckte seine Blöße. Sie blickte mit unverhohlenem Schrecken auf seinen blutunterlaufenen Körper.

Zunn kroch wieder unter die Bettdecke. „Ich bin nicht gerade auf Damenbesuch eingerichtet", versuchte er zu scherzen. Als sie weiter unschlüssig in der Tür stand, wies er auf den Stuhl, den Lisa an das Bett gestellt hatte.

"Sie können sich gern setzen."

Die alte Dame blickte ihn dankbar an und hockte sich auf die Vorderkante der Sitzfläche, wobei sie ihre Handtasche quer auf ihre Knie stellte. Ihre durchscheinend weißen Hände umkrampften den Hornbügel der Tasche.

Ich wusste nicht, dass es so schlimm war", sagte sie schließlich. Ihre Stimme klang dünn.

„Man hat mich zusammengeschlagen. Oder besser, zusammen getreten."

Sie zuckte zusammen. „Ich hätte es wissen müssen."

Zunn verstand nicht. „Sie hätten es wissen müssen ...?"

„... dass er mich wieder belügen würde."

Zunn blickte sie fragend an.

„Mein Mann“, fuhr sie stockend fort. „Er hat diese Männer geschickt.“

Zunn blickte sie ungläubig an. „Das kann nicht sein.“

„Es ist so“, sagte sie schlicht. Ihre Stimme hatte sich gehoben. Sie hatte nun ihre Scheu verloren.

„Ich habe gehört, wir er telefonierte. Mit einem alten Kameraden in Wilhelmshaven. Er ist irgendetwas Schlimmes in der Hafengegend. Es waren seine Männer. Sie haben eine Nacht bei uns gewohnt. Mein Mann hat lange mit ihnen gesprochen. „Der wird sich wundern, dieser vorlaute Doktor“, hat er am Morgen beim Frühstück gesagt. „Der Kerl ist kaum auf der Insel und denkt, er kann alte Insulaner für dumm verkaufen. Wir werden ihm eine Lektion erteilen. Das wird ihm seine Neugier austreiben.“

„Das ist ihnen gelungen.“

„Wie hätte ich wissen können, dass er wieder log. Jetzt weiß ich, dass die Männer Sie umbringen sollten.“

„Umbringen? Gewiss, die Kerle sind Schläger ...“

Frau Ambrosius schüttelte den Kopf. „Das war es nicht.“

Die Erkenntnis traf ihn wie ein Keulenschlag. Der Einsturz des Zeltes! Er hatte genau unter der Stahlschiene gestanden.

„Ich hätte wissen müssen, dass er sich nicht mit Fausthieben zufrieden geben würde. Nicht, nachdem Sie ihn so auf den Topf gesetzt hatten. Das konnte er nicht hinnehmen.“ Sie atmete scharf ein. „Aber nun ist das Maß voll. Mein ganzes Leben habe ich geschwiegen. Irgendwann möchte ich wieder in den Spiegel sehen können.“

Nun wurde Zunn alles klar. Immer wieder war ihm der Überfall durch den Kopf gegangen. Alles war so unlogisch erschienen, so sinnlos, ja geradezu widersinnig. An den einzigen Mann, der Grund hatte, ihn zu hassen, hatte er gar nicht erst gedacht. Ambrosius. Ein alter Mann, der sich kaum mehr bewegen konnte. Aber alte Männer hatten ein langes Leben, und in einem langen Leben lernt man viele Leute kennen. Und sie waren zäh. Erst recht, wenn man alter Nazi war mit vielen alten Kameraden. Und neuen.

„Es ist falsch, dass Sie sich Vorwürfe machen“, sagte er. „An ihn hätte ich nicht gedacht.“

„Das ist kein Wunder. Sie kennen ihn nicht“, erregte sie sich. „Aber ich, ich bin mit ihm verheiratet. Außen hui, innen pfui. Wenn ich es auch nicht wahrhaben wollte.“

Sie tat Zunn Leid. „Sie liebten ihn?“

Sie nickte. „Es war ein Fehler. Ich ahnte es schon, bevor wir heirateten. Er war ein toller Kerl. Ein Bild von einem Mann. Aufrecht und stolz. Alle Mädchen waren in ihn verknallt. Er hätte sie alle haben können.“

„Wirklich alle?

„Sie haben Recht. Nur Henriette nicht. Sie pfiff auf ihn, lachte ihn aus, nahm ihn überhaupt nicht für voll.“

„Und das wurmte ihn.“

Sie nickte heftig. „Und wie. Aber das Resultat war, dass er sie liebte, wie man nur einen Menschen lieben kann. Aber als ich es merkte, war es schon zu spät. Da war ihr Schatten schon zwischen uns. Und ich war nur die zweitbeste Lösung. Wenn überhaupt. Er hat mich eben nie ernstgenommen, nie richtig respektiert, weil er mich nicht wirklich geliebt hat.“

„Vielleicht hat auch er darunter gelitten.“

Zunn sah, wie das Blut in ihr Gesicht schoss. „Das hoffe ich. Warum sollte nur ich dies alles ertragen?“

„Warum sind Sie nicht einfach gegangen?“

„Das sagt sich so leicht. Gerade heute. Aber damals war plötzlich Krieg. Und nach dem Krieg kam die Nachkriegszeit mit all ihrer Not. Und dann ...“, sie stockte, „... und dann war es schon zu spät. Und ich hatte mich an ihn gewöhnt. So etwas verbindet auch ... Obwohl es nicht sehr überzeugend klingt, wenn ich es jetzt sage.“

Die alte Frau gefiel ihm. Sie war einfach und schlicht. Und ehrlich. Und doch wusste sie Dinge, verbrecherische Dinge, die damit nicht im Einklang standen. Und hatte tatenlos geschwiegen. Warum?

Aber er dachte nicht weiter. Er würde das Rätsel nicht lösen können. Es war ein deutsches Rätsel, und viele hatten sich daran versucht.

„Dieses jüdische Ehepaar ...“, sagte er schließlich, „ haben Sie die beiden gesehen?“

Sie nickte heftig. „Sie waren jung. Was für eine hübsche Frau! Lange schwarze Haare und rote volle Lippen. Ich wusste nicht, dass sie Juden waren. Obwohl es auffiel, dass sie kaum in den Ort gingen. Sie hielten sich nur hinten im Garten auf. Dass mein Mann sie durch die Büsche hindurch beobachtete, merkte ich erst nach einiger Zeit. Aber ich dachte mir nichts dabei. Schöne Frauen, da konnte er nie wegsehen ... Na ja, und dann waren sie plötzlich weg ...“

„Sie sind geflüchtet.“

„Mein Mann hat sie verraten?“

„Sie wissen es?“

„Ich ahnte es.“

„Warum?“

„Er hat Papiere über diese Leute. Ich habe sie nur kurz gesehen. Sie lagen auf seinem Schreibtisch. Ich wollte sie lesen, aber dann kam er ins Zimmer und hat sie mir aus der Hand gerissen, hat mich angesehen, als wolle er mich umbringen.“ Sie blickte Zunn an. „Diese Menschen? Leben sie noch?“

„Ich weiß es nicht. Wir haben etwas für sie, das sie hier gelassen haben. Aber es fehlt jede Spur.“

„Vielleicht kann ich Ihnen helfen.“

„Sie meinen ...“

„... die Papiere. Er hat so getan, als ob er sie vernichtet hat, aber ich weiß, dass sie noch da sind, versteckt. Ich könnte sie suchen. Vielleicht kann ich etwas gutmachen“. Sie blickte zu Boden, so, als wolle sie nicht sehen, wenn er den Kopf schüttelte.

„Man kann immer etwas gutmachen“, sagte er sanft. In dem Augenblick, als er es sagte, glaubte er an seine Worte. Bis ihm einfiel, was er selbst mit seinem Leben angestellt hatte. Was bin ich für ein scheinheiliger Kerl, dachte er. Er wusste, dass er nichts wieder gutmachen konnte. War er nicht gerade deswegen auf die Insel gekommen?

Doch dann sah er, wie sie den Kopf hob, ihn dankbar anblickte und er bereute seine Worte nicht mehr.

„Es könnte gefährlich werden“, sagte er schließlich, „Wenn Ihrem Mann die Dinge nicht passen, sind Menschenleben nicht viel wert. Denken Sie an Ihren Nachbarn Zurmöhle.“

Das war zu viel für die alte Frau. Sie schluchzte auf und lief, halb blind vor Tränen, hinaus. Sekunden später hörte er die Haustür ins Schloss fallen.

Draußen zuckten Blitze. Donnerschläge explodierten. Die arme Frau, fuhr es Zunn durch den Kopf. Er humpelte zum Fenster. Vielleicht konnte er sie noch zurückhalten. Doch es war zu spät. Er sah sie tief gebückt die Straße entlanglaufen. Sie hatte den Mantel über den Kopf gezogen.

Gedämpfte Donnerschläge rollten über das Dorf, wie das Geräusch einer fernen Schlacht. Eine Art tiefes Stöhnen erfüllte die Luft, und der Geruch nach nassem Sand und Elektrizität wurde stärker. Hagelkörner prasselten herab.

31

DER MENSCH IST EIN WURM ...

Was brüllt der Sturm?
Der Minsch is een Wurm

Was brüllt die See?
Een Dreck is he!

Nachmittags um sechzehn Uhr war nach der Tabelle die Ebbe an ihrem tiefsten Punkt. In Wirklichkeit stand die See bereits auf der Linie des Mittleren Hochwassers. Innerhalb weniger Minuten sank die Temperatur um mehr als zehn Grad. Eine schwarzlila Wolkenbank wuchs schnell über den Himmel und warf dunkle Schatten auf Dorf und Meer. Ein Schauer durchfuhr die Wasseroberfläche, eine bebende Vorahnung, dann wurde der Horizont von einem Blitz gespalten. Weit draußen pflanzte sich ein dunkles Grollen fort, tief unter dem Meeresboden, wie es schien, eine Erschütterung, die Fensterscheiben vibrieren ließ. Wenige Minuten später fiel die Sturm- und Hagelböe über die Insel herein und fegte bei zweiundzwanzig Häusern die Dachpfannen von den Dächern.

Um siebzehn Minuten nach acht schäumte das Wasser über den Deich am Wattenmeer. Pferdegespanne mit Sandsäcken machten sich auf den Weg, um das Loch im Deich zu stopfen. Katastrophenalarm wird ausgelöst. Eine halbe Stunde später bricht der Deich. Die Wagen versinken im hereinbrausenden Wasser. LF 8, der motorisierte Löschwagen, versucht sie herauszuziehen und versinkt in einem Bombentrichter, der sich plötzlich auftut. Die verängstigten Pferde werden mühsam auf höheres Land gerettet.

Das Wasser dringt bis zu Apotheke im Ort vor. Der Bahnhof

ist überflutet. Kapitän Idens Barkasse reißt sich am Westanleger los und treibt führerlos zum Dorf. Bald darauf legt sie am Bahnhof, Bahnsteig eins, an. Noch zwei Stunden bis zum Ende der Flut ...

32

KLEINE HERRGÖTTER

Henrik und Jean-Jesus lagen auf der großen Düne im Westen der Insel und blickten auf die Stäbe hinunter. Der Hagelsturm hatte ihre Kleider durchnässt. Der Wind kam in fauchenden Böen. Der dunkle Himmel schien direkt auf ihren Köpfen zu hängen. Das Tosen der See umhüllte sie. Das Meer schäumte, kochte und brodelte. In breiter Schlachtordnung liefen Wellenberge auf die Insel zu, rissen klaffende Täler hinter sich auf, die gleich wieder unter haushohen Wasserwänden verschwanden. Bevor die Wellen umbrachen bildeten sich Schaumstreifen auf ihren Kämmen, die der Wind abriss und in der Luft zerstäubte. Die See schmiss sich gegen die Düne und zerquirlte in fauchende Schaumkaskaden. Sie fraß an der Dünenwand und rutschte mit ihrer Beute schmatzend zurück, um die nächste Welle zu unterlaufen, die sich überschlug, als seien ihr die Beine weggeschlagen worden.

Von den Buhnen war nichts mehr zu sehen. Auch die meterhohen Wellenbrecher waren im Chaos verschwunden.

Jean-Jesus war begeistert. Er hatte nur Augen für seine Stäbe. Sie standen steif und stolz in ihren Halterungen. Weiße Schaumwolken zerplatzten über ihnen, hüllten sie ein und gaben sie wieder frei. Als sie Sonne für einen letzten Moment durch die Wolkenberge schien, leuchteten sie bunt im weißen Schaum. In strenger Ordnung, als wollten sie demonstrieren, dass Schönheit und Disziplin über das Chaos triumphieren können.

Jean-Jesus riss an Henriks Anorak. Er lachte. Er schrie ihm etwas zu, aber der Wind riss die Worte von seinen Lippen. Aber Henrik konnte sich auch so denken, was in ihm vorging. Im Angesicht der nackten und brüllenden Gewalt war dies der künstlerische Gipfel, den er mit seiner Kunst erreichen konnte. Der Kreative triumphierte über die Gewalten. Henrik fühlte fast zärtliche Bewunderung für das unbeirrte, oft unbeholfene Streben dieses Mannes nach künstlerischer Vollendung. Er schämte sich, dass er das Projekt belächelt und oft genug verflucht hatte. Umso mehr gönnte er diesem ungelenken Mann seinen Triumph, der ihn für so vieles entschädigen mochte.

Henrik sah Jeans strahlende, fast irre Augen. Er kroch zu ihm und legte einen Arm um seine Schultern. Jean blickte ihn dankbar an. Er war nicht allein. Er hatte einen Zeugen für seinen Triumph.

Das Wasser warf sich unaufhaltsam gegen die Insel.Ein fast sanftes Zischen hatte sich unter die Kakophonie der Töne gemischt.

Die beiden Männer zogen sich gegenseitig hoch und stemmten sich gegen den Wind. Angesichts des schäumenden Wassers unter ihnen ergriff sie ein fast irrwitziges Hochgefühl. Salzwasser prasselte kalt und scharf auf ihre Gesichter. Das ist das wahre Leben, fuhr es Henrik durch den Kopf. Kein Platz mehr für Duckmäusertum oder Apathie, Neid oder Missgunst ... Wasserwolken umhüllten sie. Sie fühlten sich hoch über den Dingen, ein wenig wie der Herrgott selbst.

Henrik hatte kaum so weit gedacht, als sich der Boden unter ihnen sich in Bewegung setzte.

Es dauerte lange Sekunden, bis sie begriffen. Die Wellen hatten sich weit in die Sandwand gefressen und rissen nun die ganze Düne hinunter. Henrik wollte zurücklaufen. Sie hatten in einer mit Gras bewachsenen Mulde gestanden, die an ihrem hinteren Hang abbrach und rutschte. Die Abrisskante lag gut drei Meter hinter und nun schon eine gute Körperlänge über ihnen. Zu spät... Seltsamerweise blieb die Mulde in sich unverändert. Wie ein lautloser Fahrstuhl glitt sie abwärts.

In Zeitlupe sah Henrik das tosende Meer auf sich zukommen. Er stürzte nach hinten und griff blind in den Abhang, an dem sie nach unten rutschten. Doch es war nur feuchter, loser Sand ...

Das war's, dachte er. Das Wasser wird uns einfach verschlucken, herumwirbeln, elend ertränken und schließlich irgendwo als faulendes Strandgut ausspeien. Er blickte nach oben, wo der Rest der Düne im Dunst verschwand. Plötzlich spürte er Widerstand, und der Fall stockte. Die Mulde stieß auf etwas Festes auf und zerfiel. Der fallende Sand staute sich und bildete einen Puffer, direkt über dem kochenden Wasser. Es würde nicht lange dauern, bis die gefräßigen Wellen ihn ins Meer gespült hatten.

„Runter hier!", schrie Henrik und riss Jean-Jesus nach links. Wenn sie überhaupt eine Chance hatten, dann in Richtung der Befestigungen, auf denen die Pfähle standen.

Der Sand war tief und zerrte an ihren Beinen. Braune ruppige Brecher fegten an der Sandwand entlang, einige schwappten darüber hinweg, als suchten sie etwas, nach dem sie noch schnappen konnten. Die beiden Männer fielen und taumelten vorwärts, während unter ihnen die Wellen zerplatzten, Sand mit sich rissen und Schaumkaskaden in die Höhe jagten. Der Wall, auf dem sie liefen, wurde mit jeder Welle schmaler. Es wird nicht reichen, dachte Henrik. Da sah er die Treppe, die auf den Deich führte. Sie war noch gute zwanzig Meter entfernt. Zu weit. Viel zu weit.

Eine weitere Welle. Henrik spürte ein Zittern und fühlte, wie wieder Sand unter ihm abrutschte. Es war, als ob ihm jemand den Boden unter den Füßen wegzog. Er ließ sich fallen, warf sich an den Hang. Er spürte schon das Wasser an seinen Füßen, als seine Hände etwas Hartes ergriffen. Ein Rohr! Ein schorfiges, rostiges Rohr.

Nicht loslassen!

Er fühlte, wie Jeans Hände sich in seinem Gürtel verkrallten.

Sie hingen in der Luft. Henrik wusste, dass er ihrer beider Gewicht nicht mehr lange würde halten können.

Sie fielen.

Sie fielen auf etwas Hartes. Auf gemauerte Steine. Die See hatte eine alte Kanonenplattform aus dem Krieg ausgegraben, die jahrzehntelang unter der Düne verschwunden gewesen war.

Die Plattform lag nur knapp über dem Wasser. Haushoch wälzten sich die Wellen auf die Männer zu und schlugen dann krachend über ihnen zusammen. Der rücklaufende Sog riss an ihnen, aber sie pressten sich flach auf den Boden und zwängten die Fingerspitzen in die Spalten zwischen den Steinen. Henrik blickte nach vorn.

Die Treppe. Die Rettung. Das Leben.

Sie krochen und robbten darauf zu, duckten sich, wenn eine Welle auf ihnen zerplatzte, warteten, bis der Sog nachließ und krochen, krochen, krochen ...

Noch vor Minuten hatte die Treppe an der Flanke der Düne hinaufgeführt. Nun war der Sand verschwunden, und das Gerüst der Treppe hing nackt und gratig vor ihnen. Sie packten zu und zogen sich hoch. Dann ging es einfach.

Sie waren gerettet.

Vor ein paar Minuten hatten sie sich noch als kleine Herrgötter gefühlt. Jetzt lagen sie mickrig und zitternd, halb ohnmächtig auf den Steinen und freuten sich, dass sie überhaupt noch lebten. Sie umarmten sich.

Sie lagen minutenlang. Regungslos. Spürten den wunderbaren rauen Boden, der sie hielt und fühlten, wie das Wasser an ihnen ablief.

Dann hörten sie, wie die Schutzmauer auf der anderen Seite zusammenkrachte.

Das Wasser hatte die Düne durchbrochen und wälzte sich nun von hinten heran. Die Wellen drückten das Mauerwerk hoch, wo es zerbrach und in die See gezogen wurde. Sie hetzten die Treppe nach oben, die bereits unter den Angriffen der See bebte.

Erst oben auf dem Deich waren sie in Sicherheit. Sie sahen, wie Alexander und Freda auf sie zuliefen, sie packten und stützten.

Da hörte er Jeans gequälten Schrei und sah, wie er entsetzt nach links zur Spitze der Insel zeigte. Auch dort hatten die Wellen sich hinter die Mauerblenden geschoben und rissen sie in breiten Streifen herab.

Und mit ihnen die Stäbe, die zerborsten im kochenden Wasser trieben ...

33

KEIN TAG FÜR FALKEN

Zwei Tage später war der Sturm schon Geschichte. Im Dorf hatte das große Aufräumen begonnen. Henrik stand mit Alexander auf dem Deich am Wattenmeer. Sie beobachteten, wie die Feuerwehr versuchte, den TF 8 aus dem Morast zu bergen. Das Wasser war abgelaufen. Pioniere der Bundeswehr hatten die Lücke im Deich in Rekordzeit geschlossen. Man war gegen einen weiteren Angriff des Blanken Hans gewappnet. Jedenfalls provisorisch.

Die Insel lag unter einem grauen Schleier in so bleischwerer Ruhe, als wollte sich die Natur über die Menschen und ihre Angst lustig machen. Die Ereignisse der Sturmnacht erschienen Henrik seltsam fern.

„Warum bist du nicht draußen bei Pickerts?“, fragte Alexander.

„Was soll ich da? Es ist alles kaputt. Die Stangen treiben irgendwo vor England.“

Er sagte nicht die Wahrheit.

Er hatte hinausgehen wollen, schon um Jean-Jesus beizustehen. Dann aber war er in Höhe der *Saline* auf Anna gestoßen. Arm in Arm mit diesem Thomas Pauly. Das hatte ihm den Rest gegeben. Eigentlich hätte er es sich denken können. Seit dem Richtfest, als er mit Annas Mutter zurückgeblieben war, hatte sie kein Wort mehr mit ihm gewechselt. Nun also wieder dieser Pauly. Der Kerl hatte so dümmlich gelächelt, dass Henrik ausgewichen und auf dem Deich zurückgegangen war.

Nun fühlte er sich mies und überflüssig. Er verstand nicht, was mit ihm geschah. Er saß zwischen allen Stühlen. Dabei wollte er es jedem recht machen. Mit dem irrwitzigen Ergebnis, dass er plötzlich abseits stand. Verstehe das, wer wolle. Ein Scheißtag. Wirklich.

Er merkte, dass Alexander ihn immer noch erwartungsvoll ansah. Henrik bemühte sich, freundlich zu blicken.

„Danke noch mal für die Hilfe vorgestern", sagte er. „Jean und ich hatten sie wirklich nötig."

„Gut, dass wir überhaupt da waren in unserer Bude."

„Habt ihr nichts gehört von dem Sturm?"

„Nicht wirklich. Aber weißt du, der Wagen steht geschützt. Und wer denkt schon daran, dass die ganze Düne ..."

Aber Henrik hatte nicht mehr richtig hingehört. Unten auf der Wiese erklangen Kommandos. Vier Pferde waren vor den Löschwagen gespannt. Eine Peitsche knallte. Die Leinen strafften sich. Die Tiere schnauften. Dann bewegte sich der Wagen. Langsam rollte er aus seinem schlammigen Bett heraus. Die Männer johlten. Jemand betätigte das Martinshorn. Der Anlasser des Motors schnarrte im Leerlauf und gab dann den Geist auf. Die Feuerwehrleute saßen auf und ließen sich und ihren geliebten TF 8 von den Pferden zum Flugplatz hinüberziehen, wo sie hinter den Holunderbüschen verschwanden.

„Na, dann will ich mal," sagte Alexander und lief über die Wiese zurück zum Dorf.

Plötzlich war Henrik allein auf dem Deich. Er fühlte, wie die innere Unruhe abebbte. Die plötzliche Ruhe tat ihm gut. In der Ferne fuhr ein Tanker in die Wesermündung und verschwand schließlich in den Wasserfahnen eines Regenschauers. Ein Rüttelfalke stand flügelschlagend über einem Busch und starrte nach unten auf die Wiese. Schließlich legte er die Flügel an, ließ sich fallen und prallte in das Gras. Halme wirbelten auf. Dann stieg der Vogel wieder auf. Sein Schnabel war leer, die Beute war entkommen. Der Falke krächzte enttäuscht. Kein guter Tag, dachte Henrik, auch für Rüttelfalken nicht.

Er war eine gute Viertelstunde gegangen und schon fast an den Dünen angekommen, als er Olga Pickert sah.

Sie saß am Fuße des Deiches auf einer provisorischen Bank, die die Naturschützer gebaut hatten. Sie hatte den Kopf in die

Hände gestützt. Henrik rutschte den Abhang hinunter. Als er näher kam, sah er, dass Olga weinte. Sie machte keine Anstalten, die Tränen abzuwischen.

„Mojn, Mojn“, sagte er, „ich kam gerade vorbei, da sehe ich, dass du ...“

Seine Worte verloren sich, als er sah, dass sie nicht reagierte. Sie blickte mit blanken Augen durch ihn hindurch. Henrik stand eine Weile unschlüssig vor ihr und wartete, dass sie irgendetwas zu ihm sagte. Aber sie blieb stumm. Er war neugierig. Zugleich fühlte er Mitleid. Doch es war offensichtlich, dass sie nicht mit ihm sprechen wollte. Das passt zum heutigen Tag, dachte er resigniert. Ich bin überflüssig. Überall überflüssig. Er hatte sich schon umgedreht, als er ihre leise Stimme hörte: „Setz dich“, sagte sie. „Bitte.“

Sie rutschte zur Seite und klopfte vage neben sich auf die Bank.

Er setzte sich und überlegte, was er sagen sollte. Aber ihm fiel nichts ein. Zwei weiße Tauben landeten zu ihren Füßen. Sie liefen aufgeregt hin und her, wobei sie bei jedem Schritt mit dem Kopf nickten und gurrten. Wahrscheinlich warten sie auf Futter, das die Naturschützer mitbringen, überlegte er. Er kramte in seinen Taschen, fand aber nichts.

„Es ist schön hier“, sagte sie unvermittelt. „Der große Vorteil des Meeres ist, dass man Stunden damit zubringen kann, es zu betrachten, ohne nachzudenken. Sogar ohne sich zu erinnern. Und wenn die Erinnerungen kommen, hinterlassen sie jedenfalls keine Spuren. Wie Schiffe im Wasser.“

„Schön formuliert“, entgegnete er, „fast lyrisch.“

Olga drehte sich zu ihm um, strich sich die Haare aus dem Gesicht und sah ihn aufmerksam an.

„Da spricht der Schriftsteller. Du machst dich über mich lustig. Du magst mich nicht. Das verstehe ich.“ Es war halb Frage, halb Feststellung. Ihre tiefe Stimme klang heiser, so als habe sie lange nicht gesprochen.

„Das ist nicht wahr“, antwortete er aus einem Reflex heraus.

Dabei wusste er, dass sie recht hatte. Wenigstens teilweise. Sie war kompliziert und schwierig. Er hatte sich vergeblich bemüht, sie zu verstehen.

„Ich kann es dir nicht übel nehmen."

„Es war ein fieser Trick", sagte er vorwurfsvoll.

„Ein Trick? Wofür? Welcher Trick?"

„Diese Szene am Strand. Der sogenannte Kuss. Diese Show. Und alles nur, damit Anna mich fallen lässt."

Olga richtete sich auf, wollte etwas sagen, ließ es dann aber. Ihre Blicke trafen sich, dann schaute er verlegen weg.

„Ich würde gern verstehen, wie du denkst", sagte er schließlich.

„Sprichst du als Schriftsteller?" Ihre Stimme klang harsch.

„Als Mensch. Als Mann."

„Gibt es überhaupt etwas, was dir an mir gefällt?"

„Du bist schön", entfuhr es ihm.

„Ich bin alt."

„Du bist älter als ich, aber du bist eine schöne Frau."

„Leere Komplimente."

„Apropos Komplimente", antwortete er leichthin. Er hatte keine Lust mehr, zu diskutieren. „Ich lese gerade über Mark Twains Leben", erzählte er, „Er führte einmal die Frau des Gouverneurs zu Tisch. Er sagte ihr, dass sie schön sei. Geschmeichelt akzeptierte sie das Kompliment, entgegnete aber trotzdem spöttisch, es sei schade, dass sie von ihm nicht dasselbe sagen könne. Worauf er lächelte, sich zu der Dame niederbeugte und kühl antwortete, „Machen Sie es wie ich, Madame, lügen Sie."

Nun lachte sie doch. Sie wischte sich die Tränen aus den Augen. Wie schnell sie ihre Stimmungen ändern kann, dachte er. Henrik erinnerte sich an das Richtfest und ihre plötzliche Umarmung. Und an ihren warmen Duft, der ihn umhüllt hatte. Wieder spürte er die wohlige, drängende Zufriedenheit, die ihn durchströmt hatte.

Was war in ihn gefahren, als sie sich ihm aufdrängte? Warum war er Anna nicht gefolgt? Sie war die Mutter seiner Freundin.

Sie hatte ihn beschimpft, ja sogar tätlich angegriffen. Sie hat mich benutzt, überlegte er, mit mir gespielt, wie es ihr gerade einfiel. Ich sollte mich schnellstens davonmachen. Soll sie sehen, wie sie mit ihrem Missmut allein zurechtkommt ... Aber er blieb und schwieg.

Sie deutete sein Schweigen falsch.

„Siehst du? Dir fällt nichts ein außer einer banalen Bemerkung über die Schönheit! Ausgerechnet Schönheit, die sowieso vergeht." Sie sagte es fast böse, und er fürchtete schon, dass sie wieder auf ihn losgehen würde. Doch sie griff ihn nur am Kragen seiner Jacke und zog sein Gesicht dicht heran. „Mach die Augen auf!", sagte sie ruhig. „Was siehst du?"

Sie hielt die von feinen Krähenfüßen umgebenen Lider leicht gesenkt und wartete.

Er wusste nicht, was er sehen sollte.

„Ich werde dir die Antwort abnehmen", fuhr sie fort. „Was du siehst, sind Falten. Nichts als Falten. Unter den Augen, auf der Stirn ..." Sie schüttelte ihn. „Siehst du sie endlich?"

Ihre Haut war feucht. Sie roch nach Blütenseife. Vielleicht Magnolien. Er wusste nicht, wie Magnolien riechen, aber so stellte er sich ihren Duft vor.

„Nein", stammelte er, „da sind keine Falten. Vielleicht eine oder zwei. Oder auch drei, vier. Unter den Augen. Aber nicht viele. Ich schwör's. Sie fallen kaum auf."

Sie ließ seine Jacke los und stieß ihn von sich.

„Blödsinn. Sie sind alle da, diese Falten. Vielleicht sieht man sie noch nicht. Aber sie sind schon da. Sie lauern darauf, sich zu zeigen." Sie sah ihn herausfordernd an, wartete auf seine Antwort.

„Warum ziehst du dich so herunter?", fragte er. Es war eine Frage, die sie nicht erwartet hatte.

„Weil nichts so kommt, wie ich es mir wünsche."

„Du hast alles. Einen Mann, der dich liebt ..."

„... einen Mann, der seine Kunst liebt. In Wirklichkeit bin ich ihm egal, völlig egal ..."

„Das ist nicht wahr“, sagte Henrik.

„Es ist wohl wahr. Er hatte mir fest versprochen, mit der Kunst aufzuhören, wenn es diesmal nicht klappt. Mein Schwiegervater hat schon ein Häuschen für uns. Verstehst du? Mit Blumenbeeten davor und zwei rund geschnittenen Buchsbäumen neben der weiß lackierten Haustür. Ein Namensschild in Messing mit Englischer Schreibschrift. Und ein grüner Kranz mit roten Beeren am Türklopfer.“

„Spießig.“

„Das ist spießig. Ich möchte, dass es spießig ist. Und das jetzt und nicht erst, wenn ich alt und runzlig bin. Erst war es mein Vater, der einer idealen Kunst nachjagte und nichts anderes im Sinn hatte. Nun ist es mein Mann. Dabei weiß jeder, dass beide niemals ankommen werden. Sie sind eben nicht Picasso oder Chagall, auch wenn sie es nicht wahrhaben wollen.“ Henrik wollte antworten, aber sie winkte ab. „Ich möchte mit dem zufrieden sein, was wir haben, was wir mit unseren Händen fassen und an uns drücken können. Keine Traumschlösser.“

Sie hatte blaugraue Augen. Sie erinnerten Henrik an Regenwolken, die nachmittags heranziehen und sich wohltuend vor die Sonne schieben. Jetzt jedoch hatten ihre Pupillen die dunkle Farbe von Sturmwolken angenommen, aus denen jeden Moment Blitze zucken konnten.

Sie ist die schönste Frau, die ich kenne, dachte er.

Sie merkte, dass er nicht wirklich zuhörte. „Woran denkst du?“

„Wie schön du bist“, sagte er noch einmal und sah, dass sie dieses Mal rot wurde. Sie vergrub ihr Gesicht in ihren Händen. „Meine Augen fühlen sich ganz verquollen an nach all diesem Geheule.“

Sie schwieg, aber er wollte, dass sie weiterredete.

„Er hat es mir versprochen“, fuhr sie schließlich fort. „Er hat es fest versprochen, sogar geschworen. Auf die Bibel. Auf unsere Liebe ...“ Sie schluchzte.

„Und nun?“

„Und nun? Nun ist alles nicht mehr wahr. Was schert ihn sein Versprechen? Nun will er nochmal von vorn beginnen. Und hat natürlich eine passende Ausrede. Es war der Sturm, der ihn scheitern ließ. Nicht er selbst."

„Als der Sturm begann, standen wir oben auf der Düne. Es war grandios. Ein Moment der Wahrheit, der ewigen Schönheit. Nachdem er ihn erlebt hat, kann er nicht aufgeben."

„Dummes, leeres Gerede. Ich jedenfalls will nicht mehr, dass mir das Leben zwischen den Fingern zerrinnt. Ich muss raus aus dieser Ehe, ehe es zu spät ist! Du, du hast das Leben noch vor dir. Da kann man sich noch Umwege erlauben." Sie hob das Kinn und strich mit der Hand über ihren Hals. Sie blickte ihn an. „Dabei hast du ja recht. Noch ist die Natur gnädig zu mir. Aber wie lange noch?"

Sie schwieg und blickte auf den Boden. Eine Taube kam und pickte an ihre feuchten Finger. Henrik lächelte.

„Warum lächelst du?"

„Der weiße Vogel. Ich überlegte, ob er ein gutes Zeichen sein könnte."

„Was für ein Zeichen sollte das sein: Es ist ein Vogel. Eine ganz gewöhnliche Taube, nur weiß." Sie schnippte missbilligend mit den Fingern. Die Taube hüpfte zurück und beäugte sie misstrauisch.

„Es gibt sie auch in der Kunst. Die weiße Taube", sagte er. „Sie hat oft eine symbolische Bedeutung. Meist stellt sie den heiligen Geist dar. Oder etwas, das Inspiration gibt. Hilfe zum Beispiel."

„So ein Quatsch", fauchte sie. „Der Heilige Geist im Wattenmeer!"

„Und", fragte er, „was willst du jetzt machen?"

„Es gibt nicht viele Möglichkeiten."

„Du könntest dich scheiden lassen."

„Zum Beispiel", sagte sie trocken. „Aber was wäre dann? Er würde mich nicht gehen lassen. Er ist wie eine Klette." Sie lehnte sich zurück und atmete tief ein. „Mir wird schon etwas einfallen."

Zur Bekräftigung schlug sie mit der flachen Hand auf die Bank. Der Vogel erschrak und flog davon.

„Jetzt ist er weg“, sagte sie, „Dein Symbolvogel.“ Ihre Stimme klang hilflos.

Sie hatten den Regen kommen sehen. Die Wolken, die über der Wesermündung aufgezogen waren, hingen nun über ihnen. Die Regenschleier, die sie nach sich zogen, hüllten bereits die Dünen ein. Die Salzwiesen verschwanden streifenweise, so, als würden sie von einem riesigen Radiergummi ausradiert. Wind kam auf. Das Gekreische der Vögel war verstummt. Erste Tropfen fielen.

„Es regnet Ameisentränen“, sagte Henrik.

Olga blickte ihn ungläubig an. „Spinnst du?“

„Es ist ein Zitat von Aragon. Er schrieb es, als er Matisse besuchte.“

„Wer ist Aragon?“

„Louis Aragon. Ein französischer Dichter.“

„Also ein Kollege.“

„Schön wär's“, sagte er so ernst, dass sie aufhörte, über ihn zu lächeln.

„Ich weiß was“, sagte sie ablenkend, „Wer den ersten Regentropfen ins Auge kriegt, hat gewonnen und darf sich was wünschen. Was hältst du davon?“ Sie wechselt Themen und Stimmungen wie andere Leute die Kleider, dachte Henrik.

„Es ist wohl besser, wenn wir gleich gehen, aber auch dann wird es knapp.“

Sie schmollte. „Sei kein Spielverderber. Also los!“

Sie warf den Kopf in den Nacken, blickte hoch zu den Wolken und kullerte mit den großen Augen, als wolle sie die Tropfen hypnotisieren.

Auch Henrik schaute hinauf. In seinem Kopf drehte es sich, als er überall nur Himmel sah. Er schien so nah zu sein, dass er meinte, ihn mit der Nase berühren zu können.

Sie standen eine ganze Weile nebeneinander und sahen hinauf. Olga hüpfte auf einem Bein hin und her, als könne sie die

Tropfen fangen, die nun dichter fielen, den Himmel sprenkelten und ihre Gesichter bestäubten. Olga schrie enttäuscht auf, als ihre Nase getroffen wurde.

Schließlich gewann Henrik.

„Glück im Spiel ...“, sagte sie schmollend.

„... Pech in der Liebe. Stimmt genau.“ Er sah sie herausfordernd an. „Immerhin. Ich darf mir was wünschen.“

Ein Blitz zuckte, wenig später krachte der Donner. „Später“, rief Olga und hielt sich die Ohren zu, „jetzt müssen wir erst mal rennen.“

Oben auf dem Deich pfiff der Wind bereits beträchtlich. Es war niemand zu sehen. Nur der Rüttelfalke hing noch immer flügelschlagend über seinem Busch. Henrik nahm Olgas Arm und zog sie mit sich. Aber wohin sollten sie laufen? Der Ort lag weit jenseits des Flugplatzes. Außerdem schnitt ihnen ein breiter Entwässerungsgraben den Weg ab.

Dann kam der wirkliche Regen. Die Tropfen prasselten nun auf sie herunter. Im Nu stand der Weg unter Wasser. Olga stolperte, verlor den Halt und schlidderte den Hang hinab. Sie blieb auf halber Höhe liegen. Henrik stieg vorsichtig hinunter. Sie zog sich an ihm hoch und stand dann regungslos vor ihm, wie ein kleines Mädchen, das von den Eltern ausgeschimpft worden ist.

Unter ihnen am Fuß des Deiches stand eine Pumpstation. Das Haus war sieben, acht Meter lang, rot verklinkert und trug ein Walmdach. Ohne Fenster, nur mit Oberlichtern wirkte es fremd und abweisend. Es lag direkt am Entwässerungsgraben. Rohre führten unter ihm hindurch.

„Dorthin!“, schrie er in den Regen hinein. „Irgendwo muss eine Tür sein!“

Er riss sie mit sich. Gemeinsam schlitterten sie den Rest des Abhanges hinunter und ließen sich von der Mauer des Häuschens bremsen. Ein meterbreiter Betonstreifen führte um das Gebäude herum und mündete über dem Graben in einen Gitterrost, unter dem schwarzes Wasser in ein Rohr gurgelte. Sie standen unter dem Dach in einer Nische. Sie stampften auf das Gitter, um das Wasser, das an ihnen herunterlief, abzuschütteln. Sie waren völlig durchnässt. Sie froren. Henrik bemerkte, dass Olgas Lippen sich bläulich färbten.

Dann sah er die Tür. Sie war aus Eisen, grau gestrichen, mit einem schwarzen Griff. Oben ein kleines Fenster. Darunter ein Schild in roter Schrift:

BETRETEN VERBOTEN!

Witzbolde, dachte Henrik. Überall Witzbolde.

„Sie ist sicherlich abgeschlossen", keuchte Olga. „Niemand lässt so ein Haus offen stehen."

„Niemand auf dem Festland. Hier ist alles anders.", sagte er.

Die Tür war abgeschlossen.

„Ich habe es doch gesagt", hörte er Olgas Stimme, „Dass ihr Männer nie hören wollt."

Sein Blick fiel auf die Tonne. Wütend trat er gegen sie. Sie rollte davon und fiel mit dumpfen Plopp in den Graben, wo sie vom Stutzen des Rohres angesogen wurde, sich querstellte und langsam um sich selbst drehte.

Henriks Fuß schmerzte. Man tritt nicht ungestraft gegen eine Tonne. Er blickte auf seine Füße, in der Hoffnung, sich keinen Zeh gebrochen zu haben.

Dann sah er ihn.

Den Schlüssel.

Sie hatten eine Werkstatt erwartet oder ein Lager für Materialien. Vielleicht auch einen behelfsmäßigen Tisch und den einen oder anderen Stuhl. Eventuell eine Kaffeemaschine und ein paar angestaubte Tassen.

Weit gefehlt.

Tatsächlich gab es einen Lagerraum mit Rohren und Verbindungstücken in jeder Größe und eine Werkbank an der Seite. Das Übrige war jedoch ein voll eingerichtetes Appartement. Abgestandene Luft schlug ihnen entgegen. Neben der Tür war ein Oberlicht. Henrik wollte es öffnen, aber es war festgerostet. Das Licht sprang an und beleuchtete eine kleine Küche. Ein Herd mit vier Kochplatten, Spüle, Esstisch und ein Schrank mit Geschirr. Sogar eine Sauciere war da und eine Spargelplatte.

Nicht zu fassen, dachte Henrik. Obwohl eigentlich alles plausibel war. Natürlich brauchten die Männer, die vom Festland kamen, um das System zu warten, einen Ort, wo sie schlafen konnten. Unabhängig von der Saison ...

Der Clou war jedoch das Wohnzimmer, wenn man es als solches bezeichnen wollte. Zwar standen zwei Hochbetten in einer Ecke, aber sonst war alles da, was man zum gemütlichen Leben brauchte. Selbst eine Couchgarnitur, in Leder und ein wenig abgeschabt, fehlte nicht.

Olga öffnete die Tür neben den Betten und stieß einen Schrei des Entzückens aus. Da war ein kleines Badezimmer. Einfach weiß gefliest, nicht gerade elegant, aber sauber und praktisch. Die Dusche stand offen. Es roch aus der Toilette. Henrik drückte die Spülung, und der Geruchsverschluss schloss sich wieder. Olga drehte an dem Hahn mit dem roten Punkt, aber es gab nur kaltes Wasser.

In der Ecke hing ein bejahrter Warmwasserboiler von STIEBEL ELTRON. Das Betriebslicht sprang auf rot, als Henrik den Schalter drehte.

„Wie lange wird es dauern, bis das Wasser heiß ist?“, fragte Olga. Sie stand bibbernd in der Tür.

„Der Boiler ist alt, aber die Dinger sind unverwüstlich. Ein paar Minuten. Es muss ja nicht kochen.“

„Bis dahin hat der Regen längst aufgehört“, sagte Olga.

Als sie noch einmal vor die Tür gingen und zum Himmel schauten, sahen sie, dass Olgas Hoffnung trügerisch war. Mittlerweile lag die Insel unter einem granitgrauen Himmel, der nirgendwo

Aufhellungen zeigte. Über den Dünen zuckte ein Blitz. Krachend rollte der Donner über das Watt.

„Viel zu gefährlich“, sagte Henrik achselzuckend.

„Jean wird sich Sorgen machen.“

„Vielleicht steckt er selbst fest, dort draußen im Westen.“

Sie standen unschlüssig.

„Lass uns das Beste draus machen“, sagte sie schließlich. Henrik spürte, dass ihre Niedergeschlagenheit verflogen war. Ihre Stimme klang nun fest, fast unternehmungslustig.

Die Elektroheizungen an den Wänden pusteten warme Luft in den Raum. Es begann, wie in einer Waschküche zu riechen.

„Es hat wohl keinen Sinn, wenn wir in nassen Klamotten herumstehen und uns erkälten“, sagte Olga und zog sich die Jacke aus. Henrik sah, dass ihre weiße Bluse klatschnass anlag. Ihre Haut schimmerte rosa hindurch. Das Spitzenmuster ihres Büstenhalters drückte sich an den Stoff. Henrik spürte, wie die Erinnerung an die Nacht des Richtfestes zurückkehrte. Der Sand, der von ihrem Haar in den tiefen Ausschnitt ihres Pullovers rann. Der bittere Geschmack ihrer Lippen und die Hände, die ihn kannten, bevor sie ihn berührten.

Olga knöpfte sich die Bluse auf und verschwand in der Dusche.

In einem Sideboard lagen Handtücher, sogar zwei große. Henrik nahm eines und ging in das Badezimmer. Das Wasser rauschte. Dampf quoll aus der Dusche. Olga stand unter dem Strahl und drehte sich wohlig. Sie hatte die Augen geschlossen und ließ das Wasser über ihren Kopf laufen. Ihre Brüste waren fest und schimmerten unter dem spritzenden Wasser. Olga tastete nach einer Flasche Duschgel und seifte sich ein. Sie nahm sich Zeit. Ihr Körper schien jeden einzelnen heißen Wasserstrahl zu genießen.

Henrik stand gebannt.

Sie angelte nach dem Handtuch, das Henrik ihr hinhielt, schlang es um sich und trat heraus.

„Du bist dran“, sagte sie und verschwand im Nebenraum.

Sie lag im unteren Bett unter einer karierten Wolldecke, die sie bis an den Hals hochgezogen hatte. Die nassen Sachen hingen auf den Stühlen, die sie vor die Heizkörper gestellt hatte. Olga hatte die Augen geschlossen. Sie schlug sie erst auf, als er die Schubladen öffnete und ärgerlich wieder zustieß.

„Wenn du eine Decke suchst, es gibt nur diese hier“, sagte sie schläfrig und zog die Decke noch etwas höher.

„Mein Handtuch ist nass“, maulte er.

Sie antwortete nicht.

„Und mir wird kalt“, fügte er hinzu.

„Du suchst einen Grund, bei mir reinzukriechen.“ Ihre Stimme klang ironisch und abweisend.

Henrik trat von einem Fuß auf den anderen. „Ich friere.“

„Ich sagte nein. Ich bin zu alt für diese Spielchen.“

„Ich habe noch einen Wunsch frei. Wegen des Tropfens im Auge.“

Sie drückte sich hoch und sah ihn aufmerksam an.

„Schäm dich. Das ist Erpressung“.

„Nicht eigentlich.“

„Und uneigentlich?“ Sie legte sich auf die Seite und hielt die Decke hinter sich hoch. „Na, los!“, kommandierte sie, „ewig kann ich den Arm nicht so verdreht halten.“

Er ließ das Handtuch erst fallen, als er schon hinter ihr lag.

„Aber schön artig sein“, sagte sie, zog aber gleichzeitig seinen Arm über ihre Schulter, sodass seine Hand schließlich auf ihrem Busen lag.

Henrik versank in der Berührung ihres Körpers. Er steckte seine Nase unter ihre Haare, sodass die Welt aufhörte zu existieren.

Dann begann sie, sich langsam zu bewegen ...

Sie lagen nebeneinander und blickten an die Decke, so, als ob es dort Besonderes zu sehen gab. Henrik fühlte sich körperlos, schwebend. Und er war irritiert. Er spürte eine unsichtbare Wand, die sie immer noch trennte. Er fragte sich, ob sie bereute, mit ihm geschlafen zu haben. Er jedenfalls bereute es nicht. Was ihn wunderte.

„Es war schön“, sagte er.

Olga schob die durch den Regen gekrausten Haare mit einer müden Bewegung über ein Ohr. „Was weißt du schon?“

„Ich weiß, dass es schön war“, wiederholte er.

Nun lächelte sie. „Ich frage mich, ob ich dich überhaupt mag.“

Sie lehnte sich aus dem Bett und befühlte die Sachen, die auf der Heizung hingen. „Noch ganz schön feucht“, sagte sie und rieb sich die Hände an der Decke trocken.

Henrik blickte zum Oberlicht, an dem Regenwasser herunterlief. „Es pladdert noch.“

„Es scheint dir zu gefallen.“

Er nickte und drängte sich an sie. Diesmal liebten sie sich zärtlicher. Henrik fühlte, wie Olga ihn sanft hin und her wiegte. Seine Gedanken drifteten in seine Kindheit. Ein Himmelbett, die Haare seiner Mutter, die sich wie ein Vorhang über sein Gesicht legten. Er ließ mit sich machen und genoss einen seltsamen Frieden.

Als keiner von ihnen mehr wollte, blieb sie dennoch so liegen, er immer noch in ihr. Auch sie ließ ihn nicht los. Später lagen sie still beieinander, und er konnte ihre weichen, regelmäßigen Atemzüge hören. Dann schlief auch er ein.

Als Henrik wieder aufwachte, sah er, dass Olga bereits auf der Bettkante saß und sich anzog. Sie blickte nachdenklich auf ihn herunter.

Den Weg zurück zum Dorf gingen sie schweigsam. Die schwarzen Wolken hatten sich verzogen. Nach dem Regen lag die Insel jungfräulich und friedlich. Es duftete nach Meer und Algen. Der Himmel über ihnen war von fahler Bläue. Es war, als wäre nichts gewesen. Nur über dem Westturm lag noch ein Gespinst aus dünner grauer Bewölkung, das im Abendlicht rötlich leuchtete. Wassertropfen schimmerten an den Gräsern. Die Vögel umkreisten kreischend ihre Brutstätten.

War wirklich nichts geschehen? Er versuchte, Olga anzuschauen, ohne sie direkt anzusehen. Sie wirkte verschlossen. Er fragte sich, ob sie über etwas nachdachte. Und, wenn ja, über was. Er selbst fühlte eine seltsame Leichtigkeit, vielleicht auch Geborgenheit. Er nahm ihre Hand und war froh, dass sie sie ihm erst entzog, als sie über die Geleise gingen und die Kirche schon vor sich sahen.

Die Kirchentür stand offen. Gospelsongs klangen heraus. Henrik erkannte die Frauen des Chors, die vor dem Altar sangen und sich im Takt wiegten. Der Pastor stand unter der Kanzel und wirkte hilflos. Nun erinnerte sich Henrik, dass er eigentlich hatte Akkordeon spielen sollen. Er zog Olga weiter, bevor sie ihn bemerkten.

Das Haus des Predigers lag in hellem Sonnenlicht. Die Balkontür stand offen.

„Dein Mann wartet sicher“, sagte Henrik. Dann sahen sie Jean-Jesus. Er stand auf dem Balkon, regungslos, und sah ihnen entgegen. Kann man uns ansehen, was passiert ist, fragte sich Henrik. Bestimmt. Er fühlte, wie sein Gesicht brannte.

Er spürte, wie Olga ihn leicht auf die Wange küsste, dann schlug die Haustür hinter ihr zu. Er hörte sie die Treppe hochlaufen. Jean-Jesus trat zurück und ging ins Zimmer. Henrik fühlte Mitleid mit ihm. Scheiß was drauf, dachte er. Ich bin eben ein Arschloch.

Er wollte gerade weitergehen, als er die Stimme von Jean-Jesus hörte. Er schrie. Er brüllte Etwas krachte gegen eine Wand. Dann klatschten Schläge. Er hörte Olga aufschreien. Etwas fiel. Jean-Jesus schrie weiter. Olga wimmerte.

Henrik überlegte nicht lange. Er rannte zum Haus zurück. Der Prediger trat neugierig grinsend auf den Flur. Henrik nahm die Stufen mit wenigen Schritten, drückte die Klingel und ließ sie nicht los. Sie schrillte durch das Haus. Die Schreie verebbten. Na endlich, dachte Henrik. Dann öffnete sich die Tür.

Olga. Ihre Kleidung war zerzaust. Sie blutete unter dem rechten Auge.

„Kann ich ...?“, begann Henrik.

„Hau ab!“, blaffte sie, „Du bringst alles durcheinander!“ Sie warf die Tür mit einem Knall zu.

34

STÖRER IM PARADIES

Alexander und Freda standen hilflos zwischen Betonquadern, die der Sturm herausgerissen und wahllos gegen den Deich geschleudert hatte. Sie blickten auf den Stapel abgebrochener Stangen, die sie zusammengetragen hatten. Sie hatten den ganzen Nachmittag aufgeräumt, aber es war ihnen nicht gelungen, auch nur einigermaßen Ordnung in das Durcheinander zu bringen. Alexander schüttelte den Kopf.

„So bringt das nichts. Es geht nur mit Maschinen, die alles platt machen."

„Ich verstehe nicht, dass Jean-Jesus sich gar nicht kümmert."

Während im Westen die See noch silbern schimmerte, zog von Osten die Dunkelheit herein. Wind kam auf. Es wurde ungemütlich, und sie freuten sich auf einen heißen Grog. Ihr Bauwagen stand vom Sturm unversehrt hinter dem Deich. Das Wasser war bis zum Tor und den beiden roten Bojen gekommen, war dann aber zur anderen Seite abgelaufen.

Sie hängten das gelbe Ölzeug an den Haken neben der Tür und drehten den Propangasstrahler auf. Wärme erfüllte den Raum. Freda zündete eine Kerze an. Sie warf ihre Schatten ins Zimmer. Sie rieb die klammen Finger über der Flamme. Die Schatten im Raum sprangen hin und her.

Alexander erhitzte Wasser auf dem Kocher, goss es in Gläser und gab Rum und Zucker dazu. Der Grog dampfte. Es duftete nach Weihnachten. Alexander legte die Hände um das heiße Glas. Dann trank er in kleinen Schlucken. Er spürte, wie der Grog die Speiseröhre hinunterlief und sich im Magen heiß ausbreitete. Ein wohliges Gefühl durchströmte ihn. Freda setzte sich auf seine Knie, legte einen Arm um seinen Hals und schmiegte den Kopf an seine Schulter. Schweigend und dankbar genossen sie die tiefe und schon so selbstverständlich gewordene Harmonie.

In diesem Moment zersplitterte die Fensterscheibe.

Etwas Hartes schlug neben den Gläsern auf. Alexander und Freda saßen wie erstarrt. Erst langsam lösten sie sich voneinander. Auf dem Tisch lag ein faustgroßer Stein, um den ein Zettel gewickelt war. Er wurde von Gummibändern gehalten. Alexander nahm ihn zögernd, während Freda sich an seine Schulter klammerte, als fürchtete sie, dass der Stein explodieren könnte. Alexander faltete den Zettel auseinander und strich ihn mit dem Handrücken glatt. Sie beugten sich vor und lasen gemeinsam:

Wir machen euch fertig!!!

35

DAS VERSCHLOSSENE KUVERT

Henrik hatte Schweres geträumt, als das Telefon ihn weckte. Renate, die Frau seines ehemaligen Chefredakteurs aus Bremen.

„Wie spät, zum Teufel, ist es?“, gähnte er.

„Acht.“ Ihre Stimme klang unangenehm aufgeräumt und positiv.

„Du solltest auch aufstehen“, sagte sie. „Langschläfer haben eine kürzere Lebenserwartung.“

Er stöhnte noch einmal. Renate und ihre ständigen Gesundheitstipps! Wider besseres Wissen ließ er sich auf eine Debatte ein. „Wieso soll ich eine längere Lebenserwartung haben, wenn ich weniger schlafe?“

„Das haben Untersuchungen mit Ratten ergeben.“

„Ich bin keine Ratte.“

„Sei nicht albern. Na jedenfalls, man hat sie nicht schlafen lassen, und weißt du was? Sie haben länger gelebt.“

Er schwieg. Wohlweißlich.

„Was machst du jetzt?“, fragte sie schließlich.

„Ich setze Kaffeewasser auf.“

„Nicht gut“, kam es aus dem Hörer. „Du solltest die Kaffeetrinkerei sein lassen ...“

„Du bist nicht auf dem Laufenden. Kaffee ist gut gegen Schlaganfall ...“

Natürlich wusste sie es besser. „Stimmt nicht“, wies sie ihn zurecht. „Kaffee hat neunhundertdreiundzwanzig chemische Zusätze, er kann gar nicht gesund sein.“

„Alles längst überholt“, sagte er aufs Geratewohl.

„Außerdem kann man vom Kaffee Krebs kriegen.“

„Das ist überhaupt nicht bewiesen."

„Und er macht nervös."

„Ich muss auflegen", sagte er. „Ich muss zum Bahnhof."

„Eine Frau."

„Nein."

„Gib es zu."

„Es geht dich nichts an."

„Also doch. Schade. Ich habe einen Tag frei. Und Erwin ist für drei Tage beim Zentralverlag. Ein bisschen Seeluft würde mir gut tun."

„Beischlaf greift das Rückgrat an und macht dumm."

„So ein Quatsch. Aber ich sehe schon, es hat wohl keinen Zweck, wenn ich dich mal besuche", fuhr sie fort.

„Ehrlich gesagt ..."

„Verstanden", sagte sie spitz. „Dann lauf, dass du sie nicht verpasst ..."

Bremen. Renate. Die Zeitung ...

Vor einem halben Jahr noch der Mittelpunkt seiner Welt. Und auch jetzt nur schlappe hundert Kilometer entfernt. Wie weit weg schien das alles!

Henrik stand am Ende des Bahnsteigs halb verborgen durch einen Busch und beobachtete, wie Olga und Jean-Jesus in den Zug stiegen. Nur durch Zufall hatte er davon erfahren, dass sie abreisen würden. Drei Tage waren vergangen, seitdem Olga ihm die Tür vor der Nase zugeknallt hatte. Seitdem hatte er sie nicht mehr gesehen. Auch Jean-Jesus blieb unsichtbar, doch Henrik hätte sich ihm sowieso nicht zu nähern gewagt. Anna hatte er nicht fragen wollen. Sie lief nicht gerade weg, wenn sie sich trafen. Er war einfach Luft für sie, spielte die beleidigte Leberwurst.

Irgendwie hatte er einen Aufschrei der Empörung befürchtet, nachdem er mit Olga geschlafen hatte. Aber die Welt drehte sich einfach weiter. Es beruhigte und enttäuschte ihn zugleich, dass niemand mit den Fingern auf ihn zeigte.

Er hatte die Pickerts schon beobachtet, als sie über den Bahnhofsvorplatz kamen. Jean-Jesus ging gebückt. Sein Gesicht war blass, fast grünlich, und er fasste sich des öfteren an die Brust, als ob er Schmerzen zurückdrängen wollte. Olga hielt ihn untergehakt und zog ihn fürsorglich zum Zug. Anna schob einen Karren mit Koffern. Sie sah besorgt aus und ließ ihren Vater kaum aus den Augen. Für einen Augenblick glaubte er Olgas Blick zu spüren, aber dann waren sie schon vorbei. Auch Olga war blass. Sie trug einen Hut mit breiter Krempe, das ihr Gesicht in Schatten tauchte. Henrik suchte nach Spuren der Schläge, konnte aber nichts entdecken.

Die Waggons der Inselbahn waren alt und hoch. Drei Stufen führten zu einer offenen Plattform hinauf. Jean-Jesus hatte Mühe, sich hinaufzuziehen. Olga schob ihn von hinten, und schließlich waren sie im Zug verschwunden. Nur Anna mühte sich noch mit den Koffern. Sie verschwand gerade in der Bahnhofshalle, als Olga noch einmal ausstieg. Sie kam direkt auf Henrik zu.

„Super, dass wir uns noch sprechen", sagte Henrik unbeholfen, „Ich hatte schon gedacht ..."

„Mach dich nicht lächerlich", unterbrach sie ihn kurz angebunden. Sie nestelte an ihrer Handtasche, zog ein rosafarbenes Kuvert heraus und reichte es ihm. Er blickte es verdutzt an.

„Nun nimm schon", blaffte sie, „Ich habe nicht viel Zeit. Ich möchte, dass du es nimmst. Schließ es gut weg, es ist wichtig für mich." Als er unsicher blickte, fügte sie hinzu. „Der Umschlag ist geschlossen. Wehe, du öffnest ihn. Er geht dich nichts an. Versprichst du mir das?"

Er nickte.

„Schwöre es!"

„Auf was soll ich schwören? So ein Blödsinn."

Sie blickte sich um. „Auf deine Mutter zum Beispiel."

Er lachte.

„Warum lachst du?"

„Sie war eine Säuferin, hat gelogen und betrogen."

„Aber du hast sie geliebt?“

Blitzartig traf ihn die Erkenntnis, dass er sich diese Frage noch nicht gestellt hatte. Hatte er sie geliebt? Ja, er liebte sie. Irgendwie war es ein tröstlicher Gedanke.

„Ich schwöre“, sagte er, „bei der Liebe zu meiner Mutter“. Die Lokomotive pfiff und fuhr an. Ein Ruck ging durch den Zug. Die Wagen rappelten und stießen aneinander.

„Dann enttäusche sie nicht“, zischte Olga. Eine kurze Umarmung, der Hauch von einem Kuss, dann drehte sie sich um, lief zum Wagen zurück und zog sich auf die Plattform. Von dort aus winkte sie ihm noch einmal zu und verschwand hinter der Schiebetür. Er glaubte, noch das Gesicht von Jean-Jesus hinter der spiegelnden Scheibe zu sehen, dann verschwand der Zug durch die Deichlücke. Für einen Moment hörte man ihn noch über die Schienen rumpeln. Dann war er weg. Als hätte es ihn nie gegeben.

Henrik verstand nichts. Er wusste nur, dass alles anders gekommen war, als er gedacht hatte. Er fühlte das glatte Papier zwischen seinen Fingern. Ein leiser Duft von Olgas Parfüm. Der Umschlag war nicht beschrieben. Er war fest verklebt. Henrik hielt ihn gegen das Licht, aber es war dickes Papier. Nichts war zu sehen.

Anna blickte zu ihm herüber, und er fragte sich, ob er sie ansprechen sollte. Während er noch überlegte, kam sie auf ihn zu.

„Wo sind deine Großeltern?“, fragte er und war froh, ein Thema gefunden zu haben.

„Sie sind sauer.“ Ihre Stimme klang endgültig. Da sie offensichtlich nicht darüber sprechen wollte, schwieg er. Anna blickte ihn unverwandt an.

„Nur, damit du es weißt, sie hat mir alles erzählt“, stieß sie hervor. „Und ich finde es eklig. Es kotzt mich an.“

Ihre Stimme klang heiser. In gewisser Weise konnte er sie verstehen. Er wollte es ihr sagen, brachte aber nur ein albernes „Ich weiß auch alles. Und das kotzt mich auch an“, über die Lippen. Er dachte an Thomas Pauly, diesen Arsch.

„Du weißt nichts. Gar nichts. Ich kenne keinen, der weniger versteht als du.“

„Wie kannst du so etwas sagen? Was weißt du schon, was ich nicht schon längst erfahren habe?“

„Dass ich ein Kind bekomme, zum Beispiel.“

36

MAN SIEHT SICH IMMER ZWEIMAL

Zunn bog um die Ecke und sah das Flugfeld. Noch war keine Maschine gelandet. Auch kein Hubschrauber. Er atmete auf, er hatte schon befürchtet, zu spät zu kommen. Er ging durch die Absperrung und hielt sich links, wo niemand stand. Er hatte keine Lust, mit Menschen zu sprechen.

Er hatte sich mit Lisa gestritten. Das Bewusstsein, dass er sie mit seinem Verhalten verletzt hatte, lag ihm noch schwer im Magen, schwerer als er sich eingestehen wollte.

Dabei hatte alles so harmlos begonnen, als das Telefon geklingelt hatte, und der Mann von der Krankenkasse sich meldete und sagte, er sei schon am Bahnhof. Er würde gern vorbeikommen und sich die Praxis mal ansehen. Die Stimme des Mannes klang freundlich, aber irgendwie auch gestelzt. Zunn war nervös geworden, obwohl kein Grund bestand. Er hatte eine gültige Zulassung als Kassenarzt gekauft, und man hatte sie ordnungsgemäß auf ihn übertragen.

Natürlich hatte Zunn nicht nein sagen können, auch nicht nein sagen wollen, obwohl er gerade gemütlich mit Lisa zusammensaß. Sie tranken Espresso, den nur sie so vollkommen aus der Maschine zaubern konnte. Bei ihm gab die sündhaft teure Maschine nur Rülpser von sich oder bespritzte ihn mit heißem Wasser.

„Ein Wichtigtuer von der Krankenkasse“, hatte Zunn gesagt. „Er will sich die Praxis ansehen. Ich werde ihm den Gefallen tun.“

„Soll ich ihm einen Kaffee machen?“, hatte sie gefragt.

Er hatte den Kopf geschüttelt. „Vielleicht ist es besser, ich spreche mit ihm allein.“

„Ich kann solange in der Küche bleiben.“

Er schüttelte zweifelnd den Kopf. „Vielleicht ist es besser, wenn du überhaupt gehst. Dann kann es keine Missverständnisse geben."

„Missverständnisse? Was für Missverständnisse?"

Er hob hilflos die Hände. „Na ja, es ist eben hochoffiziell, verstehst du?"

„Du meinst, ich passe nicht dazu?"

„Das habe ich nicht gesagt."

„Aber gemeint."

Er hatte es abgestritten, aber irgendwie hatte sie doch Recht gehabt. Er hatte an ihre Schmetterlingsbrille, ihre grüne Hose, die lila Strümpfe, an die rote Bluse und die Strickjacke gedacht, deren schreienden Rottöne in einem heftigen Kampf miteinander lagen. Er wollte noch etwas sagen, aber da war Lisa schon aufgesprungen. Sie hatte Tränen in den Augen, aber hinter den Tränen blitzte es wütend.

„Sag doch gleich, dass ich nicht gutgenug bin. Kein Gymnasium, kein Studium, kein Doktor. Nur ein ehemaliges Flittchen aus Rumänien, das gutgenug ist für einen Espresso. Und auch das bitte nur, wenn niemand zusieht ..."

Er hatte heftig protestiert. „So ein Blödsinn. Wir haben so viel miteinander gemacht. Denk nur an Charlotte. Oder die Beerdigung oder die Sache mit Kette. Du bist ungerecht. Was ist bloß in dich gefahren?"

„Das waren alles Sachen, die die Insel betrafen. Wahrscheinlich sind wir hier alle nicht gutgenug für den vornehmen Herrn Doktor. Sag es doch gleich!"

„Deinetwegen habe ich mich zusammenschlagen lassen."

„Und ich habe mich bedankt. Gerührt war ich dumme Kuh, dass zum ersten Mal jemand seine Haut für mich hinhielt. Aber wahrscheinlich ging es auch da nur um dich. Den Vorwurf, mit einer Hure auf der Bank zu sitzen, konntest du nicht auf dir sitzen lassen. Jetzt wird mir vieles klar!"

Sie hatte sich in Rage geredet. Nun zögerte sie, wischte sich mit dem Handrücken die Haare aus dem Gesicht und sprach mit normalem Tonfall weiter: „Aber kaum kommt so ein Fatzke vom Festland, da macht der Herr Doktor Männchen. Damit nur keiner merkt, dass wir ...“

„... dass wir was? Was haben wir denn schon gemacht?“

Sie sah ihn fassungslos an. „So also siehst du das? Was haben wir denn schon Großes gemacht?“, ahmte sie ihn nach. „Natürlich haben wir nichts gemacht. Und doch ...?“

Lisa schien noch einen Moment zu überlegen, dann drehte sie sich um und stürzte aus dem Zimmer. Die Haustür knallte, und das Stakkato ihrer Stöckelschuhe verebbte schnell.

Zunn saß fassungslos. Er wusste nur, dass sie unrecht hatte. Nicht im Traum hatte er daran gedacht, dass sie weniger wert sein könne als er. Eher im Gegenteil.

Er stand auf und ordnete mechanisch die herumliegenden Sachen. Als er Lisas aufdringlich rote Strickjacke aufnahm und hinter der Schrankwand versteckte, fragte er sich, ob nicht vielleicht doch ein Körnchen Wahrheit an dem sein könnte, was sie ihm vorwarf.

Obwohl seitdem Stunden vergangen waren, waren seine Gedanken immer noch mit Lisa beschäftigt. Das Bedauern, das er spürte, erschreckte ihn durch seine plötzliche Heftigkeit. In seinem Körper juckte es. Er wusste, was es war. Er brauchte einen Klaren. Er sah sich um. Die Tür zum Flughafenrestaurant stand offen, einladend offen.

Er ballte die Hände in der Tasche, als könnte er sich so festhalten. Schließlich fühlte er, dass Zorn in ihm aufkam, und er war dankbar dafür, denn der Zorn lenkte ihn ab.

Es ist einfach nicht richtig, dass wir nichts miteinander hatten, schimpfte es in ihm. Er erinnerte sich an die langen Abende, an denen sie nach Lisas Putzarbeit zusammengesessen hatten. Und Charlotte? Hatte er nicht immer mit ihr gespielt? Er erinnerte sich daran, wie sie zusammen inhaliert hatten. Sie war ein kleiner Schatz und hatte sich schon lange in sein Herz geschlichen.

Nun, sie hatten nicht miteinander geschlafen.

Vielleicht war es das, was sie meinte. Natürlich war es das, was sie meinte. Kein Wunder bei ihrer Vergangenheit. Warum hatten sie eigentlich nicht miteinander geschlafen? Es war nicht so, dass er sie nicht begehrte. Warum also dann nicht? Er konnte die Frage nicht beantworten.

Die alte Angst. Das war es. Nun klang es einfach, aber es war kompliziert. Wie konnte er es Lisa erklären? Und musste er es überhaupt? Hatte er irgendeine Verpflichtung übernommen? Sicherlich nicht. Na also.

An diesem Punkt angekommen, redete er sich ein, dass alles seine Ordnung habe. Kein Grund zur Sorge, sagte sein Gehirn. Kein Grund für einen Schnaps. Kein Grund, weiter zu grübeln.

Er versuchte, seine Gedanken umzulenken, wie man einen Hebel umlegt. Blöderweise funktionierte es nicht. Lisas Bild tauchte hartnäckig vor seinen Augen auf. Rote Haare mit gelben Strähnen. Heute. Und die Schmetterlingsbrille. Schaurig-schön. Eigentlich eher schön. Sollten die anderen sagen, was sie wollten. Überdies kam es sowieso mehr auf das Gesicht an. Und das war nun wirklich schön. Nicht hübsch, schön. Kräftig und doch empfindsam, der Mund weich geformt und ausdrucksvoll, die Augen tief und voller Wärme. Man konnte geradewegs in sie hineinsehen.

Zunn verzog das Gesicht. Was ist los mit mir? Ich werde noch zum Schwärmer. Reiß dich zusammen!

In diesem Moment hörte er den Rettungshubschrauber. Es war CHRISTOPH 26, der in Sanderbusch stationiert und für die Insel zuständig war. Er überquerte den Deich in Höhe des alten Pumpenhauses. Zunn erkannte die rotweiße Bemalung des Fliegers. Der Hubschrauber verhielt über dem Landeplatz, der nur für ihn reserviert war, und drehte sich langsam. D-HMUZ, die Kennung war an das Heck geschrieben. Zunn fragte sich, was die Buchstaben zu bedeuten hatten. „D" für Deutschland, das war klar. Aber der Rest? Er hoffte, dass es jemanden gab, der alles verstand.

Er fragte sich, wer an Bord sein würde. Er dachte an den Anruf. Eine hektisch klingende Frauenstimme hatte ihm hastig mitgeteilt, dass ein kranker Insulaner an Bord sei.

„Der Hubschrauber landet um drei heute Nachmittag", hatte sie erklärt. „Er muss gleich zurück. Heute ist der Teufel los. Der Patient ist bewegungsunfähig und für den Transport nach Hause auf die Hilfe eines Arztes angewiesen. Und später erst recht. Er ist hilflos." Wer der Mann denn sei, hatte er gefragt, aber die Frau hatte es nicht gewusst. Kommt alles per Fax, hatte sie hinzugefügt und schnell aufgelegt.

Es war aber nichts per Fax gekommen.

So stand er also hier und wartete. Der Motor erstarb. Die Rotoren schwappten leise zischend zum Stillstand. Die Tür öffnete sich.

Zunn spürte eine Hand an seinem Arm. Er drehte sich um.

Lisa.

Er mochte es nicht glauben. Er fühlte, wie sich sein Gesicht zu einem Lachen verzog. Sie sah es und war offensichtlich erleichtert.

„Ich bin ein Schaf", sagte sie hastig. „Ich muss mich entschuldigen. Weiß der Himmel, was über mich gekommen ist. Sie sind mein einziger Freund und ich mache Ihnen Vorwürfe. Ausgerechnet Ihnen."

„Schon gut", sagte er mit belegter Stimme. „Ist ja schon gut. Vielleicht musste ich auch mal auf den Pott gesetzt werden."

„Wenn Sie es so sehen." Sie breitete die Arme aus und umarmte ihn spontan. Er fühlte ihren Mund warm auf seinem Hals. Ihre Hände lagen auf seine Schultern und hielten ihn fest, dass er sich kaum rühren konnte. Es war ein schönes solides Gefühl.

Jemand rief. Lisa löste sich zögernd.

„Ich war zurückgekommen, um meine schöne rote Jacke zu holen, die ich vergessen hatte in all dem Streit", sagte sie schnell, als sei noch eine Erklärung nötig. „Da sah ich das Fax des Krankenhauses. Und dachte, ich bringe es gleich. Schon wegen des Patienten. Das ist wirklich ein Ding ..."

Zunn nickte, aber er hörte kaum zu. Er beobachtete aus den Augenwinkeln, wie eine Trage aus dem Hubschrauber gezogen wurde. Ein Mensch lag auf ihr. Mehr war nicht zu erkennen, weil er sorgsam in Decken gehüllt war. Währenddessen redete Lisa weiter. Er spürte ihren Eifer und fragte sich, warum sie so aufgeregt war. Nun war doch alles wieder gut, hoffte er wenigstens. Und Patienten, die betreut werden mussten, waren medizinischer Alltag. Doch Lisa ließ sich nicht abhalten: „Ich habe überhaupt nicht gewusst, dass der Mann zusammengeklappt ist. Schlaganfall. Er war in Wilhelmshaven, hat sich wohl zu viel aufgeregt und ist zusammengeklappt. Sie haben ihn gerade noch am Leben halten können. Und nun schicken sie ihn zurück. Gelähmt am ganzen Körper."

Ein Mann in weißem Kittel winkte. Zunn winkte zurück und setzte sich in Bewegung. Lisa blieb hinter ihm blieb. Sie redete weiter auf ihn ein. Ihre Stimme klang drängend: „Der Name des Mannes steht auf dem Fax, und ich dachte, Sie sollten ihn kennen. Es ist ..."

Doch Zunn hörte nicht mehr zu. Sie hatten den Hubschrauber erreicht, und Zunn bückte sich. Er zog den Zipfel der Decke, die das Gesicht zur Hälfte bedeckte, zur Seite.

Ambrosius!

„... Ambrosius", beendete Lisa ihren Satz.

Der alte Mann war blass. Er lag regungslos. Seine Frau kam die Treppe vom Hubschrauber herunter und stellte sich neben sie. Sie strich ihrem Mann mit einem feuchten Lappen über das Gesicht. Er schlug die Augen auf. Sein Blick fiel auf Zunn. Er war bei vollem Bewusstsein.

„Sieh ... an ...", sagte Ambrosius mit stockender Stimme, „... der junge Doktor. Jetzt passen ... Sie also auf mich auf." Sein Gesicht verzog sich zu einem mühsamen Grinsen. „Ich verlasse ... mich darauf, dass mir nichts passiert ..."

AMSTERDAM 2006

37

COSI FAN TUTTE (2)

Henrik Bilhhardt trat vor das Hotel. Es war typisch amerikanisch. Unpersönlich. Austauschbar. Auf jedem Kontinent das Gleiche. Die Amis liebten so etwas. Er nicht. In Geschmacksfragen war er doch kein Amerikaner geworden, auch wenn er sich das manchmal einreden wollte.

Das Hotel lag nicht weit vom Kloveniersburgwal. Die Innenstadt lag jenseits der Gracht. Er ging über die Brücke und hielt sich links. Die Straßen waren leer. Kein Wunder um diese Uhrzeit. Auf der Gracht fuhr ein Aussichtsschiff. Es war beleuchtet. Hinter den großen Glasfenstern saßen Passagiere und aßen bei Kerzenschein zu Abend.

In den Ecken neben den Häusern lag noch dreckiger Schnee. Und doch ist Wärme in der Luft zu spüren. Als Henrik die Gracht entlangging, konnte er fühlen, dass feuchter Wind vom Meer hereinwehte und sich nass auf seinem Gesicht niederließ. Der Winter würde bald vorbei sein.

Er hatte daran gedacht, sich ein Auto zu mieten. Es war nicht mehr weit bis zur Insel. In der Karte hatte er gesehen, dass sie mittlerweile eine Autobahn gebaut hatten, die der Küste folgte. Ein Katzensprung nur noch. Doch dann hatte er plötzlich keinen Mut mehr gehabt. Er fühlte sich schlecht gerüstet für einen weiteren Kampf. Hollywood hatte ihn verweichlicht. Vielleicht fürchtete er auch, dass seine Illusionen platzen könnten, und dass im besten Fall nichts bliebe als ein vages, unbehagliches Gefühl.

Morgen würde er es wissen.

Die Straße mit den Backsteinhäusern führte an einem Spielplatz vorbei. Im Halbschatten sah er, dass buntangemalte Geräte zwischen Büschen standen. Die Spuren von Kinderschuhen überkreuzten sich im Sand.

Kinder, dachte er wehmütig.

Er sah eine Schaukel und setzte sich. Die Seile waren feucht und kalt. Er fühlte, wie sich der Plastiksitz unter seinem Gewicht verbog. Er hob die Beine und gab sich Anschwung. Das Gerüst ächzte. Aber er schaukelte. Und gar nicht schlecht. Je höher er kam, umso mehr schwankte das Gestell. Doch er mochte nicht aufhören. Es war, als ob seinen Optimismus mit jedem Schwung zurückkehrte und ihm die Angst nahm.

Er hörte, wie er ein Lied pfiff. Vor der Gracht sah er einen Polizisten. Billhardt ließ sich ausschwingen. Was würde der Cop wohl sagen, wenn er einen fast vierzigjährigen Amerikaner schaukeln sehen würde. Na ja, dachte Henrik, wahrscheinlich würde er nachsichtig lächeln. Amerikanern war eben alles zuzutrauen. Er stieg vorsichtig ab. Er hatte keine Lust, Fragen zu beantworten. Zumal alle Fragen sowieso bei Präsident Bush und seiner fragwürdigen Politik endeten.

Der Polizist war hinter der Post verschwunden. Billhardt folgte ihm langsam. Die Straße mündete unversehens auf einem Platz. Ein betrunkener Mann pinkelte gegen einen Papierkorb. Etwas weiter saßen Jugendliche auf einer Treppe. Sie waren jung. Bestimmt nicht älter als fünfzehn, sechzehn. Sie sahen verloren aus. Sie rauchten. Sie hatten Hunde dabei, die zu ihren Füßen lagen. Die Hunde hatten die Schnauzen auf das Pflaster gelegt und blickten gläubig zu ihrem Herrchen oder Frauchen auf, die einfach nur dasaßen und in die Gegend starrten.

Der Polizist ging vorbei, ohne sie zu beachten. Billhardt erinnerte sich, dass Rauschgift den Behörden egal war. Offensichtlich Kinder auch. Er dachte daran, dass eines der Kinder seines sein konnte. Er spürte die Halsschlagader pochen und die Schläfen.

Nur nicht daran denken.

Er ging schnell weiter. Niemand sah ihm nach. Sie waren noch jünger, als er aus der Entfernung gedacht hatte.

Scheiße, Scheiße, Scheiße!

Henriks Blick fiel auf einen kleinen Juwelierladen. Die Auslage war leergeräumt. Nur eine Perlenkette lag auf grünem Samt.

Die Perlenkette.

Hatte nicht dieser Arzt, dieser Zunn, damals eine Perlenkette gefunden. Er versuchte sich zu erinnern, was aus der Sache geworden war, doch die Bilder kamen nicht zurück. Dieser Dr. Zunn allerdings, den würde er nicht vergessen können. Sicher würde er, Henrik Billhardt, gar nicht mehr leben, wenn dieser verrückte Doktor nicht seine Angst besiegt hätte ...

Den Buchladen gleich nebenan hatte er fast übersehen. Er war nicht groß, aber gut sortiert. Sein neuestes Buch lag ganz vorn neben Michael Chrichton und Dan Brown. Noch immer freute er sich wie ein Kind, wenn er seine Bücher in Buchhandlungen sah. Jetzt also sogar hier. Er konnte sich gar nicht daran erinnern, jemandem die Rechte für Holland gegeben zu haben. Aber darum würde sich sein Verlag schon kümmern.

Er bog nach rechts und ging die Sankt Antoniesbreestrat hinunter. Irgendwo hier musste das Rembrandthaus liegen.

Auf der anderen Seite des Platzes die Oper. Gerade öffneten sich deren Türen, und die Leute strömten in Grüppchen heraus. Sie redeten aufgeregt aufeinander ein. Ihre Stimmen klangen fröhlich, Frauen lachten. Jemand sang die ersten Töne einer Arie. Die Stimme erstarb, und die Menschen lachten gutmütig. Sie hakten sich gegenseitig unter und gingen die breite Straße entlang, wo die Lokale lagen.

Man muss versuchen, das Schöne zu sehen, hatte Anna ihm seinerzeit erklärt, als sie in diesem Café unter dem Leuchtturm gesessen hatten. Das Schöne reflektiert die Dinge positiv und bringt das Leben in Schwingung, hatte sie hinzugefügt.

Das Schöne.

Die Suche nach dem Schönen unterscheidet uns von den Tieren.

Hatte Jean-Jesus nicht ähnliches gesagt? Und wie hatten sie ihn verspottet ...

Jean-Jesus. Nur jetzt nicht an Jean-Jesus denken. Billhardt schob sich durch die Menschen und blickte in den Schaukasten mit den Fotos der Aufführung

Mozart.

COSI VAN TUTTE. So machens alle.

Das kann man wohl sagen.

Eine schöne Oper. Er hatte sie einmal gesehen. Jedenfalls den ersten Akt.

Damals auf der Fahrt von Annas Klasse nach Bremen. Er hatte ihnen billige Karten besorgt. Als Dank hatten sie ihn mitgenommen. Er hatte gern zugesagt, weil es eine Möglichkeit war, in Annas Nähe zu sein ...

38

COSI FAN TUTTE (1)

Im obersten Rang eines Theaters, ganz oben, schon nahe an den Deckenlampen, war es eng und warm. Henrik schwitzte. Er saß direkt an der Balustrade. Was nicht schlecht war, da er niemanden vor sich hatte. Doch was nutzte der beste Blick auf eine Handvoll Sänger, wenn man die Beine nicht bewegen konnte, und die Hitze sich in Kopfhöhe staute. Er verfluchte Dornkaat-Lily und ihr gutes Herz. Sie hatte geglaubt, sie tue ihm etwas Gutes, als sie ihm die Freikarte aufnötigte.

Henrik spürte, wie es in seinen Bronchien rasselte. Diese verfluchten Bronchien! Kaum war er weg von der Insel, schon begannen sie, sich mit Schleim zuzusetzen. Er krümmte sich, als der Husten ihn überfiel. Er hielt die Luft an und biss die Zähne zusammen. Er spürte, wie die Tränen in seine Augen traten. Das Kratzen in den Luftröhren schüttelte ihn, grummelte in seinen Bronchien und brach sich schließlich Bahn in einer Art heiserem Gebell, das in das Theater hinunter dröhnte. Köpfe drehten sich und schauten strafend nach oben. Henrik verbarg sich hinter der Balustrade. Er blickte zur Seite, und seine Augen trafen Annas Blick. Sie saß nur einige Sitze weiter. Sie lächelte nachsichtig. Und etwas gequält. Sie sieht nicht gut aus, dachte Henrik. Natürlich hatte sich ihr Gesicht in den letzten Monaten verändert, war fülliger geworden, aufgedunsen, teigiger. Doch was machte das? Sie trug sein Kind in sich. Außerdem hatte seine Tante gesagt, dass es so sein müsse, und dass es wahrscheinlich ein Mädchen werden würde. Sein Mädchen.

Anna trug auch heute einen langen schlabbrigen Pullover, unter dem der kugelige Bauch deutlich hervor stand. Und Jeans, die jetzt aber ganz tief saßen, damit sie sich überhaupt schließen ließen. Was hatten sich die Insulaner die Mäuler zerrissen, als sich Annas Schwangerschaft herumgesprochen hatte! Eine Schülerin wird Mutter! Wann hatte es das schon gegeben? Doch Anna hatte sich von alldem nicht beeindrucken lassen. Es schien sogar, als kultiviere sie ihre Mutterrolle ganz bewusst. So hatte sie immer eine Hand auf dem Bauch liegen und streichelte ihn beiläufig mit leicht gebeugter Hand. So, als wollte sie sagen, seht her, das habt ihr nicht.

Sie schien die Sonderolle, die ihr das Kind brachte, zu genießen. Sie schien auch die Fragen zu genießen, wer wohl der Vater sei. Henrik wusste, dass er als Favorit gehandelt wurde. Erst als dieser Thomas wieder auf der Insel auftauchte und Hand in Hand mit Anna über die Promenade ging, schien alles geklärt. Die Großeltern waren abgefahren. Anna wohnte wieder im gelben Haus. An den Wochenenden kam Thomas. Er schlief auch dort.

Henrik hätte gern mit ihr gesprochen, ganz in Ruhe. Im Grunde war doch alles eine Kette von Missverständnissen. Aber Anna blickte durch ihn hindurch als sei er Luft. Übel riechende Luft. Geschah ihm recht. Er hatte schließlich mit ihrer Mutter geschlafen. Zog sie überhaupt in Erwägung, dass auch Henrik der Vater ihres Kindes sein konnte?

Er spürte einen Luftzug und drehte sich um. Die Tür zum Flur war aufgegangen. Ein Ordner kam herein und blickte sich um. Schließlich beugte er sich über Reese und tuschelte aufgeregt.

Irgendetwas war passiert.

Reese stand auf. Er wirkte verstört. An der Klapptür zum Korridor drehte er sich um, suchte Henriks Blick und machte ihm ein Zeichen. Henrik sortierte seine Beine und folgte ihm. Im Flur stand Reese vor ihm und rang nach Worten. „Ich ... ich brauche Ihre Hilfe. Es geht um ... Anna. Sie kennen sie doch am besten von uns ...“

Henrik wollte protestieren, aber da war auch die Neugier, die ihn davon abhielt.

„Sie kennen doch ihren Vater", fuhr Reese fort, „Haben ja mit ihm gearbeitet, da draußen im Westen ..."

„Jean-Jesus."

„Pickert. Er heißt Jean Pickert", verbesserte ihn Reese. „Der Spitzname ist vielleicht etwas fehl am Platz in dieser Situation."

„In welcher Situation? Ist was passiert?"

„Und ob. Das kann man wohl sagen." Er stockte. Sein Gesicht war rot angelaufen. „Man hat mir gerade gesagt, dass er tot ist. Gerade gestorben, Herzinfarkt oder so was ähnliches."

Henrik hatte mit vielem gerechnet, doch nicht damit. Später fragte er sich, warum nicht das Bild des Malers vor seinem geistigen Auge aufgetaucht war, sondern Olgas, und was sie jetzt wohl machen würde. Er schob den Gedanken beiseite.

„Anna", hörte er Reese sagen, „Wir müssen mit ihr sprechen."

„Jetzt gleich?"

„Ich denke schon. Sie jetzt in einer komischen Oper sitzen zu lassen, ist irgendwie ... nicht richtig ..."

„Oder gerade."

Reese überlegte, obwohl Henriks Einwand ihn nicht wirklich zu erreichen schien. „Na ja, sei es, wie es sei, ich dachte, es wäre schön, wenn Sie dabei sind."

„In ihrem Zustand."

„Genau."

Henrik gestand sich ein, dass er zwar ihren Zustand kannte, aber nicht, welche Gefahren sich daraus ergeben konnten. Eine Frühgeburt etwa? Nicht auszudenken. Sie sollten bald mit Anna sprechen, bevor die Pause kam und die Leute im Weg herumstanden.

„Dann man los", sagte Henrik. Reese sah ihn dankbar an.

Es war Henrik, der hineinging und Anna holte.

Zwei Stunden später. Anna lag auf dem Bett in der Erste-Hilfe-Station. Der Arzt war gerade gegangen. Unmittelbare Gefahr bestand nicht. Auch Reese war unter einem Vorwand verschwunden. Schwangere Frauen waren nicht gerade etwas, auf das man ihn auf der Offiziersschule oder im Lehrerseminar vorbereitet hatte.

So saß Henrik auf einem Stuhl neben dem Bett, blickte auf Annas seltsam gespanntes Gesicht und hoffte, dass die Beruhigungspillen bald wirken würden. Doch da irrte er sich. Anna schlug die Augen auf.

„Ach du", sagte sie. Es klang nicht begeistert.

„Was wirst du jetzt machen?", fragte er.

„Du meinst, nach der Beerdigung und so?"

Er nickte.

„Du meinst, ob ich dableibe, um meiner Mutter zu helfen?"

„Und so weiter ..."

„Ich denke nicht, dass meine Mutter Hilfe braucht. Sie kann sich sehr gut selbst helfen." Sie stockte für einen Moment. „Wie wir beide ja gut wissen."

„Ich dachte, in so einem Moment kann man das mal vergessen."

„Ich dachte, ich dachte ... Du denkst zu viel. Oder gar nicht. Beides ist blöde."

„Redest du überhaupt mit ihr?"

„Das Nötigste. Ich denke, sie ist nicht zu bedauern. Wenn schon jemand, dann doch wohl mein Vater. Und für den kann ich leider nichts mehr tun."

Eine Träne lief an ihrer Nase entlang. Anna wischte sie unwillig zur Seite.

„Er war ein toller Kerl."

Sie nickte. „Und ein liebenswerter Verrückter. Schade, dass es immer die Leute trifft, die Farbe ins Leben bringen."

„Sein letzter Traum. Schönheit gegen Gewalt zu setzen, bleibt unerfüllt."

„Er nimmt ihn mit auf seine Wolke. Aber wir wissen, dass es diesen Traum gegeben hat. Auch das ist toll."

„Du meinst, dein Vater sitzt irgendwo da oben auf einer Wolke und sieht uns zu?"

„Meinst du das nicht?" Ihre Frage klang erstaunt, als habe er gerade die Existenz des Mondes in Frage gestellt.

„Na ja. Er wird immer da sein. Und wenn ich Fragen habe ..."

„Fragst du ihn auch, wie es mit uns weitergeht?"

„Wieso das? Mit uns hatte es kaum angefangen."

„Es könnte bereits genug gewesen sein."

Sie blickte alarmiert. „Wie meinst du das?"

„Ich meine unser Kind."

„Es ist nicht unser Kind. So ein Blödsinn."

„Meines Wissens zeugt man ein Kind, wenn man miteinander schläft."

„Wenn alles passt. Es ist die Ausnahme."

„Es ist die Regel."

„Mach dir keine Hoffnungen."

„Ich mache mir Hoffnungen. Und du kannst sie mir nicht nehmen."

„Da irrst du dich. Thomas wird ..."

„Dieser Schwachkopf als Vater. Da lachen ja die Hühner."

„Lass sie lachen. Besser, als wenn wir alle weinen."

„Du kommst um die Antwort nicht herum. Es gibt Teste. Vaterschaftsteste."

„Sieh an, der Herr hat sich informiert. Aber hat man dir auch gesagt, dass man die Teste erst machen kann, wenn das Kind da ist?"

„Hat man. Aber diese ein, zwei Monate kann ich gut abwarten. Doch wenn es von mir ist, soll dieser Pauly sich raushalten. Diesen Rat kann ich ihm schon jetzt geben."

39

DER ALTE BUNKER IM WESTEN

Alexander war erstaunt gewesen, als sich sein Vater angemeldet hatte. Bisher war das immer Sache der Mutter gewesen, während Wilhelm Monz lieber, wie er sich ausdrückte, am Steuerstand seines Unternehmens blieb. Wichtige Leute, so ließ er im gesalbten Bariton verlauten, sind wichtige Leute, weil sie sich der wichtigen Dinge annehmen. Und davon gab es anscheinend genug an Rhein und Ruhr. Söhne waren nicht wichtig, da sie sowieso funktionieren mussten. Aber warum kam Vater Monz nun selbst? Noch dazu auf eine einsame Nordseeinsel, auf der nur Nobodys lebten?

„Wegen dir natürlich, mein lieber Junge", hatte seine Mutter mit fröhlicher Falschheit gezwitschert.

Alexanders Mistrauen war also geweckt, wenn er sich auch bemühte, es nicht zu zeigen. Sein Vater saß jovial lächelnd in der TEESTUBE, unterhielt sich mit dem alten Inhaber, der gleichzeitig als Chronist der Insel fungierte. Als Alexander eintrat, erzählte er gerade von der Herbststurmflut und dem verrückten Künstler, dessen bunte Stangen allesamt abgebrochen waren und noch Wochen danach an allen Stellen der Inseln antrieben. Und nun sähe die Westspitze der Insel aus „wie bei Hempels unter dem Sofa".

„Das würde ich mir gern einmal ansehen", sagte Wilhelm Monz, „Wo ist das? Weit draußen?

Der Wirt schüttelte den Kcpf „Es ist nicht weit. Sie können sogar zu Fuß hingehen."

Wilhelm Monz umarmte seinen Sohn zur Begrüßung und drückte ihm sogar einen Kuss auf die Stirn. „Das wär' doch was für uns: Vater und Sohn auf Tour. Und ich kann mir gleich die Beine vertreten. Und die frische Luft tut mir altem Büromenschen gut."

Alexander, der den Weg nach Westen zur Genüge aus charmanteren Anlässen kannte, war nicht gerade begeistert, wusste aber nicht, was er dagegen sagen sollte. So ließ Vater Monz das halbvolle Bier stehen, und sie machten sich auf den Weg in den Westen.

Sie hatten die Landschaft für sich allein, wenn man von Henkens elektrischen Karren absah, die Bier hin und her transportierten. Es war, als hielte die Insel den Atem an. Der Frühling war wohl endlich eingetroffen, die Erde schwoll unter ihren Füßen an, und der Himmel war hoch. Vater und Sohn gingen schweigend, wenn auch durchaus guten Willens, nebeneinander her. Erst in Höhe der *Saline* brach sein Vater die Stille.

„Wie läuft die Schule?"

„Nicht schlecht. Eigentlich besser als in den anderen."

Sein Vater nickte anerkennend und legte für einen Moment seine Hand fürsorglich auf den Arm seines Sohnes. „Liegt es an den Menschen? Sind sie hilfsbereiter, aufgeschlossener?"

Alexander schüttelte den Kopf. „Eher nicht. Es sind eben Friesen, und die machen ihr Ding und reden nicht viel."

„Weißt du eigentlich schon, was du nach dem Abitur machen willst?"

Alexander hatte die Frage erwartet. Die väterliche Pflichtfrage. „Nicht direkt", sagte er zögernd.

„Und indirekt?"

„Na ja, ich frage mich, ob ich so werden will wie du."

Er meinte es abwertend, sehr abwertend, und als er es gesagt hatte, erschrak er über seinen Mut.

Aber sein Vater nahm es, wie es eigentlich zu erwarten war, als Kompliment. „Du musst nicht denken, dass du es nicht genauso gut kannst. Das kommt schon. Es ist eben immer besser, anderen zu sagen, wo es langgeht, als dass man selbst hin und her geschickt wird."

Alexander kannte Sprüche wie diesen vom abendlichen Kamin, wenn sein Vater sich eine Zigarre anzündete, und sich mit einem gebauchten Rotweinglas zurücklehnte, während seine Mutter niedlich lächelte. Seit Jahren dienten diese Gespräche dazu, den Jungen auf seine Rolle als künftigen Industriekapitän einzuschwören. Sozusagen en passant, wie seine Mutter einer Bridgefreundin gegenüber bemerkt hatte. Die es dann Alexander erzählte.

„Man kann gut von der Natur lernen", sagte Monz, „Es gibt Tiere, die ihr Leben auf dem Meeresgrund verbringen. Andere steigen auf, riskieren ihre nackte Haut und machen Beute. Ich denke, dass wir zu denen gehören, die Beute machen wollen. Die Frage ist nur, wie viel Beute man macht in der Zeit, die einem zur Verfügung steht. Das bedeutet, das man Zeit nicht vertändeln darf." Alexander fiel auf, dass sein Vater ihn nicht ansah. Auch nicht, als er weitersprach. „Die schulischen Leistungen sind natürlich wichtig, aber beileibe nicht alles. Mein Gott, wenn ich da an meine Schulzeit denke." Die Stimme von Wilhelm Monz hob sich. „Was waren für Überflieger in meiner Klasse, hatten nur Einsen. Aber sonst waren sie oft Flaschen, knallten die Hacken vor Schreck zusammen, wenn der Studienrat nur einen Pups machte". Joviales Lachen. „Und was wurden sie am Ende?" Monz sah seinen Sohn erwartungsvoll an.

„Lehrer", sagte Alexander, der die Frage schon seit Jahren kannte.

„Gut geraten, mein Junge. Jawohl, sie wurden Lehrer. Nichts gegen Lehrer natürlich. Aber, ob das was für unsereinen wäre, wollen wir mal dahingestellt sein lassen."

„Eigentlich kein schlechter Beruf."

Vater Monz erschrak. „Wie meinst du das?"

„Ich meine, sie leben mit den Leuten und nicht über ihnen. Da hat man doch viel mehr vom Leben."

„Du meinst also, dass das Leben deines Vaters nicht bunt genug ist, wie du dich auszudrücken beliebst."

Alexander überlegte. Noch war Zeit, einzulenken. Eine kleine humorvolle Bemerkung und alles würde laufen wie sonst auch. Aber heute hatte er keine Lust einzulenken.

„Na ja“ sagte er. „Was machst du denn schon? Frühstück mit dem Handelsblatt, Büro bis spät abends, wo jeder vor dir buckelt, dann vielleicht ein Geschäftsessen, dann ab in die Koje. Am Wochenende ein bisschen Golf mit Geschäftsfreunden und am Sonntagabend in der Küche, wo du deine ewig gleichen italienischen Nudeln machst, die wir dann essen müssen. Dann noch ein bisschen Kamin, große Worte über die Weltpolitik und die Zukunft des Aktienmarktes, ein Küsschen für Mama und das war es dann ...“

Wilhelm Monz war stehen geblieben. Alexander überlegte, ob sein Vater daran dachte, ihm eine zu scheuern. Aber der behielt die Hände in den Manteltaschen. Er sagte zunächst nichts, sah auch Alexander nicht an, sondern blickte seltsam entrückt zum Hafen hinüber, wo gerade ein Schiff einlief.

„Ist das Leben nicht ein Wunder“, sagte Wilhelm Monz schließlich. Seine Stimme klang ergriffen. Alexander glaubte seinen Ohren nicht zu trauen. Er traute dem Frieden nicht und schwieg.

Sein Vater redete sich in Fahrt. „Ich erinnere mich an einen Spaziergang mit meinem Vater. So wie du und ich heute. Ich war etwa so alt wie du. Richtig, auch bei mir ging es schon um das Abitur. Wir waren in der Heide. Und mein Vater hielt mir einen Vortrag. Wie er es eigentlich immer tat, wenn wir zusammen waren. Es war schrecklich, wie immer. Ich kannte jedes Wort. Und eines Tages hatte ich die Schnauze voll, wie ihr wohl sagen würdet. Ich sagte ihm ordentlich meine Meinung. Sogar mit ähnlichen Worten, wie du sie gebraucht hast. Und weißt du, wie er reagierte?“

Alexander schüttelte den Kopf.

„Er war gerührt, schlichtweg gerührt. Jetzt wirst du endlich erwachsen, hat er gesagt. Machst dir deine eigenen Gedanken zu den Dingen. Dass die ein bisschen aufrührerisch sind, das liegt in der Natur der Sache. Die Jugend denkt halt so. Dann hat er mich an sich gezogen und meinen Kopf an seine Brust gedrückt. Ich rieche noch heute den leichten Geruch von Tabakqualm und Mottenkugeln.“

Vater Monz breitete die Arme aus. „Und so will ich es heute auch halten. Komm an meine Brust, drück deinen stolzen alten Vater. Auch wenn du heute keine Mottenkugeln riechen wirst.“ Er lachte herzlich über den Witz.

Alexander fühlte sich fest an den väterlichen Brustkorb gedrückt. Er verharrte, bis sein Vater ihn losließ, ihn auf Armeslänge von sich abhielt und sagte: „Und damit wollen wir es für heute an Diskussionen genug sein lassen. Komm und zeig mir diese Stelle, wo die Kunst im Meer versank.“ Er lachte und der Bariton dröhnte in alter Stärke.

Sein Sohn war verwirrt.

Sein Vater nahm den Kampf nicht an!

Alexander konnte es nicht fassen. Zum ersten Mal hatte er die Erfahrung gemacht, dass Menschen zurückweichen, wenn man ihnen fest gegenüber tritt. Immerhin, dachte Alexander, der Alte hatte es geschafft, sein eigenes Leben herauszuhalten. Alexander fragte sich, ob er nicht wenigstens den Hauch eines Zweifels geweckt hatte. Konnte man tatsächlich ein Leben gut finden, wie sein Vater es führte? Konnte man so kritiklos sein?

Wahrscheinlich ja, überlegte er, als er aus den Augenwinkeln auf den Mann blickte, der sein Vater war, und in gesammelter Pose, aufrecht und das Kinn gehoben, mit ihm an den Dünen entlanglief, an deren Ende sich schon der von der Sturmflut freigespülte Bunker ins Blickfeld schob.

Sie standen auf der Mauer des Bunkers und blickten auf die See. Sie blinkte wie ein Feld aus Silber und Eisen.

„Es sieht alles so ruhig aus, wenn auch irgendwie feindselig und gefährlich. Und heimtückisch, das ist das richtige Wort.“

„Wie bei manchen Menschen“, sagte Alexander.

Vater Monz schürzte die schmalen Lippen und überlegte wohl, ob die Bemerkung auf ihn gemünzt war. Doch Alexander hatte nur allgemein gesprochen, wie in einem Reflex, um auch etwas zum Gespräch beizusteuern. Er blickte seinen Vater freundlich an, dessen Gesicht sich daraufhin entspannte. „Ich mag Menschen, die offen sind“, sagte er friedfertig, „Es macht das Leben sehr viel einfacher.“

Er blickte Alexander forschend an. Dieser sagte nichts, sondern stieg die schmalen Stufen hoch, die zwischen mächtigen Betonwänden nach oben zu einem Durchgang führten.

Alexander wartete, bis sein Vater, der etwas außer Atem war, aufgeschlossen hatte. „Ob du es glaubst oder nicht, Papa, vor der Sturmflut war hier nur eine große Düne. Kein Mensch hat gewusst, dass der Bunker darunter steckte.“

„Die Menschen vergessen schnell.“

„Man hat geglaubt, es ist alles gesprengt worden.“ Alexander blickte nach oben. „Siehst du die zerfetzten Wände da oben? Bis dorthin gingen die Sprengungen, hier unten ist eigentlich alles heil geblieben.“

„Irgendwie unheimlich. Es ist wie ein Sprung in eine finstere Zeit.“

„Du müsstest sie noch kennen, diese Zeit.“

„Ich war sechs, als der Krieg zu Ende ging.“

„Entschuldige, man denkt immer ...“

„... die Alten sind dabei gewesen.“

„So ähnlich. Kannst du dich an nichts mehr erinnern?“

„Nur an eins.“

„Und das wäre.“

„Wie die Russen deine Großmutter vergewaltigt haben.“

„Oma Helga? Das ist nicht wahr!“

„Es ist doch wahr. Und es war nicht nur einer, das kann ich dir sagen.“

Noch eine Vergewaltigung. In der eigenen Familie. Welche eine Ironie des Schicksals, überlegte Alexander. „Mich würde interessieren“, überlegte er, „wie die Familie das aufgenommen hat.“

„Wie meinst du das?“

„Na ja, immerhin ist deine Mutter ja mit vielen Männern zusammen gewesen. Hat sie das nicht ... entehrt ... ich weiß nicht, wie ich es dir anders sagen soll."

„Ich verstehe dich nicht. Sie hat es doch nicht freiwillig getan. Was konnte die arme Frau dazu?"

Gut zu wissen, dachte Alexander, aber er beließ es dabei. Stattdessen fragte er: „Bist du dadurch so hart geworden?"

„Mag sein. Jedenfalls habe ich gelernt, dass es besser ist, auf Seiten derer zu stehen, die die Macht haben."

„Du hast es mir nie erzählt".

„Es genügt, wenn du es jetzt weißt. Die Dinge sind manchmal vielschichtiger als man denkt."

Darauf kannst du einen lassen, lieber Papa, durchfuhr es Alexander. Aber es war noch zu früh, mit der Wahrheit herauszukommen. Spätestens dann würde sich allerdings schnell zeigen, ob er Freda gegenüber die Großmut an den Tag legen würde, die für seine Mutter selbstverständlich gewesen war.

Alexander zeigte auf eine Öffnung in das Innere des Bunkers. „Tote sind nicht mehr da. Die Feuerwehr war schon drin. Ich übrigens auch. Aber es gibt nichts als kalte Wände. Jede Menge Räume. Leer natürlich. Bis auf den Sand in den Ecken. Wollen wir mal rein?"

Alexanders Vater blickte auf die Planken, die von der Feuerwehr über eine klaffende Mauerlücke gelegt worden waren, und schüttelte den Kopf. „Ein grauenhaftes Gemäuer. Es muss nicht sein. Kein Ort mehr für Menschen." Er ging die Treppe hinunter. Alexander fragte sich, ob sein Vater womöglich doch Angst vor etwas hatte. Er folgte ihm die schmale Balustrade entlang, die zu dem führte, was vom Deich übriggeblieben war.

Raupen mit breiten klirrenden Ketten schoben Sand vor sich her, um die Lücke zu füllen, die die Wellen gerissen hatten. Auf der anderen Seite ragten die zerfetzten Stümpfe der Holzstangen aus dem angeschwemmten Tang und dem Unrat, den das Meer zurückgelassen hatte. Möwen saßen auf den zerborstenen Hölzern und blickten den beiden Menschen gleichgültig entgegen, die sich mühsam ihren Weg suchten, bis sie schließlich die alte, nicht zerstörte Deichkrone erreichten.

Vater Monz blickte zum Observatorium mit seiner grünen Kuppel, zum neuen Leuchtturm und zu den Dächern des Dorfes, die in der Ferne rot durch die Bäume des Kurparks schimmerten.

Dann fiel sein Blick auf den Arbeitshofs. Er betrachtete ihn sorgsam, so als nähme er jede Einzelheit in sich auf. Schließlich drehte er sich zu Alexander um, zeigte auf den grünen Arbeitswagen und sagte: „Ist das die fürchterliche Bude, wo du es dir mit deinem Flittchen schön machst?“

40

DIE ENTDECKUNG

Zunn half bei Lisas Umzug. Es war ein ruhiger Sonntag. Der Himmel wölbte sich hoch, und plötzlich strömte Wärme die Zedeliusststraße hinunter. Zunn konnte sie fühlen, auch wenn sie noch feucht vom Meer hereinwehte und sich nass auf seinem Gesicht niederließ. Die Rasenfläche im Rosengarten war übersäht von Löwenzahn. Im Busch neben dem Schuhgeschäft musizierte ein Rotkehlchen. Der Frühling war also wirklich eingetroffen.

Zunn zog einen Handkarren mit Lisas Koffern. Die Straße stieg leicht an, und er spürte, dass er längst noch nicht bei Kräften war. Vor der Apotheke blieb er stehen und verschnaufte.

„Bitte passen Sie auf", hatte Lisa gesagt, „es sind alles persönliche Sachen." Ihre Stimme hatte harsch geklungen, doch ihre Augen lächelten dankbar, sooft sie ihn ansah. Auf seinen Rat hin hatte sie das Haus verkauft. Das Geld würde gerade reichen, um die Schulden und die Beerdigung zu zahlen. Es war für Zunn keine große Sache gewesen, ihr die leere Wohnung im Dachgeschoss anzubieten. Nun war er irgendwie für sie verantwortlich geworden. Der Gedanke irritierte ihn. Verantwortlichkeit war nicht gerade das, was er auf der Insel gesucht hatte. Er fühlte eine Beklemmung und gleichzeitig ein wenig Stolz. Vielleicht war es ganz einfach der Frühling, der die Dinge in Bewegung brachte.

Sein Atem beruhigte sich. Er nahm den Karren und zog ihn um die Ecke. Die letzten zweihundert Meter würde er auch noch schaffen ...

Die Männer von der Feuerwehr hatten als letztes den Kleiderschrank aufgestellt. Sie hatten den kleinen Kran genommen und das Monstrum durch das Balkonfenster hereingeschwenkt. Die

Koffer von Zunns Karren der Einfachheit halber gleich hinterher. Nun saßen sie allesamt unten vor dem Haus auf der Treppe und ließen die Schnapsflasche kreisen. Zunn hörte Lisas Stimme und das Lachen der Männer. Sie hatte sie alle um den kleinen Finger gewickelt. Keiner von ihnen würde etwas auf Lisa kommen lassen. Es war ein schönes Gefühl, und Zunn gönnte es ihr.

Einer der Koffer stand schräg an der Wand. Zunn ließ ihn vorsichtig auf den Boden gleiten. Da erst sah er, dass die Schnappschlösser aufgesprungen waren, und etwas Schwarzes heraushing. Er öffnete den Deckel, damit sich nichts verklemmte.

Der Anblick, der sich ihm bot, traf ihn unvorbereitet. Lange schwarze Schaftstiefel mit weißen Schnürsenkeln. Schwarze Mieder, schwarze Masken, lange Handschuhe aus glänzendem Stoff, Handschellen und Peitschen. Und allerlei Geräte, von denen Zunn annahm, dass sie nur dem Zweck dienten, Schmerzen zuzufügen.

Was sollte er davon halten? Sein Kopf war leer. Er saß noch nachdenklich auf dem Bett, als Lisa hereinkam. Sie stutzte, ihr Gesicht blieb unbewegt, ihre Stimme klang bockig: „Na, nun sind Sie geschockt, was?“

Natürlich war er geschockt, gleichzeitig war er aber auch ärgerlich auf sich selbst. Ein verklemmter, spießiger Arsch, der neidisch auf andere blickte, weil sie ihre Wünsche offen mit sich herumtragen konnten. Er merkte, dass sie auf eine Antwort wartete.

„Ich weiß es nicht“, sagte er, ohne sie anzublicken.

„Sie sind wenigstens ehrlich. Das ist schon mal was.“

„Warum haben Sie ihn noch?“

„Den Koffer? Diese Sachen?“

Er nickte.

„Zum einen wegen Gerhard. Sie vergessen, dass er mich so kennengelernt hat. Und ab und zu wollte er mich ...“

Zunn hob abwehrend die Hand. Er wollte es nicht hören.

„Und dann ist es ein Teil meines Lebens. Ich habe schwer kämpfen müssen. So weit müssen die meisten nicht gehen.“

„Ich verstehe.“

„Sie verstehen gar nichts. Es ist eine Männerwelt, in der wir leben. Die Männer haben die Positionen, die Macht. Und die Frauen müssen sich wehren, müssen sehen, wo sie bleiben. Bei einer Domina kehrt sich das Bild um. Plötzlich ist sie diejenige, die den Ton angibt. Und es sind die Männer, die sich verletzlich, einsam und ohne Macht vor ihr krümmen."

Er versuchte ihren Gedanken zu folgen. „Das gibt Befriedigung."

„Ich weiß nicht, ob man es so sagen kann. Aber ich lernte Menschen und ihre Geheimnisse kennen, trotzdem genoss ich Achtung. Ich hatte den Ehrgeiz, mit Würde Hure zu sein. Ich wollte mein Wissen nicht ausnutzen und habe es auch nicht getan."

Unvermittelt warf sie den Kofferdeckel zu, verriegelte die Schlösser, und schob den Koffer in die Ecke neben den Schrank. Dann blickte sie ihn herausfordernd an.

„Und deshalb gibt es nichts, wofür ich mich schämen muss."

„Das habe ich auch nicht gesagt."

„Aber gedacht."

„Natürlich frage ich mich, ob es ein Teil Ihres Lebens ist, der abgehakt ist. Oder ob Sie ..."

„... ob ich heute noch so rumlaufe, wenn ich Sex haben will? Meinen Sie das?"

„So hätte ich es nicht formuliert." Er fragte sich, wieso es für ihn wichtig war, dass sie nein sagte.

„Es wäre nicht schlimm, wenn es so wäre. Aber ich kann Sie beruhigen. Es ist vorbei. Es waren Arbeitsutensilien, mehr nicht. Meine Kunden wollten es, und ich habe ihnen den Gefallen getan. Damit sie zahlten. Nette Leute. Ärzte, Rechtsanwälte, Manager, Schauspieler. Manchen sah ich später im Fernsehen und dachte, dem hast du doch gestern den Hintern versohlt."

Zunn lachte.

Lisa lachte nicht. „Der Mensch hat Bilder in seinem Kopf. Manche von ihnen hält er geheim. Wenn meine Kellertür hinter ihnen ins Schloss fiel, konnten sie diese Bilder Wirklichkeit werden lassen. In den meisten Schlafzimmern bleiben die geheimen Bilder weggeblendet. Die Plüschhandschellen von Beate Uhse nach der Tagesschau – das befriedigt nicht auf Dauer. Nur für Geld kriegen viele Männer, was sie wirklich wollen."

„Und die Frauen? Und Sie?"

„Frauen trauen sich nicht. Sie haben das Problem, dass sie immer gleich die Liebe ins Spiel bringen. Sie wollen begehrt werden im Gegensatz zu den Männern. Dann entwickeln sie Lust. Ich möchte mir keinen Mann kaufen, der es mir machen muss, obwohl ich weiß, eigentlich hat der keinen Bock auf mich. Männern ist das egal. Sie sind einfacher gestrickt und leichter manipulierbar. Dadurch sind sie den Frauen unterlegen. Sie unterbrach sich. „Jedenfalls meistens", fügte sie dann hinzu. „Es ändert sich, wie gesagt, wenn jemand sie begehrt." Sie lächelte ihn an und ließ ihren Blick auf ihm ruhen.

Zunn fragte sich, ob er rot wurde.

Sie schien zu merken, dass ihm unbehaglich wurde. Sie zeigte auf den Koffer. „Außerdem sind diese Sachen ein Schutz."

Er blickte fragend auf.

„Mein Gott, was sind Sie naiv." Sie wurde fast ärgerlich. „Man müsste Sie mal schütteln, damit sie aufwachen. Das weiß doch jeder. Eine Domina schläft so gut wie nie mit den Kunden. Sie gäbe ihre Herrschaft auf, verstehen Sie?"

Er verstand. Er freute sich, dass er verstand.

„Paradox", sagte er nur.

„Sex und Liebe sind paradox. Da haben Sie Recht. Aber ich will mich nicht besser machen, als ich bin. Es interessiert mich nicht mehr. Nicht, weil dieser Sexkram schlecht ist, sondern weil die schlechte Zeit vorbei ist." Sie zögerte und fügte dann leise hinzu: "Was ich auch Ihnen verdanke." Sie blickte ihn ernst an und streichelte mit dem der Rückseite des Zeigefingers über seinen Handrücken. Warum fühlt die Stelle sich so warm an, fragte er sich.

Von unten hörten sie Charlotte schreien.

„Oh Gott, wir haben das Mädchen vergessen", schreckte er

hoch. Lisa zog ihn zurück. „Sie liegt schon in ihrem Bettchen. Es kann nichts passieren. Ich sehe mal nach ihr."

Nach wenigen Minuten war sie wieder da. Sie hatte eine Sektflasche in der Hand. „Pisswarm. Aber was soll's. Ich bin jetzt hier. Das ist ein Grund zum Feiern."

Er polkte die Silberfolie vom Flaschenhals und drehte den Draht los. Mit einem dumpfen Knall flog der Korken gegen die Decke. Mit einem Schwall schoss der Sekt heraus und spritzte auf Lisas rote Bluse und die giftgrüne Hose, wo er in perlenden Tropfen hängenblieb. Sie fuhr mit dem Finger hindurch und lutschte an ihm.

Ihr noch gespitzter Mund war dicht vor ihm. Ihren Finger hielt sie noch nach oben gestreckt. Er streifte sein Kinn, als Zunn sich vorbeugte. Beide zögerten, ihre Gesichter verharrten eine Handbreit voneinander, als ob unsichtbare Glasscheiben sie auseinander hielten. Sie bewegte ihren Finger leicht, fuhr über seine Nase und blieb auf seinen Lippen liegen. Er schloss die Augen und fühlte, wie ihre Hand in seinen Nacken glitt.

Zunn sagte sich, dass dies der entscheidende Moment war. Doch das war nicht richtig. Es gab nichts mehr zu entscheiden. Die Dinge bewegten sich, ohne dass er etwas tun konnte. Lass dich treiben, befahl etwas in ihm.

Sie begann, erst ihn, dann sich selber auszuziehen. Das Bett war mit einem weißen Überwurf bedeckt. Sie zog ihn herunter, hielt die Zipfel, breitete die Arme aus und faltete ihn ordentlich zusammen. Dann drückte sie Zunn zurück, und er setzte sich wieder. Sie drehte sich um und zog ihr Unterhemd aus. Ihre Haare knisterten. Sie öffnete ihren Büstenhalter und warf ihn auf den Boden. Er sah zu, wie sie die Fenstervorhänge schloss, die Nachtischlampe einschaltete und ein rotes Tuch über den Schirm legte. Sie zog ihren Slip aus und blieb einen Augenblick vor ihm stehen, damit er sie ansehen konnte. Dann trat sie auf ihn zu und drückte seinen Kopf zwischen ihre Brüste. Es war ganz natürlich, hatte nichts Aufreizendes, und Zunn spürte etwas, das er schon lange nicht mehr empfunden hatte. Er begriff, dass er dabei war, das Ausmaß seiner Trauer zu erkunden. Er musste wissen, wie viel von ihm überlebt hatte.

Diese Frau aus Fleisch und Blut war kein Vergleich mit den verblassten Bildern aus seiner Erinnerung.

Ihr Körper war erstaunlich weiß und nicht so stämmig, wie er angenommen hatte. Sie schaute an ihm herunter, erfreut über seine Reaktion. Er küsste sie, während seine Hände ihren Körper nicht begehrlich, sondern respektvoll erkundeten. Plötzlich liebte er die ganze Welt und die Verletzlichkeit der Menschen.

„Schau mich an, Stefan, hör auf nachzudenken." Ihre Hände fuhren durch sein Haar, und ihre Lippen flüsterten an seinem Gesicht und dann an seinem Mund. Er atmete sie ein, schmeckte sie.

Schau mich an, Stefan, hör auf, nachzudenken." Sie setzte sich mit gespreizten Beinen auf seinen Schoß. „Das ist besser, nicht wahr?", schmeichelte sie. Und er nickte.

41

EINE HOCHNÄSIGE ZIEGE

Zur Geburt von Annas Kind kam Olga zurück auf die Insel.

Henrik und Olga saßen sich gegenüber auf dem Flur des INSELHOSPITAL und warteten darauf, dass jenseits der weißen Tür ein kleiner neuer Mensch anfangen würde zu schreien.

Inselhospital. Was für ein großspuriger Name für drei behelfsmäßig ausgestattete Zimmer und einen Not-OP. Immerhin, hier hatte dem Vernehmen nach Zunns Vorgänger einmal, als wegen des Eissturmes gar nichts mehr ging, einen Blinddarm operiert, während seine Frau die Anweisungen aus einem vergilbten Lehrbuch vorlas. Der Patient hatte sogar überlebt und dankbar ein neues Operationsbesteck gestiftet. Er war jetzt Bürgermeister.

Nun also lag hier Anna, die auf ihr Kind wartete. Henrik blickte auf Olgas gefalteten Hände, bei denen die Knöchel weiß hervor traten. Er wusste, dass sie Dr. Zunn, von dem man erzählte, dass er immer ein Fläschchen Gin dabei hatte, nicht sonderlich viel zutraute. Er sich wohl selbst nicht, denn sein Lächeln war eher fahrig und aufgesetzt gewesen, als er Annas Bett in den OP geschoben hatten. Anna dagegen hatte keine Angst gezeigt. Sie hatte, ruhig gegen die hochgestellte Matratze gelehnt, zu ihnen herübergeblickt, abschätzig den Mund verzogen und die Hand abweisend gehoben, als Olga und Henrik aufgesprungen waren, um zu helfen. So war nur Thomas mit hineingegangen. Das war vor zwei Stunden gewesen. Seitdem hatte man nichts mehr gehört. Nur einmal war Dr. Zunn erschienen, hatte sich den Schweiß von der Stirn gewischt und einen kurzen Abstecher in die Teeküche gemacht.

„Jetzt gönnte er sich sicher einen Schluck. Meine Tochter in den Händen eines Säufers“, stöhnte Olga. „Und wir dürfen noch nicht einmal aufpassen, dass er keinen Mist baut."

Das haben wir uns selbst zuzuschreiben, dachte Henrik, aber er sagte es nicht. So blieben sie schweigend sitzen und beobachteten die schwarzen Zeiger der elektrischen Wanduhr, wie sie so oder so ähnlich auf Bahnhöfen hing. Ungerührt sprang der Zeiger vor und vernichtete eine weitere Minute leerer Zeit.

Olga war gestern gekommen. Allein. Sie hatte Henrik ein lakonisches Telegramm mit ihrer Ankunftszeit geschickt und der Bitte, sie abzuholen. Kein persönliches Wort. Tante Elvira hatte es geöffnet, ihn missbilligend angesehen und gefragt, ob er tatsächlich zum Bahnhof gehen wollte.

„Warum nicht?", hatte er geantwortet.

„Sie hat dir den Kopf verdreht, diese Schlampe."

„Reg dich ab. Ich kümmere mich um sie. Das ist alles."

„Kümmern. Das ist gut gesagt", fauchte sie. „Du solltest dich lieber um deinen Roman kümmern. Wird der überhaupt jemals fertig? Seit Wochen hast du kein Wort mehr geschrieben. Hängst in der Gegend herum und lässt den lieben Gott einen guten Mann sein. Hast nur deine Weiber im Kopf. Ursprünglich sollte es mal anders sein. Denk mal daran, dass du eigentlich deshalb hier bist. So war es auch abgemacht zwischen uns. Du schreibst und wir sorgen für dich. Aber vom Schreiben kann schon lange keine Rede mehr sein. Du sitzt zwar bei uns am Tisch, aber niemand kann ein vernünftiges Wort mit dir reden. So geht es nicht weiter. Das muss sich ändern. Wenn ich dir helfen soll, sag Bescheid."

Sie schnaufte vor Aufregung. Henrik konnte sie verstehen. Er gestand sich ein, dass er nicht viel darauf sagen konnte. Er fand auch keine Worte, sondern entwand sich der fürsorglichen Umarmung seiner Tante. Er lief zum Bahnhof, erfüllt von Zweifeln, Hoffnung und einem unbestimmten Gefühl, das seinen Magen zusammenzog. Wie mag sie aussehen, fragte er sich, was würde sie sagen. Sein Herz raste.

Henrik sah sie sofort, als der Zug einlief. Sie stand hinter dem Gitter zwischen zwei Waggons. Hochaufgerichtet, völlig in schwarz. Den breitkrempigen Hut, der ihre Augen verschattete, erkannte er wieder, auch die riesige Sonnenbrille.

Im übrigen hatte Henrik jedoch das merkwürdige Gefühl, dass sie es gar nicht war. Dass sie sich in der Zeit, die sie fort war, so sehr verändert hatte, dass sie nicht länger die Olga war, die vor Monaten abgefahren war.

Dass sie neu und anders war.

Diese Empfindungen, Einbildungen und Vermutungen schossen ihm durch den Kopf und blieben nicht länger als eine Sekunde in ihm haften. Oder höchstens zwei. Sie standen still und schauten einander an. Ihr Gesicht war weiß. Der Mund leuchtete rot. Er verzog sich nicht, als sie ihm sparsam zunickte.

Zwei Koffer standen vor ihr. Henrik nahm sie und stellte sie auf den Handkarren. Er richtete sich auf, um ihr die Hand zu geben, aber sie war schon vorbeigegangen. So blieb ihm nichts weiter übrig, als ihr zu folgen. Er überlegte kurz, ob er ihre Sachen nicht einfach stehen lassen sollte. Es würde dieser hochnäsigen Ziege Recht geschehen. Dann aber dachte er daran, dass sie gerade ihren Mann verloren hatte und vielleicht noch zu sehr mitgenommen war. Aber anderseits, so groß war ihre Liebe zu Jean ja nicht gewesen ...

Henrik verfiel in einen schnelleren Schritt und holte sie ein.

„Willkommen auf der Insel“, sagte er. „Ich hoffe, du ...“

„Bilde dir nur kein Schwachheiten ein“, schnappte sie. „Bloß weil ich dich gebeten habe, mich abzuholen ...“

„Immerhin.“

„Nichts immerhin.“ Ihr Ton war schroff, aber Henrik gab nicht auf. Du dumme Kuh, dachte er. Spiel dich nicht so auf! Er sammelte Spucke und spie auf die Straße, kurz vor ihre Füße.

„Untersteh dich“, fauchte sie. „Ich möchte nicht wissen, was du denkst in deinem kleinen Kopf.“

„Ich denke, dass du eine dumme Kuh bist, die sich lächerlich macht.“

Er blickte in ihr madonnenhaftes Gesicht, aber es blieb regungslos. „Das wird dir noch leid tun", sagte sie spitz.

„Nichts wird mir leid tun", antwortete er ruhig. Er ließ die Deichsel des Wagens fallen. Die Koffer rumpelten, als der Karren mit lautem Knallen nach vorn auf das Pflaster schlug. Ein Brautpaar, das gerade vom Leuchtturm kam und miteinander schmuste, zuckte zusammen und sah sie vorwurfsvoll an.

Henrik und Olga standen voreinander, ohne sich zu rühren. Zum ersten Mal fanden sich ihre Blicke.

„Ich möchte deine Augen sehen", sagte er.

Sie zögerte, dann, endlich, nahm sie die Brille ab. Er hatte angenommen, dass ihre Augen vom Weinen verschwollen waren. Sie waren es nicht. Sie blickten ihn klar und ruhig an, als wäre nie etwas geschehen.

„Es tut mir Leid, ich bin manchmal unausstehlich", sagte sie. „Und nun bring mich zu der Wohnung. Bitte."

Er nahm die Deichsel und sie gingen weiter.

Bis zum Haus des Predigers waren es nur noch wenige Minuten. Der Prediger selbst stand an der Gartenpforte, so, als habe er auf sie gewartet. Er grinste und zeigte sein gelbliches Gebiss. Er war ein kleiner Mann, nur wenig größer als Olga. Er musste um die fünfzig sein. Ein Overall hing ihm schlackernd am Körper. Er war grau, nur am Kragen leuchteten die roten Streifen. Er trug eine dicke, schwarze Brille mit stark geschliffenen runden Gläsern. Das Haar des Mannes war schütter, nach hinten gekämmt und etwas zu lang. Hinter dem dicken Glas blickten seine Augen bohrend, wanderten lebhaft zwischen Olga und Henrik hin und her. Was für ein fürchterlicher Typ, dachte Henrik, irgendwie hinterhältig. Doch dann lächelte der Mann, und sein Gesicht wandelte sich und zeigte eine gewisse Warmherzigkeit, die Henrik erst recht misstrauisch machte.

„Dieser Prediger...", sagte Henrik in die Stille des OP-Ganges hinein.

„Theophylus Meinott."

„Schrecklicher Mann. Als ihr damals umgezogen seid, habe ich nicht so auf ihn geachtet."

„Er tut Gutes, gibt alles für seine religiöse Bewegung."

„Es ist eine Sekte."

Olga nickte. „Und wenn schon! Sie tun niemandem was zuleide. Sie nennen sich die „Auserwählten der Göttlichen Gnade"

„Ganz schön abgedreht."

„Was sind schon Namen. Er sagt, es ist ein Zufluchtsort für Menschen, die verletzt worden sind."

„Und ausgerechnet dieser schmierige Typ soll ihnen helfen?"

„Du bist immer so voreilig. Du kennst ihn doch gar nicht. Er denkt nur an das Wohl seiner Leute, vermietet sogar seine Wohnung, um Geld für sie zu haben. Er hat mir alles erzählt."

„Und du hast alles geglaubt."

„Warum denn nicht?"

Er wollte darauf antworten. Stattdessen fragte er, was er eigentlich wissen wollte. „Warum bist du gekommen?"

„Meine Tochter bekommt ein Kind. Genügt das nicht?"

„Normalerweise schon. In deinem Fall ist es anders. Sie will dich nicht dabei haben."

„Sie wird ihre Meinung ändern. Irgendwann wird sie meinen kleinen Ausrutscher mit dir vergessen. Wenn ihr andere Sachen wichtiger sind. Wie zum Beispiel ein Kind."

„Sie macht dich für den Tod ihres Vaters verantwortlich."

Olgas Kopf zuckte hoch. „So ein Quatsch. Was habe ich damit zu tun, dass er einen Herzanfall hatte."

„Weil er sich den kleinen Ausrutscher, wie du es nennst, zu sehr zu eben diesem Herzen genommen hat."

„Mach dich nicht lächerlich. Man bekommt keinen Herzinfarkt, weil man traurig ist. Und dann, du meinst doch nicht im Ernst, dass er dich ernst genommen hat. Als Rivale, meine ich."

„Und du?"

„Du fragst wie ein kleiner Junge, dem sie sein geliebtes

Spielzeug weggenommen haben."

In diesem Moment hörten sie das Baby schreien.

Sie hatten damit gerechnet, dass irgendwer das Kind herausbringen würde, sodass sie es wenigstens betrachten konnten. Doch in der nächsten Stunde tat sich nichts. Sie spürten allerdings eine gewisse Unruhe hinter der OP-Tür. Fetzen aufgeregter Stimmen, ab und zu schnelle Schritte oder einmal das Piepen eines Apparates. Ein Telefon schrillte.

Schließlich erschien Thomas. Er war blass. Olga stürzte auf ihn zu, aber er winkte ab und verschwand in der Toilette, wo er sich offensichtlich übergab. Als er zurückkam, krallte sich Olga an ihm fest.

„Was ist los?", schrie sie. „Ich muss es wissen. Ich bin schließlich die Großmutter."

Er nahm gar nicht unfreundlich ihre Hände und drückte sie zur Seite.

„Ich weiß es nicht", sagte er leise. „Ich halte es selbst kaum aus."

Henrik sprang auf. „Sie sind eben nicht der Vater, dann würden Sie anders reden." Henrik hatte Pauly am Hemd gepackt und schüttelte ihn wie einen nassen Wäschesack. „Aber er darf rein. Und mich behandeln sie, als wäre ich Luft! Es ist eine Schande."

Olga riss ihn zurück. „Reiß dich zusammen! Es ist nichts zwischen dir und Anna. Was kannst du schon erwarten?"

Sie hatte Recht. Sie hatte Unrecht. Er wusste es nicht. Langsam löste sich sein Griff. Pauly sprang zurück und lief wie von Furien gehetzt auf die Station zurück.

Henrik setzte sich wieder. Olga sah ihn böse an. Er versank in empörtes Schweigen. Trotz allem registrierte er, dass das Baby schrie. Es lebte also.

Die Nachmittagssonne fiel schon schräg in den Gang, als die Tür endlich aufging und Zunn erschien. Er schob ein kleines Kinderbettchen, über dem eine Haube aus durchsichtigem Plastik saß. Eine Schwester zog eine blaue Flasche hinter sich her, von der Henrik annahm, dass sie Sauerstoff enthielt. Ein Schlauch führte unter die Haube.

Olga und Henrik sprangen auf. Zunn wollte sie aufhalten, doch irgendwie schien er die Kraft dazu nicht mehr zu haben. Stattdessen sagte er matt: „Es ist ein Mädchen. Aber es kämpft um sein Leben.“

Das Kind, das Henrik sah, war nur leicht bedeckt. Ein schmaler Körper mit langen dünnen Armen und Beinen. Eine Atemmaske verdeckte das kleine Gesicht bis hin zu den feuchten schwarzen Haaren.

Was jedoch besonders auffiel, war die Art, wie das Kind atmete. Der kleine Brustkorb hob und senkte sich konvulsisch. Wenn er sich senkte, wurde die Haut unter den Rippen zu einer tiefen Mulde heruntergesaugt, um sich sofort wieder aufzublähen. Das alles in einem so hektischen Rhythmus, dass Henrik sofort von hilflosem Mitleid über den Kampf des kleinen Menschenwesens erfüllt wurde. Er legte die Rückseite eines Fingers an die Wange des Kindes und spürte eine zarte Wärme. Nicht zu fassen, dachte er, meine kleine Tochter!

„Sie muss aufs Festland“, sagte Zunn. „Die Lungen. Irgendetwas ist mit ihren Lungen nicht in Ordnung. Vielleicht ein Riss ...“

42

DER AUSWEG

„Ich will dich sprechen", hatte Direktor Reese zu Alexander gesagt. „Dich und dieses Mädchen. Privat. Heute Abend um sechs. Bei mir zu Haus?"

„Sechs ist schlecht. Sie muss das Abendessen vorbereiten."

So hatten sie sich auf vier geeinigt.

Alexander ahnte Böses. Bei den anderen Schulen war es immer schlecht gelaufen, wenn der Direktor mit ihm sprechen wollte. Aber warum Freda?

Sie standen zögernd vor der blau gestrichenen Haustür. Alexander spürte Fredas Hand, die sich an seinen Anorak klammerte. Er klingelte. Reese erschien. Er lächelte. Sein Blick streifte Freda. Er lächelte noch einmal.

Das Wohnzimmer war Gelsenkirchner Barock, wie Alexanders Mutter es mit schmalem Mund ausgedrückt hätte. Schwere Eichenmöbel, denen Staubwischen gut getan hätte. Es roch muffig, als ob selten jemand zu Hause war. Aber nicht ungemütlich. Ein großes Fenster zeigte nach Süden. Die Sonne fiel schräg herein und zeichnete die Schlieren an der Scheibe nach. Hinter einer niedrigen Hecke begann der Groden. Etwas weiter hinten erkannte Alexander die Stelle, an der die Pferde den im Sturm abgesoffenen Feuerwehrwagen aus dem Schlamm gezogen hatten. Ganz hinten hing ein Traktor wie ein großes Insekt an der Schräge des Deiches und mähte Gras.

Reese machte eine einladende Bewegung, und sie setzten sich. Die Tür zur Küche ging auf und Reeses Frau, Dornkaat-Lily, erschien mit einem Tablett, auf dem Teetassen und eine bauchige Kanne standen. Sie stellte die Tassen auf den Tisch, füllte Kandis hinein und ließ den dunkelbraunen Tee darüberlaufen, sodass die braunen Brocken knackten. Dann saßen sie schweigend und beobachteten, wie die Sahne in hellen Wolken aufwallte. „Ich mag keine Teebeutel. Da ist doch nur Staub drin“, sagte Dornkaat-Lily. „Wenn man eine vernünftige Tasse Tee trinken will, muss man Blätter nehmen, keinen Staub.“

Alexander war dankbar für die Zeit, die ihnen die Tee-Zeremonie gab. Er fühlte auch, dass Freda sich entspannte. Wo Gastfreundschaft so demonstrativ gehandhabt wurde, konnte es ja nicht allzu schlimm kommen.

Reeses Frau setzte sich und trank mit spitzem Mund, während sie Freda anblickte.

„Das ist sie also“, sagte sie dann. „Sie sind Freda, nicht wahr?“

Freda nickte beklommen.

Dornkaat-Lily wandte sich an ihren Mann und fügte hinzu: “Sie sieht nett aus“.

Reese nickte. „Vater Monz mag sie nicht.“

„Er hat sie gar nicht gesehen.“

„Du irrst dich. Er hat sie gesehen.“

„Und war nicht begeistert.“

„Milde ausgedrückt“. Reese zögerte, blickte Alexander an. „Was hat er zu dir gesagt, als er auf der Insel war?“

„Ich soll das Flittchen in den Wind schießen.“

„Das waren seine Worte?“

„Das waren exakt seine Worte.“

„Aber du willst sie nicht in den Wind schießen?“

Alexander kniff die Lippen zusammen. „Er spinnt.“

Lily beugte sich vor. „Ihr liebt euch sehr?“

Reese schüttelte den Kopf. „Ihr Frauen! Warum immer gleich so melodramatisch. Sie mögen sich. Das genügt doch auch.“

„Ihr Männer versteht so etwas nicht“, blaffte seine Frau zurück. „Beschäftige du dich mit deiner Schule ...“

„Ich liebe ihn“, sagte Freda einfach. „Aber ich habe ihm gesagt, dass es nichts werden kann.“

„Was mich interessieren würde, Alexander“, sagte Reese, „warum haben deine Kumpels dich bei deinem Vater verpfiffen?“

„Sie waren sauer.“

„Darf man erfahren, warum sie sauer waren? Warum sollten sie euch schaden wollen? Da muss doch etwas gewesen sein.“

„Ich habe ihnen gedroht.“

„Sag es nicht“, drängte Freda leise. „Ich schäme mich.“

„Wir versuchen euch gerade zu zeigen, dass wir eure Freunde sind“, sagte Lily. „Wir könnten euch helfen.“

Henrik dachte an die Schulleiter, die er kannte. Hilfe von dieser Seite war eher unwahrscheinlich gewesen. Sie hatten ihn aber auch nicht zum Tee eingeladen.

„Es bleibt unter uns“, forderte er.

„Es bleibt unter uns, ich verspreche es.“

Henrik bemerkte, dass Frau Reese nichts versprochen hatte, aber er wollte die Sache nicht komplizierter machen. Also erzählte er, wie es gewesen war. Reese blickte ihn nicht an. Seine Augen folgten dem Traktor auf dem Deich. Er verzog keine Miene. Seine Frau klaubte von Zeit zu Zeit Erdnussstückchen auf.

„Nicht zu fassen.“, knurrte Reese. Er fühlte sich sichtlich unwohl. „Normalerweise kann man bei so etwas nicht schweigen. Gerade ich nicht.“

„Bitte ..., sagte Freda.

Der Direktor hob beruhigend die Hand und sah Alexander an. „Weiß dein Vater von ... der Sache?“

Alexander schüttelte den Kopf.

„Es würde alles noch schlimmer machen“, unterbrach Lily.

Sie blickte ihren Mann fragend an. „Und nun?“

„Er hat mir geschrieben. Offiziell. Dein Vater.“

„Er will, dass ich gehe.“

Reese nickte. „Und zwar bald. Er besteht darauf. Ich habe ihn anrufen wollen, aber sie haben mich nicht verbunden.“

„Typisch.“

„Ich habe deine Akte durchgesehen. Sie haben dich ganz schön herumgeschickt. Es kann dir nicht gerade Spaß gemacht haben.“

„Es hat auch nie geklappt. Es war auch meine Schuld."

„Ich habe den Eindruck, dass du bei uns ganz gut zurechtkommst."

„Es ist anders. Ich fühle mich gut hier."

„Ich habe deinem Vater geschrieben. Aber ich hätte es genausogut lassen können. Er hat zwar geantwortet. Doch nur ganz kurz. Alexander ist minderjährig. Der Vater kann bestimmen. Er wird bestimmen. Entweder die Sache mit Freda hört auf, sagt er ..."

„... keinesfalls."

„... oder du sollst zurück. Sofort. Basta."

„Er ist mein Vater. Er hat die Macht."

Reese wiegte zweifelnd den Kopf. „Nach dem Wortlaut des Gesetzes vielleicht, streng formell gesehen. Doch menschlich gesehen, kann das nicht richtig sein. Außerdem, es dauert doch nicht mehr lange, bis du volljährig bist."

„Drei Monate."

„Eben. Deshalb will er ja, dass es schnell geht. Ich habe mit einem Freund telefoniert. Er ist Jurist. Er sagt, dass in einem solchen Fall das Kind immer gehört wird. Beim Jugendamt, meine ich."

„Ich will das Jugendamt nicht. Dann kommt alles raus, steht in den Akten, wo es auf ewig bleibt."

Stille legte sich über sie.

Hinten auf dem Deich war ein zweiter Traktor erschienen, der einen Heuwender zog und das Gras aufwirbelte.

„Dann sehe ich nur einen Weg", sagte Frau Reese. „Tut ihm den Gefallen. Trennt euch. Jedenfalls nach außen hin und Freda nimmt einen anderen Job an ..."

„Ich gehe nicht weg von der Insel", protestierte sie.

„Sollst du auch nicht. Aber ihr müsst ein Zeichen setzen. Alexanders Vater muss das Gefühl haben, dass er sich durchgesetzt hat. Freda muss aus dem Heim heraus. Der Chef vom MONOPOL ist ein Freund von mir. Ich habe mit ihm gesprochen. Freda könnte als Küchenhilfe anfangen. Es ist nicht gerade ein Traum-

job, aber auch weit weg von Malte und Konsorten."
„Und dann?"
Reese zuckte grinsend die Achseln. „Dann haben wir Zeit gewonnen. Irgendwas wird uns schon einfallen. Wuppertal ist weit."

43

GIBT ES EINE HÖLLE?

Ambrosius mochte krank sein, sein Anwesen war jedoch nach wie vor in einem peniblen Zustand. Zwar war der Rasen vor dem Haus fleckig geworden während des Winters, aber sonst hat sich nichts verändert. Dieselben Blumentöpfe aus Porzellan vor den gerafften Tüllgardinen. Ordnung überall. Nichts wies darauf hin, dass das Schicksal zugeschlagen, und den Hausherrn zu einer hilflosen Kreatur gemacht hatte.

Zunns Finger hingen schon über der Klingel, als sich die Tür öffnete und der Prediger heraustrat. Wenn er erstaunt war, Zunn vor sich zu sehen, dann zeigte er es nicht. Seine Augen hinter den scharf geschliffenen Gläsern zeigten wenig Interesse. Er nickte flüchtig und schob sich mit einem gemurmelten Gruß an Zunn vorbei.

Frau Ambrosius blickte Zunn unsicher an. „Es geht meinem Mann nicht gut", sagte sie, während sie ihm ihre Hand reichte, die Zunn noch zerbrechlicher erschien. „Dann ist er immer besonders eklig", fügte sie hinzu. Sie hatte ein zerknülltes Spitzentaschentuch in der Hand, das sie unentwegt knetete. Sie hatte geweint.

„Diese Unterlagen, von denen Sie sprachen ...", sagte Zunn.

Sie schüttelte resignierend den Kopf. „Ich habe überall gesucht. Glauben Sie mir. Aber sie sind nicht da."

„Vielleicht ist er ja nun so weit, dass er selbst einen Schlussstrich ziehen möchte und es uns sagt."

Sie verzog den Mund zu einem dünnen Lächeln. „Da kennen sie meinen Mann schlecht. Er ist und bleibt ein ... ein ... Ekel."

Ihre Stimme klang erstaunlich gleichmütig. Er konnte ihr Gesicht nicht sehen, denn sie hatte sich bereits umgedreht und ging vor ihm die Treppe hinauf. Die dicke Katze folgte ihnen. Sie hatte Zunns Schnürsenkel im Blick.

Was muss das für ein Leben sein, dachte Zunn. Da lebt diese Frau fünfzig Jahre mit einem Mann zusammen, um am Ende herauszufinden, dass er nichts als ein Ekel ist. Hatte es sich trotzdem gelohnt zu leben? Oder war letztlich alles vergebens gewesen? Zunn dachte an Lisa und daran, wie nahe er gewesen war, sein Leben wegzuwerfen. Lisa. Er fühlte ein warmes Ziehen in der Brust.

Das Schlafzimmer lag unter dem Dach. Ein massives hochbordiges Eichenbett, das Zunn an ein Schiff erinnerte, stand unter der Schräge und ließ nur Platz für eine Frisierkommode, über der ein ovaler Spiegel hing. Auf dem Nachttisch neben dem Balkonfenster stand eine rötlich schimmernde Bronzefigur. Ein nackter Athlet mit Waschbrettbauch hielt einen Stab in die Höhe. Auf dem Stab saß ein Lampenschirm. Der Blick der Figur war in die Weite gerichtet. Dorthin, wo Ambrosius zwischen Kissen gebettet lag. Seine Arme kamen dünn aus den Ärmeln des Nachthemdes heraus und lagen regungslos auf der Bettdecke. Sonst war nur der Kopf sichtbar. Er lag in einer Kuhle des aufgebauschten Kopfkissens. Ambrosius' Lippen verzogen sich zu einem verkniffenen Lächeln. Seine Augen verfolgten jede Bewegung des Arztes, der sich umständlich auf einen Stuhl an der Seite des Bettes setzte.

„Da sind wir also“, sagte Zunn und kramte in seiner Arzttasche nach dem Blutdruckmessgerät. „Ich hoffe, es geht Ihnen gut.“

„Sie sind ein miserabler Lügner“, sagte Ambrosius. Seine Stimme klang erstaunlich fest.

„Ich bin Arzt. Sie sind Patient. Ich habe für Sie zu sorgen. Und genau das werde ich auch machen.“

„Ich traue Ihnen nicht.“

„Ich traue Ihnen auch nicht. Sie sind und bleiben ein Verbrecher, auch wenn Sie krank sind. Aber medizinisch gesehen, spielt das keine Rolle. Sie sind mein Patient. Ich bin nicht glücklich darüber, aber ich kann Sie nicht im Stich lassen. Über Ihre Taten wird ein anderer richten. Hoffentlich."

„Aber Sie zweifeln selbst, dass es diesen Anderen gibt, richtig?"

„Es spielt keine Rolle, was ich glaube." Ambrosius holte Luft, um etwas zu sagen, aber Zunn fuhr fort. „Es spielt auch keine Rolle, was Sie glauben."

„Sie sind ein Kindskopf", die Stimme des Kranken krächzte höhnisch. „Wie kommen Sie darauf, dass ich glauben möchte? Ich war noch nie in der Kirche. Ein aufrechter Deutscher ..."

„Verschonen Sie mich", schnappte Zunn. „Aber warum sollten Sie sonst den Prediger gerufen haben? Wenn Sie schon das Original nicht wollen, dann wenigstens die Kopie."

Ambrosius schnaufte. „Sie denken, ich habe Angst."

„Ich hoffe, dass Sie Angst haben. Ich hoffe, dass so etwas wie die Hölle auf Sie wartet. Dort jedenfalls gibt es keine Ärzte, die Sie versorgen."

„Die Hölle kann mich mal. Man wird mich irgendwo einbuddeln, und das war's dann. Die Würmer ..."

„Also doch Angst."

Ambrosius sagte nichts. Seine Augen beobachteten seinen Arm, den Zunn wie ein lebloses Teil hoch nahm, die Manschette über ihn schob, das Stethoskop in die Armbeuge legte und lauschte. Schließlich richtete er sich auf und verpackte schweigend das Gerät wieder in der Tasche.

„Nun?", fragte Ambrosius. Zunn merkte seiner Stimme an, dass der Alte sich ärgerte, weil er seine Neugier nicht bezwingen konnte.

„Nicht schlecht. Wir bekommen es hin. Die Würmer werden noch etwas warten müssen." Zunn lächelte.

„Sie denken, Sie sind hart. Dabei sind Sie ganz weich. Ich könnte Sie immer noch fertigmachen."

„Sie können gar nichts. Sie können nur noch reden. Und auch das können Sie nur, weil ich Ihnen helfe." Zunn erschraken seine eigenen Worte. Sie waren so gehässig, so herablassend. Aber hatte der Alte nicht verdient, dass ihm irgendeiner mal die Meinung sagte? Er hatte so viel Leid gebracht, gelogen, gezündelt und betrogen. Und gemordet. Zumindest den Tod möglich gemacht. Nein, er, Zunn, musste sich nicht mies fühlen, wenn er dem Kerl jetzt die Meinung sagte. Noch war Zeit.

Während er noch nachdachte und auf die Katze hinuntersah, die seine Schnürsenkel aufgezogen hatte, hörte er kaum die Worte des Kranken. Sie waren ungewohnt friedfertig. „Sie sind ein seltsamer Mensch. Vielleicht habe ich Ihnen unrecht getan."

„Sie haben gedacht und gehandelt, wie Sie es immer getan haben. Es war Unrecht, und ich werde es niemals anders sehen. Sie sollten sich da nicht täuschen." Zunn zögerte. „Noch ist Zeit", fügte er schließlich hinzu.

„Zeit? Wozu?"

„Um gutzumachen, was gutzumachen ist."

„Es wäre ein Eingeständnis."

Zunn nickte. „Man muss Mut haben."

„Ich habe immer Mut gehabt."

„Aber zu den falschen Sachen."

Stille breitete sich über die beiden Männer. Im Erdgeschoss fiel eine Tür ins Schloss. Draußen war es dunkel geworden. Ein Finger des Leuchtfeuers strich über den Himmel und verschwand wieder.

„Man ist ziemlich allein", sagte Ambrosius.

„Man ist allein, wenn man sich außerhalb der Dinge stellt. Ich könnte Ihnen helfen, zurückzukommen zu den Menschen." Zunn beugte sich vor. „Diese Unterlagen, die Sie versteckt haben. Sie würden helfen, Menschen helfen. Und Ihnen auch."

„Machen Sie das Licht an", sagte Ambrosius, „ich möchte Sie sehen."

Zunn drückte auf einen Schalter zwischen den Füßen des nackten Athleten. Gelbliches Licht fiel durch den vergilbten Lampenschirm.

Zunn hatte die Arme vor der Brust gekreuzt und blieb ruhig

sitzen. Die Blicke der Männer trafen sich und blieben ineinander hängen, bis sich die Augenlider des Kranken langsam schlossen.

Zunn glaubte schon, dass Ambrosius eingeschlafen war, als er sah, dass sich seine Lippen bewegten. Er beugte sich vor, um zu verstehen. Die Worte kamen leise, so leise, dass Zunn sein Ohr ganz nah an den Mund des Einschlafenden bringen musste.

Dann endlich verstand er.

„Ich werde mir die Sache überlegen“, flüsterte Ambrosius, „... werde mir ... die Sache überlegen ...“

44

WIE EIN KLEINES MÄDCHEN

Henrik saß an der Kirchenorgel und übte. Der Pastor hatte ihn darum gebeten. Außerdem liebte er das Orgelspiel. Es gab ihm Ruhe, und er vergaß alles andere. Doch er wusste, dass er es nie richtig lernen würde. Dabei war diese Orgel kompakt und übersichtlich. Eine Walcker. Gerade zwanzig Jahre alt, was sie aber nicht einfacher zu spielen machte.

Henrik übte unverdrossen. Immer wieder „ICH RUF ZU DIR, HERR JESUS CHRIST". Die Bach-Bearbeitung. Sie hörte sich so leicht an und war doch voller Tücken.

Die ersten Takte bekam er ganz ordentlich hin. Die Töne dröhnten und rauschten auf das Kirchenschiff hinunter, sodass ihm ganz warm wurde. Dann aber kam diese Klippe vor der Wiederholung, und die Musik fiel in sich zusammen wie ein angestochener Windbeutel.

Er versuchte es oft, nahm immer erneut Anlauf, immer vergeblich. Aber seine Hände wollten einfach nicht in Gleichklang kommen, und damit war alles verloren. Das Schlimme war, dass es niemanden auf der Insel gab, der ihm helfen konnte. Auch dieser selbstgerechte Pastor nicht, der unbedingt „seine" Orgel zum Klingen bringen wollte, was Henrik ja verstehen konnte. Da hatten sie nun dieses fast neue Stück auf der Empore stehen und bekamen es nicht zum Klingen.

Es hatte keinen Zweck. Henrik stieß den Hocker zur Seite, nahm seine Jacke und ging zur Treppe. Das Licht der untergehenden Sonne brach sich in den farbigen Scheiben der Fenster und warf bunte Strahlen durch das Kirchenschiff. Die Tür hinter den Bänken stand offen. Wind zog herein und blätterte in einem Gesangbuch, das aufgeschlagen auf einem Pult lag.

Henrik sah Olga erst, als er schon fast am Ausgang war. Sie saß mit zusammengezogenen Schultern in der letzten Bank und wirkte noch zierlicher als sonst. Er konnte sich denken, warum sie hier war.

Die Trauer um Jean-Jesus.

Brauchte sie Trost, die Zwiesprache mit Gott? Henrik blickte nach vorn zum Altar, über dem das Kruzifix hing. Jesus hatte den Kopf geneigt. Sein Gesicht war faltenlos und ohne Schmerz. Er sah nicht gerade so aus, als würde er Anteil nehmen. Olgas Miene zeigte nicht, ob sie sich freute, Henrik zu sehen. Er rutschte die Bank entlang, bis er neben ihr saß.

„Komm mir nicht zu nahe", fauchte sie. „Ich bin nicht deinetwegen da."

„Ist ja gut", sagte er, „Ist ja gut." Er legte seine Hand auf ihren Arm. „Du konntest ja nicht wissen, wer da oben an der Orgel herumstümperte."

„Das Stück ist zu schwer für dich, wenn du mit beiden Händen spielst. Du musst erst mit der linken allein spielen. Sie hat den schwierigeren Part. Wenn du den kannst, dann ist alles ganz einfach."

„Du kannst Orgel spielen?", fragte er überrascht.

„Es ist nicht wirklich schwer. Ich habe Musik studiert. Als ich heiratete, habe ich aufgehört. Auch so ein Fehler. Musik gibt einem Raum, sich zurückzuziehen."

„Ich habe den Schlüssel der Kirche. Du könntest spielen, wann du wolltest. Meinst du, dass man es verlernen kann?"

Sie schüttelte den Kopf. „Keine Ahnung, aber ich glaube nicht. Die Finger werden ungelenker und steifer. Aber das Gefühl für die Musik wird wohl bleiben."

Er zog an ihrem Ärmel. „Dann los! Ich bin schon ganz gespannt. Du könntest mir zeigen, was ich falsch mache."

„Ich traue mich nicht."

„Das glaube ich nicht. Du bist eine starke Frau."

„Ich? Und stark? Vielleicht dir gegenüber. Aber eigentlich ..."

Sie war sichtlich nervös, als sie sich an die Orgel setzte. Mit den Füßen trat sie die Pedale probeweise. Dann drückte sie einzelne Tasten. Die Tonleiter, Akkorde.

Henrik spürte ihre Unruhe und streichelte beruhigend ihren Nacken. Sie wischte seine Hand unwillig zur Seite. „Mach mich jetzt nicht nervös!“ Sie zog einige Register, legte die Hände sanft auf die Tasten, verhielt noch einen Moment und beugte dann den Kopf, als wollte sie sich einen Anschwung geben.

Dann brausten die Töne über ihre Köpfe. Sie folgten einander in geordneter Folge, verhielten, hielten aus, mischten sich in Akkorden. Nach einigen Minuten blickte Olga kurz zu Henrik auf. Er sah, dass sie glücklich war. Ihre Augen glänzten.

Sie schien nicht aufhören zu wollen. Die Musik hob und senkte sich, schwebte und floss durch den Raum. Henrik hatte sich auf die Brüstung der Empore gesetzt und beobachtete Olgas Hände, die nun sicher und stark auf den Tasten lagen. Ihr Hals schimmerte hell im Licht der Lampe. Er sah den zarten Flaum ihrer Nackenhaare, den Ansatz ihres Rückgrates, die Nackenmuskeln, die sich unter der Haut bewegten, und fühlte eine Welle der Zärtlichkeit in sich aufsteigen.

Die letzten Töne. Sie lehnte sich mit gestreckten Armen zurück und blickte sich um. „Der alte Johann Sebastian. Er ist der Beste. Phantasia g-moll. Da ist alles drin.“

„Schön. Wunderschön“, sagte er. Eigentlich meine ich weniger die Musik als sie, gestand er sich ein. Sie ist schön, immer noch schön.

„Ich hatte ganz vergessen, wie die Musik mich trägt“, fuhr sie fort, „Wie auf Flügeln. So ganz ohne Angst.“ Sie blickte ihn mit blanken Augen an, und er sah, dass sie für diese Minuten ihren Frieden gefunden hatte.

„Nimm mich in deine Arme“, sagte sie leise.

Sie lagen in Olgas Bett. Durch das Fenster schimmerte die Laterne, die an der Ecke des Parkes stand. Der Wind schlug die

Zweige der Trauerweide gegen die Scheiben. Es war ein schönes Gefühl, drinnen und im Warmen zu sein.

Olga hatte sich in Henriks Arm geschmiegt. Sie lag gekrümmt gegen ihn. Er fühlte ihre Knie an seinem Bauch. Die Welt war unendlich groß. Die Welt war unendlich klein. Die Welt, das war diese kleine Frau, deren Atem über seinen Hals strich.

Er überlegte, was sie wohl dachte. Oder ob sie überhaupt dachte.

„Denkst du an ihn?“, fragte er schließlich.

„An wen?“ Ihre Stimme klang wach.

„Deinen Mann, natürlich.“

„Muss das jetzt sein?“

„Ich möchte nur wissen, ob du hier liegst, weil du trauerst ...“

„Oder ob ich hier liege, weil ich bei dir sein möchte. Das meinst du doch?“

Er nickte.

„Die Antwort ist, dass ich es nicht weiß“, hörte er sie sagen. Sie sprach jetzt undeutlich, da ihr Mund an seiner Brust lag. Sie wollte nicht mehr reden.

Aber er wollte reden. „Wie ist er gestorben?“

Sie rollte sich auf den Rücken, stöhnte entrüstet. „Das Herz, die Pumpe. Genügt das?“

„Konntest du ihm nicht helfen?“

„Ich war gar nicht da, als es passierte. Ich wusste nicht, dass es passieren würde. Selbst wenn, hätte ich nicht gewusst, was ich hätte machen sollen.“ Sie stemmte sich mit dem Ellbogen hoch. „Genügt dir das?“

Es genügte ihm nicht. Aber er sagte es nicht.

„Ich bin sehr einsam“, fügte sie hinzu und kuschelte sich wieder an ihn heran. „Du musst mich beschützen. Ich bin nicht so stark, wie du denkst.“

Es war ein schöner Gedanke.

Er spürte, wie ihre Knie sich bewegten und sein Glied zwischen sich nahmen. Sie lag klein und federleicht an ihn geschmiegt. Sie braucht Liebe, dachte er. Und er fühlte, dass sie Schutz suchte. Er legte den Arm um ihre Taille und zog sie an sich.

Ich werde sie beschützen, dachte er. Wir werden uns niemals trennen.

45

DAS LETZTE PAPIER

Zunn rieb sich die Augen. Er war müde. Ein nochmaliger Besuch bei Ambrosius hatte ihn geschlaucht. Obwohl er damit geendet hatte, dass er die geheimnisvollen Papiere des Alten gefunden hatte. Sie lagen nun in einem Pappkarton vor ihm. Eine erste Durchsicht hatte allerdings nichts Aufregendes zutage gefördert. Zunn rieb sich müde die Augen.

Es war nach Mitternacht. In der Spätausgabe der Tagesschau reichten sich Finanzminister Theo Waigel und sein DDR-Kollege Walter Romberg die Hände. Sie hatten gerade die Währungsunion beschlossen. Auch Kanzler Kohl meldete sich zu Wort: „Nach Jahrzehnten beginnt der Traum von der Einheit Deutschlands Wirklichkeit zu werden."

„Die beschließen die deutsche Einheit von ganz Deutschland", schimpfte Zunn, „Und ich bin noch nicht mal imstande, ein paar dämliche Unterlagen zu finden. In einem Haufen Papier, der, weiß Gott, übersichtlich genug ist." Er haute den Deckel auf den Karton und lehnte sich enttäuscht zurück.

„Was beklagst du dich? Wir haben immerhin das Konto gefunden. Und das Geld." Auch Lisa war müde. Es war ein langer Tag gewesen. Charlotte hatte gezickt und nicht ins Bett gewollt, weil Zunn versprochen hatte, ihr noch vorzulesen. Lisa hatte die Nerven verloren und ihr eins auf den Hintern gegeben. Nun hatte sie ein schlechtes Gewissen und machte sich Vorwürfe. Als Zunn schließlich von Ambrosius zurückgekommen war, hatte er die Unterlagen unter dem Arm gehabt und nicht abwarten wollen, sie durchzusehen.

„Der Alte wird weich", hatte er gesagt. „Du rätst nie, wo er es versteckt hatte."

„Im Herd."

„Gar nicht schlecht, nur knapp daneben. Hinter dem Haus haben sie eine alte Waschküche mit kupfernem Kessel und einer Feuerstelle darunter. Wie man sie früher hatte, vor dem Krieg, nach dem Krieg. Sogar das Holz ist noch im Ofen. Man braucht nur ein Streichholz dranhalten. Man weiß nie, was kommt, sagt Frau Ambrosius.

„Man weiß auch nie, was kommt."

„Ihr Frauen tickt alle gleich. Na ja, auf jeden Fall, dieser Karton war hinter dem Holz. Sehen Sie zu, dass Sie damit glücklich werden, hat Ambrosius gesagt, aber gehen Sie mir nicht mehr auf die Nerven."

Im Fernsehen kam die Wetterkarte. Es würde regnen in den nächsten Tagen.

„Lass uns zu Bett gehen", sagte Lisa. Als Zunn zögerte, fuhr sie fort: „Was willst du noch? Einen Schnaps? Ein Bierchen?"

„Ich möchte, aber ich will nicht."

„Wegen mir?"

„Wegen dir."

„Du bist lieb." Sie überlegte. „Was denn also noch? Sämtliche Kontounterlagen sind da. Wir wissen nun, dass der Alte gelogen hat. Das Geld liegt in Oldenburg auf der Sparkasse. Nur die Zinsen sind an diese Nazi-Kameradschaft gegangen. Dieser Zurmöhle kann dir die Füße küssen."

„Dieses jüdische Ehepaar ... Wir sind immer noch nicht weitergekommen mit der Kette. Du könntest sie gut gebrauchen, sie ist viel wert."

„Du weißt genau, dass ich sie nicht will, bevor nicht alles geklärt ist."

„Dann müssen wir es eben klären. Aber ich finde hier nichts, was von Bedeutung ist."

„Wir haben das Foto". Sie wühlte in dem Haufen, nahm ein Foto, hielt es hoch. Es zeigte auf gelblichem Papier ein Pärchen, das sich sonnte. Keiner von beiden blickte in die Kamera.

„Sieh mal, Stefan, die Frau ist sogar nackt. Ich möchte wetten, dass Ambrosius es heimlich aufgenommen hat.“

„Der Drecksack. Aber das sagt uns nur, dass er ein Spanner ist. Sonst bringt es uns nicht weiter.“

„Du meinst, der Alte hält dich immer noch hin?“

„Er verarscht mich. Ich habe das sichere Gefühl, dass dieser Karton noch nicht alles ist. Die Sachen da drin sind viel zu unwichtig. Das kann nicht alles sein. Der wirkliche Knaller ist noch irgendwo im Haus. Und der Alte liegt im Bett und lacht sich ins Fäustchen.“

„Aber warum? Warum sollte er? Um noch ein letztes Geheimnis zu haben, mit dem er dich locken kann?“

„Vielleicht. Sicher sogar. Oder es ist viel einfacher. Er spielt ein Spiel mit mir. Er will wissen, ob ich klug genug bin, das Rätsel zu knacken.“

„Er ist todkrank.“

„Eben. Für ihn ist es so, als ob er mich an einer unsichtbaren Leine hält, an der er ziehen kann. Solange er ziehen kann, bleibt er interessant für mich, für uns.“

„Und du glaubst wirklich, dass da noch etwas ist?“

„Ich bin mir sicher. Wenn ich Recht habe, ist irgendwo in diesen Papieren ein Hinweis verborgen.“

„Auf die Juden?“

„Auf die Juden, auf das Ausland, irgendwas aus England, USA, was weiß ich ...“

„Morgen ist auch noch ein Tag. Lass uns schlafen gehen!“

„Die Sache ärgert mich. Los, noch einen Versuch ...“

Sie teilten noch einmal die Papiere auf. Zwei Stapel von jeweils fünfzehn, zwanzig Zentimeter Höhe. Briefe, Fotos, Postkarten, die Kontounterlagen für Zurmöhle, Pläne für das Haus. Korrespondenz mit Baufirmen. Fotos der noch rauchenden Ruine. Eine Rechnung über Benzin. Zehn Liter.

Ausreichend, um einen Bau in Flammen zu setzen, dachte Zunn. Ambrosius war ein Pedant, auch dann, wenn er Unheil über andere brachte. Aber hatten nicht auch die KZ-Schergen genau

Buch geführt? Spießer als Verbrecher. Das sind die Schlimmsten.

Zunn fühlte, wie die Müdigkeit seine Gedanken forttrug. Er wollte schon aufgeben, endgültig aufgeben, als er merkte, dass er auf eine Postquittung starrte. Es war eine normale Postquittung. Er hatte sie schon mehrmals in der Hand gehabt und jedes Mal schnell an die Seite gelegt.

Doch jetzt, als er das Blatt wendete, sah er den Stempel.

G.Hill
Postoffice Oxford
30.04.1948
Pict. M.B.

46

SCHNIPKOWEIT

Henrik und Olga liefen den Weg im Park entlang. Olga hatte am Teich auf ihn gewartet. Noch immer wollte sie nicht, dass jemand sie im Ort sah. Der Weg war mit zertretenen Muscheln bestreut und leuchtete hell unter den überhängenden Büschen. Olga nahm Henriks Arm und schmiegte sich an ihn. Wie ein kleines Mädchen, das Schutz sucht. Er fühlte sich großartig.

Sie überquerten den Betonweg in Höhe des Ehrenmales. Ein Pfad führte durch Rosensträucher und stachlige Vogelbeerbüsche. Bevor die Zweige hinter ihnen zusammenschlugen, sah Olga sich um. Sie hatte sich schon einmal umgesehen. Der Weg lag verlassen in der Sonne. Sie zog ihn weiter in die mit Gras bewachsenen Dünen hinein.

Sie waren allein. Bienen summten, irgendwo im Watt brummte ein Motor und verstummte dann. Die Rosenbüsche rückten näher, vermischten sich mit krüppligen, vom Wind zerzausten Kiefern. Eine Lichtung tat sich auf.

„Hier herein!“, flüsterte Olga ein wenig atemlos und schob Henrik unvermittelt über die kleine freie Fläche. Hinter einem Holunderbusch sank sie auf die Knie und zog ihn mit sich. Er wollte etwas fragen, aber sie legte einen Finger auf seine Lippen. „Ich möchte wirklich wissen, ob er uns folgt.“

„Wer folgt? Was soll das alles?“

„Ein Mann. Er folgt mir. Schon seit gestern.“

„Du spinnst.“

„Ich spinne nicht. Er wird kommen. Du wirst sehen. Ein kleiner dicker Glatzkopf. In einer blauen Jacke mit roter Kapuze.“

„Du siehst Gespenster. Denkst immer, alle wollen dir was Böses.“

Er wollte schon aufstehen, entrüstet wie er war, als der Mann auf der Lichtung erschien. Er war ein plumper, schlaffer Typ mit schmalen Lippen und einem trübseligen Zug um die Augen. Er hatte seinen blauen Anorak ausgezogen und trug ihn über dem Arm. Die Kapuze hing herunter. Sie war rot.

Der Mann ging langsam und blickte den Pfad entlang. Er blieb stehen und wischte sich den Schweiß vom Kopf.

Wie er dastand in seiner schwitzenden Unbeholfenheit, hatte er nichts Gefährliches an sich. Fast konnte er Henrik leid tun, wenn nicht die beunruhigende Frage geblieben war, warum, zum Teufel, der Kerl ihnen folgte. Wer war er? Von der Insel war er nicht. Er wirkte wie ein typischer Städter, der unversehens in die Natur geraten war, und noch nicht einmal Zeit hatte, seinen lästigen warmen Anorak loszuwerden.

Der Mann sah sich noch einmal um, steckte das zerknüllte Taschentuch weg und ging mit schnellen Schritten weiter den Pfad entlang. Sie hörten ihn noch einmal unwillig schnaufen, dann war er verschwunden.

„Das mache ich jetzt nicht mehr mit", sagte Olga. Ihre Stimme klang dünn, angestrengt. „Lass uns umdrehen." Sie zitterte.

Henrik zog sie an sich. „Es ist nichts passiert", beruhigte er sie. „Nur ein alter Mann, der einer hübschen Frau folgt."

Sie schüttelte heftig den Kopf. „Das glaube ich aber nicht. Wer weiß, was dahinter steckt. Der Mann ist mir unheimlich, weißt du." Plötzlich drückte sie sich an ihn. „Du musst mich beschützen."

„Ich beschütze dich", sagte er. „Du hast keinen Grund dich zu fürchten."

Er spürte, wie sie den Kopf hob, als wollte sie etwas sagen. Dann aber blieb sie an ihn gekauert hocken und gab einen hohen, fast wimmernden Ton von sich. Er streichelte ihre Haare, und langsam beruhigte sie sich.

„Es ist gut, dass du da bist", sagte sie schließlich. „Du bist der Einzige, dem ich vertrauen kann. Und ich danke dir dafür." Sie zog seinen Kopf zu sich herunter und küsste ihn. Henrik fühlte, wie das Verlangen in ihm aufstieg. Doch sie stemmte ihre Arme gegen seine Brust. „Langsam, langsam“, sagte sie, fast schon wieder so kokett wie sonst.

„Warum nicht hier? Niemand sieht uns.“

„Ich möchte, dass du dem Mann folgst. Sag mir bitte , was er macht.“

Er murrte.

„Und dann kommst du zu mir. Wir haben noch so viel Zeit, mein kleiner Hengst“, sagte sie und fuhr zärtlich mit der Hand über sein Gesicht. „Bis nachher.“

Der dicke Mann war in der SALINE. Henrik sah ihn schon von weitem. Er saß im Schatten eines blauen Sonnenschirmes und aß ein Eis aus einem hohen Glas. Er war der einzige Gast.

Henrik öffnete die grüne Gartentür. Sie knarrte und schlug zu, während Henrik dastand und sich umsah. Der Mann blickte nicht auf. Er aß mit Hingabe ein großes süßes Plunderteilchen.

Henrik zog sich einen Stuhl heran und setzte sich an den Nebentisch. Der Mann lächelte, was sein Gesicht irgendwie schief aussehen ließ, als passten die beiden Hälften nicht richtig zusammen.

Die Wirtin erschien. Henrik bestellte eine Cola. Er fragte sich noch, wie er das Gespräch beginnen sollte, als der Mann das Kuchenstück auf den Teller zurücklegte und Henrik ansah. „Sie sind Henrik Billhardt, der Schriftsteller, nicht wahr?“

„Ich kenne Sie nicht“, sagte Henrik. Etwas Besseres fiel ihm nicht ein.

„Sie sind der Freund von Olga Pickert“, fuhr der Mann fort.

„Ich bin nicht ihr Freund.“

„Sie bumsen sie. An Ihrer Stelle würde ich das lassen. Diese Frau ist gefährlich. Aber ich weiß natürlich, dass Sie nicht auf mich hören werden. Vielleicht würde ich es auch nicht tun, wenn ich jünger wäre.“

„Was geht Sie das an?“

Der Mann nahm umständlich das Plunderteilchen auf und biss ein großes, klebriges Stück ab, schluckte es hinunter und fügte seinem Übergewicht wieder ein paar Gramm zu. „Es ist mein Beruf, mein Junge“, sagte er schließlich bedächtig. „Sie zu beschatten, zum Beispiel.“

„Sind Sie ein ...“

„... Polizist? Nein“, Der Mann lächelte gütig. „Ich bin kein Polizist. Ich bin Privatdetektiv. Werner Schnipkoweit, Privatermittlungen aller Art.“

„Jemand hat Sie engagiert, Herr Schnipkoweit.“

Noch ein Bissen. Der dicke Mann blickte anerkennend. „Keine schlechte Schlussfolgerung.“

„Soll ich raten? Sie dürfen mir nicht sagen, wer Sie engagiert hat.“

„Nur im Film nicht, mein Junge, im Film dürfen sie das niemals verraten. Aber Ihnen, Ihnen sage ich es. Vielleicht. Wenn es sinnvoll ist.“

„Und bis dahin belästigen sie unbescholtene Leute, folgen ihnen, damit sie Angst bekommen, obwohl sie keine Angst haben müssten.“

Schnipkoweit kaute, schluckte hinunter, besah sich den restlichen Kuchen genau und erkundete das nächste abzubeißende Stück. „Keine schlechte Theorie. Aber eben nur Theorie. Denn unbescholtene Leute haben keine Angst. Weil sie unbescholten sind.“ Abbeißen, kauen, schlucken: „Wissen Sie, was der Wal macht, wenn die Sardinen nur einzeln herumschwimmen, sodass es sich nicht lohnt für ihn, für jeden kleinen Fisch extra sein großes Maul aufzumachen? Nein? Ich will es Ihnen sagen. Der Wal schwimmt im Kreis, schlägt mit den Flossen und lässt ordentlich Luft ab, bis ein Ring von aufsteigenden Blasen entsteht. Eine scheinbare Wand, die er immer enger zieht. Die Fische flüchten in die Mitte. Und da schnappt er dann zu, der Wal ...“

„Und ich bin eine der Sardinen.“

„Nicht Sie.“ Schnipkoweit stopfte sich den Rest des klebrigsüßen Gebäcks in den Mund und hatte Mühe, ihn zuzukriegen. „Noch zu klein für einen Wal", mampfte er schließlich.

„Also Olga."

„Also Olga. Ich sagte ja, Sie sollten die Sache beenden."

„Und Sie sind der Wal."

„Sagen wir es so. Ich schwimme im Kreis, schlage die Blasen, aber fressen ..."

„... tut ihr Auftraggeber."

„Richtig. Oder die Kripo. Vollkommen richtig."

„Und der Auftraggeber ist wer?"

Der Detektiv glotzte Henrik an und sagte dann durch Teig und Rosinen hindurch: „Mein Mandant ist Jeans Vater, Olgas Schwiegervater. Ein grimmiger Mann, wenn er sauer ist."

Er leckte sich den Zucker von den Fingern.

47

EINE WETTE UM DREI KORN

Alexander hörte die Sirene des Feuerwehrwagens, als er auf Höhe der TEESTUBE war. Sie spinnen, dachte er, diese Verrückten, können es selbst in der Nacht nicht lassen, mit ihrem LF-8 zu spielen. Autos waren verboten auf der Insel, da dachten sich Feuerwehrleute allerlei Notsituationen aus, um ein bisschen herumrasen zu können. Die Sirene verstummte wieder.

Die nächtliche Stille kehrte zurück. Es war kurz nach zwei. Jetzt hatte Freda frei. Endlich. Sicher wartete sie schon. Die Arbeitszeiten im Hotel MONOPOL waren ungünstig. Aber immerhin, sie konnten sich sehen. Und wenn es nachts war.

Die Leuchtreklame der TEESTUBE erlosch. Ein Mann kam die Treppe herunter. Er schwankte leicht und rülpste. Hinter ihm schloss jemand die Tür ab. Alexander bog in die Hermannstraße.

Vor der Feuerwache war noch Licht. Als Alexander näher kam, sah er die ganze Truppe geschäftig herumrennen. Sie verstauten ihr Gerät. Türen schlugen. Alexander verbarg sich in einer Toreinfahrt. Jemand brüllte Befehle. Die Männer sprangen auf und brausten davon.

Alexander grinste, als er Ingo und Malte auf den hinteren Trittbrettern sah, wovon aus sie sehr wichtig nach vorn schauten. Diese Arschlöcher.

Ein Pudel erschien, schnüffelte an Alexanders Hose und hob das Bein. Alexander sprang zur Seite und ging weiter zur Zedeliusstraße. Weiter oben war der Löschwagen hinter dem PUDDING nach links verschwunden. Das Blaulicht zuckte noch einige Male in den Fenstern des Cafés, dann lag die Straße wieder verlassen im Schein ihrer Laternen.

Als Alexander auf die Promenade bog, sah er den Löschwagen

wieder. Er stand gute zweihundert Meter entfernt. Die Leiter war ausgefahren, Feuerwehrleute rannten, rollten Schläuche ab. Ein Scheinwerfer flammte auf. Jemand richtete ihn nach oben. Der Lichtkegel streifte das Dach und verharrte auf den Luken neben dem Schornstein. Die Fenster waren rund und klein, Flammen schlugen heraus. Sie züngelten bereits an dem Schild, das unter ihnen auf der Regenrinne saß: HOTEL MONOPOL.

Dann erst begriff Alexander. Es brannte tatsächlich. Fredas Monopol brannte! Genau dort, wo sie ihr Zimmer hatte!

Er rannte, hörte sich keuchen, sah sich rennen und überlegte gleichzeitig, was er tun konnte.

War Freda noch da oben? Er blickte sich um: Freda würde auf ihn warten. Er würde sie sehen.

Sie war nicht da.

Jemand versuchte, ihn aufzuhalten. Er spürte Hände, stieß sie zur Seite. Vor dem Eingang eine Gruppe von Männern, die durcheinander riefen, diskutierten und die Leiter beobachteten, die sich quälend langsam an der Dachrinne entlangbewegte.

„Wir kommen nicht an die Fenster ran“, schrie jemand. „Das blöde Schild steht dazwischen.“

Ein Mann mit Glatzkopf und Schlips wiegelte ab. „Da ist niemand mehr. Sie sind alle unten. Konzentriert euch auf die zweite Etage.“

Ihr habt Unrecht, da ist Freda, meine Freda, wollte Alexander rufen, aber die Männer hatten sich schon abgewandt. Ihr Arschlöcher, schrie es in ihm, ihr bornierten, eingebildeten Arschlöcher, die von nichts eine Ahnung haben. Dann hole ich sie eben selbst ...

Die Treppe zum Dachboden war schmal und eng. Rauch hing über den oberen Stufen. Alexander atmete noch einmal durch und hetzte die Treppe hinauf. Qualm brannte in seinen Augen, die sofort zu tränen begannen. Er sah nichts mehr. Er schlug die Hände vor das Gesicht, spürte wie die Stufen endeten, tastete sich nach rechts, schob sich an der Wand entlang. Weiter vorn prasselte das

Feuer. Es klang, als ob Hagel auf ein Glasdach schlug. Er versuchte sich zu erinnern. Fredas Zimmer lag gleich hinter einem Vorsprung, in dem ein Schornstein saß. Er tastete. Der Schornstein! Es gelang ihm, die Augen zu öffnen und kniff sie gleich wieder zusammen. Der Rauch war nun schwarz und klebrig. Alexander versuchte zu atmen. Das beißende Zeug zog seine Lungen zusammen. Er fühlte, wie die Beine unter ihm nachgaben. Irgendwie erinnerte er sich, dass die Luft dicht über dem Boden besser war, weil der warme Qualm nach oben steigt. Er ließ sich fallen, fühlte Linoleum, versuchte noch einmal zu atmen. Tatsächlich ging es nun besser. Er blieb liegen, um neue Kraft zu gewinnen. Ich muss etwas sehen, hilft alles nichts, schoss es ihm durch den Kopf. Er öffnete die Augen zu einem Blinzeln und sah einen rötlichen Schein hinter dem Grau. Dort musste sie sein!

„Freda!", krächzte er. „Freda. Ich bin hier." Kam eine Antwort? Er wusste es nicht. Er durfte nicht aufgeben, kroch mühsam vorwärts. Er hatte den Schornstein hinter sich gelassen, als vor ihm die Decke einstürzte. Balken krachten in sich zusammen, eine Wand brach ein, eine funkensprühende Hitzewelle traf Alexander, sengte über ihn hinweg und riss den Sauerstoff, den er so dringend brauchte, mit sich. Es war wie ein Faustschlag. Ein knock out. Alexander versuchte sich zu bewegen, doch sein Körper funktionierte nicht mehr.

Aus, dachte er, das war's dann. Ich liege hier wie ein morsches Stück Holz und das Feuer wird mich fressen.

Freda!

Vor seinen geschlossenen Augen tanzten blaue und rote Streifen, schillernde Fontänen schossen nach oben, dann, ganz langsam und wunderbar beruhigend, breitete sich ein helles Grün aus. Wie auf einer Wiese im Frühling. Lass dich nicht einlullen, rief es in ihm, tu was! Es ist nicht nötig, leg dich zurück, gib dich mir hin, lockte das Grün, alles wird gut ...

In diesem Moment krachte es über seinem Kopf. Etwas schlug von außen gegen das Dach, riss an Dachziegeln und Latten. Dann klaffte ein Loch. Spitzhacken rissen weitere Stücke heraus. Wasser stob herein, prasselte gegen die Mauern, die Flammen verzischten. Ein Schwall frischer Luft brach durch die Öffnung. Die grüne Landschaft vor Alexanders Augen verblasste. Eigentlich schade, dachte er. Es war so schön ...

Er hörte Stimmen von draußen. Die Spitzhacken waren nun dicht über ihm. Aufhören, wollte er schreien, hier liegt einer, hier liege ich. Ihr schlagt mich tot! Mit letzter Kraft rollte er sich zur Seite. Neben ihm krachten Dachpfannen herunter. Er schob sich zurück. Seine Füße fühlten die Treppenstufen. Er schob sich weiter, bis er die Stufen unter seinem Bauch spürte. Dann ließ er sich fallen und rutschte hinunter. Die Stufen rüttelten ihn durch. Wie ein Sack alter Wäsche fiel er schließlich auf dem Gang zusammen.

Er wusste nicht, wie lange er dort gelegen hatte. Dumpf spürte er die Schritte rennender Menschen um sich herum. Schreie, Gebrüll, jemand fasste ihn unter den Armen, zog ihn hoch, trug ihn Stufen hinunter und legte ihn schließlich ab. Frische Luft umspülte ihn. Ich bin draußen, dachte er, aber allein …

Freda war tot. Er hatte sie nicht retten können. Er spürte, wie etwas in ihm zusammenstürzte und ihn fürchterlich leer und hilflos zurückließ.

Er hörte das Rennen, Kreischen und Trampeln um ihn herum, aber nichts konnte ihn bewegen, die Augen aufzumachen. Sie sollen mich in Ruhe lassen, dachte er störrisch, es hat doch alles keinen Zweck mehr. Er spürte mit milder Empörung, dass sie ihn auf eine Trage rollten.

Er fühlte eine weiche, leichte Hand, die zärtlich über seine Stirn fuhr. Ein Hauch von Parfüm wehte ihn an. Ein Duft, der Erinnerungen an viel Zärtlichkeit wachrief. Der Duft verstärkte sich. Lippen pressten sich auf seinen Mund. Fingernägel kratzten ihn leicht hinter den Ohren. Er schlug die Augen auf.

Freda.

Sie kniete vor ihm auf dem roten Pflaster, und er sah die Sorge und Liebe in ihren Augen. Sie zog ihn vorsichtig hoch und strahlte, als sein Mund sich zu einem Lächeln verzog. Freda legte den Arm um ihn und wiegte ihn wie ein kleines Kind.

In diesem Moment fotografierte sie der Mann vom INSELBOTEN.

„Super“, sagte er. „Liebe pur. Ich wette drei Korn, dass ich dieses Bild in ganz Deutschland verkaufen kann. Es hat was.“

48

WER ODER WAS WAR HILL?

Zunn zweifelte daran, dass sie jemals das Rätsel lösen würden. Es war einfach zu lange her, dass das junge Paar geflohen war. Und die Übeltäter hatten alles getan, um die Spuren zu verwischen. Dabei hatten er und Lisa so viel auf sich genommen. Zunn dachte an seine Fahrt nach Berlin, die Auseinandersetzung mit Ambrosius und den Überfall im Park. Einfach schade, wenn nun alles im Sande verlaufen würde.

„Aber, wenn man ehrlich ist", sagte er zu Lisa. „Es ist nicht viel, was wir in der Hand haben. Eigentlich fast nichts. Eine Poststation in England, in Oxford, was immer noch wenig aussagt. Ein anomymer Platz, an dem Tausende ihre Pakete aufgaben oder in Empfang nahmen." Sein Zeigefinger tippte auf den Schein, „vor mehr als dreißig Jahren. Wahrscheinlich sind die Beamten, die damals Dienst hatten, längst pensioniert. Selbst wenn nicht, wer wird sich jetzt noch an eine beliebiges Paket nach Deutschland erinnern? Hill. Ist das der Name einer Person?"

„Ich kenne mich da nicht aus", hatte Lisa geantwortet. „Aber könnte es nicht auch eine der Poststationen in Oxford sein?"

Zunn hatte nachgeforscht und einen Studienfreund in England angerufen. OXFORD-HILL war keine Poststation. Also doch ein Familienname. Es gab vierzehn Hills in Oxford. Der Freund hatte ihm die Telefonnummern durchgegeben, und Zunn hatte sie einen nach dem anderen angerufen. Zwei Hills waren verzogen, zwei nicht zu erreichen gewesen. Nur einer von ihnen, ein ehemaliger Sergeant-Major, hatte Verbindungen nach Deutschland. Er hatte seine Frau in Bergen-Hohne kennengelernt, wo er drei Jahre stationiert war. Sie war seit einem Jahr tot, und der Sergeant-Major hatte sich inzwischen in der Nachbarschaft getröstet. Nein, von

Wangerooge hatte er noch nichts gehört.

Die anderen Hills waren allesamt freundlich, konnten aber nicht weiterhelfen. Wenn sie England verließen, dann bestenfalls in Richtung Portugal oder Spanien, wegen der Sonne und den Kindern. Und Gibraltar, weil es britisch war.

Es war Lisa, die schließlich auf Vogt gekommen war. „Er ist aus Berlin. Die Leute damals kamen auch aus Berlin. Es waren Leute aus der Kulturszene. Vogt war am Theater. Warum sollte er uns nicht helfen können?"

Weibliche Logik ist manchmal verblüffend einfach, dachte Zunn bewundernd. Und als Lisa sich wie ein Kind über ihren Einfall freute und am liebsten gleich losgestürzt wäre, vermied es Zunn wohlweislich, darauf hinzuweisen, dass die Flüchtlinge vor dem Krieg in Berlin gewohnt hatten. Und Vogt erst nachher. Außerdem hatte Berlin sechs Millionen Einwohner, ein paar mehr als Wangerooge.

Doch da Zunn sonst keinen anderen Weg sah, und eine Frage mehr oder weniger auch keinen Schaden tat, willigte er schließlich ein.

Zunn fand Vogt in den Dünen hinter dem Schülerheim. Er thronte in einem Klappstuhl, wie ihn berühmte Schauspieler benutzten. Mit ihrem Namen hinten auf der Lehne. Vogts Stuhl hatte keinen Namen.

Zwei junge Männer prügelten sich in einer Sandkuhle. Rundherum die übrigen Schüler des Heimes. Zunn erkannte Alexander Monz, der sich verzweifelt gegen einen zwar kleineren aber ungleich kräftigeren Kerl wehrte. Alexanders lange, dünne Arme fuhren ungelenk durch die Luft, tupften das eine oder andere Mal wirkungslos den Oberkörper seines Gegners. Tief gebückt unterlief dieser Alexanders hilflose Gebärden, bohrte sich förmlich in ihn hinein und ließ einen Wirbel trockener kurzer Haken auf Alexanders Magengegend los. Zunn sah sein verzerrtes Gesicht, Vogt bellte unverständliche Befehle, der Boxwirbel ging weiter, die Meute drumherum schrie, Vogt sprang auf, bellte noch einmal, riss den Kleineren an den Haaren nach hinten, der weiterhin, außer sich vor Wut, um sich schlug. „Den mach ich fertig", bellte er. „Erst haut seine Nutte ab und dann verpfeift er uns. Wir sind doch nicht blöde."

Alexander stand einen Moment wankend. Dann sackte er in sich zusammen, wie eine Gummipuppe, der plötzlich die Luft entweicht. Die Zuschauer johlten. Vogt blickte hilflos. Zunn sprang nach vorn, um den Jungen aufzufangen, kam aber zu spät.

Alexander lag gekrümmt im Sand und übergab sich. Dann fiel sein Kopf zur Seite. Er war bewusstlos. Die Haut am Bauch war aufgeplatzt und blutete. Zunn schrie nach Wasser, betupfte Stirn und Oberkörper, fühlte den Puls.

„Der Kerl hätte ihn umbringen können", sagte er, ohne Vogt direkt anzusehen.

„So schnell geht das nicht. Die Handschuhe sind dick. Nur für das Training. Da kann nichts passieren."

„Zufällig kenne ich mich aus. Das hier sieht nicht nach einem fairen Trainingskampf aus. Sie sollten sich die Handschuhe des Verrückten mal genauer ansehen."

Vogt war ungehalten. „So ein Quatsch." Doch sein Gesicht verriet Zweifel. Er hatte noch einen Arm auf der Schulter von Ingo liegen. Nun drehte er ihn herum. „Arme hoch!", befahl er. Ingo wehrte sich wortlos, doch Vogts Arme hielten ihn an sich gepresst. Vogt zog die Schleifen des Verschlussbandes auf und riss die Handschuhe ab. Er betastete die Schlagflächen. „Da ist etwas Hartes", sagte er verblüfft.

„Warum dieser Hass? Ich kann mir das nicht erklären", sagte Vogt.

„Ich schon", antwortete Zunn trocken.

„Dann sagen Sie es mir."

„Ich darf nicht. Alexander ist mein Patient. Er will nicht, dass ich darüber rede. Soviel kann ich aber sagen. Sie sollten aufpassen auf den Jungen. Er hat alle gegen sich. Sie haben Angst, dass er sie verpfeift."

Sie saßen in Vogts Zimmer. Es war vollgestopft mit Büchern und Akten. Sie lagen bis hinauf zum Kleiderschrank und umringten den Tisch wie Maulwurfshügel. Vogt hatte für Zunn einen Stuhl freigeschaufelt und mit einem Tauchsieder, von dem Kalk abplatzte, einen Tee gekocht.

„Sie müssen entschuldigen", sagte er, „aber ich bin Junggeselle. Und das sieht man. Leider." Seine launigen Worte täuschten nicht darüber hinweg, dass er noch immer betroffen war. „Ich komme nicht an die Kerle ran", seufzte er schließlich. „Und ich dachte, mit ein bisschen Sport, ein bisschen Boxen ..."

Vogt griff in die Hose, es klimperte und er förderte eine Pfeife zutage. Während der Tabakqualm sie umwaberte, schlürften sie ihren Tee und sahen aus dem Fenster, hinter dem die Sandkuhle zu sehen war, in der Alexander gerade eben noch zusammengeprügelt worden war. Ein Hase hoppelte durch die Dünenmulde und hockte sich in die Sonne, während sich seine Ohren wie kleine Radarschirme auf der Suche nach Feinden drehten.

„Auch er hat Angst. Überall ist Angst. Schrecklich", sagte Vogt. Er stellte sein Teeglas auf den Tisch zurück. „Aber deswegen sind Sie sicher nicht gekommen."

Zunn kramte in der Tasche und zog den Paketschein heraus. „Wir haben ein Problem ..." begann er. Er hatte sich entschlossen, mit seiner Schilderung ganz am Anfang zu beginnen. Das jüdische Paar, der Verrat, Ambrosius, die Flucht, die Perlen, Pension AUGUSTA, das Feuer. Und wieder Ambrosius.

Der Paketzettel. Zunn reichte ihn über den Tisch. „Lisa dachte, weil sie aus Berlin kommen und mit dem Theater zu tun hatten, könnten Sie vielleicht eine Idee haben. Sie werden mich wahrscheinlich auslachen, denn Berlin ist ja groß. Und es war eine ganz andere Zeit ..."

Vogt nahm den Zettel vorsichtig in seinen dicken Händen, legte ihn vor sich hin, spreizte die Ellbogen und stellte die Fingerspitzen auf die Ränder. Er betrachtete den Zettel ausgiebig, ohne sich noch einmal zu rühren. Zunn war ohne viel Hoffnung gewesen, aber dann hatte die Logik seines Berichtes ihn zu einer gewissen Zuversicht getragen. Doch nun, da Vogt ihm in reaktionsloses Schweigen versunken war, kehrte das Bewusstsein der Absurdität seines Ansinnens zurück. Wieso sollte ausgerechnet dieser unbeholfene Dicke das Rätsel lösen können? Er blickte aus dem Fenster. Der Hase war weg. Ich sollte auch gehen, dachte Zunn, ich bringe den Mann nur in eine peinliche Situation. Er wollte schon nach dem Zettel greifen, als Vogt aufstand und zum Bücherregal hinüberging. Er bückte sich, schob Papierberge zu Seite, zog einen Band heraus, setzte sich wieder, las. Schließlich klappte er das Buch zu, ließ einen Finger zwischen den Seiten und blickte Zunn an.

„Es ist paradox. Die Sache ist kompliziert und eigentlich nur lösbar, weil sie kompliziert ist. Ich habe eine Idee. Eine Theorie, standfest wie ein Kartenhaus. Er ist ein Spinner, werden sie dann sagen. Er hat seine Schüler nicht im Zaum und seine Gedanken nicht in Ordnung."

„Wir sind dankbar", sagte Zunn. „Dankbar über jede Idee. Machen Sie sich wegen der Lächerlichkeit keine Sorgen." Er beugte sich vor. „Also los!"

„Moment, Moment. Lassen Sie uns rekapitulieren." Er blickte auf den Zettel und las vor: „G. Hill, Poststation Oxford, Pict. M.B." Er zögerte. „Der Kernpunkt ist..."

„... dieses Pict. M.B."

„ Nein, der Kernpunkt ist Hill."

„Ein Allerweltsname, ein englischer Name. Ohne Bezug zu Deutschland."

„Richtig. Als englischer Name. Aber ist es immer ein englischer Name gewesen? Sie müssen bedenken, die geflohenen Juden haben sich überall niedergelassen, mussten sich in ein neues Leben eingliedern, haben ihren Namen gewechselt. Denken sie an Billy Wilder."

„Sie meinen ...“

„Ja, ich meine, auch dieser Hill könnte sich umbenannt haben.“

„Berg.“

„Zum Beispiel, als direkte Übersetzung.“

„Aber Berg? Kennen Sie eine Familie, die Berg hieß? In Berlin?“

Vogt schüttelte den Kopf. „Es mag sie gegeben haben. Aber das bringt uns hier nicht weiter. Sie müssen bedenken, dass die Menschen den alten Namen so weit wie möglich erhalten wollten. Wenn es ging, tauschten sie nur einen oder zwei Buchstaben aus, versuchten den Charakter des Namens aber zu erhalten, ihn nur der neuen Aussprache anzugleichen. Und nicht deutsch klingen zu lassen, das mochten die Briten gar nicht.“

„Verwirrend“, seufzte Zunn.

„Kein Grund, verwirrt zu sein.“ Vogts Stimme hatte nun an Sicherheit gewonnen. „Sie denken immer noch zu kompliziert. Unser Mann hat nur den Vokal vertauscht. Ich denke, der ursprüngliche Name unseres Mannes ist Hell gewesen.“

„Was im Englischen Hölle bedeutet. Nicht gerade das Wort für einen guten Start.“

„Noch ein Grund für einen neuen Namen. Nehmen wir an, nun nannte er sich Hill. Damit konnten seine neuen Landsleute etwas anfangen. Es klang logisch, englisch, nicht fremd.“

„Aber, gab es einen Hell?“

„Es gab einen Hell, es gab tatsächlich einen Günther Hell, einen Verleger.“

„G. Hill.“

„Richtig. Aber er hieß nicht mehr Günther, wäre zu deutsch gewesen.“ Er machte eine Pause, um dann mit leisem Triumph in der Stimme fortzufahren: „Er hieß nun George. George Hill. Und nun kommen Sie mal her.“

Er nahm Zunns Hand, zog ihn um den Tisch herum und legte seine

Zeigefinger auf den letzten Absatz der rechten Seite des Buches.

„Lesen Sie“, befahl er.

Zunn las laut:

„Bruno Cassirer rettete seinen Verlag 1938 in die Emigration nach ...“

Vogt hob bedeutungsvoll den Zeigefinger.

„... Oxford. Nach seinem Tod im Oktober 1941 übernahm sein Schwiegersohn ...“

Vogt hob wieder die Hand.

„... George Hill, vormals Günther Hell, die Nachfolge.“

„Donnerwetter“, sagte Zunn. „das alles würde den Absender erklären. Nur eine Frage. Aber wer war Bruno Cassirer?“

Vogt blickte ungläubig bei soviel Unwissen. „Nun ja, Sie sind Mediziner“, sagte er schließlich, als ob das alles erklären würde. „Bruno Cassirer und sein Bruder Paul waren Verleger, Galeristen, Kunsthändler. Berliner Secession, sagt Ihnen das was? Nein? Er war es, der große Maler der Moderne bekannt machte. Chagall lernte das Lithographieren in Berlin. Kokoschka, Slevogt, Liebermann, Kollwitz und so weiter und schließlich noch ein bekannter Maler: Max Beckmann ...

Vogt hob wieder den Finger.

„... abgekürzt M.B.“

„Pict. M.B.!”

“Picture Max Beckmann. Alles ist ganz einfach. George Hill hat ein Bild geschickt. Einen echten Beckmann. Als nochmaligen Dank wahrscheinlich. Das Bild müsste heute ein Vermögen wert sein.“

„Warum gerade einen Beckmann?“

„Ja, warum gerade einen Beckmann? Das ist eine gute Frage.“ Er blickte Zunn grinsend an. „Vielleicht, weil er was mit Wangerooge zu tun haben muss.“ Er zögerte noch einmal. „Ich fresse einen Besenstiel, wenn er nicht hier auf der Insel war und gemalt hat.“

„Das lässt sich feststellen.“

„Wir werden es feststellen. Und nun wissen wir auch, was Sie suchen müssen."

„Einen Beckmann, mit einem Inselmotiv."

„Sehr gut.", sagte Vogt und lehnte sich befriedigt zurück. "Sie lernen dazu."

49

EINBRUCH

Henrik kroch zu Olga ins Bett.

„Entschuldige, dass ich dich geweckt habe."

„Das macht nichts, ich konnte sowieso nicht schlafen. Wie lief es?"

„Nicht so prall. Das Gespräch mit deinem Schwiegervater war mühsam. Kurz gesagt, er verdächtigt dich, dass du mit Jeans Tod zu tun hast."

Olga setzte sich auf und schaltete die Nachttischlampe an.

„Was heißt das, mit Jeans Tod zu tun haben?"

„Keine Ahnung. Nichts Gutes jedenfalls."

„Der Alte spinnt."

„Er will beweisen, dass er Recht hat."

„Deshalb also dieser Detektiv, dieser Schnipkoweit?"

„Klar doch."

„Und du, was denkst du?"

„Ich weiß nicht."

Er sah, dass Tränen in ihre Augen traten.

„Es tut mir leid", fügte er hinzu.

Sie schüttelte seinen Arm ab. „Lass mich!" Sie nahm ein Taschentuch und wischte die Tränen ab. Sie schwiegen. Gleich wird sie mich wegschicken, dachte er. Doch dann legte sie sich wieder zurück. Ihr Gesicht blieb verschlossen.

„Erzähl", befahl sie. „Alles."

„Der Alte saß auf der Promenade, beobachtete, wie zwei Männer seine Sandburg schaufelten. Fast war es so, als erwartete er mich. Er war jedenfalls alles andere als erstaunt."

„Kein Wunder. Dieser Schnipkoweit wird ihm Bericht erstattet haben."

„Er nahm an, dass du mich schicken würdest."

„Ich? Warum ich?"

„Weil das ein Zeichen wäre, dass du beunruhigt bist. Was wiederum bedeuten könnte, dass ..."

„... dass ich was zu verbergen habe."

„Genau."

„Und, hast du ihm gesagt, dass ich dich geschickt habe?"

„Natürlich nicht. Reiner Zufall, habe ich gesagt. Und eigene Neugier. Ich habe schließlich lange mit Jean gearbeitet."

„Super. Danke."

„Nichts zu danken. Ich weiß nicht, ob er mir geglaubt hat. Er ist nicht doof."

„Er ist hinterhältig."

„Das habe ich ihm auch gesagt. Er ist noch nicht mal sauer geworden. Ich bin Vater und Unternehmer, hat er geantwortet. Jean war mein einziger Sohn. Er ist gesund auf eine Insel gefahren, die für ihre Heilkräfte berühmt ist, und er ist todkrank zurückgekommen. Ein Arzt wurde nicht aufgesucht. Dieser Dr. Zunn jedenfalls nicht. Er hat es bestätigt, sagte er. Junger Freund, fügte er hinzu, und ich sah, wie er die Faust ballte, als Unternehmer sage ich Ihnen, dass Jeans Bilanz zu hohe Verluste aufweist. Verluste, die manipuliert sind. Ich habe in meinem Leben noch nie Bilanzen manipuliert und ich gedenke auch nicht, das hinzunehmen."

„Sprüche. Aber ich kann ihn verstehen. Jean war sein einziger Sohn. Er empfindet seinen Tod als persönliche Niederlage. Er sollte sich mal Gedanken darüber machen, ob nicht er es war, der Jeans Herz gebrochen hat. Nie hat er ihn ernst genommen, immer nur gewartet, dass er künstlerisch scheitert, damit er ihn wieder einfangen kann für seine verfluchte Firma. Ständig hat er Druck aufgebaut, bis er Jean nach dem Sturm in der Falle sitzen hatte, in der er ihn haben wollte. Friss oder Stirb. Firma oder verrecke. Er soll bloß nicht so tun, als ob er der liebe Gott ist. Oder der Erzengel Gabriel, der Rache haben will." Olga hatte sich in Fahrt geredet. „Er schlägt auf den Busch, wie man so sagt. Du glaubst doch wohl nicht, was er da faselt.“

„Wenn du denkst, dass er nur herumredet um zu reden, dann irrst du dich. Das waren auch seine Worte heute Abend. Junger Freund, hat er hinzugefügt und meine Hand gegriffen, wenn ich eines weiß, dann, dass man Fakten haben muss. Ohne Fakten ist man aufgeschmissen. Erst recht vor Gericht. Und ich sammle Fakten wie Eichhörnchen Nüsse ...“

„Eichhörnchen? Hat er Eichhörnchen gesagt?“ Sie schüttelte sich plötzlich vor Lachen. „Dieser Mann und ein Eichhörnchen! Wie ein Hamster vielleicht, aber ein Eichhörnchen ...“ Sie konnte sich kaum beruhigen.

Henrik wartete ab. „Ich würde ihn nicht auf die leichte Schulter nehmen, das bringt gar nichts.“ Sie schwieg, zog die Bettdecke mit geballten Fäusten über sich und rollte sich ein. Ihr Gesicht war blass.

„Er hat mehrere Berichte machen lassen“ fuhr Henrik fort. „Zwei Berichte stammen von ziemlich großen Büros und einer von einem Ein-Mann-Betrieb. Die beiden Büros haben, so sagt er, mit Geschick ihre dürftigen Ergebnisse aufgebauscht. Ausführlich hätten sie erläutert, wie viel Zeit sie darauf verwandt hätten, nichts herauszufinden. Und beide haben, wie dein Schwiegervater sich ausdrückte, fast dasselbe nicht herausgefunden.“

„Na, also. Es gibt eben nichts, was man herausfinden kann.“

„Der Ein-Mann-Betrieb. Das ist Schnipkoweit. Er hat auch einen Bericht gemacht. Er sieht unschuldig aus, aber er ist eine Ratte. Eine Wühlmaus. Hat in deiner Vergangenheit gegraben, geschnüffelt, jedes Blatt umgedreht, über das du gelaufen bist. Dieser Bericht muss es in sich haben. Er hatte ihn mit. Ich kann Ihnen die Beweise zeigen, hat dein Schwiegervater zu mir gesagt, kommen Sie mit in mein Haus. Sie sind dort, in meinem Nachttisch. Obwohl Schnipkoweit nicht will, dass ich sie überhaupt erwähne. Es sind nämlich alles Originale, und der Dicke hat Angst, dass ihnen etwas passiert. Aber, sagte dein Schwiegervater, er sei schließlich der Auftraggeber und außerdem alt genug, um selbst zu wissen, was er darf und was nicht. Genau das waren seine Worte."

„Diese Unterlagen. Er hat nicht gesagt, um was es sich handelt?

„Was weiß ich? Was wird es schon sein, wenn sie es noch nicht einmal vervielfältigt haben? Originalfotos vielleicht? Filme? Tonbänder? Hast du eine Ahnung?"

„Wie soll ich eine Ahnung haben, wenn ich nichts getan habe? Ich habe nur eine Vorstellung davon, dass sie mir einen Strick drehen wollen."

„Aber warum?"

„Was weiß ich. Um mir Anna abspenstig zu machen, um an das Geld zu kommen, das Jean mir geschenkt hat. Es gibt viele Gründe für ein krankes Hirn."

Sie hat Angst, fuhr es ihm durch den Kopf. Sie hat immer noch Angst, will es immer noch nicht zugeben.

„Es muss aufhören", sagte Olga. „Ich bin es leid."

„Aber was können wir tun?"

„Wir könnten ihnen diese sogenannten Beweise wegnehmen."

„Aber du hast nichts Unrechtes getan."

„Man kann jedem etwas anhängen, wenn man sogenannte Fakten schafft, wenn man die Dinge verdreht, manipuliert. Ich will Ruhe haben. Verstehst du das nicht? Du bist mein einziger Halt. Du musst mir helfen." Sie zögerte einen Moment. „Hol diese Unterlagen. Dann ist alles gut."

„Das ist Diebstahl."

„Das ist Notwehr. Er trickst und betrügt, bezahlt eine Schwadron von Männern. Und ich soll tatenlos zuschauen, während er mich in Misskredit bringt?"

Henrik zögerte, wenn er auch verstand, dass er Olga helfen musste. Dazu war die Übermacht, die gegen Olga stand, zu groß. Und sie allein zu schwach.

„Und außerdem, es ist sowieso kein Einbruch. Wer schließt hier schon ab?"

„Schwöre mir, dass du nichts Unrechtes getan hast.“

„Aber natürlich schwöre ich. Was du wohl denkst. Und nun mach die Lampe aus und komm her zu mir. Wenn ich dich nicht hätte ...“

Henrik legte seinen Kopf in ihren Schoß. Sie strich ihm sanft über das Haar.

„Mein tapferer Ritter.“

Henrik spürte die Wärme ihrer Schenkel an seinem Gesicht und versank ...

Die Gartentür zum gelben Haus stand angelehnt. Auf dem Nachbargrundstück mähte ein Mann Rasen, und eine alte Frau putzte Porzellantöpfe im offenen Fenster. Henrik hielt sich im Schutz der Rododendron. Die Haustür war nicht abgeschlossen.

Die Luft im Flur roch fahl, ungelüftet. Ein Koffer lag halb ausgepackt auf dem Boden. Henrik erinnerte sich an seinen ersten Besuch in diesem Haus. Damals hatte alles begonnen, als er mit Anna durch den Regen lief.

Anna.

Was wohl seine kleine Tochter machte? Plötzlich tat er sich leid. Statt sich um sein Kind zu kümmern, schlich er im Haus anderer Leute herum und versuchte, Beweise zu klauen. Allerdings wusste er nicht einmal, in welches Krankenhaus die Kleine gekommen war. Zunn hatte nichts gesagt und sich auf seine Schweigepflicht berufen. Henrik hatte in allen Kliniken Norddeutschlands angerufen. Fehlanzeige. Auch der alte Pickert hatte gemauert. „Ich muss Annas Willen respektieren“, hatte er gesagt. „Aber“, hatte er hinzugefügt, „das kleine Mädchen lebt. Es war tatsächlich ein Riss in der Lunge. Er ist schon verheilt. Kleine Kinder können viel mehr ab als wir Erwachsenen.“

Auch Olga wusste nichts. Er spürte, dass sie voller Sorge war, sie aber nicht zeigte. Wie Vieles, was sie bewegte. Sie hatte eine sonderbare Fähigkeit, die Wirklichkeit auszublenden, wenn es dick kam. Er fühlte sich schuldig, ohne zu wissen, was er hätte tun können. Plötzlich kam es ihm vor, als habe sein Leben einen Knick nach unten genommen. Und wenn es so war, warum war es so? War es so wegen Olga?

Eigentlich nicht. Sie war auf Hilfe angewiesen. Er war der einzige, der ihr helfen konnte. Was war schlecht daran?

Die Treppenstufen knarrten, und er erschrak. Hör auf mit diesen unnützen Gedanken, rief er sich zur Ordnung. Konzentriere dich!

Der Flur. Das Bad. Das Schlafzimmer. Nur ein Bett war benutzt, der Nachttisch voller Sachen. Ein Brille, die Sonntagszeitung, ein durchsichtige Tüte mit getrockneten Apfelringen. Ein Krimi von Raymund Chandler. Keine Unterlagen.

Er zog an der Schublade.

Volltreffer.

Er sah einen blauen Aktendeckel mit der Aufschrift OLGA/ JEAN. Henrik zog ihn heraus, klappte ihn auf. Berichte. Er blätterte sie durch. Ganz hinten war ein DIN-A-5-Umschlag eingeheftet. Eine Heftklammer hielt ihn oben zusammen. Henrik zog sie ab und fasste hinein.

Fotos.

Er zog sie heraus. Es waren fünf Fotos. Auf zweien von ihnen war Olga. Sie war sehr jung. Ein Mann mit Schnurrbart lächelte an ihrer Seite. Die anderen Fotos zeigten mit Maschine geschriebene Vermerke. Alles war winzig klein, ohne Vergrößerungsglas nicht zu entziffern.

Das wird es sein, dachte Henrik. Er steckte die Fotos in seine Tasche und verstaute die Akte wieder in der Schublade.

Jetzt nichts wie raus hier. Er blickte aus dem Fenster. Der Mann, der drüben den Rasen gemäht hatte, stopfte Gras in einen Plastiksack. Die alte Frau stellte Geranien in die Töpfe.

Henrik packte das Treppengeländer an beiden Seiten und machte einen Satz nach unten, während seine Hände auf dem glatten Holz hinunterglitten. Ein Hochgefühl erfasste ihn. Ein guter Sprung, die Tür, der Weg bis zum Gartentor, und alles wäre überstanden. Er landete mit geschlossenen Beinen neben dem halbausgepackten Koffer.

Und vor Olgas Schwiegervater.

50

TRAU, SCHAU, WEM?

Der Maler Max Beckmann war tatsächlich in Wangerooge gewesen. Er hatte in der Pension ANNA gewohnt, gleich hinter dem Gymnasium, das damals eine Kaserne war. Zunn hatte diese Auskunft des INSELKURIER nicht mehr erstaunt, dazu waren die Schlussfolgerungen von Vogt doch zu beeindruckend gewesen.

„Sommer Achtundzwanzig. Er ist für drei Wochen geblieben", sagte Zunn zu Vogt. Sie standen im Windfang des Ambrosiusschen Hauses. Der Hausherr selbst schlief, seine Frau war einkaufen gegangen, hatte aber nichts dagegen gehabt, wenn sie sich umsahen. Der dicke Vogt war gleich Feuer und Flamme gewesen, als Zunn ihn gefragt hatte, ob er ihn nicht begleiten wolle. Vier Augen sähen eben doch mehr als zwei. Und außerdem werde er einen Beckmann erkennen.

„Und er hat auch gemalt, hier auf der Insel?", fragte Vogt.

„Einige Male" sagte die Großmutter der jetzigen Vermieterin, die sich sogar noch daran erinnert, dass er ordentlich Rum getrunken und nicht oft mit den Leuten geredet hat. Viel Malerei soll nicht herausgekommen sein. Nur zwei oder drei Leinwände. Alles Blicke von den Dünen aufs Meer. Und viele Wolken. Die alte Dame war nicht sonderlich begeistert. Alles habe so wild ausgesehen, und erkannt habe sie kaum etwas. Nach drei Wochen habe ein Frau angerufen, schrecklich geschimpft, worauf der Maler Hals über Kopf abgereist sei. Mit seinen Bildern."

„Kompliment. Wir suchen also eine Strandansicht."

„Das Einfachste wäre natürlich, wenn Ambrosius sie aufgehängt hätte. Aber das wäre wohl zu simpel, nach all der Geheimnistuerei. Und wohl auch nicht sein Geschmack."

„Bilder gibt es nur im Wohnzimmer. Blumenbilder, wenn ich mich recht erinnere.“

„Wir werden sehen“.

Im Wohnzimmer war nur die Katze. Sie lag zwischen den Porzellantöpfen auf dem Fensterbrett und sah sich gelangweilt um, ohne Interesse für Zunns Schuhe zu zeigen. Dann reckte sie sich unter die Zweige eines Farns und blickte wieder nach draußen.

Fünf Bilder hingen im Zimmer. Allesamt Ölgemälde. Vier von ihnen zeigten Blumen in allen Variationen. Das größte über dem Sofa. Ein Strauß Malven, scharf abgegrenzt vor dem Hintergrund, der ganz in Lila gehalten war. An der Wand zur Küche die anderen Stilleben.

„Kitsch“, sagte Vogt. Blumen mit Fasan, Blumen mit Kerze und Bibel, Blume mit Brief und Federkiel, den der Schreiber achtlos zur Seite gelegt hatte.

„Dort ist das Seestück“, sagte Zunn und wies auf die Essecke. „Es ist sogar ein bisschen Strand dabei. Könnte Wangerooge sein.“ Seine Stimme klang hoffnungsvoll. Fast bittend blickte er Vogt an.

„Nie und nimmer ein Beckmann. Nicht mal ein Maler, der sein Handwerk beherrscht. Stümperei. Sehen Sie die Wellen. Wie mit der Schuhbürste aufgekratzt.“

„Der Himmel ist nicht schlecht.“

„Zugegeben. Aber Himmel kann jeder Idiot malen. Das sagt gar nichts.“

Zunn stand ratlos in der Mitte des Zimmers und blickte sich weiter um, obwohl es nichts anderes zu sehen gab. Sollten alle Bemühungen vergebens sein? Kurz vorm Klo in die Hose, wie sein Vater gesagt hätte. Aus. Vorbei.

„Dann lassen Sie uns gehen“, sagte er. Nichts wie weg.

„Nicht so hastig.“ Vogts dicke Finger hielten ihn am Ärmel. „Lassen Sie uns überlegen.“

„Was sollen wir überlegen? Es gibt nur fünf Bilder. Diese fünf Bilder. Eines ist ein Seestück, aber nicht von Beckmann. Dann die

Malven ohne was und die drei Kitschigen. Auch mit Blumen. Erst recht nicht von Beckmann. Hat er überhaupt Blumen gemalt?"

„Nicht als Hauptthema. Nicht offiziell."

„Nicht offiziell? Was heißt das?"

„Nicht in seinem Werkverzeichnis, soweit ich weiß. Fast jeder Maler hat seine Themen, die er nicht mochte, hat sie zwar mal gemalt, probiert, aber dann als uninteressant ignoriert."

„Er war nicht zufrieden mit dem Ergebnis?"

Vogt nickte. „Zum Beispiel. Aber es gab auch andere Gründe." Zunn blickte verständnislos. Vogt erklärte geduldig: „Nehmen Sie zum Beispiel Nolde. Er hatte Malverbot bei den Nazis, durfte, wenn überhaupt, nur ganz exakt gegenständlich malen. Hat er auch getan. Zum Vorzeigen, wenn die Polizei kam. Waren auch keine schlechten Sachen, manchmal sogar sehr achtbar. Aber eben nur Tarnung und Täuschung. Denn hintendrauf hat er das Bild gemalt, das ihm etwas bedeutete. Das richtige Bild sozusagen. Das haben sie oft so gemacht, die „entarteten" Künstler, um sich und ihre Bilder zu schützen."

Es gab keinen Glockenton, der sie plötzlich innehalten ließ, auch keinen Gong oder irgendein anderes Zeichen, das die Wichtigkeit des Augenblicks verkündete. Ganz von allein, fast gleichzeitig, hoben sie den Kopf, blickten sich an, lachten.

Sie waren wieder im Geschäft. Ein Blumenbild als Tarnung. Sollte das die Lösung sein?

Wie verabredet blickten sie auf die Malven über dem Sofa.

Das Gemälde saß in einem Goldrahmen, der bestimmt nicht älter war als zehn, zwanzig Jahre. Es hing an einem Metallhaken, der auf den Rahmen geschraubt war. Zunn nahm es ab. Die Männer knieten auf dem Sofa, bereit und begierig, das Bild von hinten zu sehen.

Von hinten war wenig zu sehen. Eine Pappe war bündig auf den Rahmen genagelt. Sie war brüchig und voller Wasserflecken. Die Nägel waren rostig, mit breiten Köpfen, die auf die Dauer die Pappe nicht hatten zurückhalten können. Sie quoll an den Seiten hervor und wellte sich. Zunn sah Vogt fragend an, als er einen Finger unter eine der Wellen legte. Vogt nickte, und Zunn riss an der Pappe. Es knirschte. Eine Staubwolke stieg auf. Zunn fasste in den Riss hinein und zog noch einmal. Bilder von Weihnachtsbescherungen blitzten vor seinen Augen auf. Der Ärger seiner Mutter, wenn er die sorgsam verpackten Geschenke einfach aufriss, um möglichst schnell an den ersehnten Inhalt zu gelangen ...

Die Pappe fiel auf das Sofa und gab den Blick auf das Innere frei.

Ein Bild.

Ein Ölgemälde. Strand, Wasser, Menschensilhouetten, die sich gegen den Wind stemmten. Alles schnell mit dem Pinsel hingeworfen, ohne Einzelheiten mitzunehmen.

„Mein Gott", sagte Vogt. „Das ist es."

Was sie in der ersten Begeisterung übersehen hatten, war der Briefumschlag, der in einer Ecke zwischen Bild und Rahmen steckte.

Der Umschlag war aus gehämmertem Papier. Auf der Rückseite, in Druckschrift, mit Tinte durchgestrichen, ein Name und eine Adresse:

Bruno Cassirer
Bad Saarow/Scharmützelsee

Darunter, handschriftlich, auch in Tinte,

Günther Hell
z.Zt. Oxford

Der Umschlag war geschlossen. Mit der Zeit hatte sich der Klebstoff jedoch gelöst. Zunn zog den Inhalt des Kuverts heraus. Es war ein einzelnes Blatt, nur auf einer Seite beschrieben:

Oxford, 28. März 1948

Lieber Gustav Zurmöhle,

mein Schwiegervater, Herr Bruno Cassirer, der Ihnen sein Leben und mancherlei Hilfe in schlimmer Zeit verdankt, ist im Oktober 1941 hier in Oxford verstorben. Seine Frau nur wenige Monate später.

Man kann schon sagen, sie starben an gebrochenen Herzen, abgeschnitten von ihren Freunden und alledem, was sie sich geschaffen hatten.

Als Schwiegersohn bemühe mich redlich, den Verlag Bruno Cassirer am Leben zu halten, aber die Zeiten sind nicht gut. Die Menschen sind anders geworden.

Erst jetzt fanden wir auf dem Boden unseres kleinen Hauses das anliegende Gemälde. Mit dem ausdrücklichen Wunsch meines Schwiegervaters, es dem Bootsführer, der ihn seinerzeit unter Gefahr für eigenen Leib und sein Leben nach Holland gebracht hat, als nochmaligen Dank zu übergeben. Der Name des Mannes ist meinem Schwiegervater entfallen, aber Sie werden ihn sicher kennen. Mein Schwiegervater war sich bewusst, dass der Kapitän seinerzeit keinerlei Anerkennung annehmen wollte. Zu Unrecht, meine ich.

Der Maler des Bildes ist Max Beckmann. Er war entartet, wie die Nazis sagten. Aber er ist ein großartiger Künstler, und der Wert des Bildes wird gewiss steigen. Mein Schwiegervater möchte, dass es dazu beiträgt, einer anderen Familie in Not zu helfen.

Dies ist das Vermächtnis von Bruno Cassierer.

Leben Sie wohl auf Ihrer schönen kleinen Insel, die ich leider nie besuchen konnte.

Mit vorzüglicher Hochachtung
stets Ihr ergebener

Guenther Hell
(George Hill)

“Nun gehört es Lisa. Das ist schön.”, entfuhr es Zunn. „Sie hat es verdient.“

„Dank Ihnen.“

„Dank Bruno Cassirer.“

„Dank eines kleinen ostfriesischen Kapitäns, der ein großes Herz hatte.“

51

WILHELM MONZ

Das Büro von Alexanders Vater hatten Innenarchitekten entworfen, die von Psychologie etwas hielten. Das fast siebzig Quadratmeter große Zimmer, in dem Monz senior residierte, lag im obersten Stock in der Südostecke des Hochhauses. Es hatte sechs bis zum Boden reichende Fenster, an jeder Seite drei. Die Stadt lag tief unten. Die Menschen, die am Fluss entlangliefen, waren winzige Punkte.

„Wie Fliegenschiss", pflegte Wilhelm Monz zu sagen. Er fügte für gewöhnlich hinzu: „Nur mit dem Unterschied, dass sie sich bewegen, hahaha."

Das Zimmer drückte mit seinen dunklen lederbezogenen Stühlen und dem Biedermeierschreibtisch Menschlichkeit und Macht aus. Die obligaten Politikerbilder mit ihren Widmungen standen gut sichtbar über die Bücherregale verteilt, alle in Augenhöhe, wie es sich gehörte.

Die Tischplatte des Schreibtisches bestand aus sorgsam poliertem und eingeöltem Ahorn mit einem dicken Rand aus schwarzgrünem Guajakholz.

Das Gemälde, auf das Monz von seinem Schreibtisch aus blickte, war ein früher Kandinsky aus der Murnauer Zeit, noch nicht abstrakt, eine schwarze Lokomotive, wie sie unter vollem Dampf die Landschaft durchpflügte. Die Dynamik, das Tempo hatten es Monz angetan, und es gab Tage, an denen er sich in seinem Sessel zurücklehnte, an dem Kaffee nippte, den ihm Frau Koselowski wie immer zu heiß gebracht hatte, und sinnierte. Was wäre wohl aus der Firma geworden, fragte er sich, wenn er, Monz, nicht immer vorangestürmt wäre wie diese schwarze Lokomotive?

Aber, im Gegensatz zu einer seelenlosen Maschine war er

immer Mensch geblieben. Sein Blick fiel auf das Foto in dem goldenen Rahmen. Es zeigte ihn mit seiner Frau und dem kleinen Alexander, der in kurzen Hosen auf der Sessellehne neben seinem Vater saß und gläubig zu ihm hinunterblickte. Das waren noch Zeiten! Monz dachte an Wangerooge und an den Spaziergang in den Westen. Noch jetzt fühlte er Stolz bei dem Gedanken, wie souverän, wie gütig aber bestimmt er seinem Sohn beigebracht hatte, was zu sagen gewesen war. Mit Schaudern dachte er an dieses Mädchen, das er sich von Ferne hatte zeigen lassen. Wie hieß sie doch gleich? Erna? Frieda? Richtig. Freda. Auch das noch. Freda aus der Wesermarsch, wo sie immer noch das Licht mit dem Hammer ausmachten. Der Vater soll Fleischer sein. Für einen Moment stellte er sich vor, dass dieser Mann mit seiner blutbesudelten Schürze hier oben vor seinem Schreibtisch stehen könnte, die schwielige Hand ausstrecken und ihm dumm grinsend das Du anbieten würde. Nicht auszudenken.

Frau Koselowski hatte die Zeitungen wie jeden Morgen rechts auf den Schreibtisch gelegt. Seitdem sie das tat, argwöhnte Monz, dass sie eine von diesen heimlichen Sozis war. Er hatte sie einmal darauf angesprochen, vorsichtig, wie es sich gehörte. Er hatte darauf hingewiesen, dass immer die Zeitung, die mit einem Thema über die Sozis aufmachte, obenauf lag. Merkwürdigerweise. Doch die Koselowski hatte nur gelächelt und sich nicht aus der Reserve locken lassen. Monz nahm die Zeitung.

Lafontaine grinste ihn von Seite eins an. Er hatte seinen Vorschlag zurückgezogen, gegen den Einigungsvertrag im Bundestag zu stimmen, aber, so hatte er hinzugefügt, man werde jede Mitverantwortung ablehnen. Vaterlandslose Gesellen, knurrte Monz, immer wenn es ernst wird, kneifen die Herren.

Schnell blätterte er weiter. Er liebte es sowieso, die Zeitung von hinten nach vorn zu lesen. Vom Dünnen zum Dicken sozusagen.

Die letzte Seite brachte ein großes Foto mit dicker Bildzeile. WANGEROOGE: RETTUNG AUS LIEBE. Ein Haus brannte im Hintergrund. Ein Mann lag am Boden, eine Frau kniete neben ihm. Sie blickten sich an. Zwei Liebende. Die Welt um sie herum war versunken. Monz kannte das Haus von seinem letzten Besuch auf der Insel. HOTEL MONOPOL. Schade drum, dachte Monz.

Dann erst nahm er das Gesicht des jungen Mannes wahr.

Alexander.

ALEXANDER !!!

Und diese Freda!

Nach wie vor ineinander verknallt. Nun sogar vor den Augen der Weltpresse. Als ob er, Monz, nie auf der Insel gewesen war und die Sache beendet hatte.

Doch jetzt sollten sie ihn kennenlernen!

Monz zögerte nicht lange und rief seine Frau an. Er wusste, dass sie sich mal wieder auf einen gemütlichen Morgen beim Friseur eingerichtet hatte. Der Anruf ihres Mannes erreichte sie, als der liebe Hartwig gerade eine Haarsträhne um den Finger wickelte, mit Farbe bestrich und Silberpapier darumwickelte, damit nichts Blondes abfärbte. Elisabeth Monz las selten die FRANKFURTER, sodass sie das kompromitierende Foto ihres Sohnes noch nicht gesehen hatte. Beim Friseur studierte sie sowieso nur die BUNTE, und da stand die Ehe Dianas mit diesem Kotzbrocken Charles nicht zum Besten.

Die Stimme ihres Mannes dröhnte so ärgerlich aus dem Hörer, dass sie sich alarmiert aufsetzte, wobei sich die Silberpapierrollen öffneten und der liebe Hartwig entsetzt aufstöhnte.

„Sieh mich nicht an“, sagte Elisabeth Monz zu ihrem Mann, als sie sich auf dem Flugplatz trafen. Sie öffnete kurz das Kopftuch, das das Frisurdesaster verbarg, und zog es sofort wieder zusammen. „Ich muss fürchterlich aussehen“, fügte sie weinerlich hinzu.

Monz schüttelte unwillig den Kopf. Da war ihr einziger Sohn im Begriff, seine Zukunft zu versauen, und seine Mutter hatte nichts weiter zu tun, als über ihre verdammten Haare zu lamentieren ...

Die ISLANDER-BN 9 hob um dreizehn Uhr ab. Sie flog eine Schleife über das Bergische Land und folgte dann der Autobahn nach Norden. Monz schaute nach unten, als sie schon fast das Wattenmeer erreicht hatten. Das Land unter ihnen war grün und flach.

„Die Wesermarsch", sagte der Pilot hilfreich. „Nette Leute."

Monz wusste es besser und sah wieder nach vorn. Sie waren zu dritt, Monz, seine Frau und Assistent Hagelstange. Dessen großer Kopf wippte im Schlaf auf dem dünnen, sehnigen Hals hin und her, während seine knochigen Hände die Aktentasche mit den Papieren, die sie für die Abmeldungen brauchen würden, umklammerten.

Der Pilot zeigte nach links. Im Westen stand eine blauschwarze Wolkenwand, die schwer auf dem Wasser lastete. Ein Blitz zuckte am Horizont. Monz war froh, als Wangerooge vor ihnen auftauchte. Die Insel lag noch in der Sonne, doch die Schatten des Unwetters krochen bereits über Spiekeroog. Viel Zeit würde ihnen nicht bleiben, zumal sie noch nach Osten kurven mussten, um die Insel gegen den Wind anzufliegen. Die ersten Böen schüttelten das Flugzeug. Der Pilot machte nicht viel Federlesens und rammte die Maschine auf die Piste. Monz nickte anerkennend. Keine nutzlosen Spielereien, wenn es darauf ankommt. Das war auch sein Motto. Außerdem passte das Szenario zu seiner Gemütsverfassung. Ein starker Auftritt mit Blitz und Donner. Alexander, ich komme!

Als sie die Runway verließen und auf das flache ziegelgedeckte Abfertigungsgebäude zurollten, platschte das Wasser bereits über sie herein. Geschlagene zehn Minuten mussten sie in der Maschine ausharren, bis der Gewitterguss vorbei war. Zehn Minuten Untätigkeit, die das brodelnde Innere von Vater Monz noch einmal zusätzlich aufheizten.

So entschloss er sich, die Schule mit ihrem unfähigen Direktor zunächst links liegen zu lassen und gleich Alexanders Heim anzusteuern. Je eher er seinen Filius zu fassen bekam, umso besser.

Das Packen von Alexanders Klamotten würde nicht lange dauern, dafür würde er schon sorgen. Und dann ab mit ihm! Hagelstange würde er auf der Insel lassen. Er konnte sich um die Formalien kümmern.

„Sie warten", knurrte er dem Piloten zu. „Wir bleiben nicht lange und fliegen gleich zurück." Er drehte sich zu seiner Frau um. „Wir laufen", kommandierte er. „Bis sich eins von diesen langweiligen Elektrotaxis bequemt, sind wir längst wieder über alle Berge." Seine Frau fasste sich ergeben an das, was ihr Mann aus ihren Haaren gemacht hatte.

Sie hasteten die trostlose Siedlerstraße entlang, wo Elisabeth Monz mit ihren spitzen Hacken zwischen zwei Pflastersteine trat, liefen durch den Park, ließen die TEESTUBE links liegen und standen schließlich vor Alexanders Heim.

Zwei Schüler saßen auf der Mauer. Sie waren nicht wirklich interessiert, wussten auch nicht, wo Alexander war. „Der Arsch", sagte einer von ihnen, „der Arsch ist sicher auf seinem Zimmer. Malte ist auch da."

Als ob das was ausmachen würde, dachte Monz.

Malte Hinrichs war da. Als Vater Monz die Tür aufriss, übte er gerade mit dem Expander.

Alexander war nicht da.

„Du bist Malte", sagte Monz.

Malte nickte. „Ich habe Ihnen den Tipp gegeben", ächzte er, während der Expander sich spannte.

Monz nickte kurz. Trotz allem mochte er Verräter nicht.

„Ich suche Alexander."

Maltes Augen traten aus den Höhlen. Sein Kinn saß auf dem vibrierenden Gummizug des Expanders auf und vibrierte ebenfalls. Der nackte Brustkorb wölbte sich. Monz hörte, wie seine Frau, die über seine Schulter blickte, den Atem anhielt. Dann, endlich, sprangen Maltes Ellbogen zur Seite und der Expander schnappte zusammen.

„Sie haben mich gestört", murrte Malte. Er blickte auf seine

Unterarme, die noch zitterten und fügte dann hinzu. „Alexander ist weg."

„Was heißt das, er ist weg?" Monz hatte nicht die Absicht, sich von einem Muskelprotz mit Spatzengehirn hinhalten zu lassen.

„Das heißt, dass er weg ist. Abgehauen, verduftet. Während wir in der Schule waren." Malte riss den Schrank auf. „Sehen Sie her! Seine Klamotten sind auch weg. Selbst sein Bettzeug ist abgezogen."

„Unser gutes Bettzeug", sagte Elisabeth Monz.

„Du weißt nicht, wo er stecken könnte?", fragte Monz und ahnte die Antwort.

Malte schüttelte den Kopf. „Niemand weiß, was in seiner Birne vor sich geht. Sieht so aus, als ob er nicht gefunden werden will." Er überlegte und gab sein abschließendes Statement. „Wenn er will, dass Sie ihn nicht finden, finden Sie ihn auch nicht."

„Da würde ich nicht drauf wetten", knurrte Monz. „Dann bleibe ich eben hier oben auf der Insel, bis ich ihn habe."

52

EINE VERGANGENHEIT

Henrik Billhardt klingelte an der Tür des Predigers. Als sie sich öffnete, erschrak er. Der Mann, der vor ihm stand, war ein Hüne, bestimmt zwei Meter groß, wenn nicht größer. Auch er trug dieses graue Sekten-Gewand mit den Streifen am Kragen. Das Gesicht des Mannes war blass und länglich. Es erinnerte Henrik an einen der Köpfe amerikanischer Präsidenten, die in den USA, am Mount Rushmore, in den Felsen gehauen sind. Jedenfalls machte der Mann den gleichen unnahbaren Eindruck. Etwas Kaltes, das Angst machte, ging von ihm aus.

Der Mann hatte Hände wie Schaufeln. Er knetete bedächtig seine Finger, als Henrik ihn ansprach: „Ich möchte zu Frau Pickert. In ihrer Wohnung ist sie nicht. Vielleicht wissen Sie ..."

Der Mann blickte ihn ausdruckslos an. „Frau Pickert ist bei uns. Sie erwartet niemanden. Sie ist im Gebet."

„Ich verstehe nicht."

„Sie betet mit dem Meister. Sie wird auch die nächsten Tage mit dem Meister beten."

„Und der Meister allein bestimmt, ob sie mich sehen kann oder nicht."

Der Hüne nickte. „Der Meister bestimmt alles. Wir gehorchen. Auch Frau Pickert gehorcht."

Henrik fühlte eine ihm bekannte Wut in sich aufsteigen. Die Worte des Mannes erinnerten ihn nur zu gut an das Erziehungsheim, in das ihn sein Vater nach dem Tode seiner Mutter gesteckt hatte. „Es ist gegen das Gesetz, Freiheitsberaubung oder so", sagte er. Und, während er versuchte, nicht auf die knetenden Hände zu blicken, fügte er hinzu: „Ich werde die Polizei rufen."

Der Hüne sah ihn regungslos an. Seine Arme hingen nun lose

herunter. Henrik spürte förmlich, wie es im Kopf des Mannes arbeitete. Möglicherweise würde dort drinnen gleich ein Programm auf „Angriff" oder „Pack ihn dir" oder auch einfach auf „Mach ihn fertig" springen.

Doch es geschah nichts. Der Mann drehte sich um, sagte „Warten Sie! Es kann eine Weile dauern", und schloss die Tür sorgfältig.

Henrik setzte sich auf eine Treppenstufe, von der aus er die Tür im Auge behalten konnte. Er blickte auf die Uhr. Die Minuten vergingen. Das Haus lag ruhig. Nur ab und zu wehten Fetzen von Klaviermusik durch das Treppenhaus. War das Olga? Warum spielte sie Klavier, wenn er, Henrik, sie sprechen wollte? Okay, sie war sauer, weil er die Sache vermasselt hatte. Er hatte für sie einen Diebstahl auf sich genommen. Und war leider entdeckt worden. Welch eine Blamage. Er dachte nur ungern daran zurück. Aber was konnte er daran ändern, dass Jeans Vater sich Geschichten in den Kopf setzte? Henrik hatte ihr nur erzählt, was er gesagt hatte. War sie deshalb in die Arme der Sekte geflohen und hatte ihn, Henrik, bereits abgeschrieben?

Er hätte es noch verstanden, wenn Jeans Vater geschrieen oder sonst wie gezetert hätte. Doch er hatte Henrik nur ruhig, fast ein wenig amüsiert angesehen und ihn ins Wohnzimmer bugsiert, wo er Henrik ein Zeichen machte, sich zu setzen. Dann setzte er sich auch. Er streckte die Hand aus, und Henrik legte die Unterlagen hinein. Henrik wollte etwas sagen, aber ihm fiel nichts ein. Es würde sowieso keinen Sinn mehr haben.

„Die Polizei ...", sagte er halb fragend.

„... keine Angst. Die Polizei interessiert mich nicht. Sie haben ihre eigenen Regeln. Ich bezweifle sehr, ob ein unbedarfter junger Mann, der von einer erfahrenen Frau manipuliert wird, in ihr Denkraster passt."

„Sie hat mich nicht manipuliert, wie Sie es ausdrücken. Ich kann ganz gut selbst entscheiden."

„Natürlich, natürlich", sagte Pickert beschwichtigend. „Das

Blöde ist nur, das Sie auch das der Polizei erzählen würden. Und dann können Sie Ihre Karriere gleich abhaken. Doch damit ist niemandem geholfen. Auch mir nicht."

Henrik nickte, obwohl seine Karriere ihn jetzt nicht kümmerte. Wahrscheinlich dachte der Alte sowieso nur daran, dass er der Vater seiner Enkelin war, also eigentlich zur Familie gehörte.

„Bevor wir über das hier sprechen", sagte Henrik und zeigte auf den Aktendeckel, „will ich mit Ihnen über meine Tochter reden. Die ist hundertmal wichtiger als meine Karriere."

„Ihre Tochter?"

„Jawohl. Meine Tochter. Als Vater habe ich ein Recht zu wissen, wo meine Tochter ist."

Pickert ging zur Küche, holte zwei Gläser, zog eine Cognacflasche zu sich heran und schenkte ein. „Trinken wir einen Schluck", sagte er. „Das beruhigt die Nerven." Henrik mochte keinen Cognac. Er blickte auf Pickert, der das Glas mit einem Zug leerte, schloss die Augen und trank auch. Sie sahen sich an, während sie ausatmeten und Tränen in ihre Augen traten.

„Es ehrt Sie", fuhr Pickert fort, „dass Sie so fürsorglich denken. Doch bevor Sie weitersprechen, sollten Sie wissen, dass es inzwischen ein Gutachten über die Vaterschaft gibt."

„Mich hat niemand gefragt."

„Das ist richtig. Aber man hat das Blut von Pauly untersucht und mit dem des kleinen Babys, sie heißt übrigens Annefrid, verglichen."

Henrik spürte, wie ihm das Blut ins Gesicht schoss.

Pickert genehmigte sich ein weiteres Glas, bevor er fortfuhr:

„Danach ist ganz eindeutig, dass Pauly der Vater ist."

Nein, dachte Henrik, nein, nein, nein ...

Der Alte schien Henriks Gedanken zu lesen. „Sie können es einem alten Mann glauben, ich habe das Gutachten mit eigenen Augen gesehen. Es ist wasserdicht. Ich kann nicht verhehlen, dass ich erleichtert bin. Der Liebhaber der Großmutter als Vater des Enkels, das wäre wohl doch etwas zu viel des Guten gewesen."

Henrik spürte, wie ein einzelner Schweißtropfen die rechte Seite hinabkroch wie ein sehr kaltes Objekt. Sein Mund war plötzlich ausgetrocknet, sein Kopf leer. Er forschte nach Gedanken, die ihm weiterhelfen konnten, aber da war nichts, noch nicht. Er wusste nur, dass die Kleine sein Kind war, sein Kind sein musste. Er hatte bis aufs Blut kämpfen wollen. Nun waren seine Gefühle zerplatzt. Er gestand sich ein, dass er nun ziemlich allein war. Anna war bei Thomas, und sein Kind war nur ein Traum gewesen. Und Olga? Ja, was war mit Olga? Wer war sie wirklich? Es sah nicht gut aus.

Er fühlte, wie Tränen in seine Augen drängten. Er schluckte und blickte den Alten an wie ein angeschlagener Boxer, der den nächsten Hieb erwartet.

„Lieben Sie diese Frau?“, fragte Pickert.

Henrik nickte.

„Sehr?“

„Sehr.“

„Ich verstehe. Sie brauchen kein schlechtes Gewissen zu haben, weil sie meine Schwiegertochter ist. Olga ist schön. Sie sind jung. Es ist der Lauf der Dinge ...“

„Es begann eigentlich erst, nachdem Jean tot war. Sie war so hilflos. Ich mochte Jean, ich wollte ihm bestimmt nicht wehtun.“

„Die beiden waren nicht glücklich. Er war friedlich, zu friedlich. Für diese Frau jedenfalls. Sie hat ihn herausgefordert, wollte wissen, wo seine Grenze liegt, wann er sich wehren würde.“ Pickert öffnete den Umschlag und zog eine Urkunde heraus. „Wissen Sie, dass Olga schon Witwe war, als sie Jean heiratete?“

Henrik lehnte sich erstaunt zurück. „Ich dachte, Jean und sie haben sich während des Studiums kennengelernt. Ich meine als Studenten, ganz jung also.“

„So stellt sie es dar. Aber es ist falsch. Es gab da einen Mann, den sie mit sechzehn geheiratet hat. Er war älter, sehr viel älter, fast dreißig Jahre. Ein Freund ihres Vaters, der einen Narren an ihr gefressen hatte. Hier ist die Heiratsurkunde. Fragen Sie mich nicht, wie ich sie gefunden habe."

„Eigentlich", sagte Henrik, „ist es ja nicht so wichtig. Es ist nichts dabei, zu heiraten. Man ist auch nicht gezwungen, es jedermann auf die Nase zu binden."

„Nun ist Jean nicht jedermann gewesen sondern ihr zweiter Mann. Es hätte sich schon gehört, sollte man denken. Aber, das gebe ich zu, im Prinzip haben Sie recht. Wenn da nicht etwas anderes wäre ..."

Er zog die letzten Worte in die Länge und ließ sie leise ausklingen.

„Ich verstehe nicht", sagte Henrik wieder.

„Sie können es nicht verstehen. Aber Tatsache ist, dass ihr erster Mann sehr bald starb. Während eines Urlaubes. Er klagte über Schmerzen in Brust und Bauch, sie fuhren zurück nach Hause. Am nächsten Tag fiel er um. Olga war gerade in der Stadt. Herzschlag. Kommt Ihnen das bekannt vor?"

Henrik nickte beklommen. „Aber es kann Zufall sein."

„Selbstverständlich kann es Zufall sein. Vieles kann Zufall sein. Auch, dass beide Männer sie zunächst auf Händen trugen und ihr erhebliche Summen überschrieben haben." Er zögerte, um den nächsten Worten mehr Gewicht zu geben. „Gelder, die sie später zurückhaben wollten, die sie aber nicht mehr hatte."

Olga rührte sich nicht, als Henrik ihr von dem Gespräch berichtete. Sie saßen auf „ihrer" Bank vor dem Deich, dort, wo eigentlich alles noch einmal begonnen hatte. Es hatte nicht lange gedauert, bis die weißen Vögel heranschwebten und pickend hin und her stolzierten. Der Rüttelfalke hatte sein Jagdrevier auf diese Seite des Deiches verlegt. Eigentlich war alles so, wie es sein sollte. Eigentlich.

Olgas Körper versteifte sich, als Henrik von ihrer ersten Ehe berichtete. Henrik beobachtete sie, hoffte, dass sie widersprechen würde. Aber sie blickte scheinbar interessiert zum Falken hinüber, der sich in einen Rosenbusch hatte fallen lassen und bald darauf mit einer Maus im Schnabel wieder erschien.

Henrik war am Ende seines Berichtes angekommen. Sie schwiegen.

„Du glaubst also, dass ich eine Mörderin bin", sagte sie schließlich. Ihre Stimme klang rau, spröde. Es war mehr eine Feststellung als eine Frage.

„Ich glaube gar nichts. Ich weiß, dass ich dich liebe."

„Eine schöne Liebe ist das", fauchte sie. „Hast du nicht Angst, dass ich dich auch umbringe?"

Fast hätte er gesagt, dass er ihr noch kein Geld vermacht hatte, dass es sich noch nicht lohne. Er schluckte die Worte hinunter. So weit ist es also schon gekommen mit mir, dachte er, ich nehme es schon für bare Münze, was der alte Pickert sagt. Er schämte sich.

„Lass uns ein anderes Mal darüber reden", schlug er vor, als konnte er die Zweifel und die Ängste dadurch auslöschen, dass er sie vertagte. Er beugte sich zu ihr, bat um einen Kuss. Sie stand abrupt auf. „Ich muss jetzt gehen", sagte sie.

Als sie den Deich entlanggingen, sprachen sie nicht. An der Kirche trennten sie sich.

„Ich komme vorbei", rief er ihr nach.

Sie zuckte die Schultern und lief zum Haus des Predigers. Die Haustür öffnete sich vor ihr wie von Geisterhand und schlug gleich hinter ihr zu.

Vier Tage waren seitdem vergangen. Henrik hatte sich geschworen, auf keinen Fall wieder klein beizugeben. Aber dann war die Sehnsucht übermächtig geworden. Es erschreckte ihn, dass Frauen die Macht hatten, so tiefe Spuren in ihm zu hinterlassen. Er machte sich Vorwürfe. War er wirklich gerecht ihr gegenüber gewesen? Nach zwei Tagen hatte er bei ihr geklingelt. Vergeblich. Gestern noch einmal. Wieder hatte niemand geöffnet. Beide Male hatte er Schnipkoweit lesend auf einer Parkbank gesehen. Der Detektiv hatte freundlich gegrüßt, aber Henrik hatte den Gruß nicht erwidert. Er wurde von einer großen Wut gepackt, dass ihm all seine Hoffnungen aus den Händen rinnen sollten.

Nachts hatte er vergeblich gehofft, Licht in ihren Fenstern zu entdecken. Schnipkoweit war verschwunden. Im Erdgeschoss waren die Fenster beleuchtet. Schatten waren hinter den Gardinen gelaufen, und Henrik hatte sich gefragt, ob Olga dort war.

Er blickte auf die Tür zur Wohnung des *Meisters*. Plötzlich hatte er keine Lust mehr zu warten. Er sah auf die Uhr. Zwanzig Minuten waren vergangen. Vollständige Ruhe schien das Haus zu ersticken. Er stand gerade auf, als er hörte, wie sich der Schlüssel im Schloss drehte.

Olga.

Sie war blass und wirkte noch verletzlicher in der grauen Kleidung. Irgendwie verloren. Sie hatte keinen Streifen am Kragen.

„Was willst du?", fragte sie. „Du siehst, ich habe keine Zeit."

„Du flüchtest vor den Dingen. Du kannst nicht einfach so tun, als gäbe es dich nicht."

„Du redest wie Jean", fauchte sie. „Als ob du wer weiß welche Rechte hast. Dabei haben wir nur ein paar Mal miteinander geschlafen."

„So siehst du das."

„Ja, so sehe ich das."

„Es war doch schön."

„Ja", fauchte sie, „es war schön, aber es ist vorbei."

„Betest du jetzt mit denen?"

„Es hilft mir. Es hilft mir sogar sehr."

„Wenn du dein trauriges Gesicht sehen würdest, wüsstest du, dass nichts von dem stimmt, was du mir vormachen willst."

Er sah, wie ihre Unterlippe zitterte, und Tränen in ihre Augen traten. Sie schüttelte unwillig den Kopf, als er sie in die Arme nahm.

Sie saßen auf dem Sofa. Licht hatten sie nicht angemacht. Olgas Kopf lag auf Henriks Schulter. Er spürte ihre Wärme durch sein Hemd hindurch. Sie zitterte noch immer.

„Bruno, mein erster Mann, war sehr viel älter als ich. Eigentlich sah ich mehr den Vater in ihm, wollte Sicherheit und Fürsorge. Erst ging alles gut. Er war eine Seele von Mensch. Er beschenkte mich und hat mir meine Wünsche von den Augen abgelesen. Es dauerte einige Jahre, dann veränderte er sich. Vielleicht lag es daran, dass ich selbstständiger wurde. Er wurde launisch und unduldsam. Dann kamen die Anfälle. Urplötzlich, Gott weiß warum, rastete er aus, schlug auf mich ein, dass ich über und über mit blauen Flecken übersät war. Manchmal dachte ich, mein letztes Stündchen habe geschlagen. Am nächsten Morgen war er wieder wie verwandelt. Fürsorglich, liebevoll, drängte mir Geld auf ..."

„... als ob er sich freikaufen wollte."

Sie nickte und drückte sich an ihn. „Du wirst sicherlich sagen, dass ich zur Polizei hätte gehen können", fuhr sie leise fort, „aber er ließ mich doch nicht aus den Augen. Und ich schämte mich. Dann, eines Abends, als es mal wieder besonders schlimm war, flüchtete ich in das Gartenhaus. Da fand ich dieses Gift, Rattengift.

Einen Monat später waren wir an der Ostsee, in einer kleinen Pension. Ich redete mit einem jungen Mann im Treppenhaus, und er tickte wieder aus. Die Wirtin hat sich dazwischen geworfen. Aber nun hatte ich genug. Da habe ich ihm das Gift gegeben. Wir haben es noch nach Hause geschafft. Natürlich war es nicht schön zu sehen, wie er auf dem Teppich lag und sich vor Schmerzen wand. Er tat mir leid. Aber ich wollte, dass meine Quälerei ein Ende hat. Vielleicht verstehst du das." Ihre Lippen fuhren leicht über seine Wange. Sie verharrte, wartete wohl, ob er sich sperren würde. Was er nicht tat.

„Es war Notwehr", sagte er schließlich. „Ich denke, jeder Richter wird dich verstehen. Aber ..."

„... aber was?"

„Jean. Was war mit Jean?"

„Glaubst du immer noch, dass ich ihn umgebracht habe? Er hat mich auf Händen getragen. Auf seine Art jedenfalls. Warum sollte ich ihm etwas Schlimmes antun?“

„Das Kunstprojekt. Weil er es fortsetzen wollte.“

„Aber deswegen tötet man doch keinen Menschen! Ich habe ein Kind mit ihm.“ Henrik sah sie aufmerksam an. Sie sah seinen Zweifel. „Okay, okay“, fuhr sie fort, „ich habe ihn nicht wirklich geliebt. Aber wie viele Ehepaare lieben sich nicht mehr? Bringen sie sich deshalb um?“

„Schwöre es mir.“

„Ich schwöre es Dir. Wohin du willst ...“ Er spürte ihre Hand zwischen seinen Beinen. Plötzlich lachte sie, konnte sich kaum fassen. „Ich bin so erleichtert, dass du mich nicht verdammst. Gerade du, mein bester Freund.“

„Ich werde dich nicht verraten“, sagte er.

„Wir können zusammen leben. Du schreibst, und ich sorge für uns. Du wirst bestimmt Erfolg haben. Alles wird seine Ordnung haben. Wir machen es uns schön. Bis du mich satt hast, weil ich zu alt für dich bin.“ Er wollte protestieren, doch sie schloss seinen Mund mit ihrer Hand. „Es wird wunderschön werden ...“

53

DER SCHLAGZEUGER

Lisa war extra nach Jever gefahren, um sich für den Feuerwehrball ein Kleid zu kaufen, „mit dem ich mich sehen lassen kann“, wie sie sich ausdrückte. Wie ein Kind drehte sie sich vor dem Spiegel und freute sich, als der Rock weit ausschwang. Ein orange-violettes Etwas mit Spaghettiträgern und einem tiefen Ausschnitt.

„Wie findest du es?“, fragte sie.

„Schön“, antwortete Zunn, „schön gewagt.“

„Zu gewagt?“

„Die Jungens werden Augen machen.“

Lisa lachte. „Wenn es dich nicht stört ... Ich fühle mich wie neu, weißt du? Wie eine Frau eben.“

„Das ist nicht zu übersehen.“

Das Fest begann im Garten vom NORDLICHT. Es gab Würstchen und Steaks vom Grill und Kartoffeln in Staniolpapier gewickelt. Und Bier. Und Korn, der in weißen Literflaschen bernsteinfarben schimmerte. Der Feuerwehrchef zog für die Zeit seiner Rede seine Uniformjacke wieder an. Er begrüßte fünfunddreißig Feuerwehrkameraden von der Insel mit ihren Frauen und eine Delegation aus dem befreundeten Horumersiel. Er erwähnte Gerhard Gräfe, und wie schön es sei, dass Lisa „wieder Anschluss gefunden“ habe. Lisa erröte und nahm verlegen Zunns Hand, als suchte sie Halt bei ihm. Was Zunn selbst betraf, so vergaß der Hauptmann nicht zu erwähnen, dass die Feuerwehr es gewesen war, die ihn „beim Überfall dieser rechten Kanaken“ mannhaft gerettet habe. Zunn spendierte als Dank ein Fünfzig-Liter-Fass Jever Pils, das der Wirt sofort anschlug.

Etwa um elf wurde es dunkel, und die Leuchtgirlande wurde eingeschaltet. Sie führte vom Haus zur Straßenlaterne, von dort bis in die seitliche Kastanie und dann über die Kinderschaukel zurück zum Haus. Die Drei-Mann-Kapelle tat ihr Bestes, Henrik Billhardt am Akkordeon, der Apotheker mit dem Altsaxophon und der Inselgärtner hinter dem Schlagzeug. Zunn hatte nicht tanzen wollen, doch Lisa zog ihn auf den gefliesten Wäscheplatz, der als Tanzfläche diente. Sie drehten sich zu den *Nordseewellen.* Lisa beobachtete sich in der Fensterscheibe und freute sich, als der orange-violette Rock weit ausschwang.

Um Mitternacht war die Stimmung schon auf ihrem ersten Höhepunkt, was sich auch daran zeigte, dass der Schlagzeuger, ein kleiner Kerl mit riesigem Durst, seitlich vom Hocker fiel und regungslos liegenblieb. Zunn beging einen Fehler, indem er erwähnte, dass er im Gymnasium mal Schlagzeug gespielt hatte. Unter großem Hallo schoben und zerrten sie den Widerspenstigen hinter die Pauke, drückten ihm die Schlagstöcke in die Hand, und ab ging die Musik.

Zunn hatte wenig getrunken. Eigentlich gar keinen Alkohol, wenn man von dem einen Glas absah, dass er zum Auflassen seines Fasses geleert hatte. Auf der Fensterbank hinter ihnen staute sich das Freibier, und eine Magnumflasche Korn schaute hinter ihm aus dem Blumenkasten wie eine Henne, die ihre Küken sucht.

Der Mond ging auf. Die Musik wurde sanfter. Melancholie schwang mit. Zunn sah, dass Lisa, die reihum betanzt worden war, nun auf der Bank unter der Kastanie saß. Ihr freier Nacken schimmerte hell. Ab und zu klang ihr Lachen herüber. Ein Mann saß neben ihr. Zunn kannte ihn nicht. Er war nicht von der Feuerwehr. Der Mann forderte Lisa auf. Er machte eine gute Figur, groß gebaut, dunkler Teint, scharfes Profil, schwarze gewellte Haare, tief reichende Koteletten. Zunn hatte angenommen, dass sie sich nach einem Tanz setzen würden, aber sie blieben stehen, Lisa winkte herüber und Henrik stimmte einen Blues an. Der

Wäscheplatz füllte sich wieder. Der Mann hatte Lisa nun enger gefasst. Zunn sah mit einem gewissen Unbehagen, dass er die Hände hinter ihrem Hals gefaltet hatte. Sie legte ihren Kopf an die Schulter des Mannes. Ab und zu sprachen sie ein paar Worte, vertraut, als kannten sie sich bereits länger. Kannten sie sich länger? Wer war dieser Mann? Zunn glaubte, die mitleidigen Blicke der Feuerwehrkameraden zu spüren, aber das war natürlich reine Einbildung. Sagte er sich.

Er verfluchte seine Gutmütigkeit, die ihn hinter das Schlagzeug verbannt hatte. Dann war Pause. Zunn nahm sich ein Wasser und setzte sich zu Lisa auf die Bank. Sie lächelte ihn fröhlich an, wandte sich dann aber wieder dem dunkelhaarigen Mann zu, erzählte etwas, sie lachten und er legte den Arm auf ihre Schulter.

Da sie sich nicht um ihn kümmerten, und er sich allein gelassen so lächerlich vorkam, stand er auf und machte die Runde. Alle waren freundlich zu ihm, lachten ihm zu, zogen ihn in ihre meist recht alkoholisierten Gespräche ein. Doch immer wieder ging sein Blick zur Kastanie. Der Mann hatte die Hand von Lisas Schulter genommen. Sie tranken sich zu. Zunn suchte Lisas Blick.

Sie zogen Zunn wieder zur Kapelle. Noch eine letzte Runde, sagte Henrik, dann ist es gut. Sie einigten sich auf *Düne 17*.

Hinter Düne siebzehn
hatt' ich einst ein Rendezvous
Und das Meer das rauscht dazu.
Wenn sie ja sagt, dann werde ich mich freu'n
Wenn sie nein sagt, spring ich ins Wasser reun ...
Hinter Düne siebzehn ...

Zunn beugte sich nach vorn, trommelte den Refrain, sang mit, als wäre ihm danach. Als er aufblickte, waren Lisa und der Mann verschwunden.

Nach einer halben Stunde waren sie immer noch verschwunden.

Es war sehr viel später, als Zunn spürte, wie die vielen Schnäpse und Biere ihm bitter aufstießen. Er versuchte aufzustehen, aber der Boden unter ihm wurde plötzlich zur Wand. Er stemmte sich gegen die Wand, aber da war diese wieder ebene Erde geworden. Als er erneut versuchte aufzustehen, riss ihm jemand den Boden unter den Füßen weg und richtete die Wand wieder auf. Er tastete danach und überlegte, wie lange die Scheißkerle das noch mit ihm treiben wollten. Er spürte Hände unter den Achseln, hörte Stimmen.

„Leg ihn auf die Seite."

„Hat er gekotzt?"

„Nein."

„Dann tut er's bald."

„Nein, sonst hätte er es längst getan."

Er hörte Lachen, das sich von ihm entfernte. Er wollte sagen, dass er auf der anderen Seite liegen wollte, aber er konnte seine eigene Stimme nicht hören. Es roch nach Erde und etwas Feuchtem. Was konnte das sein? Er sah sich einen Weg entlanggehen. Er wusste nicht, ob es Traum oder Erinnerung war. Selbst als er darüber nachdachte, fand er nicht heraus, woher das Bild kam.

Er richtete sich auf. Menschen bewegten sich wie Schatten. Ihm war, als kehrte er von einer Reise zurück. Zwischen ihm und dem Haus stand ein schmaler Busch. In der Ferne sah er Bewegungen. Und flimmerndes Licht zu beiden Seiten des Busches. Jemand hatte ihn hierher gelegt, aber er konnte sich nicht mehr erinnern ...

54

AM BURGGRABEN

Es dauerte drei Tage, bis Vater Monz wusste, wo sich sein Sohn aufhielt. Fast jeder aus dem Dorf wusste Bescheid, aber niemand sagte es ihm. Drei Tage, in denen sich Alexander und Freda in aller Ruhe im Bunker einrichten konnten.

Aus der Sicht Alexanders war es noch einmal gut gegangen. Eigentlich nur, weil seine Mutter vor dem Abflug in Düsseldorf heimlich angerufen und vor dem väterlichen Anflug gewarnt hatte. Alexander hatte in aller Eile seine Sachen zusammengepackt, bei Henkens Bierverlag einen Elektrokarren gemietet und war schließlich mit Freda und allen Habseligkeiten gen Westen gerollt.

Freda hatte gezetert. „Warum zum Bunker? Warum überhaupt?"

„Weißt du eine bessere Lösung? Der Bunker ist wie eine Festung. Wer denkt schon, dass wir uns dort verkrochen haben? Es ist noch warm, auch nachts, und wir können draußen schlafen. Eigentlich ganz romantisch ..."

Er blickte sie aus den Augenwinkeln an und hatte nicht den Eindruck, dass die Aussicht auf Romantik sie beeindruckte.

„Wir haben nichts verbrochen. In ein paar Tagen bist du achtzehn ..."

„Eben drum. Bis dahin soll er mich zufriedenlassen. Du weißt nicht, zu was mein Vater fähig ist, wenn etwas nicht so läuft, wie er möchte. Er wird Himmel und Hölle in Bewegung setzen. Er wird Fakten schaffen wollen. Ehe wir uns versehen, liegen Tausende von Kilometern zwischen uns, und das will ich nicht. Und dann ist keiner da, der dich beschützen kann. Ich habe die Nase voll!"

Daraufhin hatte Freda nichts mehr gesagt, sich aber an ihn geschmiegt. Alexander meinte, auch so etwas wie Stolz, Stolz auf ihn, in ihren Augen lesen zu können. Die Morgensonne wärmte ihren Rücken, Tau lag noch auf den Rosenbüschen, vor denen die Hasen hockten und sich die warmen Strahlen auf den Pelz brennen ließen.

Über dem Watt brummte ein zweimotoriges Flugzeug, und Alexander fragte sich, ob das schon sein Vater war. Wahrscheinlich noch nicht. So schnell war auch sein Alter nicht. Und selbst wenn, er wird auf jeden Fall zu spät kommen. Alexander spürte eine tiefe Zufriedenheit. Glück. Er nahm ihr beider Leben in seine Hände, reagierte, handelte selbst. Ein irrationales Gefühl. Er würde es allen zeigen. Er würde es sich zeigen. Und Freda. In diesem Moment keimte nicht das kleinste Körnchen Zweifel in seinen Gedanken. Er *wusste*, dass alles gut werden würde. Er fragte sich nicht, was denn seine Ziele waren, wohin ihr Leben führen konnte. Er schüttelte unmerklich den Kopf. Das alles würde sich später zeigen. Heute war heute. Und heute war es schön. Einfach schön.

Unter den misstrauischen Blicken der fülligen Nachbarin, die wie zufällig wieder mit dem Besen am Balkon lehnte, räumten sie kurz den Bauwagen leer. Sogar das Bettgestell luden sie auf. Sie stapelten es mit der Matratze auf die Ladefläche, gehalten vom Gewicht der Propangasflasche, dem Kocher, dem Tisch und den zwei Stühlen. Ganz hinten standen die Kisten mit den Konserven, dem Geschirr und der Teekanne. Den Fernseher ließen sie stehen.

„Das alles wird nicht reichen“, sagte Freda. „Wir brauchen auch etwas zu trinken, Kerzen, Streichhölzer, was weiß ich ...“

Ihre Stimme klang mutlos, aber Alexander pfiff fröhlich vor sich hin und hielt den unter seiner Ladung schaukelnden Wagen noch einmal am Kiosk vor dem Leuchtturm an. Der Besitzer, ein hagerer Typ mit Leberflecken, der den Eindruck machte, als sei er über die Jahre in seiner Bude vertrocknet, half ihnen, die Kisten mit Sprudel, Apfelsaft und Jever Pils aufzuladen. In ihrer geheimen Angst, zu guter Letzt noch irgendetwas falsch zu machen, kauften sie alles, was ihnen in den Sinn kam: Salzstangen, Erdnüsse, Butter, Margarine, Knäckebrot, Rosinen, sogar Mehl, Tee und Kandis. Ganz hinten in der Ecke entdeckte Alexander einige verstaubte Flaschen SÖHNLEIN BRILLANT.

„Es sieht aus, als machten wir eine Expedition zum Nordpol", sagte Alexander, „dabei geht es nur ein paar hundert Meter weiter in einen alten Bunker."

Niemand schien sich für die jungen Liebenden zu interessieren. Nur eine Möwe verirrte sich in die hinteren Räume des Bunkers und schiss auf die Matratze, die sie gerade mühselig heraufgeschleppt hatten. Alexander stellte den Propangasherd auf. Sie kochten sich Tee, den sie auf der ehemaligen Geschützplattform, die sie nun „unsere Veranda" nannten, tranken. Sie saßen an die raue Betonwand gelehnt und schauten auf die ruhige See, die schimmernd unter ihnen lag. Die Sonne hatte sich verzogen. Von Westen zogen Regenwolken auf.

Der gratige Betonberg fiel bis zu einer breiten Backsteinmauer steil ab, auf der ein Weg entlangführte. Auf ihm hatten sie den Elektrowagen zurücklassen müssen. Der Weg wurde nach hundert Metern von den Resten der Düne verschluckt, die der Sturm verschont hatte. Vom Weg führte nur die schmale Treppe, die Alexander schon mit seinem Vater erklommen hatten, hinauf. Allerdings tat sich auf halber Höhe zwischen zwei Bunkerblöcken die klaffende Lücke auf, die Alexander schon kannte. Gott sei Dank hatten die Feuerwehrleute die Bohlen liegengelassen. Die Regentropfen fielen, als Alexander als Letztes einen Kasten mit Apfelsaft nach oben schleppte. Er stellte ihn ab und zog die Bohlen zu sich herüber. Er sah nach unten. Die Lücke zwischen den Blöcken war gute zehn Meter tief. Die Wände endeten unten in einem Gewirr aus rostigen Eisen, deren Spitzen drohend nach oben zeigten. Ihr Burggraben.

„Nun sollen sie ruhig kommen“, sagte Alexander. Freda kicherte mit einem Hauch von Boshaftigkeit, sodass Alexander sich überrascht umdrehte. Dann gingen sie Arm in Arm zu ihrer neuen Wohnung hinauf. Es wurde Zeit, denn es begann zu regnen.

Am nächsten Tag kam Henken und holte den Elektrowagen. Sie winkten von oben und er winkte zurück. Alexander lud ihn ein zu einem Korn und legte die Bohlen über den Abgrund. Doch Henken mochte nicht. Zu viel zu tun. Nein, natürlich würde er sie nicht verraten.

Der Tag zog sich hin. Sie lagen in der Sonne, faulenzten, liebten sich, brieten Frühstücksfleisch mit Zwiebeln und Kartoffeln auf dem Propangasherd und genossen den schönsten Blick, den die Insel zu bieten hatte. Einmal gingen sie baden, hatten aber immer ein Auge auf den Strandweg, auf dem sich aber nur eine Kinderklasse, die Staffellauf übte, sehen ließ.

Am zweiten Tag kam gleich morgens der Mann vom Kiosk. Er fragte, ob sie Wünsche hätten, und nahm ihre Bestellungen entgegen. Eine Taschenlampe und ein Dutzend Eier, die um zwölf, rechtzeitig zum Mittagessen, geliefert wurden.

Gegen vierzehn Uhr fiel Alexander neben der alten Geschützplattform ein Mauerspalt auf, der sich hinter einer Bohle versteckte. Der Spalt war schmal und führte in die Dunkelheit. Alexander nahm die Taschenlampe und zwängte sich mühsam durch den Spalt. Fledermäuse umschwirrten ihn. Es roch muffig. Der helle Fleck des Durchgangs verschwand hinter ihm. Er erinnerte sich an Ariadne und ihren Faden und bedauerte, keinen mitgenommen zu haben. Er wollte schon umkehren, als er die Holzkisten sah. Ein, zwei, drei, vier Kisten, übereinander liegend. Sie waren länglich und mit schwarzen Zahlen und Buchstaben, die auf den ersten Blick keinen Sinn ergaben, bedruckt. Der Deckel der obersten Kiste war mit einem Krampen verschlossen, der sich drehen ließ.

Als Alexander den Deckel anhob und die öligen Lappen wegnahm, sah er das Maschinengewehr.

Jedenfalls nahm er an, dass ein Maschinengewehr so aussah. Es war zu wuchtig für ein normales Gewehr, mit einer durchlöcherten Ummantelung, in der ein Rohr lief. Im hinteren Teil war vor dem Schaft ein Gurt eingeführt, in dem Patronen steckten. Sie blinkten ihn an, als wollten sie ihn warnen, sie nach so vielen Jahren zu stören.

Doch Alexander war neugierig.

Als er mit dem Maschinengewehr in ihrer Küche erschien, ließ Freda vor Schreck die Schale mit dem frisch aufgeschlagenen Rührei fallen.

In den nächsten zwei Stunden lag die unheimliche Waffe draußen auf der Brüstung und strahlte Gefahr aus. Hin und wieder riskierten sie einen Blick, bis Alexander sich ein Herz fasste und die Mechanik erkundete. So schlimm konnte es schließlich nicht sein. Ganz vorn saß eine Art Dreibein. Er klappte es aus, sodass die Mündung nun aufwärts zeigte. An der Seite saß ein Hebel, den Alexander in einer Führung zurück und vorwärts schieben konnte, wobei der Gurt eine Patrone weiterrückte.

„Siehst du“, sagte Alexander, „ich denke, das da unten ist der Abzugshahn.“ Und, als Freda erschreckt die Hände hob, fügte er hinzu: “aber es kann nichts passieren, den dies ist wohl die Sicherung. Sie blockiert alles.“

Er zog den Hahn. Des MG sprang vom Boden hoch, prallte mit dem Kolben gegen die Apfelsaftkiste und schoss. Drei oder vier oder fünf Schüsse lösten sich. Genau wussten sie es nachher erst, als sie vier Patronenhülsen einsammelten. Sie wussten auch nicht, wohin das Ding geschossen hatte. Irgendwo aufs Meer hinaus. Gott sei Dank war nirgendwo ein Schiff zu sehen, dass womöglich Schaden hätte nehmen können.

„Dieses Mistding rührst du nicht wieder an! Oder ich gehe“, fauchte Freda ungewohnt energisch. Sie blickte auf die qualmende Waffe, als sei sie ein Reptil, das jederzeit auf sie zuschnellen konnte.

Am dritten Tag fand Monz senior sie endlich. Der Kioskbesitzer hatte sie gegen eine saftige Gebühr verraten. Alexander hörte seinen Vater und Hagelstange auf dem Weg diskutieren. Schließlich schauten sie nach oben und riefen nach dem Burgherren.

Das Gespräch, wenn man es denn so nennen konnte, war kurz und erinnerte Alexander an Ritterfilme, in denen die Burgherren auf den Zinnen standen und die Angreifer einen Emissär entsandten, der einen Speer mit seiner Fahne in die Zugbrücke rammte und die Herausforderung überbrachte. Er erntete in der Regel Hohn und Spott. Manchmal kippten sie Wasser oder Pech auf ihn.

So gesehen, war der Ablauf eher zivilisiert. Wilhelm Monz forderte, dass sein Sohn „sofort da runter“ käme. Alexander lehnte ab.

„Dann sag mir wenigstens, warum“, rief Monz senior, aber Alexander wollte sich aus gutem Grund nicht in eine Debatte einlassen.

„Du machst die ganze Familie in der Öffentlichkeit lächerlich, ist dir das klar?“, fügte Monz hinzu und blickte Hagelstange an, der im Augenblick die Öffentlichkeit darstellte. Hagelstange zuckte zusammen.

„Ich werde dich holen, persönlich“, schrie sein Vater, aufgeregt auf und ab laufend und mit jedem Schritt Wut und Zorn herausstampfend.

Doch Henrik war wenig beeindruckt. Er beobachtete kühlen Herzens, wie die guten Manieren seines Vaters zum Teufel gingen. „Tu, was du nicht lassen kannst“, rief er zurück.

Monz zog den Popelinemantel aus, reichte ihn Hagelstange und sprang, ganz der entschlossene Eroberer, die Stufen empor.

Der Angriff kam vor dem Burggraben zu einem jähen Ende. Monz blickte in den Abgrund und auf die Eisenspitzen am Boden. Dann auf die Bohlen, die unschuldig auf der anderen Seite lagen. „Die Bretter. Schieb die Bretter rüber!“

Alexander blickte über die Brüstung ihrer Terrasse.

„Spring“, sagte er, „es sind nur schlappe drei Meter.“

„Das kannst du nicht machen“, zischte Freda hinter ihm, „Du versündigst dich.“

„Keine Angst“, flüsterte er zurück. „er wird es niemals tun. Diese Aufgabe müsste er selbst erfüllen. Dafür kann er keinen Hagelstange herbeipfeifen und die Drecksarbeit machen lassen. Und genau das soll er kapieren.“

Alexander behielt Recht. Sein Vater sah grummelnd in den Abgrund, maß die Entfernung zum anderen Ufer – und trat einen Schritt zurück. „Was bezweckst du eigentlich?“, rief er, merklich abgeklärter.

„Ich will“, rief Alexander, „ich will ein für allemal Klarheit schaffen zwischen uns. Zwischen dir und meinem Leben. Es ist genug. Und ich will, dass du es einsiehst. Öffentlich einsiehst. Dann können wir Freunde sein. Gleichberechtigte Freunde. Ich mache, was ich für richtig halte, und du hältst dich raus.“

Der alte Monz sagte nichts. Er machte auf dem Absatz kehrt. Unten auf dem Weg nahm er unwillig den Mantel, den Hagelstange ihm unbewegten Gesichtes reichte, dann blickte er nach oben. „Nicht auf diese Art und Weise, mein Junge. Nicht so. Nicht mit mir.“

So nahm die Belagerung ihren Lauf. Bisher war sie privat gewesen, doch nun wurde sie öffentlich, zumal der Besitzer des Kioskes jetzt erkannt hatte, dass Informationen auch eine Ware sind. Manchmal sogar eine sehr lukrative.

Schon am nächsten Tag schickte der NDR aus seinem Oldenburger Studio einen Reporter mit Kameramann und Toningenieur. Sie drehten ihre ersten Bilder im Dorf und befragten Einheimische und Kurgäste. Die Ausbeute war wenig ergiebig. Der Redakteur mietete den Elektrokarren von Henken. Mit ihm machten sich auf nach Westen, gefolgt von einer sich ständig vergrößernden Schar neugieriger Fahrradfahrer. Als sie den Leuchtturm passierten, wies der Mann vom Kiosk sie ein und holte einen Klapptisch heran mit Sonnenschirm, unter dem er Trinkbares, Eis und Brötchen anbot. Die Zahl der Neugierigen vergrößerte sich ständig. Jemand fragte nach Ferngläsern, aber die führte der neue Kiosk nicht.

Die Fernsehleute freuten sich, als sie von dem grausamen Industriekapitän hörten, der seinen armen Sohn das Glück missgönnte. Der Bösewicht, den jede Story braucht, war gefunden. Die Story hatte die notwendige tragische Dimension samt Bösewicht gefunden. Doch der alte Monz war nicht auffindbar. Aber Hagelstange war da. Er schien verschreckt und gar nicht böse. Sie stellten den wehrlosen Mann auf eine Mauer und filmten ihn von unten, was ihn „irgendwie dämonischer rüberkommen" ließ, wie der Kameramann sich ausdrückte.

Die Fernsehleute arbeiteten sich bis zum Burggraben vor und entschieden sich dafür, alle Interviews genau von hier, mit Blick auf den gefährlich dräuenden Abgrund, zu führen.

Auf Anfrage erklärte sich auch die Burgbesatzung zu Stellungnahmen bereit und ließ für sie die Zugbrücke herunter.

Das Team filmte jedes Zimmer. Besonderen Eindruck aber machte das Maschinengewehr. Dem Beleuchter fielen die vier leeren Patronenhülsen auf, und es war nur eine Frage der Zeit, bis auch sie ein paar Schüsse in den blauen Himmel jagten, während unten die Menschenmenge klatschte.

Als der Abend kam, flimmerte das Drama mit der Tagesschau in alle deutschen Haushalte. Die Leuchtspurmunition machte sich gut vor dem blauen Himmel. Auch der Kurdirektor kam zu Wort. Er nutzte die Gelegenheit zu kostengünstiger Reklame und lobte die Ruhe und Besinnlichkeit der Insel.

Noch schien sich keiner Gedanken darüber zu machen, dass das Drama unweigerlich seinen Fortgang nehmen würde.

55

MARTYRIUM

Der Wind weckte Zunn. Er zitterte, fror unter der Decke.

Das Fenster war aufgeflogen. Der Wind zerrte an den Gardinen, und es regnete ins Zimmer. Die Fensterbank war nass. Er spürte die Feuchtigkeit auch unter seinen Füßen, als er auf dem nackten Boden stand. Er beugte sich aus dem Fenster. Es duftete nach Gras und frühem Morgen. Der Garten war wie frisch gewaschen.

Auf der Straße liefen zwei Jungen durch Pfützen. Sie hatten die Sandalen in der Hand und die Hosenbeine hochgekrempelt. Sie lachten zu den niedrigen Wolken hinauf, platschten durch das Wasser und bespritzten sich. Schade, dass man es nicht weiß, wenn man glücklich ist, dachte Zunn, jemand hätte es einem sagen müssen.

Im Spiegel sah Zunn seine Augen. Sie waren von einem rötlichen Film überzogen. Er zog eine Grimasse. Die Haare klebten zusammen und hingen ihm ins Gesicht. Er strich sie zurück. Er kratzte sich über die Bartstoppel an seinem Kinn, was ein lautes Geräusch in seinen Ohren verursachte. In seinem Kopf war Leere.

Er war jetzt niedergeschlagener als beim Aufwachen. Die Kopfschmerzen kehrten zurück. Die Schmerzen wüteten wie eine hämmernde Kupferschmiede in seinem Gehirn.

Er aß ein Brot mit Harzer Käse. Mit viel Senf. Er würgte. In seinem Körper juckte es wieder. Wo ist der Alkohol? Im Vorratsschrank gab es die neuen Flaschen, die er gestern gekauft hatte. In jedem Geschäft eine. Drei Geschäfte, drei Flaschen. Gestern Abend auf dem Sofa eine Flasche. Oder waren es zwei gewesen? Er drückte seine Zigarette in der Seifenschale aus.

Er hielt den Schädel unter den Kaltwasserhahn, bis er gar nichts mehr spürte.

Ich muss raus, dachte er. Hier drin werde ich verrückt. Er suchte nach einem Hemd, das noch einigermaßen sauber war. Sie lagen auf Lisas abgezogenem Bett. Er hätte sie in ihren Schrank tun können, der leer war, seit er ihre Sachen ins Treppenhaus geworfen hatte. Sie hatte sie wortlos eingesammelt und war gegangen. Charlotte hatte ihn traurig angeblickt. Soweit er wusste, wohnten sie jetzt in einer kleinen Gemeindewohnung neben dem Kindergarten. Zunn fiel ein, dass Lisa noch die Schlüssel hatte. Aber was machte das schon ...

Lisas Duft hatte er nicht so einfach wegwerfen können. Er roch ihn überall, nicht nur im Schlafzimmer. Aber nun, nach so vielen Tagen, hatte auch der sich verflüchtigt.

Die Sonne war wieder hervorgekommen, als er das Haus verließ. Mit einem Seitenblick streifte er den Zettel, der verkündete, dass er, der Doktor, für drei Wochen in Urlaub war. Urlaub! Was für ein Witz. Waren die drei Wochen schon vorüber?

Zunn zuckte die Achseln. Die Leute würden schon merken, wenn die Tür verschlossen war. Und seine Sprechstundenhilfe auch.

Und Lisa auch ... Lisa erst recht ...

Zunn saß auf der Bank in den Dünen. Die Sonne wärmte ihn, aber er fror trotzdem. Die Gräser bogen sich unter einem leichten Wind. Weiter hinten glänzte das Wattenmeer. Ganz fern, wie ein Strich mit dem Aquarellpinsel, das Festland.

Kindergeschrei scholl herauf. Am Fuße der Düne lag der Kindergarten. Die Mädchen und Jungen quirlten schreiend auf dem Spielplatz hin und her. Zunn hatte Charlotte gleich erkannt in ihrem grünen Höschen und der roten Bluse. Wie die Mutter, dachte er. Er verbannte den Gedanken an Lisa. Es war schon der dritte Tag, an dem seine Schritte ihn hierher gelenkt hatten. Die Kinder blieben bis eins, dann kamen die Mütter und holten sie ab.

Einmal hatte Lisa sich umgesehen, sogar die Düne hinauf zu ihm geblickt, als hätte sie geahnt, dass er hier saß. Überrascht hatte er sich zurückfallen lassen. Als er wieder hinsah, waren Mutter und Tochter schon gegangen.

Natürlich hatte Zunn sich gefragt, warum er ausgerechnet hierher kam. Charlotte fehlte ihm auch. Es half ihm, sie wenigstens aus der Ferne zu sehen. Sie stand neben der Schaukel, die von einem dicken Jungen besetzt war. Das kleine Mädchen wartete schon lange, doch nun griff es in eines der Seile und versuchte, die Schaukel anzuhalten. Der Junge schlug ihre Hand weg, aber sie ließ sich nicht abschütteln. Der Junge stieg ab, bog ihre Finger zurück und schubste sie weg. Das Mädchen fiel weinend in den Sand. Zunn war aufgesprungen. Hoffentlich hatte der blöde Kerl ihr nicht wehgetan! Um ein Haar wäre er hinuntergerannt.

Eine junge Frau setzte sich neben ihn. Sie stellte einen Kinderwagen vor sich und klappte das Verdeck hoch, damit Schatten auf das Kind im Wagen fiel. Es schlief, nuckelte aber selbst im Schlaf an seinem Schnuller, sodass die prallen Bäckchen bebten.

Zunn kannte die Mutter. Sie hieß Anna. Sie war Schülerin. Er hatte das Kind zur Welt gebracht. Der Riss in der Lunge. Wie er sah, ging es dem Baby gut. Es hatte blonde Haare und seine blauen Augen folgten einer Möwe, die über ihnen kreiste. Zunn dachte daran, wie unsicher er gewesen war. Er wusste auch, dass ihre Schwiegermutter kein gutes Haar an ihm gelassen hatte. Aber diese junge Frau hatte ihm vertraut. Und alles war gut gegangen. Sie sah ihn aufmerksam an, und er wünschte sich, dass er sich rasiert hätte. Auch ein frisches Hemd wäre nicht schlecht gewesen. Er legte die Hand auf den Hals der Schnapsflasche, die aus der Hosentasche ragte.

„Wie geht es Ihnen? Was macht die Kleine?“, fragte er.

„Sie heißt Annefrid. Der Riss ist schnell verheilt. *Ihr* geht es gut“, antwortete sie. Sie betonte den Namen des Kindes, und Zunn verstand, dass es ihr, der Mutter, nicht so gut ging. Er überlegte, ob er nachfragen sollte, aber dann fürchtete er, dass sie antworten könnte und ihre Probleme auf ihn abladen würde, und dass er nicht die Kraft hatte, Sinnvolles zu antworten.

Er blickte zum Kindergarten hinunter. Charlotte hatte die Schaukel erobert. Lisa war gekommen. Sie wollte, dass ihre Tochter von der Schaukel stieg. Doch das Mädchen wehrte sich, was Zunn verstand. Sie hatte so lange um den Platz gekämpft, und nun wollte sie ihn nicht wieder hergeben. Aber das wusste Lisa nicht. Und niemand konnte es ihr sagen. Charlotte schrie, protestierte und biss Lisa in die Hand. Beiss zu, dachte er.

„Kennen Sie das Mädchen?“, fragte Anna.

„Wie kommen Sie darauf?“

„Sie sind so ... so interessiert, so beteiligt ...“

Er schwieg, und sie verstand, dass er darüber nicht mit ihr reden wollte.

„Sie sehen nicht gut aus, Herr Doktor“, sagte sie stattdessen. „Haben Sie Sorgen?“

Es zuckte in seiner Hand. Beinahe hätte er die Flasche herausgezogen. Beinahe hätte er geantwortet und alles das, was ihn bedrückte, wäre herausgesprudelt. Er wusste, dass es ihm gutgetan hätte. Aber sollte er seinen ganzen Unrat an Sorgen über diese unschuldige junge Frau auskippen? Er erinnerte sich daran, wie bedrückt sie aussah, und dass er selbst nicht bereit gewesen war, ihr zuzuhören.

In dem unbestimmten Gefühl, eine Chance vergeudet zu haben, stand er auf, sagte nichts mehr, lächelte ihr gequält zu und lief die Düne an der Meerseite hinunter. Er wollte Lisa nicht in die Arme laufen. Er würde sich noch ein wenig auf eine Buhne setzen, den Möwen zusehen und ab und zu einen Schluck nehmen.

Es war Abend. Mit hängenden Armen saß Zunn auf dem Bett. Er hatte das Gefühl, als säße er in einem schalldichten Kreis. Plötzlich hörte er nichts mehr. Er wagte nicht, sich zu bewegen. Er wusste, dass er dann das Gleichgewicht verlieren würde. Der schwere Geschmack vom Klaren stieß ihm vom Magen auf.

Nach einer Weile kamen die Geräusche zurück. Er zog die Schuhe aus und ließ sie auf den Boden fallen. Sand rieselte heraus. Lisa hätte deswegen geschimpft, dachte er, aber das war nun vorbei. Er nahm den Schuh und klopfte ihn auf den Boden. Noch mehr Sand. Nun erst recht. Gut. Er stand auf, ging in das Bad. Er ließ Wasser in die Badewanne laufen. Er sank langsam hinein und schloss die Augen. Die Bilder überfielen ihn.

Lisa.

Sie saß rittlings auf ihm. Sie flüsterte ihm etwas ins Ohr. Sie rief etwas. Er wollte sich nicht drängen lassen, drückte sie sanft mit einer Hand herunter und versuchte, auf sie zu warten, während er gleichzeitig vermied, sich schnell zu bewegen. Dann wurde es dunkel um ihn und wieder hell. Sie blieb neben ihm liegen, ganz nah. Er hatte keine Worte, um sein Glück zu beschreiben. Sie sagte etwas. Er verstand nicht. Sie sagte es laut, schrie fast ...

Er wachte auf.

Jemand rüttelte an der Türklinke der Wohnungstür. Dann hörte er Lisa wieder schreien:

„Stefan, mach endlich auf! So geht das nicht weiter. Ich sage es dir noch ein letztes Mal. Ich lasse mir das nicht länger gefallen!"

Stille. Ich mache trotzdem nicht auf, dachte er störrisch. Er rührte sich nicht. Es freute ihn, Lisas Stimme zu hören, aber gleichzeitig schämte er sich für seine Schwäche.

„Onkel Stefan ..."

Charlottes helle kleine Stimme!

„Onkel Stefan. Du musst rauskommen. Ich will dir was zeigen. Mama auch. Sie ist so traurig."

Ich bin auch traurig, dachte er, bleibt mir vom Leibe. Schließlich hörte er die Treppe knarren und die Tür im Dachgeschoss schlagen. Wieder eine Chance vertan. Wieder eine Chance vertan? Er wusste es nicht.

Jedenfalls war der Frieden dahin, den er gerade noch gefunden hatte. Er überlegte, ob er sich endlich mal abseifen sollte, ließ es dann sein und stieg aus dem Wasser. Denk nicht an Alkohol, versuchte er sich einzureden, versuche dich immer nur auf eine Sache zu konzentrieren, und zwar langsam. Das war ein Trick, den er manchmal anwandte, wenn er an etwas anderes denken wollte, als an den Alkohol, nach dem sein Körper schrie.

Er konzentrierte sich darauf, eine Dose Bohnen zu öffnen. Er konzentrierte sich darauf, Senf aus der Tube zu drücken. Er konzentrierte sich darauf, einen Löffel zu beladen und in den Senf zu stippen. Er konzentrierte sich darauf ...

... Verflixt und zugenäht, sollte er sich nicht einmal ein kleines Gläschen genehmigen dürfen?

Die Flasche, die er aus der Plastiktüte von EDEKA zog, wog nichts in seiner Hand. Es war, als würde sie Luft enthalten. Er schraubte sie auf und nahm den Alkoholgeruch wahr. Er hob die Flasche zum Mund, setzte sie aber wieder ab. Kein Grund, hektisch zu werden. Jetzt, da der Alkohol so nah war, konnte er warten, bis er ein Glas in der Hand hatte. Plötzlich war es kein Kampf mehr. Er füllte das Glas bis zur Hälfte, hob es und trank. Er schmeckte nichts, roch nichts. Dann, plötzlich, spürte er die vertraute Wärme wie einen sanften Faustschlag auf sein Zwerchfell. Jetzt spürte er auch das Zittern in seinem Körper. Wie bei einem Kälteeinbruch nach einer Hitzewelle. Er stellte das Glas mit zitternder Hand ab, es kippte um und rollte in einer gebogenen Bahn zum Rand der Anrichte, touchierte eine leere Flasche, rollte dann wieder zurück und blieb liegen. Zunn richtete das Glas auf. Ich brauche dich noch, dachte er, lauf nicht weg.

Er hatte das Bedürfnis, die Augen zu schließen. Die Deckenleuchte war hell. Er spürte, wie das Licht durch seine Augenlider drang und bunte Muster zum Schwingen brachte, die rotierten und in Kreise, Punkte, Vierecke zerfielen.

Kreuze. Schwarze Kreuze auf weißem Grund. Wie auf einem Friedhof. Er strich sich über die Stirn, drückte seinen rechten Augapfel. Der weiße Grund färbte sich rot, blutrot. Zunn öffnete erschreckt die Augen. Ich werde langsam verrückt, dachte er. Das kommt davon, wenn ich nichts trinke.

Er trank, schloss wieder die Augen. Dann wurde es dunkel um ihn. Irgendwann glaubte er zu spüren, dass er schwebte. Er versuchte die Arme wie Flügel zu bewegen, aber sie gehorchten ihm nicht.

56

HEIRATSANTRAG

Alexander hasste seine Geburtstage. Heute jedoch war alles anders. Zum einen feierte er zum ersten Mal ohne seine Familie und ihre bemühten Zeremonien, bei denen er sich immer fühlte, als wäre er noch fünf oder sechs. Weit wichtiger aber war, dass er volljährig wurde. Und dies ausgerechnet in einem alten verrotteten Bunker.

Er saß auf der Geschützplattform und blickte zum Weg hinunter. Noch war alles ruhig. Der Verkaufstisch des Kioskmenschen lehnte zusammengeklappt in einer Nische. Ein paar zerknickte BILD-Zeitungen flatterten auf, als der Morgenwind aufbriste und sie zu den alten Papptellern in der Ecke trieb. Ein Hund mit schwarzen Flecken stöberte auf der Suche nach Würstchenresten in ihnen herum.

Dann erschien Hagelstange. Er schob das Fahrrad, das er sich vor Tagen geliehen hatte, lehnte es an die Mauer, gegen die er es immer lehnte, und setzte sich auf die unterste Stufe des Durchganges, auf die er sich immer setzte. Er grüßte zu Alexander hinauf, indem er seinen Hut schwenkte, schaute sich um, ob niemand die unbotmäßige Vertrautheit gesehen hatte, und vertiefte sich in einen Stoß Papiere. Wahrscheinlich Schreiben, Vorschläge und Ermahnungen, die die Koselowski gefaxt hatte.

Freda war in ihrer „Küche". Sie hatte Alexander verboten, sich zu ihr umzudrehen. Sie habe noch etwas vorzubereiten. Papier raschelte. Ein Streichholz zischte. Es roch schwefelig. Alexander hörte Freda ein Lied summen. Dann spürte er ihre Hand auf seiner Schulter. Er drehte sich um. Freda stand vor ihm und blickte mit erhitztem Gesicht auf ihn herunter. Sie bückte sich über ihn, und er spürte den Duft warmer Seife. Sie kniff die Lippen zusammen, um ihre Aufregung zu verbergen. „Herzlichen Glückwunsch zum

Geburtstag. Du bist jetzt ein richtig volljähriger Mann, kannst wählen und wer weiß was machen, musst auch nicht mehr in einen Bunker flüchten.“

Vor der brennenden Kerze lag ein Paket. Es war in gelbes Geschenkpapier gewickelt, auf dem sich große und kleine Herzen tummelten. Ein lila Band lief kreuzweise herum.

„Für mich?“, fragte er überflüssigerweise.

Freda nickte eifrig. „Mach schon auf“, sagte sie. „Ich bin gespannt, wie du ihn findest.“

Das Paket war länglich und an den Seiten abgerundet. Es war weich und nachgiebig. Etwas zum Anziehen, dachte er. Er suchte eine Schleife am lilanen Band, fand sie nicht und riss schließlich das Papier auf, wobei er etliche rote Herzen zerstörte. Alexander wusste, dass Freda missbilligend blickte. Nachsichtig nahm sie ihm das Paket aus den Händen und faltete das Papier demonstrativ sorgsam zur Seite, bis das Geschenk in voller Pracht obenauf lag.

Es war ein Pullover in dunkelblauer Wolle. Mit V-Ausschnitt und langen Ärmeln. Alexander fiel auf, dass die Maschen groß waren und die Wolle dick. Ihm fiel auch auf, dass dort, wo die Ärmel angenäht waren, dicke Wülste liefen.

„Es ist mein erster Pullover“, sagte Freda verlegen, „Du darfst nicht so genau hinsehen.“

Er war den Tränen sehr nah und konnte für ein paar Momente nichts sagen.

„Zieh ihn an“, drängte sie. „Ich bin schon gespannt, ob er dir passt.“

Als Alexander den Pullover auseinanderfaltete, wusste er, dass er bei Weitem zu klein für das große Strickwerk sein würde.

Aber das war nicht wichtig.

Es stellte sich heraus, dass der Pullover sehr dick, sehr sperrig und sehr lang war. Er reichte bis zu seinen Beinen, wo er sich trompetenförmig verbreiterte. Für einen Moment erinnerte er Alexander an ein Kettenhemd, wie es die Ritter im Mittelalter trugen.

Freda stand vor ihm und zupfte und zerrte an der Wolle. Sie blickte zweifelnd. „Er ist etwas groß, nicht wahr?"

Alexander schüttelte entschlossen den Kopf. „Gerade gut für den Winter", sagte er tapfer. Doch er konnte sie nicht täuschen. Tränen schossen in ihre Augen, und sie presste ihr Gesicht an seine Schulter.

„Dabei habe ich es so gut gemeint", hörte er ihre dumpfe Stimme in seinem neuen dicken Pullover.

„Du spinnst", sagte er, „er ist super. Du hast ihn gemacht. Ich werde ihn niemals wieder hergeben."

Sie blickte zweifelnd auf, und er nutzte die Gelegenheit, um sie zu küssen. Ihre Lippen waren heiß und trocken, wie die eines kleinen Kindes, das Fieber hat. Dann spürte er, wie sie ihre Hände unter die dicke Wolle schob.

„Mach mich nicht nervös", sagte er, zog ihre Hände hervor und hielt sie vor sich. „Ich wollte dir noch was Wichtiges sagen."

„Du musst dich hinknien", sagte sie.

„Ich soll mich hinknien? Wozu?"

„Man kniet sich hin, wenn man einen Heiratsantrag macht."

Er kniete sich hin. Er hatte sich genau überlegt, was er sagen wollte, doch nun hatten die Worte ihn allein zurückgelassen. Als er den Mund schließlich öffnete, drehte sie sich noch einmal um und nahm einen kleinen Strauß aus Strandrosen, die sie gestern oben auf der Düne gepflückt hatte, und drückte ihn in seine Hand.

„Muss das auch sein?"

Sie nickte ernsthaft. „Es soll meine einzige Hochzeit sein. Und da möchte ich gern, dass alles seine Ordnung hat."

„Wie in der Wesermarsch."

„Wie in der Wesermarsch."

Sie stand erwartungsvoll vor ihm, und er sah, wie ein rosiger Schimmer auf ihrem Gesicht lag. Sie hatte die Augen geschlossen.

„Willst du mich heiraten?", fragte er schließlich.

Sie öffnete die Augen. „Ich will dich heiraten", antwortete sie mit fester Stimme. „Ich werde niemals einen anderen heiraten.“

Sie liebten sich ein letztes Mal auf dem Geschützstand.

Dann packten sie ihre Sachen. Alexander zog den Gurt aus dem Maschinengewehr, brachte es wieder durch den Spalt nach hinten, wickelte es in die öligen Lappen und legte es sorgsam in die Kiste zurück. In der Küche stellten sie den Propangasherd, das Geschirr, die Teekanne und anderen Sachen in einer Ecke zum Abtransport zusammen. Freda zog die Matratze ab, faltete das Bettlaken und legte es ordentlich an das Fußende. Alles sollte seine Ordnung haben. Sie waren nicht als Chaoten geflüchtet, sondern weil die Verhältnisse ihnen keine Wahl gelassen hatten. Sie machten es langsam und methodisch, fast so, als fühlten sie ein gewisses Bedauern. Irgendwie war der Bunker ihr erstes gemeinsames Heim gewesen, wenn man von der Baubude absah.

Es war elf, als sie fertig waren. Nun mussten sie sich beeilen.

Hagelstange verschluckte sich beinahe an seinem belegten Brötchen, als sie die Stufen herabkamen. Auch der Mann vom INSELKURIER war jetzt da und die dickliche Frau vom Balkon. Sie alle standen abwartend und mit gewissem Respekt.

„Wir gehen jetzt“, sagte Alexander. „Es ist vorbei. Die Sachen holen wir später. Und es soll niemand versuchen, das Maschinengewehr zu finden. Es ist weg.“

„Es hat nie ein Maschinengewehr gegeben“, sagte Hagelstange hilfreich.

„Richtig“, wiederholte Alexander. „es hat nie ein Maschinengewehr gegeben.“

Fast hätte er hinzugefügt, dass es schön mit ihnen gewesen war, aber das wäre wohl doch des Guten zu viel gewesen. Nur der Kiosk-Mann war unzufrieden. Sein Absatz war zusammengebrochen.

„Was wollt ihr jetzt machen?“, fragte der Mann vom INSELKURIER.

„Was wir jetzt machen wollen? Wir bestellen das Aufgebot. Was sonst? Es gibt eine Riesenfete. Ihr seid alle eingeladen.“

„Und Ihr Vater?“, fragte Hagelstange.

„Er ist auch eingeladen. Aber sagen Sie ihm, dass er sich benehmen soll.“

57

DER VERSCHLOSSENE UMSCHLAG

Es war morgens um sechs, als es an der Haustür klingelte. Henrik hörte im Halbschlaf, wie seine Tante auf den Flur kam. Es klingelte noch einmal. Elvira protestierte laut, dann patschten ihre Hausschuhe über das Parkett. Es quietschte, als sie die Haustür öffnete.

Männerstimmen. Eine dunkle und eine helle. Und Elvira, die protestierte und etwas fragte. Die Männer sprachen ruhig. Sie ließen sich nicht abweisen. Die Stimmen kamen näher. Henrik überlegte noch, ob er nicht einen Blick riskieren sollte, als seine Tür aufsprang und Tante Elvira vor seinem Bett stand. Sie rüttelte an seiner Schulter. „Wach auf, Henrik!" Ihre Stimme klang mindestens eine Oktave höher als sonst.

Er schlug die Augen auf, als sei er gerade erst erwacht.

Hinter Elvira standen drei Männer in der Tür. Henrik kannte einen von ihnen. Schnipkoweit, hämisch grinsend. Die anderen waren nicht von der Insel.

„Polizei", keuchte Elvira vorwurfsvoll. „Kriminalpolizei! Steh auf! Sie wollen zu dir. Das du uns das antust ..."

Henrik richtete sich auf. Er sagte nichts. Was sollte er auch sagen? Im Schnelldurchlauf durchforschte sein Gehirn, was er wohl falsch gemacht haben könnte. Er war vor zwei Stunden mit dem Fahrrad über die nächtliche Promenade gefahren, als er von Olga gekommen war. Fahrradfahren war dort nicht erlaubt, aber dass deswegen die Kriminalpolizei ... Er lächelte. Es war dieses Lächeln, das Elvira außer sich brachte.

„Du lachst also darüber", fauchte sie. „Das ist nun der Dank ..."

Der Mann, der hinter ihr stand, schob sie vorsichtig zur Seite.

„Main Name ist Stüver", sagte er. Sein wettergegerbter Teint konnte das matte Grau seiner gealterten, fleckigen Haut nicht verbergen. „Ich bin Kriminalinspektor. Aus Oldenburg. Wir hätten gern mit Ihnen gesprochen. Sie kennen doch eine Frau Olga Pickert?"

Schnipkoweit nickte, als ob er gefragt worden war. Henrik nickte auch. „Wir sind gut befreundet", sagte er. Schnipkoweit lächelte hämisch.

Es stellte sich heraus, dass sie zwar einige recht belanglose Fragen hatten, dass sie aber eigentlich gern „einen Blick auf seine Sachen" geworfen hätten.

„Das dürfen Sie nicht so ohne weiteres", zischte Elvira, die ein Fan von Inspektor Derrick war und sich auskannte.

Doch Henrik hatte keine Einwände. „Warum nicht", sagte er, während er in seine Hose fuhr und sich etwas Wasser ins Gesicht spritzte, damit er wach wurde. „Bedienen Sie sich."

„Das ist nett", sagte Stüver und machte seinem jungen Kollegen, der an seinen Pickeln kratzte, ein Zeichen. Während Henrik neben Elvira auf der Bettkante saß, machten sich die Beamten daran, das Zimmer zu durchsuchen. „Wenn Sie mir sagen, nach was Sie suchen, könnte ich Ihnen vielleicht helfen", sagte Henrik hilfreich, aber Stüver winkte unwillig ab. Auch daran merkte Henrik, dass sie eigentlich nicht wussten, nach was sie Ausschau hielten. Nach einer Weile stand Schnipkoweit auf. Er hatte das Jackett ausgezogen und roch säuerlich, als er an Henrik vorbeiging. Er streunte scheinbar absichtslos durch das Zimmer, blieb mal hier stehen und dann dort. Man sah ihm an, dass er jede Kleinigkeit aufnahm, gedanklich listete und durch ein inneres Sieb laufen ließ. Er war der Mann, der gewohnt war, in Schmutz zu wühlen. Stüver und der Picklige mochten ihn nicht, winkten ihn immer wieder zurück zum Tisch, aber dann stand der Detektiv doch wieder neben dem Bücherregal oder dem Schreibtisch, befingerte flüchtig ein Buch oder nahm beiläufig einen Pullover hoch, um zu sehen, ob etwas darunter lag.

Stüver hatte das Manuskript in der Hand. „Sie sind Schriftsteller, nicht wahr?“

Henrik nickte.

„Sie schreiben einen Roman.“ Er ließ die Blätter unter seinem Daumen durchlaufen. „Viele Seiten. Ein großer Roman.“ Henrik sagte nichts. Was hätte er auch sagen sollen.

„Ich schreibe auch“, fuhr Stüver fort, „Gedichte. Das hilft mir, den ganzen Scheiß, in dem wir Tag für Tag herumwühlen, zu vergessen.“ Er erschien erstaunt zu sein über seine plötzliche Vertrautheit und blickte wieder auf die beschriebenen Seiten. „Hier oben links, die Zahlen“, fragte er interessiert, „ist das das Datum der letzten Bearbeitung?“

Wieder nickte Henrik. Es war offensichtlich.

„Das war vor gut zwei Monaten. Es läuft nicht so gut, was?“

„Ich hatte anderes zu tun.“

„Die Liebe?“ Es klang freundschaftlich.

„Warum Liebe?“ fragte Henrik zurück. Wenn der Mann eine Fachdiskussion haben wollte, sollte er sie haben. „Es kann vieles sein. Kreative Prozesse sind nicht zu erklären. Ich jedenfalls bin beim Schreiben abhängig vom ungestörten Fluss der Ideen. Und diesmal ... war es ... schwierig.“

„Ich verstehe Sie.“ Stöver legte das Manuskript zur Seite. „Sie sollten bald wieder schreiben, das ist besser für Sie.“

Niemand von ihnen hatte auf Schnipkoweit geachtet. Er stand wieder vor dem Bücherregal und hatte plötzlich einen rosa Umschlag in der Hand. Er hielt ihn hoch, zwischen spitzen Fingern, als hielte er ein vollgeschneutztes Taschentuch, an dem er sich nicht anstecken wollte.

„Dieser Umschlag“, fragte er, „ist der von Ihnen?“

Der Umschlag!

Der Umschlag von Olga, den sie ihm vor Ihrer Abfahrt gegeben hatte!

„Er ist verschlossen“, sagte Henrik überflüssigerweise. „Ich weiß nicht, was in ihm ist.“

Der Pickelgesichtige hörte schagartig auf zu kratzen. Stüver blickte Schnipkoweit strafend an, verzog die Nase vor den säuerlichen Schwaden, nahm aber sofort den Umschlag, hielt ihn gegen das Licht, grummelte Unverständliches und fragte schließlich:

„Wenn er nicht von Ihnen ist, von wem ist er dann?"

Ich darf es nicht sagen, dachte Henrik, ich darf es auf keinen Fall sagen. Er schwieg.

„Etwas dagegen, wenn ich ihn öffne?", fragte Stüver.

Henrik nickte mit dem Kopf. „Ich habe Frau Pickert mein Wort gegeben."

Es war heraus. Was war er doch für ein Trottel!

Die Polizisten beratschlagten sich und entschieden schließlich, den Umschlag zu öffnen. Der Picklige entwarf ein handschriftliches Protokoll, das Henrik verlesen wurde. Schnipkoweit musste den Raum verlassen, was er sichtbar als Ungerechtigkeit empfand.

Stöver fuhr mit dem Finger hinter die Lasche und zog sie auf. Es war einfach. Die feuchte Meeresluft hatte den Klebstoff aufgeweicht.

Stöver zog einen flachen Stapel schmaler Papierbogen in der Größe eines Notizblocks heraus. Stöver blätterte die Seiten durch. Dann hielt er sie Henrik hin, der einen Augenblick brauchte, um zu verstehen.

Der Umschlag enthielt Arztrezepte.

Blankorezepte.

Nur eines war ausgefüllt auf Olgas Namen. Henrik erkannte Olgas Handschrift und las die Namen zweier Medikamente. Er hatte noch nie etwas von ihnen gehört.

„Die Medikamente sagen mir nichts", sagte er erleichtert.

„Aber mir", knurrte Stöver. „Die Dame soll sich warm anziehen."

Als Stöver und Schipkoweit gingen, blieb der Picklige. Er passte auf, dass Henrik die Wohnung nicht verließ und auch sonst keinen Kontakt zur Umwelt und erst recht nicht zu Olga aufnahm. Es war kein schönes Gefühl, als Komplize eines Verbrechens behandelt zu werden. Nach Stövers Reaktion gehörte nicht viel Phantasie dazu, sich vorzustellen, dass die Medikamente womöglich den Tod von Olgas Ehemännern herbeigeführt hatten. Es war jetzt auch unwichtig, wo oder wie sie die Blankorezepte bekommen hatte. Eins aber war klar, wer mit Gift tötete, tat dies nicht aus einer Laune heraus. Ein derartiger Mord musste vorbereitet werden.

Mein Gott, wenn er sich vorstellte, wie Olga ihren Mann langsam, ganz langsam in den Tod getrieben hatte. Wie eine Katze, die eine Maus zu Tode spielte. Erbarmungslos hatte sie zugesehen, wie er litt, immer mehr litt.

Henrik wurde klar, dass er die Wahrheit nicht hatte sehen wollen. Bei diesem Gedanken versteifte er sich innerlich. Vielleicht war Stövers Wahrheit gar nicht die richtige Wahrheit. Lediglich ein Verdacht. Wie oft hatten Indizien schon zu voreiligen Schlüssen geführt?

War Olga wirklich so eine Bestie, wie Stöver vermutete? Letztendlich hatten sie nur die Rezepte gefunden. Vielleicht gab es dafür ganz einfache Erklärungen. Er kannte Olga schließlich besser als all die Stövers oder Schnipkoweits. Gewiss, Olga konnte blitzschnell ihre Stacheln ausfahren und auch mit ihnen verletzen. Aber tat sie dies nicht nur zum Schutz gegen vermeintliche Feinde? Eigentlich war sie ja zärtlich. Und liebevoll. Er konnte nicht glauben, dass sie alles nur gespielt hatte. Nein, Stöver musste sich irren!

Ausgerechnet er hatte Olga mit seiner Unachtsamkeit der Polizei ausgeliefert. Naiv, sehr naiv. Es war seine verdammt Pflicht und Schuldigkeit, ihr nun zu helfen.

Zwei Stunden später kam der Anruf. Alles klar, Frau Pickert sei vorläufig festgenommen. Der Picklige entfernte sich eilig, und Henrik blieb ratlos zurück.

Am nächsten Tag durfte er zu ihr. Sie war in der einzigen Zelle untergebracht, die die Polizeistation aufzuweisen hatte. Sie war eigentlich zur Ausnüchterung gedacht und hierzu in regem Gebrauch.

Olga war gefasst, fast gleichmütig. Sie saß auf einem hellgrünen Metallstuhl mit hölzerner Lehne und las eine BRIGITTE. Als ob es nichts Wichtigeres gibt, dachte Henrik. Er nahm den anderen Stuhl und sah sich um. Ein einfaches weißes Waschbecken, ein Toilette mit Druckspülung und ein Bett mit dunkelbrauner, sorgfältig zusammengelegter Decke. Das Fenster natürlich vergittert.

Henrik hatte erwartet, dass sie sich mit Klauen und Zähnen auf ihn stürzen würde, aber zu seiner Erleichterung blieb sie ruhig, indifferent freundlich, als sei er ein Nachbar, den sie sonst von Ferne grüßte.

„Es tut mir leid", sagte Henrik. „Dieser Umschlag ..."

„Es macht nichts", unterbrach sie ihn, als sei ihr das Thema lästig.

„Ich mache es wieder gut."

Stille. Ein paar Räume weiter schrillte ein Telefon einmal, zweimal. Eine Wespe brummte im Raum. Sie flog die Wände ab, als machte sie einen Kontrollflug, umschwirrte Olgas Kopf, wollte sich auf ihrer Schulter niedersetzen und wurde mit dem Handrücken weggewischt. Sie taumelte in der Luft, erwischte die Richtung zum Fenster und surrte in die warme Luft nach draußen.

„Diese Rezepte", sagte Henrik, „es gibt sicherlich eine Erklärung?"

Sie blickte ihn an. Er hatte nicht den Eindruck, dass sie seine Frage verstand. Er hatte auch nicht den Eindruck, dass sie antworten wollte. Wenn ich eine Wespe wäre, würde sie mich auch mit dem Handrücken zur Seite wischen. Ich bin lästig, überlegte er. Der Mohr hat seine Schuldigkeit getan, der Mohr kann gehen.

„Sie holen mich nachher. Der Zug fährt um fünf. Es wäre

schön, wenn du da wärst", sagte sie plötzlich. Ihre Stimme klang dünn.

Er nickte. „Natürlich ... Wenn ich sonst nichts tun kann ..."

Sie schüttelte den Kopf und wandte sich wieder der BRIGITTE zu. Er war entlassen. Er ging zögernd. Sie blickte nicht auf.

Der Bahnsteig war voller Insulaner. Um diese Zeit fuhr kaum jemand zum Festland. Sie sind also wegen Olga gekommen, dachte er. Die Menschen standen ruhig, aber ihre Blicke waren abschätzig und böse. Für sie war das Urteil schon gesprochen, dachte er zornig, obwohl sie noch nicht einmal wussten, um was es eigentlich ging. Olga stand vor dem letzten Wagen auf dem Bahnsteig, Stöver hinter ihr. Die Handschellen waren kaum zu sehen.

Henrik hatte einen Veilchenstrauß mitgebracht. Er gab ihn ihr.

„Als Talismann", sagte er. „Und melde dich. Ich kann kommen und nützlich sein. Botendienste ... oder so was ..." Doch sie hörte ihn nicht wirklich. Sie nahm den Strauß, versenkte ihre Nase in ihm und atmete tief ein. Dann beugte sie sich vor, und ihre Lippen trafen sich. Es sollte eigentlich ein kurzer Kuss sein, eine Besiegelung des Abschieds, doch plötzlich legten sich ihre Hände in seinen Nacken. Sie griffen fest zu, und Henrik spürte ihre Fingernägel in seiner Haut.

Aber mehr noch fühlte er ihren Körper, der sich an ihn presste. Als sie sich schließlich trennten, unterbrachen sie zuerst den Kuss, dann ließen sie einander langsam, zögernd los, wobei ihre Körper sich nach und nach voneinander entfernten, zuerst die Köpfe, dann die Oberkörper, dann die Hüften und die Beine. Dann den Griff um seinen Hals.

„Ich komme doch mit", sagte Henrik, „ob du es willst oder nicht."

„Nein. Du bleibst, wo du bist."

„Ruf mich an, wenn ich dich besuchen kann."

Ein Lächeln umspielte ihre Mundwinkel. „Vielleicht. Vielleicht wird es nicht nötig sein. Geh bitte zum Prediger. Er weiß Bescheid."

Warum dieser Blödmann? Henrik schüttelte den Kopf. „Warum ausgerechnet er?"

„Er wird dir sagen, wie es weitergeht."

Da war es wieder, ihr dünnes Lächeln.

Der Zug ruckte an. Stöver zog Olga auf die Plattform. Henrik sah, wie sich ihre Augen mit Tränen füllten. Sie blickte starr geradeaus und sah ihn nicht mehr an, winkte auch nicht zurück, während die Waggons Fahrt aufnahmen, durch das Deichtor fuhren und dann verschwanden.

Henrik drehte sich um und ging. Die Menschen traten zur Seite und ließen ihm eine Gasse. Sie blickten nicht böse, sie beobachteten ihn eher mitleidig. Er hätte heulen können. Reiß dich zusammen, dachte er, das ist noch nicht das Ende.

58

DER KELLER

Als Zunn die Augen aufschlug, hatte er keine Ahnung, wo er war. Er fror jämmerlich. Zunächst dachte er, er läge in seinem Bett, sei auf der Decke eingeschlafen und mitten in der Nacht aufgewacht. Doch dann begriff er, dass er zwar auf einem Bett lag, aber nicht auf seinem eigenen.

Er zwang sich hochzukommen und hörte sich ächzen. Der Schmerz in seinem Kopf schüttelte ihn durch. Sein Mund war trocken, wie mit einer Kruste bedeckt. Als er versuchte, sich zu räuspern, kam nur ein Krächzen aus seinem Rachen.

Doch jetzt überwältigte ihn die Schwäche, und er versank wieder in Schlaf.

Als er wieder aufwachte, war es heller geworden. Zunn begriff, dass er nicht in seiner Wohnung war. Aber, wo, zum Teufel, war er dann? In dem Dämmerlicht erkannte er nackte graue Wände. Sie waren dreckig. Gegenüber standen zwei Holzregale, die aus groben Brettern zusammengefügt waren. Sie waren leer bis auf ein paar Gläser mit Eingemachtem. An der Decke liefen Rohre, an denen Spinnweben hingen. Fahles Licht fiel durch einen Schacht neben dem Regal. Kein Fenster.

Er war in einem Keller. Er erkannte die Regale mit dem Eingemachten. Er war im Keller seines eigenen Hauses! Wie war er hierher gekommen?

Zunn stöhnte. Der Durst grub sich wie eine Schraube in seinen Magen. Er wusste nicht, wie lange er geschlafen hatte, oder wie spät es war. Er wollte auf seine Uhr schauen. Aber das konnte er nicht. Seine linke Hand war mit Handschellen an den linken oberen Pfosten des Bettes gefesselt. Noch immer begriff er nicht. Er zerrte an seiner Hand, konnte sie aber nicht befreien. Er zerrte erneut, stärker. Als die Handschellen in sein Gelenk schnitten, brachte der Schmerz seine Gedanken zurück. Jemand hat mich gefesselt, durchfuhr es ihn, ich bin gefangen in meinem eigenen Haus! Wozu? Wer sollte ihn einsperren? Ein Dieb?

Ambrosius!

Vielleicht hatte der alte Sack noch einmal seine Schergen geschickt. Zuzutrauen wäre es ihm. Aber, wer würde den Einzigen umbringen, der ihn am Leben hielt, seinen Doktor?

Dann vielleicht doch ein Dieb. Aber warum sollte der sich diese Mühe machen? Er war schließlich nicht die Bank von England, bei der man mehrere Tage brauchte, um den Tresor zu knacken. Bei seinen wenigen Sachen würde ein einfacher Schlag über den Kopf genügen.

Alles Blödsinn. Zunn konnte nicht weiterdenken. Panik überkam ihn. Er fühlte sich hohl und mies. Sein Körper juckte wieder, es ziepte und zerrte an ihm. Am meisten aber spürte er den Durst, der hinter seiner pelzigen Zunge saß. Dann erst bemerkte er die Flasche Wasser. Sie stand am Boden neben einer altmodischen Bettpfanne und einem Urinal.

Er legte sich auf den Rücken und tastete mit dem rechten Arm nach der Wasserflasche. Fast hätte er sie umgeworfen. Nicht auszudenken, wenn sie weggerollt wäre! Er musste innehalten. Schwindel ergriff ihn. Er spürte, wie der Schweiß am Hals entlang in sein Hemd lief. Sein Herz klopfte. Viel zu schnell, viel zu unregelmäßig. Kein Wunder, dachte er. Ich und der verdammte Alkohol machen der Pumpe ganz schön zu schaffen.

Alkohol. Ein Königreich für einen Schnaps. Er würde den pelzigen Belag in seinem Mund wegfräsen und die Klarheit bringen, um nachzudenken. Ein Bier täte es auch. Sein Körper bäumte sich auf.

Das Wasser.

Er nahm die Flasche, brachte sie zu seiner gefesselten linken Hand und öffnete den Schraubverschluss. Er trank gierig. Alkohol trocknet aus.

Ich muss einen ruhigen Kopf bewahren, beschwor er sich. Er lag auf dem Rücken, starrte an die Decke und überlegte. Wir leben in einer modernen Zeit, sagte er sich. Niemand wird mehr in Kellern festgehalten.

Das Bett. Es musste sich bewegen lassen. Er drehte sich zur Wand, stützte sich auf den linken Ellenbogen, zog die Beine unter den Bauch und schob sie über die Bettkante. Er kniete vor dem Bett, während sein linker Arm gestreckt in der Handschelle hing. Der Beton war glatt und kalt. Er umfasste den Bettpfosten und zog. Es tat sich nichts. Er zog stärker, seine Knie rutschten, doch das Metallgestell bewegte sich nicht. Für Minuten verharrte er bewegungslos, überlegte, versuchte es dann noch einmal und begriff, dass es so nicht ging. Er wälzte sich zurück auf die Matratze, schob den Kopf über das Kopfende und blickte nach unten.

Da sah er es. Jemand hatte eine Eisenklammer um den Pfosten gelegt und die Enden an die Wand gedübelt. Es sah nicht gerade nach fachmännischer Arbeit aus, aber es hielt. Für einen Säufer wie mich immer noch gut genug, dachte er bitter. Er versuchte, die Schelle zu erreichen, aber er schaffte es nicht.

Vergeude keine Kraft, sagte er sich, du bist ein intelligenter Mann. Jedenfalls warst du mal ein intelligenter Mann. Es müsste doch mit dem Teufel zugehen, wenn er nicht einen Weg finden würde.

Konnte jemand Betten an die Kellerwand bohren, dass niemand es merkte? Das Haus stand schließlich an der Straße.

Die Straße. Die Menschen auf der Straße. Er überlegte. Der Keller ging zum Garten. Der Lichtschacht auch. Wie viele Meter mochten es sein bis zum Bürgersteig? Zehn? Zwölf? Egal, nicht der Rede wert jedenfalls, wenn er laut schreien würde.

Das war's.

Er legte sich auf den Rücken, atmete tief ein. Ein juckender Husten schüttelte ihn. Beruhige dich! Atme tief, atme langsam, atme mit dem Bauch! Er spürte, wie eine gewisse Zuversicht zurückkehrte. Er würde es schaffen. Er konnte die Insel zusammenschreien, wenn es sein musste.

Er schrie. Dieses Mal gelang es ihm, aus vollem Halse zu schreien. Es war eher ein Röhren, ein heiseres Röhren. Doch es war laut. Er lauschte seinen Tönen hinterher. Sie waren merkwürdig schnell versickert. Er schrie noch einmal. Diesmal war seine Stimme schon heller. Sie war auch kräftiger: „Hilfe! Hilfe! Ich bin gefangen. Befreit mich! Ich bin im Keller! Gefangen! Hört mich denn keiner?"

Zunn schrie fünf Minuten ohne Unterbrechung. Dann war klar, dass niemand reagieren würde.

Ihm wurde übel. Ich muss pinkeln, dachte er, dringend pinkeln. Er öffnete die Hose mit der rechten Hand, legte sich auf die Seite und hielt das Urinal vor sich. Es war schlimm, es war entwürdigend. Er hätte heulen können ...

Er war wieder eingeschlafen. Als er aufwachte, roch er Lisas Parfüm. Er hielt die Augen geschlossen, damit der Traum ihn nicht verließ.

Als er schließlich die Augen öffnete, sah er, dass Lisa tatsächlich da war. Sie saß auf einem Hocker vor dem Bett und blickte ihn an. Seltsamerweise fiel ihm auf, dass sie kaum etwas Buntes anhatte. Eigentlich nur einen einfachen blauen Kittel, wie ihn Arbeiterinnen am Fließband tragen.

„Gott sei Dank", stöhnte er, „Gott sei Dank, ich hätte nicht geglaubt, dass du noch mal kommst."

„Freu dich nicht zu früh."

„Irgendein Arschloch hat mich angekettet". Er versuchte seine Handschelle zu zeigen.

„Ich weiß."

„Dann mach mich los."

Sie schüttelte den Kopf. „Geht nicht."

Zunn versuchte zu verstehen.

„Der Schlüssel? Dann such ihn. Er wird hier irgendwo liegen."

„Kein Problem. Er ist hier.“ Sie griff in die Tasche, zog einen kleinen Schlüssel heraus und hielt ihn in die Höhe.

„Aber warum ...?“ Er verstummte, versuchte zu verstehen. War es möglich, dass Lisa ...?

„Genau. Das Arschloch, das dich angekettet hat, bin ich“, ergänzte sie traurig lächelnd seine Gedanken, „ Ich bin es, die dich hier heruntergeschleppt hat. Ich habe gar nicht gewusst, wie schwer so ein versoffener Sack sein kann.“

„Du verarscht mich.“

„Es ist mir bitterernst. Ich bin es leid. Ich bin deine Sauferei leid, und dein Selbstmitleid und deine Übelnehmerei. Um die Wahrheit zu sagen, es kotzt mich an. Blöderweise liebe ich dich trotzdem. Und weil ich dich liebe, gibt es nur zwei Wege. Entweder, ich gehe auf Nimmerwiedersehn oder ich bringe dich ein für allemal zur Raison. Bei einem Dickschädel wie dir geht das aber nur mit Gewalt. Die brutale Tour. Und die versuchen wir jetzt. Du hast eine harte Zeit vor dir, bis du wieder ein Mann wirst.“

Es war eine lange Rede, aber logisch aufgebaut. Das spürte auch Zunn, auch wenn er ihr nicht glauben konnte. Sein verwirrter Geist brauchte Zeit.

„Du willst, dass ich wieder trocken werde.“

Sie nickte. „Du machst Fortschritte.“

„Du willst mich mit Gewalt ausnüchtern“.

Sie nickte wieder.

„Du weißt, dass es nur klappt, wenn ich es selbst will. Und ich will nicht.“

„Ich will, dass du es willst. Du wirst solange hier angekettet bleiben, bis du es willst. Bis du kapierst, dass es keinen Grund gibt, eifersüchtig zu sein. Du warst immer der Starke für mich. Wenn ich geahnt hätte, dass du so verflucht verletzlich bist.“ Sie überlegte. „Aber vielleicht habe ich es gleich gewusst. Vielleicht liebe ich dich gerade deswegen.“

„Ich habe dich auch geliebt. Ich wollte es nicht wahrhaben, aber ich habe dich geliebt. Dieser Mann ...“

„... dieser Mann, dieser Mann! Das war gar nichts. Ganz im Gegenteil. Er ist ein Feind. Er ist ein Zuhälter. Ein brutaler, gefährlicher Mann. Ich kenne ihn von früher. Er meint, er hat noch eine Rechnung offen mit mir. Nun hat er mich gefunden. Ich soll zurückkommen. Ich musste ihn überzeugen, dass es keinen Sinn hat."

„Wir alle hätten dir geholfen."

„Und was hätte es gebracht. Er wäre wiedergekommen."

Ich musste ihm um den Bart gehen. Ich wollte nicht, dass er dir etwas tat ... "

„Wer's glaubt, wird selig."

„Das Problem ist, dass du es nicht glauben willst. Aber vielleicht ändert sich das. Hier unten im Keller."

„Wie gut, dass du eine Domina bist. Das trifft sich", seine Stimme klang sarkastisch, ätzend. „Auch wegen der Handschellen."

„Es trifft sich, dass ich eine Domina *war*. Es trifft sich besonders, dass ich weiß, wie Männer sind. Erst recht so weinerliche, wie du es jetzt bist."

„Du darfst mich nicht festhalten. Es ist gegen das Gesetz."

„Komm mir nicht so. Gesetz ist, wenn jemand da ist, der auf das Gesetz aufpasst. Jetzt bin ich da. Ich passe auf dich auf. Das genügt."

„Du hast deine Klamotten vergessen. Und die Peitschen."

„Damit eins klar ist, ich will deinen Willen nicht brechen. Ich will dich nicht demütigen. Ich will dich nur vor dir selbst schützen. Wenn es sein muss mit Gewalt. Dieses Pogramm läuft gerade. Nun liegt es an dir, wie wir zusammen auskommen." Sie zögerte für einen Moment, und er sah, dass sie weinte. „Wahrscheinlich habe ich mir wieder etwas vorgemacht, habe geglaubt, dass ich es zwingen kann, dass ich unser Glück zwingen kann." Sie sprang auf und ging zur Tür. Dort drehte sie sich noch einmal um. Zwischen den Tränen hindurch sagte sie trotzig: „Aber trotzdem werde ich es versuchen. Denken

Sie nicht, dass ich schwach werde, Herr Dr. Zunn."

Die nächsten Tage waren fürchterlich. Die nächsten Nächte waren fürchterlich. Doch Lisa blieb unerbittlich. Zunns Körper brannte. Schweiß hüllte seinen Körper ein, Schwindelanfälle wirbelten ihn herum, Depressionen fielen über ihn her wie große schwarze Vögel. Krampfanfälle schüttelten ihn. Zunn wusste, dass sie lebensgefährlich werden konnten. Er brachte Lisa dazu, ihm Distraneurin, einen Alkcholersatz, zu geben, acht Kapseln am Tag, um ihn zu beruhigen. Bei alledem nutzte es nichts, dass Lisa ihm Bücher brachte und Zeitungen, ab und zu seine Hand hielt, als wollte sie ihn zurückhalten, bevor er in den großen schwarzen Schlund fiel.

Jeden zweiten Tag wechselte sie die Bettwäsche und das vollgesottete Kopfkissen. Morgens wusch sie ihn mit einem nassen, warmen Lappen und brachte ihm frische Sachen. Einmal, ganz am Anfang, hatte er sie bei dieser Gelegenheit geschnappt, hatte sich auf sie geworfen und hektisch in ihrer Tasche nach dem Schlüssel für die Handschellen gesucht und ihn natürlich nicht gefunden.

Inzwischen hatte er es längst aufgeben, für seine Befreiung zu kämpfen. Es fehlte ihm einfach die Kraft. Er fühlte sich wie jemand, der sich in einer Einöde verfahren hat, in der es keinen Baum und Strauch gab, die als Orientierung hätten dienen können. In welche Richtung sollte er sich wenden?

In diesen Momenten dachte er, dass es doch einen Ort geben müsse, wo man sich anstellen könnte und ein Ticket erhielt, das einem gestattete, bestimmte Teile seines Lebens noch einmal zu wiederholen. Ein zweiten Aufschlag, zum Beispiel, oder die Wiederholung eines strittigen Punktes. Wie bei einem Tennismatch.

Doch es gab im Leben keine zweiten Aufschläge. Trotz seines Grolls bewunderte er Lisa, dass sie daran glaubte. Irgendwann erlebte er Momente der Erleichterung, lange Minuten, in denen sein Körper still und friedlich war. Er konnte jetzt die Nacht durchschlafen, wobei die Handschellen und der nach hinten gebogene Arm schon zur Normalität gehörten.

Er würde einfach warten. Er war noch nicht bezwungen. Lisa sollte sich nichts vormachen ...

59

DAS ATTENTAT

Henrik stand auf dem Rasen hinter dem Sektenhaus und wartete auf den Prediger.

Gleich nach Olgas Abfahrt hatte Henrik ihn angesprochen. Doch der Sektenmann hatte uninteressiert getan und sich abgedreht. Es gäbe nichts zu besprechen. Henrik hatte vergeblich versucht, Olga zu erreichen und ihr schließlich gestern eine Nachricht zukommenlassen. Wie sollte er ihr helfen, wenn niemand mit ihm redete?

Heute Morgen hatte der Prediger angerufen und Henrik überfließend vor Freundlichkeit gefragt, ob er nicht mal vorbeikommen könne. Es gäbe einiges zu bereden, Olgas wegen. Ob es heute Abend ginge? Gegen sechs Uhr? Okay, super. Wenn er sich verspäten würde, könne Henrik im Garten warten.

Henrik war sauer gewesen, dass Olga ihm noch nicht einmal gesagt hatte, wie es weitergehen sollte zwischen ihnen. Er hatte nachts wachgelegen und sich gefragt, wie es um seine Gefühle für diese Frau stand. Er fragte sich ernsthaft, ob wirklich alles in Ordnung war mit ihm, ob sein innerer Kompass und seine Begriffe von Moral überhaupt richtig justiert waren. Wenn nicht, dann war abzusehen, dass er sich ziemlich schnell auf den Rand der menschlichen Gesellschaft zubewegte. Doch bald würde er klüger sein. Er fragte sich, was der Prediger ihm zu sagen haben würde.

Noch immer war niemand zu sehen. Ein Vogel piepste aufgeregt, als eine Möwe über ihm kreiste. Der Himmel hatte sich bezogen und schob sich dicht über die Insel. Im Radio hatten sie Nebel angesagt. Richtig dicke Suppe. Ungewöhnlich für diese Jahreszeit. Die Fischer waren aufgefordert worden, in die Häfen zurückzukehren.

Der Garten war spartanisch, lediglich Rasen und ein paar Büsche am Zaun. Durch deren Lücken konnte Henrik die Kirche sehen. Über deren Portal hing noch die Blütengirlande von Alexanders Hochzeit. Er, Henrik, hatte die Orgel gespielt, *So nimm denn meine Hände*, natürlich. Es war wie erwartet gut angekommen, auch bei den Fernsehleuten und den Journalisten. Es wäre ein Ding, wenn sie ihn im Fernsehen bringen würden! Jedenfalls war es eine tolle Zeremonie gewesen. Alexander und seine Freda hatten sich gut gemacht, richtig würdig. Henrik hätte es nicht für möglich gehalten. Schade nur, dass die Eltern nicht gekommen waren. Auch die vom Fernsehen waren enttäuscht gewesen. Ein schöner Streit in der Kirche, das hätte die Herzen gerührt.

Heute Abend sollte in der BÖRSE die Post abgehen. Die ersten Hochzeitsgäste würden bald kommen. Henrik fiel ein, dass der Schlagzeuger schon dicke war. Und niemand konnte diesen Doktor finden. Na ja, irgendwie würden der Apotheker und er die Feier schon schmeißen, erst recht, wenn der Alkohol floss. Und davon war ja wohl auszugehen. Wenn nur der Sektenmann bald kommen würde.

Eine Hollywoodschaukel stand auf der Terrasse seines Hauses. Ihr Bezug hatte Stockflecken. Auch das Haus zeigte Spuren von Vernachlässigung. Typisch, große Sprüche und nichts dahinter. Keine Blumen in den Fenstern, abgeplatzte Farbe, nacktes graues Holz, Löcher in der Regenrinne. Es erinnerte Henrik an Fotos verlassener Goldgräberstädte, die einfach nur dastanden, von Sandwinden umweht und von der Sonne ausgetrocknet. Ein irgendwie unheimlicher Ort.

Feuchte trübe Luft wehte herein, riss die Terrassentür auf und schlug sie gegen die Wand. Es wurde kühl. Der Nebel kam.

Henrik war sauer. Dieser verdammte Prediger konnte kaum erwarten, dass er sich draußen den Arsch abfror. Er trat ein. Das Wohnzimmer war mit Flickenteppichen belegt und bis auf zwei Sofas an den Wänden und eine Hammond-Orgel in der Ecke leergeräumt, über ihr ein Bild des Predigers, der gütig lächelte. Er stand auf einem Berg und zeigte mit dem Arm in die Ferne.

Eine Tür neben dem Sofa. Sie stand halboffen, lud Henrik förmlich ein, weiterzugehen. Es war offenbar das Arbeitszimmer. Ein breiter Schreibtisch mit schwarzem Ledersessel, ein offener Schrank mit Akten, ein Fernsehapparat, auf dem in einer verzierten Schale eine nackte gläserne Frau lag und nach oben sah. Aus ihrem Mund kam ein dünnes Rohr, aus dem Wasser sprudelte, das auf einem Frosch zu ihren Füßen nieder ging. Der Frosch trug eine Krone. Na, toll ...

Der Schreibtisch war voller Papiere. An der Seite lagen Fotos in DIN-A-4. Sie glänzten. Henrik konnte nicht wiederstehen. Er griff nach ihnen und erstarrte. Die Fotos zeigten eine nackte Frau, die auf den Flickenteppichen lag. Sie hatte die Beine geöffnet. Sie winkte dem Fotografen lachend zu. Henrik brauchte ihr Gesicht nicht zu sehen, um zu wissen, wer sie war.

Das also war der seelsorgerische Beistand gewesen.

Neben den Fotos lag ein rosafarbenes Papier. Schon von weitem erkannte er Olgas Handschrift.

Er zögerte. Er hätte ihn gern gelesen. Er durfte ihn nicht lesen. Er wollte ihn lesen. Dann dachte er daran, dass sie mit ihm gespielt und sein Vertrauen missbraucht hatte. Anders konnte er die Fotos nicht deuten. Sie hatte foul gespielt. Er hatte keinen Anlass, fair zu sein. Er nahm den Brief und las.

Lieber Philo,

ich schreibe diese Zeilen in Eile. Ich hoffe, dass Du sie findest. Auf dem Klo werden sie ja wohl nicht nachsehen. Die Polizei ist hier und wird mich sicherlich mitnehmen.

Es ist vorbei, und das habe ich Henrik, diesem eingebildeten jungen Schnösel, zu verdanken.

Das soll er mir, das soll er uns büßen.

Ich bitte Dich, flehe Dich an: Räche mich. Er soll vom Erdboden verschwinden. Ich verfluche ihn und ich bete Dich an für den

Beweis Deiner Liebe.

Er wird sich melden. Er soll zu Dir kommen. Er soll Dein Haus nicht mehr lebend verlassen!!!

Wir werden einen Weg für uns finden.

Ich liebe Dich.

Olga.

Obwohl er sich dagegen wehrte, konnte Henrik spüren, wie etwas in ihm zerbrach. Es war dasselbe Gefühl, dass er gehabt hatte, als er seine Mutter inmitten von Erbrochenem tot auf ihrem Bett gefunden hatte. Bis dahin hatte er sich auch bei ihr immer wieder eingeredet, dass alles wieder gutwerden könne. Auch jetzt hatte er die Tatsachen nicht sehen wollen und ständig neue Entschuldigungen gesucht. Sie hatten ihn benutzt. Doch weder seine Mutter noch Olga hatten wirklich zu ihm halten wollen. Oder nicht gekonnt. War ja jetzt auch egal. Er jedenfalls hatte alles versucht. Doch nun gab es keine Ausreden mehr. Das Schreiben zerriss sein Gespinst von Liebe und falschen Hoffnungen und hinterließ eine hilflose Leere in ihm.

Was nun?

Henriks Gedanken fanden langsam in die Gegenwart zurück. Er blickte noch einmal auf das Schreiben.

Das soll er uns büßen.

Räche mich!

Er soll Dein Haus nicht mehr lebend verlassen!!!

Plötzlich rasten seine Gedanken, als er die brutale Wahrheit erkannte. Das war nichts anderes als ein Auftrag, ihn, Henrik, zu töten. Ein Mordauftrag! Wenn dies ein Mordauftrag war, dann ...

Nun begriff er, dass er in Gefahr war. Der *Prediger hatte* ihn angerufen. *Henrik war* in seinem Haus. Er sollte es nicht lebend verlassen!

Mein Gott, mein Gott, mein Gott, mein Gott ...

Er stand für einen Augenblick wie gelähmt. Er sah auf die Uhr. Halb sieben. Noch war es nicht zu spät. Er lauschte. Nichts zu hören.

Er blickte noch einmal auf die Fotos und steckte den Brief in die Hosentasche.

Nichts wie raus hier! Lauf!!

Er sah den Prediger erst spät. Er saß am Harmonium und schlug einige Akkorde an. Mit einer Hand.

Mit der anderen hielt er eine Pistole.

Er sah ernst aus, fast besorgt, bevor er schoss.

Es war dunkel, als Henrik aufwachte. Er wusste nicht, wo er war und erinnerte sich nur langsam... Das Harmonium, der Prediger, die Pistole.

Die Pistole!

Die schwarze Mündung, in die er geblickt hatte, war klein gewesen und immer größer geworden, bis es knallte. Er erinnerte sich nur noch, dass er einen Schlag an die Brust verspürte und Rauch gesehen hatte, der aus der Mündung strömte. Ach ja, der Prediger hatte hämisch gelacht.

Er zwang sich hochzukommen und hörte sich ächzen. Der Schmerz schüttelte ihn durch, aber er war nicht benommen und spürte keine Übelkeit. Er hob die rechte Hand, betastete behutsam die wunde Stelle auf seiner Brust. Die rechte Seite war voller Blut. Er musste eine ganze Weile bewusstlos gewesen sein, denn das Blut war kaum noch feucht und klebte bereits. Er lebte noch. Das Herz war links, war es nicht so? Dumme Frage.

Der Verrückte wird gegangen sein, um meine Entsorgung vorzubereiten, überlegte er. Dauert das so lange? Wie lange dauert so etwas? Nicht allzulange jedenfalls.

Ich muss hier weg!

Henrik richtete sich auf. Er hustete. Er fragte sich, ob er schon Blut spuckte. Er schleppte sich auf die Terrasse. Es ging besser als erwartet. Dicker Nebel umhüllte ihn. Nicht schlecht. Das würde ihm helfen. Er stolperte auf den Rasen, in die wattige Wand hinein. Musik scholl herüber. Alexanders Hochzeit in der BÖRSE. Er hatte spielen sollen. Nun fehlte auch das Akkordeon, dachte er.

Er musste es bis zur BÖRSE schaffen. Eine ganze Hochzeitsgesellschaft, sogar das Fernsehen und die BILD-Zeitung. Das bedeutete Sicherheit. Und Hilfe ...

Der Rasen wankte unter ihm. Vielleicht laufe ich im Kreis, durchfuhr es ihn. Doch dann spürte er die Blätter eines Busches.

Hinten beim Haus hörte er Schritte.

Voller Panik kämpfte er gegen die Äste. Er spürte den Maschendraht des Zaunes. Er beugte sich hinüber und ließ sich fallen ...

60

SCHINKEN IM SCHLAFROCK

Die Hochzeitsfeier näherte sich ihrem Höhepunkt.

Alexander saß neben Freda an der Theke, dort, wo das Spendenschiffchen der Deutschen Gesellschaft zur Rettung Schiffbrüchiger stand.

Es war nicht ganz so die übliche Hochzeitsfeier, wie sich Freda wohl erträumt hatte. Eher die rustikale Ausgabe. Keine in U-Form gestellten Tische, an deren Kopfende das Brautpaar mit den Eltern an ihrer Seite residierte. Abgesehen davon, dass die Eltern, auch die von Freda, gar nicht erst erschienen waren, sah der Gastraum der *Börse* genauso aus wie sonst. Verräuchert, vergilbt, mit verschrammtem Mobiliar und geblümten Tischdecken aus Wachstuch. Acht Tische, bei denen sich niemand die Mühe gemacht hatte, sie zusammenzustellen. Die Presseleute hatten sich gleich neben dem Eingang eingerichtet. Alexander sah es ihren Gesichtern an, dass sie es aufgegeben hatten, doch noch zu einer knackigen Story zu kommen, geschweige denn zu einem Foto, das etwa den rheinischen Großindustriellen zeigte, der auf seinen Sohn, oder besser noch auf seine neue Schwiegertochter, losging. Nachdem draußen der Nebel aufgezogen war, der jede Rückkehr auf das Festland verhinderte, hatten sie sich darauf besonnen, dass es Essen und Getränke im Überfluss gab, und noch dazu gratis. Die übrigen Tische waren mit Insulanern besetzt. Der Bürgermeister war da, natürlich auch Reese mit Dornkaat-Lily, auch Lisa und sogar Vogt, der Freda von Zeit zu Zeit gerührt an sich zog, als könne er damit Vergangenes gutmachen. Freda schien ihn als eine Art Brautvatterersatz zu akzeptieren. Der Mann vom Kiosk war natürlich auch da, zusammen mit seiner Frau und den Wirtleuten von der *Saline*.

Zunächst hatte Alexander befürchtet, dass Freda sich insgeheim doch eine Feier erträumt hatte, wie sie in der Wesermarsch üblich war. Mit weißem Kleid und langem Schleier und einem Bräutigam in schwarzem Anzug, weißen Handschuhen und Fliege. Und natürlich einem Zylinder. Doch dann hatte er ihre glänzende Augen gesehen und gewusst, dass sie diese Äußerlichkeiten zwar schön, letztlich aber für bedeutungslos hielt.

„Wichtig ist, dass wir eine richtige Familie werden. „Ich möchte Kinder“, hatte Freda schlicht gesagt. „Viele Kinder.“ Alexander hatte genickt. Viele Kinder, das war in Ordnung. Sie sprachen nicht davon, wie sie sie würden ernähren können. Das alles würde sich zeigen, wenn es so weit war. Nach all dem Trubel war Alexander von einem selbstverständlichen Zutrauen zu alldem, was ihnen wiederfahren konnte, erfüllt. Er hatte längst begriffen, dass seine Zweifel und Ängste verschwanden, sobald Freda in der Nähe war.

Alexander bedauerte, dass die Kapelle nicht spielen konnte. Kein Mensch wusste, wo Henrik geblieben war, und der Apotheker hatte sich verständlicherweise geweigert, allein das Saxophon zu spielen. So hatte der Wirt die Stereoanlage aus seinem Wohnzimmer geholt und neben das kalte Buffet gestellt. Der Mann vom Kiosk drehte die Lautsprecher auf.

Ein Walzer.

Plötzlich blickten alle auf das Brautpaar. Reese begann zu klatschen, Doornkaat-Lily fiel ein, Vogt auch. Dann standen die Feuerwehrleute auf, und der Bürgermeister trat einen Schritt vor. Er schwankte leicht mit den vielen Korn in seinem Bauch.

„Und nun, liebe Freunde“, schrie er, „das Brautpaar, es soll tanzen.“

Freda blickte unsicher, aber Alexander nahm ihre Hand, zog sie vorsichtig in die Mitte des Raumes und legte den Arm um ihre Hüften.

„Ich kann keinen Walzer“, flüsterte sie.

„Ich auch nicht“, flüsterte er zurück und drehte sich im Kreis.

Alle waren aufgestanden und klatschten. Ihre Schritte wurden sicherer, ein leichtes Lächeln kräuselte Fredas Lippen, und bald ließen sie sich tragen von der Musik, von den klatschenden Händen und von den guten Wünschen, die sie wie ein warmes Polster umgaben. Die Welt drehte sich, verschwamm vor Alexanders Augen, wischte vorbei, bis er schließlich strauchelte. Da fühlte er Fredas festen Griff und fasste wieder Tritt.

Der Walzer verklang. Marschmusik folgte.

Polonaise!

Der Mann von der BILD-Zeitung und Doornkaat-Lily waren plötzlich an der Spitze. Sie drehten eine Runde durch die Gaststube. Dann stießen sie die Tür zur Küche auf. Die Schlange marschierte hinein, die Wirtin schrie auf, es ging rund um den Tisch, hinein in Speisekammer, hinaus auf den Gang, hinein in die Toilette, und wieder zurück in die Gaststube. Hier standen sie schließlich, sangen noch und klatschten. Die Musik verebbte mit einem Crescendo. Für einen Moment war Stille.

Es war der Moment, in dem jemand von außen an der Klinke zur Eingangstür rüttelte. Dann sprang sie auf. Henrik kam herein. Er torkelte, krächzte etwas Unverständliches und blieb für einen stocksteifen Moment stehen.

Dann fiel er um.

Erst als er dalag, den Kopf zur Seite gerenkt, sahen sie, dass er blutete. Das Blut sickerte aus seinem Hemd und bildete bald eine immer größer werdende Lache auf dem Linoleum ...

61

DIE SCHWARZE WAND DES BERGES

Zunn saß auf seinem Bett, hatte die Waschschüssel zwischen den Beinen, wusch sich den Oberkörper mit einem Waschlappen und sah fern. Lisa hatte ihm das Gerät gebracht, nachdem er wieder ansprechbar geworden war. Sozusagen als Belohnung. Die Spätnachrichten brachten noch einmal den Tumult in der DDR-Volkskammer. Die Liberalen forderten die Regierung auf, den Beitritt der DDR zur Bundesrepublik zu vollziehen. Die SPD war dafür. Die anderen dagegen.

Immer das Gleiche, dachte Zunn, die einen wollen, die anderen nicht. Er, Zunn, wollte jetzt freikommen, Lisa wollte nicht.

Ich bin trocken, hatte er gesagt, du kannst mir trauen. Ich bin sogar so weit, dich zu verstehen.

„Du kannst noch nicht einmal deine Hände stillhalten."

„Ich kann meine Hände schon seit zwei Tagen stillhalten."

Er hatte sie nach vorn gestreckt. Sie zitterten nicht. Zum ersten Mal regte sich so etwas wie Stolz in ihm, obwohl er wusste, dass er es niemals allein geschafft hätte.

Doch Lisa war noch nicht zufrieden gewesen. „Ich traue dir nicht", hatte sie hinzugefügt, „Du versuchst mich zu täuschen."

Das war wieder einer der Momente gewesen, in denen er sie am liebsten erwürgt hätte. Als ob man das Zittern einer Hand, oder besser das Nichtzittern, simulieren konnte.

Aber sie hatte, wie so oft, seine Gedanken lesen können. „Es geht mir nicht um deine Hände. Es geht mir um deinen Kopf. Du bist so weit, dass du wieder klar denken kannst, auch logisch. Aber du sinnierst nur darüber, wie du mich austricksen kannst. Aber es geht nicht um mich. Es geht um dich, ganz allein um dich. Begreif es endlich!"

Was bildete sich die dumme Ziege eigentlich ein, fuhr es ihm zum hundertsten Mal durch den Kopf. Sie konnte froh sein, wenn er sie nicht wegen Freiheitsberaubung anzeigte, sobald er hier herauskam. Er verstand, dass sie nur sein Bestes im Sinn hatte. Möglicherweise ihrer beider Bestes. Aber das konnte sie sich sowieso abschminken. Wie sollten sie jemals wieder zusammenleben können, nachdem sie ihn so gedemütigt hatte?

Es ist keine Demütigung, hatte sie gesagt. Es war Rettung in der Not. Ich habe vielleicht den Trinker in dir gedemütigt, aber niemals den Mann, den ich liebe.

Haarspaltereien.

Oder doch nicht?

Verfluchter Mist! Mist, Mist, Mist ... Wer sollte sich jetzt noch auskennen?

Er hätte sich längst befreien können. Er war wieder stark genug. Er hätte sie greifen können, wenn sie sein Bett machte oder die Waschschüssel brachte oder das andere Handgelenk ankettete, wenn er sich umzog. Natürlich trug sie den Schlüssel nie bei sich, sondern ließ ihn außer Reichweite auf dem Stuhl neben der Tür liegen. Aber auch so hätte er sie festhalten müssen, hätte sie bedrohen, hätte ihren Willen mit Gewalt brechen können. Warum hatte er nie ernsthaft daran gedacht? Weil er ihr nicht wehtun konnte? Das mochte sein. Trotzdem überlegte er, warum er sich so schnell mit seinem Schicksal abgefunden hatte. Vielleicht ist es mir ganz recht, dass jemand mir die Entscheidungen abnimmt, überlegte er. Doch nun fühlte er, wie sein Wille, über sich selbst zu bestimmen, wieder wuchs. Mit dem Alkohol hatte die Furcht vor den Dingen begonnen. Je mehr er trank, umso höher hatten sich die Hindernisse wie Berge vor ihm aufgetürmt. Es ist absurd, dachte er, dass es gerade seine brutale Entziehungskur war, die ihm neue Energie gab.

Im Fernsehen zeigten sie Harry Tisch, den Chef des DDR-Gewerkschaftsbundes, wie sie ihn in Handschellen abführten. Herzlich willkommen im Klub, dachte Zunn bitter.

Die Haustür schlug. Lisas hohe Hacken klapperten auf den Betonstufen herunter. Sie war offensichtlich in Eile.

Zunn sah sofort, dass etwas passiert war. Lisa stand mit hängenden Armen vor seinem Bett, rang nach Atem. Schließlich setzte sie sich zu ihm. Sie hielt die Handtasche auf den Knien. Der Schlüssel ist da drin, schoss es durch seinen Kopf. Er legte den freien Arm neben ihren Schenkel. Die Tasche war nun in Reichweite.

„Es ist etwas passiert", keuchte sie. „Etwas Schreckliches."

Zunn sagte nichts.

„Du kennst doch Henrik Billhardt, diesen jungen Schriftsteller", fuhr sie fort.

Zunn nickte.

„Jemand hat auf ihn geschossen. Er ist schwer verletzt. Die Kugel ist noch drin, rechte Thoraxseite. Du bist Chirurg. Du musst ihn retten."

„Niemals. Ich bin ein Säufer", sagte er bitter. „Holt einen Hubschrauber."

„Es ist Nebel. Es ist alles dicht. Wir müssen uns selbst helfen. Und zwar schnell."

„Ich bin ein Wrack."

„Du *warst* ein Wrack. Du bist auf einem guten Weg ..."

„... aber noch nicht angekommen."

„Du hast selbst gesagt, dass es Zeit ist, dass du loskommst."

„Du kennst meine Geschichte. Ich habe geschworen, nie mehr zu operieren."

„Weil du keine keinen Toten mehr wolltest. Das ist verständlich. Jetzt wirst du einen Toten haben, wenn du *nichts* tust. Das ist etwas anderes."

„Worte, nichts als Worte."

„Es ist eine Chance, auch für dich. Operiere den Mann, und du kommst frei. Und wirst mich los, wenn Dir danach ist. Dann kannst du tun und lassen, was du willst. Meinetwegen auch saufen, bis du draufgehst."

„Was ist, wenn ich ja sage und einfach gehe, wenn ich frei bin?"

„Dann geh' und bleibe dein ganzes Leben ein feiges Würstchen. Aber ich denke, du willst bei mir bleiben. Als mein Held, der alles gab, um einem jungen Mann zu helfen. Ich möchte es so sehr. Natürlich, ich kann dich aber nicht zwingen, zu operieren. Niemand kann das. Aber ich denke, es ist Zeit, dass du wieder ein Mann wirst. Dann kann dir keiner mehr Vorwürfe machen. Ich sehne mich danach, verstehst du?"

„Es ist unmöglich. Ich bin total aus der Übung. Ich weiß noch nicht einmal, wie die Verletzungen aussehen. Was ist, wenn es schief geht?"

„Dann geht es schief. Aber dann haben wir alles versucht. Wenn du nicht operierst, geht es sowieso schief. Was also ist der Unterschied? Du kannst nur gewinnen. Überleg es dir. Aber nicht zu lange. Sie haben ihn schon ins Hospital gebracht. Der Bürgermeister sagt, er kennt sich aus mit den Örtlichkeiten. Reese holt deine Sprechstundenhilfe. Sie warten auf dich."

Sie war sichtlich am Ende mit dem, was sie sagen wollte, was sie sagen konnte. Sie blickte ihn nicht an, sondern sah auf die Rohre unter Decke. Eine Spinne, die ein weißes Kreuz auf dem Rücken hatte, wob ein Netz.

Zunn blickte auf seinen Arm, der nach wie vor neben Lisas Schenkel lag. Er würde den Schlüssel bekommen, auch ohne Gewalt. Egal, wie er sich entscheiden würde.

Entscheiden.

Er spürte den Berg, der sich wieder vor ihm aufbaute wie eine schwarze Wand. Ich kann es nicht, dachte er. Ich konnte es, aber ich kann es nicht mehr.

Du wirst mich los, wenn du willst. Danach kannst du tun und lassen, was du willst.

Wollte er sie überhaupt loswerden?

Dann geh und bleib dein ganzes Leben ein feiges Würstchen. Aber ich denke, du willst bei mir bleiben. Als mein Held.

Er würde ihr wieder in die Augen sehen können.

Zunn war schweißgebadet und todmüde. Er war glücklich. Er hatte es tatsächlich geschafft. Er zog den Kittel aus und trat auf den Flur. Die Hochzeitsgäste drängten sich zwischen den Bänken. Inzwischen waren auch andere Insulaner dazugekommen. Sie alle blickten ihn mit ängstlicher Erwartung an. Er lächelte scheu. Er hob einen Daumen. Alles in Ordnung. Der Jubel setzte zaghaft ein, so recht hatte wohl niemand an einen guten Ausgang des Dramas geglaubt. Schließlich umarmte ihn Freda, und bald hingen auch die anderen in einem dichten Pulk an ihm. Der Bürgermeister schob sich dazwischen.

„Wir sind stolz auf Sie", erklärte er mit amtlicher Stimme. „Die ganze Insel ist stolz auf Sie."

„Er muss aufs Festland", sagte Zunn müde, „gleich morgen früh, sobald der Nebel weg ist. Man weiß nie, was es für Komplikationen geben kann. Und nun lasst mich bitte durch, ich bin ziemlich kaputt."

„Noch eine Frage."

„Ja?"

„Ist er bei Bewusstsein gewesen? Hat er geredet? Wer ist der Mistkerl, der geschossen hat?"

Zunn zuckte die Schultern. „Er hat nicht geredet. Er war nicht bei Bewusstsein."

Die Enttäuschung war greifbar. Zunn war froh, dass er den Namen des Täters nicht wusste. So angeheizt, wie die Stimmung war, hätten sie ihn wahrscheinlich aufgeknüpft.

Langsam leerte sich der Flur. Zunn blickte sich um.

Lisa.

Sie war nirgends zu sehen.

„Lisa", sagte er.

„Sie ist schon gegangen", sagte der Bürgermeister. „Kurz bevor sie herauskamen. Sie wollte nach ihrem Kind sehen. Ich soll ausrichten, dass sie bei sich zu Hause ist. Sie würde sich freuen, wenn sie noch vorbeikämen.“

Zunn nickte. Er nickte, obwohl er nicht begriff.

Lisa hatte nicht auf ihn gewartet. Wie selbstverständlich ging sie davon aus, dass er zu ihr kam. Wie ein Hund, der gerade abgerichtet worden war! Da hatte sie sich aber geschnitten!

Seine Wohnung war aufgeräumt und sauber, steril, keine Blumen, überhaupt kein Geruch. Er kam sich vor, als sei er zu Besuch bei Fremden. Er schloss die Flurtür hinter sich und stand für einen Moment unschlüssig. Er war nicht hungrig. Er war durstig.

Er hielt den Mund unter den Wasserhahn. Er schluckte das kalte Wasser so schnell er konnte. Für einen Moment dachte er daran, sich ein paar Flaschen Bier zu besorgen. Aber irgendetwas warf den Gedanken aus seinem Gehirn. Jetzt erst recht nicht.

Jetzt erst recht nicht!

Um Ruhe zu finden trat er auf den Balkon. An der frischen Luft verschlug es ihm fast den Atem. Das Bewusstsein, dass er es geschafft hatte, traf ihn nun wie ein Schlag. Die Erlösung war fast noch schwerer zu ertragen als die Furcht. Er stand im aufkommenden Morgenwind, wartete darauf, dass sich der innere Sturm legte, und verspürte nach und nach ein ungeheures Gefühl der Befreiung. Er hatte sich im wahrsten Sinne befreien können. Befreit von den Qualen des Kellers, befreit von der lebenslänglichen Strafe der Schuld. Er fühlte, wie seine Beine zitterten und rötlicher Nebel vor seinen Augen aufzog. Er schlurfte in das Schlafzimmer und ließ sich auf das Bett fallen.

Ich muss die Schuhe ausziehen, dachte er, doch schon verdunkelte sich die Wolke, hüllte ihn ein und segelte mit ihm davon. Ich hab es geschafft, dachte er noch, ich habe es tatsächlich geschafft ...

In der Nacht, gegen vier, brach er ohne Vorwarnung in Tränen aus. Er stopfte sich das Kissen unter den Kopf und schaute in die Dunkelheit und wusste nicht, warum ihm die Tränen auf die Wangen liefen. Schließlich ging er auf die Toilette. Er blickte aus dem Fenster. Es wurde schon hell. Ein Vogel saß auf dem Dach der Schule und trillerte aus voller Kraft, sodass sich die Federn an seiner Brust aufstellten.

Ein neuer Tag, aber Zunn mochte gar nicht hinsehen. Er sah nicht, wie es weitergehen sollte mit ihm. Er verkroch sich wieder ins Bett. Er fiel sofort in einen tiefen Schlaf, in dem er ruhig schwebte, bis die Träume kamen. Er lag auf einer Wiese voller Blumen. Sie wuchsen schnell, sodass ihre Stengel das Gewicht der Blüten nicht mehr halten konnten und sich ihm zu neigten. Er spürte ihre Blütenblätter im Gesicht. Sein Gesicht juckte. Er versuchte sich zu kratzen, konnte aber die Arme nicht bewegen.

Die Blüten waren aus Schaumstoff. Sie fühlte sich sehr weich an. Angenehm, sehr angenehm. Sie schmiegten sich an ihn.

Er schlug die Augen auf. Lisa lag neben ihm. Er spürte ihre Wärme und roch ihren Duft. Sie lächelte zärtlich.

„Wir sind da“, sagte sie.

62

DIE RÜCKKEHR

Der Wind stand steif aus West, und die OLDENBURG hatte Mühe, festzumachen. Henrik Billhardt stand an der Reling und sah neugierig zum Anleger hinüber. Auf den ersten Blick hatte sich seit damals kaum etwas verändert. Waren die Waggons der Inselbahn früher nicht grün gewesen statt rot? Henrik hatte nicht damit gerechnet, dass die Erinnerung ihn derart intensiv überfallen würde. In den USA hatte er versucht, den Aufenthalt auf der Insel als verlorene Zeit zu verdrängen. Die so romantische Freundschaft mit Anna war zerbrochen, ihr Baby war nicht seine Tochter gewesen, und die Frau, die er liebte, wollte ihn umbringen lassen. Er schüttelte sich innerlich. Wirklich keine tolle Bilanz.

Dann war selbst sein Roman in die Irre gelaufen. Henrik hatte versucht, die Story zu retten, aber es war immer nur neues Flickwerk gewesen. Er erinnerte sich noch gut an diesen Herbsttag in San Francisco, als er das ganze Manuskript von der *Golden Gate Bridge* geworfen hatte. Es war eine Beerdigung erster Klasse gewesen. Zwei Jahre Arbeit waren im kühlen Wind zu der geriffelten Wasserfläche hinuntergesegelt. Er hatte sich am Geländer festhalten müssen, während er sich zwang, zuzusehen, wie sein Manuskript auf dem Wasser aufschlug, noch eine Weile schwamm und dann in die grüne Tiefe sank. Zwei, drei Luftblasen, das wars' dann gewesen.

Aus. Vorbei. Mit dem Manuskript waren auch die Erinnerungen an diese kleine Insel versunken. Der Schuss des Verrückten hatte ihm endgültig die Augen über Olga geöffnet. Die Vernichtung des Romans war eine logische Folge gewesen und hatte letztendlich die ersehnte Befreiung gebracht. Von da ab hatten die

Ideen ihn umgerannt. Und das war so geblieben. Bis jetzt. Doch nun war er wieder hier. Und plötzlich fürchtete er, dass der alte Fluch wieder auferstehen und alles Kreative in ihm töten würde. Er schüttelte unwillig den Kopf. So ein ausgemachter Blödsinn, schalt er sich. Bloß jetzt keinen Aberglauben kultivieren.

Vielleicht ging es darum, dem Kapitel seines Lebens, das auf dieser Insel gespielt hatte, ein Ende, ein offizielles Ende zu geben.

Am Tag nach der Operation war der Hubschrauber gekommen und hatte ihn auf das Festland gebracht. Er erinnerte sich dunkel an Schmerzen und Fieberträume. Und an den Wunsch, so schnell wie möglich wegzukommen. Und dann, als er aus dem Krankenhaus entlassen worden war, hatte er sich sofort in das nächste Flugzeug nach New York gesetzt. Er würde nur noch nach vorn sehen. Neues Spiel, neues Glück!

Leidet ein Mensch darunter, wenn die Dinge, die er begonnen hat, nicht sauber beendet werden? Bleibt ein Bedürfnis, eine unbekannte Sehnsucht, das innere Ich aufzuräumen?

Gleich würden sie sich wiedersehen. Mein Gott, was sollte er sagen? Sie umarmen? Ihr gar einen Kuss geben? Was machte man sonst, wenn man nach so vielen Jahren wieder voreinandersteht?

Er stellte sich auf die Plattform des ersten Wagens. Er wollte allein sein mit sich und seinen Gedanken. Die Wagen quietschten und schüttelten sich, als sie sich in Bewegung setzten. Der Westturm schob sich ins Bild, dann die Sternwarte mit ihrer grünen Kuppel. Er dachte an das kleine Café und fragte sich, ob die Gartenzwerge immer noch ihre Burg bewachten. Weiter hinten begannen die Dünen. Dort hinten hatten sie in brütender Hitze die Stangen aufgebaut. Henriks Blick suchte den großen Bunker, fand ihn aber nicht. Er war wieder eine Düne geworden. Der Leuchtturm. Die Saline. Die Salzwiesen mit den Bombentrichtern. Vogelschwärme und Rosenbüsche. Es war, wie es immer gewesen war. Es wäre auch nicht anders, wenn ich niemals hier gewesen wäre, dachte er.

Der Deich tauchte auf und lief eine Weile neben den Geleisen her. Die Dächer des Dorfes. Der Deich schwenkte auf den Zug zu, stellte sich quer und ließ sie hindurch. Fahrradfahrer winkten. Die Lokomotive pfiff. Der Bahnhof kam in Sicht. Menschen drängten sich. Der Zug bremste und kam quietschend zum Stehen.

Henrik blieb stehen. Sein Blick glitt über die Köpfe der am Bahnhof stehenden Leute, die sich begrüßten, küssten, auf die Schultern schlugen, Koffer schleppten.

Viele Frauen.

Wie sie wohl aussah? Er reckte sich, sah aber kein bekanntes Gesicht. Vielleicht würde sie *ihn* erkennen.

Der Bahnsteig leerte sich. Ein Mann erschien und fegte das Pflaster. Henrik stand noch immer auf der Plattform. Er weigerte sich zu glauben, dass sie nicht gekommen war. Weil sie es wünschte, war er halb um den Erdball gereist.

Nicht zu fassen.

Er wollte gerade aussteigen, als das Handy sich meldete. Er fummelte es aus seiner Hosentasche, drückte den grünen Kopf.

Sie war es.

Ihre Stimme war untröstlich. Es sei etwas dazwischengekommen. Ja, sie sei am Boden zerstört, habe sich so sehr gefreut.

Wann sie dann käme?

Übermorgen. Aber Samstag bestimmt. Bitte, bitte, er solle nicht wieder abfahren. Es sei ja nicht böse gemeint. Sie wisse ja, dass sein Onkel gestorben ist und Tante Elvira nun in Wien lebe, mit einem Dirigenten. So habe sie ein Zimmer für ihn im UPSTALSBOOM bestellt. Jetzt im Sommer sei es schwierig gewesen, weil alle Welt dort am liebsten wohnen würde, aber sie habe es geschafft, habe extra mit dem Direktor gesprochen, Herrn Schmidt, an den er sich notfalls wenden könne.

Wo das UPSTALSBOOM sei? Na, das alte GERKEN, gleich neben der Normaluhr, am Strand. Die erste Adresse. Er werde sich wohlfühlen.

Das alles klang nicht so, als würde es neue Schwierigkeiten

geben. Seine Angst war umsonst gewesen.

„Also dann“, sagte er, „Dann bis übermorgen. Oder bis Samstag.“

Ja, er würde die Zeit nutzen und sich umsehen in seiner Vergangenheit. Er klappte das Handy zusammen. Der Mann mit dem Besen beäugte ihn misstrauisch. Henrik nahm seinen Koffer und verließ den Bahnhof. Eigentlich müsste ich sauer sein, dachte er, warum bin ich es nicht?

Am nächsten Tag mietete er bei dem Verleiher am alten Leuchtturm ein Fahrrad. Als er aufstieg fiel sein Blick auf das Predigerhaus. Wem es wohl jetzt gehörte? Der Prediger war inzwischen sicherlich aus dem Gefängnis entlassen. Na ja, ein Typ wie er würde nicht untergehen. Gutgläubige, die sich gern ausnehmen lassen, gab es immer, und Sekten waren auch wieder im Trend.

Das Fahrrad hatte ausgeleierte Pedalen und quietschte. Zuerst in den Westen, entschied er sich. In der SALINE aß er Pfannkuchen mit Speck. Der Bunker war tatsächlich wieder unter Treibsand verschwunden. Auch die Plattform, von der Alexander mit dem MG geschossen hatte. Die Lücke, die der Sturm gerissen hatte, war geschlossen, der Deich höher als vorher. Der Werkhof hatte sich kaum verändert. Henrik blickte zu dem ersten Balkon des angrenzenden Hauses. Ob die Frau mit dem Besen noch lebte?

Das Tor war nicht abgeschlossen. Die beiden Bojen lagen immer noch im Gras. Sie waren immer noch rot, rot mit Rost. Die Werkstattwagen standen noch nebeneinander. Gräser wuchsen auf den rissigen Dächern. Ein Brett verdeckte notdürftig die zersprungene Scheibe, durch die seinerzeit der Stein geflogen war. Henrik drückte eine Klinke. Abgeschlossen. So ist es richtig, dachte er ironisch, alles muss seine Ordnung haben, auch im Zerfall ...

Und dann sah er sie. Hinter dem verrotteten Tauwerk. Vier buntbemalte Stangen von Jeans Wald. Sie lagen zwischen Disteln und Löwenzahn. Ein eigenartiges Gefühl. Vor mehr als fünfzehn Jahren hatte er sie angemalt. Er stieg ab, kniete sich hin und strich vorsichtig mit der Hand über die abblätternde Farbe.

Als er wieder in das Hotel kam, sprach der Portier ihn an. Eine junge Dame, Redakteurin beim INSELKURIER, habe nach ihm gefragt. Wegen eines Interviews. Wenn es ihm recht wäre, würde sie in einer Stunde wiederkommen.

Henrik nickte. Warum nicht. Es würde die Zeit totschlagen und verhindern, dass er nur noch an die Vergangenheit dachte.

Das Mädchen war wirklich niedlich. Das war die Beschreibung, die Henrik einfiel, als er sie das erste Mal sah. Bestimmt noch keine achtzehn, klein, schwarzhaarig, Stupsnase, Sommersprossen.

Sie reichte Henrik die Hand. „So sieht also ein Bestsellerautor aus."

„So jung sieht also eine attraktive Redakteurin des INSELKURIER aus."

Er sah, dass sie rot wurde. „In Wahrheit bin ich erst Praktikantin, für einen Monat, aber wenn wir das gesagt hätten, wären Sie vielleicht nicht bereitgewesen ..."

„... ich war selbst bei der Zeitung und habe klein angefangen."

Sie stand vor ihm und betrachtete ihn geradeheraus.

„Ich weiß, aber wen interessiert das noch", sie betrachtete ihn unverhohlen, „aber Hollywood ist geil, das hatten wie hier noch nie."

„Sind Sie beeindruckt?", fragte er.

„Ich weiß nicht." Sie überlegte. „Aber unsere Leser sind es bestimmt. Erst recht, wenn sie lesen, dass Sie schon mal hier waren. Mit Ihrem ersten Buch."

Er schüttelte den Kopf. „Es wurde nie gedruckt."

„Passierte zu wenig?"

„Es passierte zu viel. Die Liebe kam dazwischen, oder das, was ich damals dafür hielt."

„Das wäre spannend, aber darüber wollen Sie sicherlich nicht reden.“

„Versprechen Sie sich nicht zu viel von unserem Gespräch. Ich bin äußerst langweilig. Und durstig. Ich war gerade mit dem Fahrrad unterwegs. Erinnerungen an alte Untaten auffrischen.“

„Und?“

„Schön und schlimm. Schön schlimm. Aber so ist offensichtlich das Leben. Man lebt eine Menge von Jahren, zum Beispiel in Hollywood, schreibt ein Drehbuch, dann zwei und immer wieder mal eins. Es ist eigentlich nichts Besonderes. Dann kommt man zurück auf diese Insel, und es ist so, als zieht jemand einen Korken, und der Inhalt der ganzen Flasche schießt heraus. Es ist schwer, sich dagegen zu wehren.“

„Warum sollten Sie sich wehren?“

Ja, warum sollte er?

Sie fanden einen Platz auf der verglasten Veranda. Ein Ober brachte ein Bier für Henrik und einen Eisbrecher für das Mädchen.

„Ich liebe Kalorien“, lachte sie. „Und die Kalorien lieben mich.“ Sie klopfte sich vergnügt auf die prallen Schenkel, dass es klatschte.

„Es steht Ihnen gut“, sagte er, „Sie sind eine hübsche junge Dame.“

Das Kompliment machte sie unsicher. Sie strich sich das Haar aus der Stirn.

„Wir sollten anfangen“, lenkte sie ab. Sie nestelte an ihrer bunten Basthandtasche und förderte einen Block und einen Kugelschreiber zutage.

„Also dann“, fuhr sie fort und hob die Stimme. „Was genau führt Sie her?“

„Der Anruf einer Bekannten. Sie wollte mich hier treffen.“

„Wollte? Ist sie nicht gekommen?“

Er schüttelte den Kopf.

Sie lehnte sich vor und blickte ihn von untenherauf an. „Es

geht mich ja nichts an, aber Sie sind traurig, nicht wahr?“

„Ich weiß es nicht. Vielleicht ist es besser so.“

„Wollen Sie mir von ihr erzählen?“

„Nicht so gern.“

„Weil ich es veröffentlichen könnte?“

„Auch darum. Es ist sehr ... persönlich, wissen Sie?“

„Es bedrückt Sie.“

„Es bedrückt mich.“

„Sie lieben sie.“

„Ich habe sie geliebt. Für eine kurze Zeit haben wir geglaubt, der blaue Himmel gehört nur uns.“

„Ein schönes Bild.“

„Ein wahres Bild.“

„Und dann? Was ist passiert?“

„Es endete, bevor es richtig begonnen hatte. Da war ein anderer Mann.“

„Sie waren eifersüchtig“.

Er nickte. „Von da ab ging alles schief. Ich beging einen Fehler, oder besser, ich ließ es zu, dass jemand mit mir einen Fehler beging. Eine Frau. Unglücklicherweise war sie die Mutter meiner Freundin.“

„Wow! Sie haben es nicht gern einfach.“

„Lange Zeit habe ich geglaubt, dass sie meine große Liebe war. Aber das war ein Irrtum. Sie hat mich nur ausgenutzt. Als ich das merkte, war es zu spät.“

„Und nun?“

„Und nun weiß ich, dass meine große Liebe nur ein paar Tage dauerte. Ich weiß, es klingt paradox.“

„Und es gab keine Chance?“

„Für kurze Zeit sah es so aus. Sie bekam ein Kind. Ein Mädchen. Ich war felsenfest davon überzeugt, dass es meine Tochter war. Ich wollte kämpfen. Ich hätte es niemals aufgegeben.“ Er fühlte, wie die Rührung ihn übermannte und wischte sich eine Träne aus dem Auge. Dann lächelte er schief. „Achten Sie nicht auf einen so sentimentalen Kerl wie mich. Ich denke, ich habe es nicht verdient, was dann kam."

Sie blickte fragend.

„Es war nicht mein Kind. Leider, leider, leider. Der Großvater der Frau hat mir erklärt, dass es Untersuchungen gegeben hat, Vaterschaftstests mit dem anderen Kerl. Damit war ich aus dem Rennen und er war obenauf. Allerdings wohl nicht lange. Wie ich irgendwann gehört habe, war die Beziehung mit dem Langeweiler bald zu Ende. Hoffentlich hat er die junge Mutter glücklich machen können. Noch heute sehe ich das kleine Wesen vor mir. Es hatte einen Lungenriss und kämpfte um jedes bisschen Luft, das es bekommen konnte. Ich wurde fast verrückt bei dem Anblick."

„Das wollten Sie nicht noch mal erleben."

„Mag sein. Für mich war die Kleine immer mein Kind. Das genügte, irgendwie. „Er blickte sie an und wischte seine Gedanken mit der Hand weg. „Aber das ist alles viel zu traurig für so einen schönen Tag. Die Wahrheit ist vielleicht, dass mich keine mehr wollte." Das junge Fräulein lächelte pflichtschuldigst.

Der Eisbecher war leer. Das Mädchen durchforstete ihren Block nach weiteren Fragen.

„Lassen Sie uns ein paar Schritte gehen", schlug Henrik vor.

Die Promenade füllte sich. Die Menschen kamen vom Strand, Mütter schleppten todmüde, sandige Kleinkinder, ihre Geschwister trugen aufgeblasene Gummikrokodile und die Väter zogen Bollerwagen mit den Strandutensilien.

„Familienleben", sagte Henrik. Es sollte ironisch klingen, klang aber traurig.

Sie nickte. „Wangerooge ist bekannt für gutes Familienleben."

„Na ja, wenn Sie es sagen."

Sie setzten sich auf die Mauer neben der Normaluhr.

„Und Sie? Mit Ihrem Besuch hier, haben Sie so etwas wie ein Fazit ziehen können?"

Er blickte sie aufmerksam an. Seine Hand legte sich leicht auf ihre Schulter. „Ich glaube schon.“ Er nickte, als ob er sich selbst bestätigen wollte. „Ich denke, ich habe heute kapiert, worum die Welt sich dreht.“

„Phhh, große Worte, klingen nach Drama. Hollywood.“ Sie versuchte zu lachen, aber irgendwie klang es gepresst, so, als wollte sie sich gegen seine Worte wehren.

Schweigen.

„Sie sind nicht wirklich Redakteurin beim INSELKURIER“, sagte er schließlich und blickte beiläufig aufs Meer hinaus.

„Nein, nicht wirklich.“

„Sie sind auch nicht immer auf der Insel.“

„Nein.“ Ihre Stimme klang dünn. „Eigentlich gar nicht.“

Plötzlich hatte er das Gefühl, als ob jemand eine Decke über alle Geräusche am Strand geworfen und sie erstickt hatte. Es war so weit.

„Du wolltest mal sehen, was ich für einer bin“, sagte er.

„Mamas Vorschlag. Nachdem sie sich einmal dazu durchgerungen hatte, mir die Wahrheit zu sagen.“

„Und? Das Ergebnis der Prüfung?“

„Okay, ganz okay ...“ Sie zögerte. Blickte ernst, lächelte scheu, bis ihre Augen plötzlich strahlten, als bräche die Sonne durch die Wolken.

„... Papa.“

Danksagung und Schlussbemerkung

Für die Mithilfe an diesem Buch und ihre Nachsicht, wenn meine Gedanken mal wieder im Roman unterwegs waren, bedanke ich mich bei Marta, meiner Frau, bei meinen Töchtern, Karina und Annika, und bei Jan. Wirklich wichtig für alles war ein alter Freund, Volker Hennig, mit seinen Verlagen. Ich habe mich bemüht, ihn nicht zu enttäuschen. Sehr geholfen bei der professionellen Lektorierung des Manuskriptes haben mir Andreas Bäslack aus Leipzig (danke auch für so manchen Kaffee) und „textraum" in Berlin. Frau Dr. Gudrun Leffin, Luzern, und mein Freund Dirk-Jens Rennefeld, der noch heute eine Wohnung auf der Insel hat, haben sich die Zeit genommen, das Manuskript sorgfältig zu verfolgen. Danke schön. Die Schutzumschlaggestaltung von Jens Röblitz, Leipzig, hat auf den „ersten Schuss" gesessen.

Der Schauplatz des Romans ist die Nordseeinsel Wangerooge, wie er sich in den Gedanken des Schriftstellers darstellt. Ein Roman folgt seinen eigenen Gesetzen. Einmal angefangen neigt er dazu, sich im Laptop seines Schreibers selbstständig zu machen, und seine eigene Wirklichkeit zu entwickeln. Das bedeutet, dass der Roman zwar die örtlichen Gegebenheiten zur Grundlage hat. Sie sind aber nur das Baumaterial für ein neues gedankliches Gebäude. So wenig, wie etwa „Der Bulle von Tölz" ein Abbild für das tatsächliche Leben (und Sterben) dieser oberbayrischen Stadt abgibt, so wenig ist auch die Handlung dieses Romans eine reale Beschreibung dieser wunderbaren kleinen Insel mit ihren liebenswerten Bewohnern. Das gilt auch dann, wenn vielleicht dem einen oder anderen doch Ähnlichkeiten auffallen sollten. Natürlich gibt es keinen „Nazipaten" auf Wangerooge und auch die handelnden Personen sind reine Fiktion, auch wenn sie Erinnerungen wachrufen sollen. Manche der örtlichen Gegebenheiten habe ich übernommen, bis hin zum Grabstein auf dem Deich an der Westspitze. Manche andere Dinge sind so nicht wiederzufinden, sie haben ihre Berechtigung eben nur in der Handlung dieses Romans. Vielleicht macht ja mal jemand einen Spaziergang, um die eine oder andere Beschreibung zu überprüfen. So oder so, er wird immer seine Freude haben, denn die Insel ist ein wunderschönes Stückchen Land, ob nun Schriftsteller über sie schreiben oder nicht …